DEAD
WHITE
MEN

&
OTHER
IMPORTANT
PEOPLE

后浪

米拉的猜想

[英] 安格斯·班克罗夫特

[英] 拉尔夫·费弗尔 著

金芳旭 译

上海文化出版社

图书在版编目（CIP）数据

　　米拉的猜想 / (英) 安格斯·班克罗夫特 , (英) 拉
尔夫·费弗尔著 ; 金芳旭译 . -- 上海 : 上海文化出版
社 , 2021.10 (2022.9 重印)
　　ISBN 978-7-5535-2385-9

　　Ⅰ . ①米… Ⅱ . ①安… ②拉… ③金… Ⅲ . ①长篇小
说—英国—现代 Ⅳ . ① I561.45

中国版本图书馆 CIP 数据核字 (2021) 第 190867 号

First published in English by Palgrave Macmillan Publishers Limited under the title:
Dead White Men and Other Important People, 2nd edition
©Angus Bancroft and Ralph Fevre 2016
This edition has been translated and published under licence from Palgrave Macmillan. The
authors have asserted their right to be identified as the authors of this Work.

本书简体中文版权归属于银杏树下（北京）图书有限责任公司
图字：09-2021-0694

出 版 人　姜逸青
策 　 划　银杏树下
责任编辑　葛秋菊　张悦阳
特约编辑　罗泱慈
封面设计　墨白空间·Yichen

书 　 名　米拉的猜想
著 　 者　[英]安格斯·班克罗夫特　[英]拉尔夫·费弗尔
译 　 者　金芳旭
出 　 版　上海世纪出版集团 上海文化出版社
地 　 址　上海市闵行区号景路 159 弄 A 座 3 楼　邮编：201101
发 　 行　后浪出版咨询 (北京) 有限责任公司
印 　 刷　嘉业印刷（天津）有限公司
开 　 本　889×1194 1/32
印 　 张　13
版 　 次　2021 年 10 月第 1 版　2022 年 9 月第 3 次印刷
书 　 号　ISBN 978-7-5535-2385-9/I.922
定 　 价　56.00 元

前　　言

　　我们写作这本书的初衷，是我们知道在社会学中有一些十分有价值的观点，事实上，读者们很有可能已经接触过其中那些最具价值的。同时，有一些观点很可能就连社会学专业的人也不曾好好了解过。说到这种失误的成因，我们认为，很大程度上应该归结于像我们这样的专业人士在一开始就没能够好好地阐释这些观点。因此，我们着手开辟一条更优途径：不仅仅是解读它们，更希望接触到这些理论的读者能够吸收它们；不是单纯地记诵，而是真正能够运用所学观点去提出自己的主张，武装自己，将其应用到自己的生活中，应用到解决自己的问题上。对于我们来说，这也许就是学术的精髓。

　　如果你准备在学校选修一门社会学的课程，或者你已经开始上这类课程，但是发现课程提供的书目读起来并不是特别轻松；或者，你对那些有趣的想法感兴趣，相信有更多的理论可以用来解释"世界是怎样的"或者"人们是如何行事的"，而不满足于"事情本身就是这样的"的说法，那么这本书就是为你准备的。无论你的背景如何，有怎样的兴趣，这本书的目标都绝不仅仅是教导你该如何思考，或者告诉你什么理论是最好的，而是为你展示应该如何以这些理论的视角去思考。

鸣　谢

在这里，我们想感谢所有为本书第一版做出贡献的人，尤其是艾米莉·德鲁，她的远见和鞭策使这本书的问世成为可能。此外，我们也一并感谢从各种渠道收到的大家对于本书两版策划的建议。同时，感谢那些使用这本书，并为此书提出深刻的、有建设性意见的学生和老师，以及帕尔格雷夫·麦克米伦出版社的签约匿名评审。感谢劳埃德·朗曼在家中主持第二版的出版事宜，也感谢帕尔格雷夫出版社的信任投票。

成书过程中，很多朋友和家人为我们提供了灵感、想法和帮助。感谢艾利斯和史蒂夫·坎普的好主意，以及金、科林、玛蒂娜、埃尔温和拉尼亚的无私照料。我们非常感谢娜塔莎·费弗尔在编辑方面提供的支持。

在写作本书第一版的过程中，我们从乔斯坦·贾德的著作《苏菲的世界：一本关于哲学史的小说》中收获了很多灵感。我们像他一样遵循了一种上可追溯至苏格拉底的，通过对话来阐释观点和激发思考的写作传统。某些情况下，我们的讨论排除了思考的局限，使得那些看似已成事实的内容受到质疑，这正是我们要赞颂的引人深思、无根无蒂、触发人们产生不安感的社会学和哲学的传统。

目　录

开场白

1 → 12

社会学的想象与社会学调查｜如何使用这本书｜全书设计｜书中人物

第一章

从艰深入手

13 → 38

米拉决心探索社会学的重要概念｜社会理论是用来理解人们的｜理论如何改变你的思考方式｜"现代性"，社会学中的大爆炸理论｜思想的启蒙与革命｜焕然一新

第二章

在咖啡馆

39 → 59

如果真的存在，那么是什么决定了人们的行为？｜奥古斯特·孔德及其对于社会的观点｜理性、自私的个体｜埃米尔·涂尔干，合作与道德良知｜社会如何塑造个体｜专门化与劳动分工｜功利主义与道德个人主义｜坠入爱海

第三章

在画中

60 → 87

情感的社会学｜成为你自己与大胆感受｜西格蒙德·弗洛伊德，欲望、压抑与文明｜不理性的女人与控制情感｜勒内·笛卡尔，身心二元论｜行为主义｜愤怒与兴奋｜用情感交流和思考｜意识与辩白｜做出判断

第四章

在我们的基因里

88 → 110

男性角色与女性角色｜女性主义与父权制｜瑞文·康奈尔与性别角色｜为他人着想｜生物学，性与性别｜雌雄同体的社会学｜朱迪斯·巴特勒与表演出的女性气质｜变装吧｜职业选择｜男性气质与悠扬的蓝调

第五章

在拉帮结伙时

111 → 128

心智与社会｜群体的形成与逐渐亲密｜心意相通｜查尔斯·桑德斯·皮尔斯，符号与共处｜符号学与符号的科学｜查尔斯·霍顿·库利，如何知道自己坠入爱河｜化装舞会、秘密与想象中的人

第六章

在多尼的俱乐部

129 → 143

乔治·赫伯特·米德，赫伯特·布鲁默，自我与符号互动论｜与群体对立的个人｜做出选择与制造社会｜审视镜中的自己与他人｜见什么人说什么话｜互动与意义的达成｜概化他人与隐秘的自我

第七章

在夜里

144 → 160

致力于使事情正常｜阿尔弗雷德·舒茨，制造意义与望向别处｜哈罗德·加芬克尔与常人方法论｜有序的错觉｜真实的定义｜聊政治与乱指路｜亚伦·克克勒，激发意义与放声大笑

第八章

在清晨

161 → 186

欧文·戈夫曼与假装成为你自己｜一出好戏与留下印象｜前台与后台｜扮演不同的角色｜怪者出局｜污名与损坏的身份｜冒充｜收容所与全控机构｜反抗机构化

第九章

在控制下

187 → 212

人格面具与真我丨欧文·戈夫曼与身份丨米歇尔·福柯与环形监狱丨监视与规训丨性、权力、身体与外表丨自由、压制与反抗

第十章

在怀疑中

213 → 232

科学、医药，证明与证据丨弗瑞尔效应丨社会学具有科学性吗？丨"引用"学丨常识与数据丨诺姆·乔姆斯基与普遍语法丨认识论与知识获取丨哈里·科林斯与科学作为一种社会建构丨坏科学

第十一章

在疾病与健康中

233 → 251

做你最擅长的事丨塔尔科特·帕森斯与功能主义丨结构、价值与行动丨区分了社会等级的社会学丨病患角色、作为道德的医学丨功能分化与职业道德丨社会作为一种有机体

第十二章

在两幕之间

252 → 274

社会学能让你成为一个更好的人吗？丨尊重与荣耀法则丨皮埃尔·布迪厄，性情倾向与惯习丨结构、能动性、社会资本与场域丨游戏的规则丨第二天性丨语言作为一种权力工具

第十三章

在本质上

275 → 292

种族、民族与后殖民主义丨爱德华·萨义德与东方主义丨弗朗茨·法农及其对启蒙运动的批判丨古尔明德·班巴拉及其对现代性的批判丨种族科学丨全球化与全球供应链丨发达与欠发达

第十四章

在支持与反对中

293 → 313

卡尔·马克思与弗里德里希·恩格斯｜剩余价值、劳动与剥削｜唯物主义与社会生产关系｜农奴与领主、资产阶级与无产阶级｜资本主义的矛盾｜意识形态与阶级斗争

第十五章

在两者之间

314 → 339

马克斯·韦伯，理性与资本主义的起源｜新教伦理｜科层制与祛魅｜理性化的牢笼｜市场、垄断及社会分层｜阶级、地位与政党｜国家与地缘政治

第十六章

在碎片中

340 → 364

艾琳娜·马克思与玛丽安妮·韦伯｜聆听隐匿的声音｜观察者偏差｜不完整的分类｜启蒙的局限｜普世真理｜为他人发声｜女性主义立场的认识论

第十七章

深入浅出

365 → 386

格奥尔格·齐美尔｜陌生人｜亲密、时尚与服从｜从众｜金钱的普遍规律与寻找刺激｜八卦、坦白与保守秘密｜制造新玩意

部分参考文献

387 → 396

译后记

397 → 398

开 场 白

　　社会学旨在解释人们在社会中的行动、描述社会问题并寻求解决问题的方法。正如 C. 赖特·米尔斯（Charles Wright Mills）所说，无论是什么议题，无论是哪条进路，社会学总是关乎我们对这个世界的想象。而社会学的想象就意味着，从那些我们不假思索的日常生活——比如刷牙、拖着步子上班上学、恋人或夫妻之间的争吵，甚至晚上出门找乐子之类的普通得不能再普通的行动入手，去理解所有这些世俗活动是如何被诸如历史、经济、文化、社会结构、制度等因素塑造而成的。只有我们主动去追问"为什么""为什么是那样""谁说它非得是那样""它一直都是那样吗""它有可能不一样吗"，这些因素才会浮现出来。当然，问题也可能以另外一种方式呈现出来：人们在生活中总能感觉到自己承受着传统、制度、法律和他人期待的不能承受之重。当我们产生怀疑时，事物的"实然"而非"应然"，就显得无比清晰了。

　　社会学与其研究的世界并不遥远，而是相互交织。你可能接触过数以千计关于生活的陈词滥调和刻板印象，也就是那些我们常说的"众所周知"的事情。社会学家设法求证：这些人人都相信的东西就是事实吗？举个例子，我们都知道毒贩手中有大量现金，他们的沟通方式是诉诸暴力，使其他人服从。如果社会学家想了解贩毒到底是如何运作的，他们会花上数月甚至数年时间与毒贩待在一起。素德·文卡特斯（Sudhir Venkatesh）在研究一个贩毒黑帮期间，因为深受成员们信任，而被要求做"一日老大"，其他人都仰仗他来解决各种争端。此后他发现，很多黑帮成员的收入还不如一个普通人多。另一位社会学家，詹妮弗·福利特伍德（Jennifer Fleetwood）发现，毒贩的社会网络的组织方式类似于黑手党，事实上在沟通中他们会尽可能避免使用暴力。

在这种意义上，社会学是一门研究性学科，它要求你潜入社会生活中，去质疑世界为何如此。这也说明了，那些看似非人格化的社会经济发展所产生的后果，那些似乎不可避免且无法改变的生活事实，其实是人类决策和选择的结果。我们常觉得自己受到某种无法掌控的力量的冲击，倘若我们可以将其视作一种人类历程、制度或某种选择的结果，我们就可以对其进行研究，从而理解它们，甚至可以把握它们。比方说，近几十年金融市场重塑了世界格局，个人、企业和政府似乎听凭其摆布。一个国家如果需要借债，则必须拥有良好的信誉，其信誉等级需要根据一系列客观的价值评估获得。社会学家意欲揭示，这些市场中所采用的结果不仅仅是货币价值的评估，与任何人类活动相同，它们受到文化价值评价的影响，诸如对他人行动的预期，以及对于何事可能、何事不可能的理解。社会学家唐纳德·麦肯齐（Donald McKenzie）发现，人们用于描述金融市场的计算机模型同时也在改变着市场本身，因为市场中的交易者会将模型所显示的内容作为行动依据。这对每个人来说都有着重要影响：其一，这些模型说明重大的金融风险是可以被规避的；其二，每个利益相关者都相信，他们所使用的模型和方程可以保证金融安全。这正是 2007 年至 2008 年的金融危机发生的原因。人们总是会忘记，人类创造物（如技术、制度）完全有可能脱离他们的控制。

… 如 何 使 用 这 本 书 ？ …

本书是一本小说，故事围绕主人公米拉（Mila）在其朋友和家人陪伴下的大学生活而展开。你会从书中听到不同的声音。有来自米拉的老师和教材的权威之声，我们把米拉使用的教材叫作"福森与斯坦"（"Fussein and Stein"）；也有米拉很喜欢的助教达莉娜（Dalina）的声音——是你会从教材或学院听到的声音。本书也会为你展示教材里没有，但在生活中常常会遇到的其他的声音——那些在课堂上提问的学生，那些"杠精"，那些挑战权威之声的人。作为社会学家，我们都是作为这些"其他的声音"开始活动的，想必你也是其中之一。阅读本书时，你或许觉得自己既像米拉，也像贾丝明（Jasmine）、米拉的哥哥，或者她的姨妈，又或者和所有人物都有相似之处。

我们清楚你希望自由地汲取书中的任意内容，本书完全能够满足你的需求。书中涵盖了社会学家认为重要的议题，以及这些议题的反对意见。这个世界的变化是如此迅速，每一种对世界不同的看法同时塑造着这个世界，因此，人们对于一些非常基本的问题的看法注定存在争议。如果你有意将此书与一本主要描述不同理论脉络和研究主题的传统教材配合使用，我们将在此为你提供一种把它们搭配起来的使用方法。这本书介绍了社会学关注的问题，以及将理论投入使用的方法，其他的教材则列出了人们从不同角度出发并对这些理论予以支持的依据。比如说，你可以先阅读本书第十四和十五章关于"何为社会阶层"的争论，再参考你手边的教材，了解研究者对社会阶层进行的相关研究、社会阶层对社会不平等和政治的影响，以及社会的变迁如何改变了社会阶层的意涵。教材作为桥梁，可以将你的个人生活与本书内容联系起来，让你反思自己所处的环境——社会、民族、国家以及其他共同体。

··· 书 中 都 有 哪 些 内 容 ？ ···

我们会为你介绍一些社会理论。所谓"社会理论"，就是用于阐释人类行为背景与环境的分析框架，我们从细微之处入手并逐渐使之丰满。书中提及的不同理论对此采取不同的分析进路，其中的研究也常常体现在不同的层面上。有一些理论研究人们的互动，另一些则更关注制度、经济或社会本身。我们写这本书就是希望告诉你，你完全可以透过自己的生活探索社会学的世界，反之亦然。全书遵循着初学者米拉的脚步，一步一步地将理论融会贯通，并将其融入她不断进化着的世界图景之中。

社会学的产生是为了回答这样一个问题，即在社会过去所依赖的机制——传统、家庭、宗教、权威——在现代工作场合中或者消失，或者发生了根本变化的前提下，社会如何运作。我们将这种不断变化的状态称为"现代性"。这是第一个重要概念，我们将会在第一章讨论到。社会学家为是否存在一种"现代性"争论不休，或者说他们在意是否存在很多种现代性，以及这种现代性是否仍然适用于解释当下的世界。

如果你问人们"你是谁"，他们通常会回答一系列他们的来历——他们成长的地点、社区、民族等。而社会学所研究的"人们从哪儿来"，则关于产生、塑造个体并为其提供支持的社会。为这个研究的对象赋名远比在讨论它本身"是什么""有哪些作用"上达成一致要容易得多。所以，在第二章，我们要聊聊社会学家埃米尔·涂尔干（Émile Durkheim）的研究，他指出，现代社会在建立社会关系方面具有一种特质，即这种关系可以在社会成员彼此素未谋面的情况下持续发挥作用，他称之为"有机团结"。这听起来十分美好，但涂尔干也试图了解这种社会强加于人的义务如何损害个体。其中，自杀就是人们感觉自己与无所依靠的世界相分离而造成的一种结果。他指出，自杀就是一种普通社会状态——"失范"（anomie）的一个例子——在此情况下人们失去了生活下去的盼头。

综上所述，社会学兼具宏观和微观的视野。第三章则会关注更加私人的体验——情感（emotions）。文中所涉及的情感与理性（reason）的对立，也常常被我们用于理解其他的对立，如女人与男人、自然与文化、野蛮与开化。这些实属社会差异，而非天生的对立。本书会告诉你为何情感和理性紧密相连，两者互相依存。其中，情感实际上是一种由文化生产和塑造的概念。人们除了在回答心理测试问题时会关注情感外，很少站在学术研究的视野下关注情感。本章表明，社会学和心理学给予情感以足够的重视，并将其视作社会结构与本质的一部分。社会学观察发现，个人生活的日常面是被隐藏的对立与不平等形塑的。第四章中讨论的女性主义进路强调性别的对立，认为性别差异贯穿于社会中所有其他制度——社会阶层、工作场合、教育系统以及家庭等——的各个部分。性别常被视为本质的、遗传的、无法变更的事实。我们则会指出这种性别角色和期待是由社会建构的。个体越是按照社会性别真实存在的期待和方式行动，社会性别就越真实存在。

对于我们个人来说，最私人和最特别的特质和体验大概是我们与其他人互动的结果。从第五章开始，我们就要介绍由查尔斯·桑德斯·皮尔斯（Charles Sanders Pierce）与查尔斯·霍顿·库利（Charles Horton Cooley）关于意识与社会的研究。研究说明，想法不仅仅源自我们自己的头脑，也源自象征性的反映。这种反映依赖于符号而存在，这些符号为生活中无形的"橡皮泥"赋予形状与意义。这一章也告诉我们，如果你意欲与现实中的某人产生联系，就必须在想象中与他们建立联系。这也是科幻小说和神话具有如此强大的威力与影响的原因，想象远比现实来得更有力。若想要这些符号产生意义，我们就要与其互动。第六章讨论了乔治·赫伯特·米德（George Herbert Mead）所说的，要成为有思想的成年人，就必须以从外部向下看的姿态，作为一个客体与世界发生联系。接下来会介绍布鲁默（Blumer）的符号互动论，每一个活动都是一种互动。所有社会学研究的宏大结构——性别、社会阶层、宗教信仰——都是由互动组成的，脱离了个体的互动，这些也就不复存在了。符号互动论以此作为研究的起点，研究人们如何通过符号性与世界上的其他人以及自己的经验产生关联。

从这些作者那里我们可以知道，正是个人行为构成了日常的生活，并使其看起来正常得毫不费力。在第七章，阿尔弗雷德·舒茨（Alfred Shutz）将其称为个体为容忍情境而进行的类型化（typification）——这也解释了为何人们能够容忍那些最无可容忍的情形。这一章主要探索常人方法学（ethnomethodology）的相关内容，这种观点认为，社会生活产生于人们对于质疑"什么是正常"的不情愿，我们的社会正是建立在此基础上的一种幻觉。第八章继续从意识出发讨论了更多关于人们为了操演自己的角色而做出的努力，援引了欧文·戈夫曼（Erving Goffman）关于公共场合与个人自我呈现的研究，该研究指出，我们的社会生活是一种表演。人们展示出自己的前台（front），并试图使他人信服。它为我们提供了一种异常的例子，即人们不能控制他们的"前台"和"后台"（backstage）的情况——如此类比精神病院这类全控机构。

服刑囚犯的例子向我们说明，权力是理解人们所期许的生活与他们实际的行为能力的差距的关键。我们在第九章论及米歇尔·福柯（Michel Foucault），他论证了那些特别的"需求"是通过权力（power）被生产和塑造的。他举的一个例子说明，不同的身份和存在方式是由医学和科学的话语（discourse）创造的。我们通过他对性和疯癫的研究来展示某一个主题被讨论和被书写的过程，以及这种讨论和书写如何改变了主题本身。对于个体来说也是这样——我们如何被谈论、书写、生产、识别、分类，而上述过程又如何改变了我们。权力是一种使人按照他人利益行事的力量。权力通常不是靠强制，而是通过引导人们的思想和行动方式发挥作用。

当福柯这类社会学家评价医学等科学时，他们认为，我们对于世界的了解正是控制其所是的关键。社会学作为一门直接研究问题的学科，会去检查这种类型的知识以及人们使用和评估这种知识的依据。本书的第十章就是要聊一聊关于这些科学的研究。这些科学可以说是现代社会中最具有权威性的知识形式了。科学研究的是事实，不是感觉，也不是主观判断。这一章论及有关科学、医疗和技术的社会学研究，此外，还会对"科学知识只是另一种形式的社会知识"的论断加以辨析。书中指出，这种科学知识在社会中具有一种特权，因为其用于说服他人的故事是通过自我来表达的。文中提到的安慰剂的例子，就说明知识与事实之间只隔着一条模糊的界限。

从这些例子中你就可以感受到，没有人能够说得清他们的行动和决定究竟是全凭自己的意愿决定的，还是某种更深层次的力量"迫使"他们以某种特殊的方式行动。我们称之为"结构"与"行动"之争。在第十一章中，医药与疾病的例子引出这个问题，并介绍了塔尔科特·帕森斯（Talcott Parsons）的研究成果，他试着通过一个结构功能主义者（structural-functionalist）的进路搭建起消解两者隔阂的桥梁。这一章也质疑了这种分析在多大程度上能称得上成功，同时呈现了一些对社会学理解冲突与分化的能力的批判。第十二章将视角转移到了另一位研究者——皮埃尔·布迪厄（Pierre Bourdieu），他聚焦于结构是如何通过行动发生作用，或反之亦然。本章讨论他在阿尔及利亚所做的关于荣耀的研究，该研究呈现了他对于惯习（habitus）、场域（field）和社会资本（social capital）的一系列观点。这些可以用来解释行为何以同时被主体选择和被结构塑造。

为了研究结构的意义，我们首先要明确什么是重要的宏观结构。社会学家总是将研究民族国家社会视为"重中之重"，第十三章则将社会学放在了一个全球化的视角中加以考量。我们可以看到社会学研究者被卷入殖民主义（colonialism）与后殖民主义（post-colonialism）中。本章呈现了古尔明德·班巴拉（Gurminder Bhambra）等人的研究，研究指出，欧洲思想的理念体系反映的是一种特殊性而非普遍性。此外，全球化具有十分重要的意义，因为我们生活的方方面面都受到这种全球规模的变化的影响，同时我们在与他人互动中也常常使用全球性的系统。比如说，你可能会用社交网络与在外国公司工作的朋友联系，也就是说，你的数据——你的私人情报——会被距你千里之外的朋友的公司获取并保存。事关你的私人生活的数据——你的朋友，你的家人——都会被挖掘出来，用于商业广告或售卖。

生活的这一面，即人们的价值更多被其经济价值所定义，正是卡尔·马克思（Karl Marx）所研究的内容，我们在第十四章会谈到这一点，并在接下来的第十五章讨论马克斯·韦伯（Max Weber）的研究。马克思观点的创新之处在于，他认为，经济体制并非一个遵循永恒规则的机器，而是一系列依赖于所有权的社会布局。从这一点出发，许多现象就浮出水面了，比如，人们为了生存需要出卖劳动力，又或是工作和私人生活中的异化现象。在他那个年代，所有权就意味着拥有工厂、机器和土地。而如今，它也意味着拥有数据和软件。马克斯·韦伯则为我们带来了关于经济发展与宗教信仰之间关系的新颖观点。他认为，资本主义经济发展的关键之处不在于人们用这些钱做了什么，而是人们认为金钱象征着什么。那些认为赚更多的钱可以使他们更趋于神圣的人，就会更加努力地赚钱。

最后的两章将把我们带回最开始的故事，提出："谁是谁""谁在发言""谁是他者"的问题。这向我们揭露出女人、少数族群以及非西方社会的人们对于社会思想的贡献总是被隐藏的事实，同时向我们介绍了女性主义认识论（Feminist Epistemology）的视角。我们最终会以介绍齐美尔（Simmel）结束整本书，正是他将私人生活和疏离感视为现代社会的基本品质。

··· 涂 鸦 使 得 抽 象 的 内 容 更 加 生 动 化 ···

书中每一章的结尾，都展示了米拉用于总结课程的涂鸦。如果你也在上学，平日里肯定也记了不少笔记，比如上课、读书或者读论文的时候。其中有些笔记比其他的笔记效果更好。我们发现效果最好的学习笔记，就是把书和课堂笔记都放在一旁，我们用自己的语言、以自己的理解所写下来的东西。每个人了解和回忆信息的方式都不尽相同，在这方面你应该试着更加了解自己，有些人很快就能学会一段曲调或者记住一段歌词，而有的人能准确地告诉你某人在某一天穿了什么衣服、化了什么妆。学术界更加倾向于采用一种抽象的、文本的知识形式，但对于我们自己来说，我们有着更多随意使用学习工具的权利，比如运用听觉和视觉。空间感是人类思维中最适于训练打磨、也是最好用的部分之一，所以尽可能地使用这些进化了百万年的成果去描绘出你的想法吧。我们也希望读者能够好好地利用这些书后的涂鸦，也可以做一些类似的工作。当你有了一个想法，可以试着用涂鸦或草图把它表现出来。这些随手之作不需要多美、多么深刻——只要对你自己有意义就可以了。

··· 书 中 人 物 ···

我们的朋友们：

米拉（Mila）：一个想搞清楚自己是谁以及如何理解生活的社会学学生。

贾丝明（Jasmine）：主修天体物理学的学生，像重力一样稳定且宽容。

图妮（Tuni）：主修时尚与设计专业的学生，认为内在的东西也许很有价值，但是外在也很重要。

瑟茜（Circe）和安娜（Ana）：她们之间有着真正的友谊。

阿伦（Arun）：衬托米拉的聪明才智。

米拉的家人：

米拉的爸爸：曾经是股票经理，现在面临入狱的危机。

米拉的妈妈：家中的主心骨。

多尼（Doni）：米拉的哥哥。

姨妈：伊妮德姨妈（Aunt Enid）、毕比姨妈（Aunt Bee-Bee）、爱玛姨妈（Aunt Ima）。

李先生（Mr. Lee）：家族朋友。

一直以来支持米拉的老师：达莉娜（Dalina）、兰道夫（Randolph）以及阿姆拉姆（Amram），尤其是达莉娜。

第 一 章 ——————————— 从 艰 深 入 手

在快速穿过满是灰尘的走廊，又经过几个神情空洞的肖像画后，米拉终于找到了教室。书包被她刚从学校书店斥巨资购入、还闪着智慧光芒的新教材压得变了形。这本教材是由福森（Fussen）和斯坦因（Stein）合著的《社会学及其问题》，其砖头一样的体量让人印象深刻。挤在书边上的薄薄的平板电脑里装满了各种文学名著，估计在今后的三年里，她都没空翻开这些小说了。

她推开门，看见教室里一排排椅子上坐着姿态各异的学生，有发消息的，有打情骂俏的，有聊天、讲八卦的，还有打盹儿的。和高中那种安排得十分紧凑的教室比起来，这里更像是一个体育馆。坐哪里好呢？前排倒是有不少空座，但是坐在那看起来孤零零的……

老师走上讲台，拍了拍麦克风。教室立刻安静了下来，米拉只好溜到离自己最近的一个前排座位坐好，和台上的老师对视时，感觉自己被一览无余。

"大家好，我是兰道夫，欢迎你们今天来到社会学课程的第一堂课。现在，我的同事阿姆拉姆希望我们用这个叫'推特'的东西进行初步的交流。你们在发推的时候如果加上关键词'#dwm'，你们的推特就会显示在我背后的这块屏幕上。"说完,他看了看坐在第一排的同事。显然这不是他的主意,米拉心想。看来除了自己,今天也有人要暴露了。

兰道夫看了看身后的电子屏,便开始讲课。"那我们就从社会学'三杰'讲起吧,他们分别是卡尔·马克思、埃米尔·涂尔干和马克斯·韦伯。这个社会学呀,研究的是社会中的人。社会学可以说是社会科学里最为艰深的一门了,因为它问的是这个时代有哪些问题,是什么塑造了我们的思维、我们的生活、我们的灵魂以及我们认为是未知的事情。"

#dwm

这是心理学的课吗?这些老家伙是谁??# 胡子

啥是社会学啊?# 我不明白

这课水吗?# 真心发问

我为什么选这门课 # 不用早起

这课有教材吗?# 看我看我快看我

福森和斯坦因的那本 # 看一眼手册好吗

哪儿有卖好喝的咖啡呀?

下课之后,阿姆拉姆来到讲台前。

兰道夫叫苦不迭:"唉,我已经使出浑身解数了,也没几个人搭理我。这些学生呀,对课上能学什么根本不感兴趣,他们只想'及格万岁'。"

阿姆拉姆安慰他:"他们肯定有自己的小算盘呀!你得暗度陈

仓，提出一些小问题和思考题鼓励他们去思考，否则他们也无从下手。"

米拉在收拾书包时无意中听见他们的谈话，有点儿同情兰道夫，她能想象，几百个学生对他所讲的东西一片茫然、对主题的兴趣也深浅不一，而他不得不坚持讲完一堂课的残酷体验。

米拉深吸了一口气，说："你讲的东西在一个次元，但是刚才的同学们处于另外一个次元。你不能指望我们和你兴趣相同或掌握同一种语言。同学们来自五湖四海，韦伯和涂尔干关注的具体问题可能与他们关注的并不一样，虽然在根本层面，它们也许是类似的。"

两个老师听到之后，一齐怔怔地盯着她。好吧，这下可好了。她想，他们该不会指望我提出什么魔法般的解决办法吧。完蛋了。

她突然想起来之前她存在平板电脑里的一位挪威哲学家写的书。他以小说的形式表达自己的思想，说明这些思想如何在生活中运作。而这些思想恰好是我们生活的世界的一部分。

"嗯……所以我觉得，你们不如展示一下，像我这种普通学生在生活中要如何应对那些困扰社会学思想家的基本问题。可别像教材那样罗列知识点，像故事一样讲出来就好了。"

"有道理，学生可能更想了解这样的东西。我们要跟他们对话，而不是一味地灌输，像之前那样光听知识点的话，他们是学不到什么的。是时候让学生们讲讲他们学到的东西了，我们呢，也要从他们那里学习。一来二去，教学相长。"阿姆拉姆回应道。

"行，但你可别把我写进去。"兰道夫说。

"好的，我肯定不会那么做。"米拉温和地笑了笑。

***

一个学生走上前来打断兰道夫，问他什么是理论（theory）。他回答道："嗯……理论是对事物的一种解释，对于这种解释，我们目前还不能搞清楚它是不是对的。"

另一个面带稚气的同学突然插话，语速出奇快：

"其实有点像你的好朋友张三有一天突然不理你了，你不知道为什么，然后你就去问另一个朋友李四'张三为什么不理我了？'。李四说他也不知道，可能你先前做了什么事惹张三生气，或者是张三自己做了什么不好的事，感到很不好意思。这是不是就相当于两套理论？解释事情的道理就在两者之间，但是你不知道具体是哪个……又或者……最后你发现根本就是别的原因。是这个意思吗？"

米拉想到，当一个好朋友变得冷淡，总会有其他朋友说是因为他不再喜欢你了，有的时候这就是朋友之间的友谊破裂、树立敌意的开始。久而久之，情况会更加糟糕，结果事实往往证明情况根本不是大家猜测的那样。兰道夫此刻正在回答那个面带稚气的同学提出的问题，首先对他的部分观点表示肯定："所谓假设（hypothesis）呢，就是可以被用来检验的某些可能的解释；而理论则是一种具有推动性的观点的假设——也就是说这种观点可以构造其他与现实部分相关的观点。所以你说到，有些理论有待检验，这没问题。但是理论除了可以解释你的朋友为什么不理你，也可以用于解释原子的理论，解释恒星的理论，解释基因的理论，解释……"

第一位同学又逮住了可以展现自己聪明才智的机会。或许她觉得，自己比老师还要更聪明些。她插话道："那这样说，理论从来不是关于人们本身的事情咯？那社会学怎么可能有理论呢？"

"呃，社会学是有理论的。但是在社会学中，你需要各种不同的证据去搞清楚你的这个理论是否正确。你在和关于人们的各种解释打交道的过程中就会发现，想要确定哪些解释是'正确'的，可是一项很微妙的工作！这也是社会学为什么永远不可能是数理化那样的科学的原因之一。"

也许这个学生在某种程度上确实比兰道夫要机灵些。"但是科学家，甚至心理学家也说了，我们做的任何事，都是我们对刺激做出的反应。他们认为我们像小白鼠一样，互相攻击，只对传宗接代感兴趣。"

米拉来不及思索太多，刚想起先前在一本杂志上看到的内容，就急着发言："有些心理学家认为，男人喜欢'随处播种'是因为男性的基因激励他们与不同的女人生孩子——所以他们私生活混乱也是情有可原的。这种说法纯粹是为令人不齿的行为找借口。男人明明可以选择像人一样活着，而不是像只老鼠。"

米拉担心这番话过于大胆，但是她喜欢那个关于老鼠的笑话。兰道夫将她带入了对话中："好吧，不同理论的解释力也不同，有高有低。这些理论在帮助你对情境做出判断的同时，也在解释这种情境——帮助你改善自己的生活，而不是一成不变。也就是说，理论不是用来评判人们生活的手段，而是人们利用理论使生活变得更好。"

米拉似乎以前听哪位社会学老师说过类似的话，他说社会学能够使得世界变得更好、更公平，不过她还是很困惑：这难道是说，社会学的种种发现和社会学所断言的真实，能够帮助我们使世界变得更好吗？她不禁吃了一惊，想到了一个绝妙的问题："你的意思是说，理论能够改变世界。那么，我可不可以这样理解，正是我们关于世界的那些发现改变了世界本身？"

兰道夫的眼神在米拉身上多停留了一会儿，说道："理论确实已经改变了世界，这种改变是通过改变人们观察世界的方式实现的。当人们从一个不同的角度观察世界，希望改变自己、改变他人或者改变合作的方式时，就需要理论使这些改变成为可能。"

第一个提问的同学意识到自己已经游离于话题外很久了，便赶紧发问："那你怎么知道哪个理论正确——呃，比如，怎么去识别哪些理论和思想体系有问题呢？有些理论绝对不会使世界变得更好，那么人们怎样才能意识到自己正走在一条错误的、只会让世界变得更糟糕的道路上呢？"这个问题也得到了兰道夫的赞赏。他笑了笑，开始回答这个问题：

"这就是我们为什么需要检验这些理论的原因，我们必须认清其中哪些是正确的、有用的，哪些会招致祸患。如果人是小白鼠，你就可以在实验室里检验理论。但大多数理论都有点像'为什么你最好的朋友不理你'这种问题。对于这种问题，你需要四处询问，了解别人是怎样想的，之后按图索骥。你永远也不会完全精准地了解人类，所以也不存在百分之百正确的理论。有些时候，你只能靠多试一试来验证这些理论。"

兰道夫此刻说的这些话很重要，但米拉还听不太懂："所以，这就是发生悲剧的原因吗——比如糟糕的政府或者独裁者滥杀无辜？他们算是在人身上做实验吗？"

"嗯，是这样的，这种情况可能会发生。总会有一些理论，看上去很有吸引力，但是一旦人们依赖这些理论生存，情况就会变得非常糟糕。"

"所以就算是这样，你还是相信人们如果想要使生活变得更好，就需要提出更多的理论吗？"

"是的，我仍然更倾向于此。关于生活，我们总会需要一些新的理论。"在米拉听来，这个说法不尽如人意，兰道夫似乎也察觉到了，于是他赶紧补充了几句："但你首先要搞清楚自己提的问题，然后从你的问题中发展出理论，也就是说，理论要从问题开始。缺乏问题意识的理论是站不住脚的，所以我们需要提出更多的问题，才能提出更多理论。"

第二个同学决定再次发问，毕竟，善于提问比回答问题显得更聪明。

"那么，一开始这些问题要从哪里得来呢？"

"对理论来说，最好的时机或许是社会发生剧烈而令人兴奋的变革，因为这些变革会促使人们提出那些他们之前连想都没有想过的问题。在社会学中理解这句话，就要追溯到一百五十年甚至两百年前，回到电气时代、抗生素时代之前，回到那个几乎没人认为妇女应该享有投票权的时候。"

第一个学生表示不解："但是一百多年前的人写的东西如何能帮助今天的我们呢？如果我想解决什么问题，或者我有什么困惑，我肯定会去找一些最新的观点，而不是一百年前的人就知道的事情。"

"嗯，我明白你的意思。但就像我刚刚说的，社会学和别的类型的知识还不太一样。像是医学、化学、药学这样的科学研究很大程度上建立在先前的科学研究上，但是这种知识积累在社会学中只起到很小的作用。社会学理论的变化只有在它的研究主题，也就是社会发生变化时，才以一种非常激进的方式发生变化，才会有新的问题被提出来。对于科学家来说，每一个问题都对应一个确定的解决方案。而对于社会学家来说，每一个方案都有一个确定的问题。"

米拉几乎没有听进去，她的兴趣已经不足以使她的注意力继续停留在对话中，只感到深深的疲惫，而大家仍乐此不疲地展示智慧。第二个学生觉得是时候停止提问，向兰道夫表示学习颇有效果了，她说："我明白了，你是说历史上发生的各种事件为人们的思考提供了新情境，但我们所思考的根本问题几乎没有改变。"

"你说得对，我们的时代并没有变化到能产生与以往相比极其不同的理论的程度。又或许改变已悄然发生，但是我们目前还没有提出正确的问题。在一百到一百五十年以前，社会学就产生了大量描述经济和家庭的理论，但如今的经济与家庭和那个时候相比已经发生了很大的变化，所以现在也许正是提出新理论的好时机。不过，你还是需要通过过去的理论来了解社会的演变，不了解过去的状况就不能说了解了所有变化。同时，我们也应该意识到有大量的事实几乎从未改变——哎呀，都这个点了！我还有一堂课，已经晚了。很高兴你们今天来问我问题，我先走了。"

***

米拉回到宿舍楼时，已经精疲力竭。再走近一些后，她发现灯还亮着。学生走到哪儿都开着灯，她早就见怪不怪了——但稍后她意识到确实有人坐在厨房里，这个人孤零零地坐着，一边吃着零食，一边翻看手边大部头的书。

"嗨，我是贾丝明。你也饿啦？哈哈。"

"呃，不。我就是想喝杯水——然后赶紧好好睡一觉，今天太累了——哦对了，我是米拉。"

米拉准备随时开溜，又不想显得太没礼貌，只好等她面前的这个女孩接着看她的书之后再走。"你这是从哪儿回来啊，米拉？"

其实贾丝明并不在意米拉的回答（米拉礼貌地回问，得到的回答是个米拉从没听过的地方）。贾丝明又问起米拉学什么专业，显然这个问题才是她真正感兴趣的。米拉猜想接下来的对话至少还要持续几分钟，保持一种冷淡的态度应该能够让贾丝明尽快地结束对话。作为一个对自己未来三年要做什么不是很感兴趣的人，她以一种直截了当（又充满倦意）的语气说道："社会学。我只知道这么多。"

贾丝明似乎轻哼了一声，接着更加专注地盯着米拉。"我修的是天体物理，大概十岁的时候，我就立志要学这门学科了。这也是为什么我能熬到这么晚还在看专业书。如果你并不想学你的专业，干吗还要来这儿呢？"

米拉本可以说"我不知道啊，明早再见吧"。但是人生地不熟的，还是谨慎些好——或许在这个学校里还有很多像对面这位一样的女孩子（对书本有着谜之执着）——米拉可不想被别人看扁，绝对不要做任何引人注目的事情。

"呃……我学是想学啦。在决定进大学主修社会学之前，我已经学了两年了。怎么说，这是一门关于人的学科，主要还是我觉得它比较有意思。在社会学里，个体的表现并不取决于他们是谁——这样解释的话就像心理学了——而取决于他们是什么。所以你也可以说，社会学是关于人们行为的学科，而且这种行为是被其生活的时间和空间塑造的。如果有人问起你社会学是什么，还想知道社会学有什么用，你就可以跟他们说，社会学可以使世界变得更加美好。"

"好吧，我大概明白了。但是具体学什么呢？比如天体物理，会讲如何理解宇宙及物质在宇宙中的表现形式——像是星体的产生与灭亡——或者它们从哪儿来，又会怎么发展。但这些并不会告诉你从中能学到什么——那些合在一起又是另外一系列问题了。这些问题多半很棘手，像是有哪些证据支持或反对大爆炸理论，或者黑洞，还有暗物质。这些理论都让人兴奋，因为它们可以解释的东西可太多了——也许可以用来解释一切——但我们还不确定如何把它们组成一个大一统理论。社会学中有类似大爆炸理论的重要思想吗？"

米拉察觉到贾丝明语气中带着挑衅的意味，不过她对这个问题的答案初有眉目。社会学中的重要思想就是社会学的理论。贾丝明的问题给她注入了一种好奇心，好奇心从她的头部蔓延开来，从皮肤下缓缓流过，就像必须搔的痒一样让她欲罢不能。

米拉回到她的房间，睡觉之前又瞥了一眼平板电脑上显示的新闻推送。对最后四名被告的审判已经开始了，爸爸的照片重回各大网站的首页。这张照片是他初审那天的旧照片（他是本案的第一个被告），定格在他大步登上法庭台阶的瞬间，他大步流星，显得从容自信，尽管面对镁光灯时的笑容并不轻松。妈妈走在爸爸的身后，挑衅地看着镜头。他们俩看起来年轻得不可思议，以至于让人怀疑他们是不是过早成家。照片中的米拉躲在妈妈——一个有着圆肩膀和方下巴的年轻女士——的身后，同她的母亲一样，呆呆地，直勾勾地盯着镜头。

米拉不明白自己到底做了什么，要被每一个买报纸的人认出来。当然，她确实应该在下出租车之前就想到她即将应对媒体和镜头，就算她没有想到，妈妈也应该想到的。要是她能戴上一副墨镜、一顶帽子或者系一条围巾……可能一切都不一样了。就算她像当时那样毫无防备，也可以把头扭过去而不是直勾勾地看镜头。多尼，在距离她不到一米远的位置，成功地保全了自己——他正好用手挡着脸，想把遮住眼睛的额发拨开，所以没人能认得出他。

六周前，米拉注视着浴室镜子里自己的脸，意识到必须做点什么，挽回那张照片带来的伤害，否则她可能在大学里熬不过一天。于是她把头发剪短、染色，卸下隐形眼镜，重新换上自从13岁起就从没碰过的框架眼镜。之后她又去改了名字，米拉就这样"出生"了，一个年轻女士，戴着孩子气的眼镜，只盼望在即将开始的大学生活中不要被任何人认出来自己就是那张臭名昭著的照片里的人。

而这个清晨，她对自己的伪装彻底失去了信心。她发现自己（在六个月之后）一直在无意识地模仿多尼那天在法庭台阶上的动作——她的手不停地在脸上乱摸。她双手紧紧抱胸，心里一直焦虑，担心有人将她认出来。她不停告诉自己，无论愿不愿意，她还是要跟老师和同学周复一周地坐在一起（总有一天，他们会说："前几天我们还说到你，长得挺像那个诈骗犯的女儿。"）。尽管做足了准备，但她在第一天就已经想要逃跑了。到目前为止，大多数评论员都暗示道，判定她父亲有罪与否，需要精细地裁量。他们说，从某种角度来看，这是一起重罪，但从另一个角度来说（这种解读也很普遍），从头到尾都不存在什么犯罪行为。他们所言正如米拉所想，父亲遭受的指控是错误的。对于他自己和他的家人所经历的痛苦、悲伤，他应该感到自责。可是，法官宣布他父亲有罪的瞬间，一道闸门被打开了，世俗的看法如同深深缓缓的洪流，将这个家庭慢慢淹没。事已至此，无辜的人与罪犯之间已然没有任何界限了。米拉甚至能看到自己面前有一块屏幕在滚动，写着："可耻的商人""声名狼藉的骗子"。自判决下达以来，媒体转而称他为自私骗子的典型、可耻的罪犯，他们还说，但凡是拥有健全思考能力的人都会明白，这是对最臭名昭著的精英骗子之一所做的正确审判；进而又回顾了他们对于辩护方发言的评论，"辩护方声称，被告人不知道那些行为是违法的……（以为是）常规操作"。之前，媒体似乎对这些发言表示认可，现在，他们则称这些辩护陈词如同他的罪行一样可耻：他竟然还有脸说他不知道这些是错的！多么无耻的骗子啊——从穷人那里掠夺钱财，之后还敢不知羞耻地声称不知道自己做错了什么。这恰恰表明了，如他们所说，这个男人根本不懂得道德是什么，或者更糟糕的一种可能是，他明知故犯。

米拉仍然相信父亲没有做错事。他告诉米拉，自从他第一天受到公众指控开始，就一直对所有人保持诚实，包括从他手上购入股票的那些人。他们正是因为贫穷，才需要为日后的疾病和衰老早做打算，而他所做的，就是帮助他们投资，以备不时之需。他已经提前告知了他们一切可能的风险，让他们自由地抉择。这便是商业世界运行的逻辑。

而对于她父亲（事实上对于整个家庭也是如此），风险则不是很大。无论股票涨跌，他们总是能从中获利，完全是因为那些普通投资者不具备专业知识。米拉的父亲坚称他的做法是完全独立、合规的。如果他和他的朋友们推荐人们购买的股票上涨，他们会得到来自第三方的酬劳。

根据她父亲所说的，炒股是一种合理的投资，也正是基于此，他们在卖股票的时候总是开心的。他坚持，就算不依靠人们的购买力来提升股票价值，他们也有收入。但是不得不承认，他们确实曾低价购入，并在获利后、崩盘前迅速抛售了全部股票，如今他们都身陷囹圄。但每个人都会这样做啊：这是常规操作而已，无可指摘，更别说涉及犯罪了。

在所有新闻提要和搜索引擎里，最醒目的一句话无非是那日审判结束之后，检察官站在法院台阶上说的，她父亲犯下的罪在于使用他那些"令人憎恶的奇技淫巧"。"推特小宇宙"就是这样将她父亲的形象塑造得面目可憎。

＊＊＊

几周过去了，米拉不得不晚上回家一趟，她要去执行一项"家庭任务"：妈妈要在三个姐妹面前"秀女儿"。因为在此之前，家族中还从来没有女人迈进大学校门，米拉可以说是开创了先例。三位姨妈从全国不同的地方汇聚到米拉家，就为了参加这场特别的庆功宴。米拉知道，这顿晚饭很可能会是了解这两个月在大学学到的首个理论是否具有足够"分量"的第一次机会，也可以用来检验她在课堂所学的是否有意义。

现代性（Modernity），她十分肯定，是社会学中一个重要理论的简称。正像天体物理学中的大爆炸理论一样，通过这个简要的标签，你可以联想到许多十分宏大的观点，与此同时，预言许多我们尚不知情的观察结果——其复杂程度足以使大脑飞速运转。米拉想要进一步了解天体物理学中的重要理论"大爆炸"，于是在早餐时间请教贾丝明。

米拉主要询问了大爆炸理论的具体内容。贾丝明回答道，大爆炸是关于宇宙起源的设想。没人能准确"知晓"大爆炸是不是宇宙诞生的原点，但是"大爆炸"留在我们身边的证据却无处不在：它就潜藏在宇宙膨胀的过程中，在宇宙背景辐射探测中（大爆炸的"回声"）。单凭这些还不足以说服所有科学家，因为事实上，我们观察到的一些现象仍然得不到合理解释，但或许大爆炸会是解释宇宙起源的理论的主要部分，其他理论则填补大爆炸理论尚不能完全填补的空白。即使你想说明的是在大爆炸之前的情况，你还是需要拿出一个理论，用来解释我们赖以生存的这个宇宙的起源。

现在米拉明白了，她要寻找的是像标签一样的理论，这种理论可以引导你迈入宏大理论。这几周内，她接触过的最伟大的概念就是现代性。她知道，一些人将"新潮的"或者"不被常规和传统禁锢的"行为称作"摩登"（modern）。现代性则是用来描述世界上的各个社会如何发生价值更迭：产生新的事物—摒弃传统—推陈出新。它用于形容过去两百多年的历史变迁，在此期间欧洲在社会、文化、政治和经济生活的各个方面都经历了重要而剧烈的变化，其中包括摆脱旧有的习俗和人际关系模式——比如封建领主与农奴之间的契约与服从的关系，从而意味着创造新的习俗和义务，以及新的思考方式。

现代性也被传播到世界上的其他地方，一方面是因为它带来的巨大成功——如十八世纪的美国，二十世纪的日本、新加坡——或被迫发生变化。有些国家，像十九至二十世纪上半叶的中国，就接受了这条新路子。现代性意味着一种组织思想和信仰的新途径，所以这是一种更世俗的，即私人化的方式。在这种模式下，政治、法律和智力活动不再受宗教信仰的约束。它也意味着组织时间的新模式。曾几何时，年月日都是根据宗教节日和农业生产组织起来的。而如今，则根据钟表精准地组织起来，这样一来，工作和休闲的具体时刻都可以按照时间表确定。总而言之，现代性包括破旧和立新两个方面，它不因事物一直以某种方式存在，就无条件地继续采用这种方式。

这就是现代性的全貌了，在某种程度上，在过去的几百年中，男人和女人所经历的巨大变化实则是一种更为巨大的变迁，一种将世界环境置于新境地的巨大革命的一部分。我们在脑中这样构想可能并不困难，但是米拉认为，想要让大家理解这种革命何以让我们获得看待世界的全新看法是很困难的。将这个想法诠释给她的妈妈和三个姨妈——这些真心为她能去上大学而感到骄傲的人——像是连赫拉克勒斯 [1] 也会拒绝的任务。

毕竟，她的姨妈们都很特别。爱玛姨妈，要是晚生个几年也许

---

[1] 古希腊神话人物，以完成了十二项"不可能完成的任务"而闻名。

就能上大学了。爱玛姨妈是个女强人，在一家大公司里担任要职，在同事们勉为其难的尊重下，工作得还算顺利。大家对她爱恨交加，爱她是因为她对所有人坦诚相见，而不喜欢她也是因为这一点，她说话总是特别直。

伊妮德姨妈，大家都知道，她是八卦界的王者。出现在她八卦中的人，名字、地址、父母、配偶（或者情人）都清清楚楚。但是"现代性"概念是如此抽象，米拉知道，一旦解释起来，伊妮德姨妈一定会顿时兴致全无。

毕比姨妈是四个姐妹中最讲究的一个——体现在对食物吹毛求疵和对品位的无尽追求（尤其是食物）上。米拉希望毕比姨妈过问她学业，因为她似乎是三个姨妈中对米拉的进步最感兴趣的。当然，这其中也有一定的风险。毕比姨妈极具幽默感，只是这种幽默感有时建立在挖苦别人的基础上。一旦人们表现出自大或者荒谬的一面，毕比姨妈就会不遗余力地取笑他们，米拉正是担心这一点——一堂关于"现代性"的课可能正中她下怀。

晚餐期间，大家一直小心翼翼地聊天，尽量避开"审判"和"判决"两个词。毕比姨妈问了问米拉她所在的街区的浴室好不好用，最近吃得好不好；伊妮德姨妈则想知道她最近新交了哪些朋友；爱玛姨妈问米拉在学校适不适应——就是问她目前有没有取得什么成果，她表现得怎么样——也包括等到毕业后想做什么。米拉在应对这类问题时总是感到力不从心。尽管她知道这一天终会来临，但她简短的话语中有意无意地透露着一股抗拒。爱玛姨妈意味深长地看了米拉良久，只回复了些不温不火的话。米拉意识到，她们未来每次见面都将必不可少地谈到这些话题。之后，餐桌上的话题又不知不觉偏离了米拉，直到用餐结束后，毕比姨妈问道："你是学什么的来着？我是说具体学什么——你知道我没读过几年书，所以你别扯一些'高大上'的，告诉我你真正学什么。"

终于来了，米拉时刻关注着毕比姨妈的脸上是否出现不耐烦或兴奋的神情，开始娓娓道来："我们人类一直以来都在学习掌握自然。现代性意味着，我们发现自然不再是我们赖以生存的事物，而是可以加以控制和改变的。人类的工作从土地搬到了工厂里，机器生产的产品比人类有史以来所有的手工制品还要多。这个过程就叫作工业化。"

毕比姨妈吓坏了："但是亲爱的，工业化没这么简单吧。工厂会让人生病，工人赚不到多少钱，年纪轻轻就死于各种恶疾。"

米拉听到这些话，愣了一下，接着说："你说的情况在我们国家已经有所改善啦，我们仍然在生产产品并提供服务。人们相信只有这样才能国富民强，并创造更多的就业岗位。这也是为什么我们明明知道会有这些后果，还是坚持工业化。"

"或者只是将这些后果藏到我们看不见的地方……"伊妮德姨妈若有所思地接话。

米拉继续阐释一些存在已久的基本观点。早在十八世纪末，人类便开始了工业扩张——起初只是在很少的几个地方，比如英国，然后又扩展到了其他国家，最后基本上所有国家都这样做了。这也意味着，工业代替农业，成为人们的主要工作。人们开始在工厂而不是在家生产用于交易的货物。此后，人们发明了蒸汽动力和机器，开始大规模地生产商品，一次性将商品卖给更多人。这就是大规模批量生产的起源。

"所以我们现在是在补历史课咯？你不是学社会学的吗？"爱玛姨妈问道。米拉把头转向爱玛姨妈，不忘留意毕比姨妈，毕竟她的一个鬼脸就能干扰得米拉无法继续。

"我想说，了解那些巨大的变化是很必要的前提，意识到这些变化，才会开始思考社会学的问题。人们望着这些新工业的出现，就会想：这一切会将我们引向何处？这种力量会带来怎样的可能？这也似乎是第一次，人类敢去想象一个人人吃得饱饭的世界。"

伊妮德姨妈再次打断米拉："那么说，这些变化就都是好的吗？毕比刚才说的那些坏的变化呢？"

"是的，这两种变化是同时发生的：这个崭新的城市鱼龙混杂，因为缺乏基本的卫生设施，疾病横行。城里的食物有时比乡村的更差：面包里掺着白土灰，啤酒里掺着鸦片。"

米拉讲，当时无论是生活水准还是寿命预期，都一落千丈。许多人不禁怀疑，这些变化是否真的向好。社会也出现了巨大的震荡，尤其是人们纷纷从乡村迁移到城镇后。传统家庭和宗教的意义开始崩塌，人们不再重视家庭和宗教人物的权威。

伊妮德姨妈听及人们开始不再关心他们的家庭，情不自禁地因失望而蹙起眉头。米拉接着说："这种情况刚出现时，人们认为这种发展十分恐怖，但也有人认为这种变化是好的，因为城市里会有更多的自由和机遇。人们的生活水准最终还是回升了，但是生活质量的提升可就不一定了。城镇确实给了人们更多发展的可能性，但也带走了一部分自由。如果说曾经的自由意味着冲破过去的规则，但也产生了新的限制；曾经屈从于封建领主的人们如今又要对工厂里的经理卑躬屈膝起来。"

妈妈一直没有作声，米拉甚至忘记了她也在这里。米拉这场关于社会学宏大理论的小测试的对象是三位姨妈，而不是妈妈。但似乎米拉的妈妈也一直在倾听，她柔声细语地提示米拉，虽然很多人生活得捉襟见肘，但仍有人因此飞黄腾达，为什么不提及这些人呢？米拉小心翼翼地避开爱玛姨妈狐疑的眼神，说道，这就是人们所说的资本主义（capitalism）。人们想要知道为什么工业会扩张得如此迅速，以及这一切会向何处去。其中一个重要的答案就是，有些人一直从中获利。他们赚钱不是为了花掉或者炫耀，而是为了不断地积累（accumulate）。在封建主义时期，赚钱是为了创造：建教堂、修城堡，付钱请艺术家将你画得人见人爱。而在资本主义时代，赚钱的目的是产生更多的资本。金钱变得越来越与它自身相关，它本身即成了一种价值，也成为购买其他价值的一种方式。

金钱成了公司和个人竞争的基础。越来越多活动的唯一判断标准就是它们的市场价值，并将这种价值用金钱术语表示，即某物"值"它的"价"。所以，尽管人们常说"你无法为快乐定价"，但在其他时间里，他们的行为无比讽刺地与此言背道而驰。在某种程度上来说，这是一件好事。市场的充分竞争激发了新的科技和新的工作方式，比如火车、蒸汽机和电力。同时，市场的稳定运转需要法律支撑，这种法律不能说是完全正义的，但至少是相对公平和透明的。然而这种情况下，万事万物自然就只受其市场价值的量度，而不是以道德和社会的尺度。

与工业化一样，资本主义并不只是简单地发生着。人们深陷其中，以至于他们坚信这就是开展各类活动的最佳方式，因为它使得各行各业都欣欣向荣，人民的生活水平不断提升。但是，和工业化一样，资本主义的批评者也浮出水面。反对者因上帝和人们的信仰被金钱所取代而痛心疾首，他们更不能理解的是，这些人们近世的创造物，如何能掌控生活的方方面面。他们也控诉着资本积累的成本和代价。如果每一个人的生活都依赖于市场，那么那些无法完成任务、无法参与竞争的人的下场会如何呢？如果积累本身既是手段也是目的，那么资本家难道不会想方设法让他们的工人工作得更拼命，付给他们更少的工资，以确保他们为自己积累更多的资本吗？爱玛姨妈为这些问题补充答案：

"这些批评者实在是错得离谱。我们已经找到了与资本主义共生的方式，它的发展让我们所有人都从中获益匪浅。我们都因为资本主义变得更加富有和健康了。话说回来，你又在给我们上历史课了。也许在很多年以前，资本主义无比残忍，犯了不少错误，但人们也一直从这些错误中不断学习。"

这是米拉第一次因姨妈强加给她的挑战感到为难，就要放弃挣扎。同时，伊妮德姨妈站在她姐妹的一边，更是给"惨状"雪上加霜："亲爱的，我们的生活已经不同以往了。在过去，普通人对发生在他们身上的事情没有发言权——妇女更是这样。"米拉则抓住这个机会将话锋一转：

"我正要说这个，影响人们思考他们在世界中的地位的因素不仅仅是市场，民主也是现代性的一部分。资本主义开始发挥影响的同时，已经有巨大的变化在潜移默化中发生了。"

米拉补充道，几百年以来，人们一直致力于让更多的人在"谁来掌权"这件事上拥有发言权，十八世纪末期发生的法国大革命中，这种思想得到了迅速的发展。这场革命正如工业革命一样，是现代性的一部分。这些事件促使人们去思考，这个过程究竟可以走多远，或者应该走多远。

在法国大革命发生之前，还有一系列的事件也促使工业化和资本主义成为可能。其中就包括发生在十八世纪上半叶的启蒙运动，当时的自由思想家试图将理性应用到各类问题上，而在此之前，人们认为所有问题要么简单到不需要被解释，要么是上帝意志的结果。启蒙运动最早只发生在法国和苏格兰，还有其他的几个国家，但逐渐被传播到世界各地。

启蒙运动认为人类不应只是命运或神意的一枚棋子。人是重要的，因为他们拥有理性，所以不需要在生活中漫无目的地徘徊、哀吾生之须臾、被骤然降临的事情无情地裹挟和打击。他们应该成为自己人生和命运的主人，探索那些被藏匿的真相和答案。他们相信在人类的理性之下，一切将无所遁形，没有什么事不能被解释。启蒙运动（The Enlightenment）一词本身意味着光明，当时的人们相信理性之光将照亮每一个角落。

事实上，人类不仅仅是因现代性过程中出现的令人困惑的新情况而改变。人们可以，或者说必须向万事万物提问：人从哪里来？成为人意味着什么？去思考、去生活，这是启蒙运动的结果。正如米拉说的，启蒙运动的重要性不仅仅体现在它是民主、工业化和资本主义的基础，它也激发了其他很多方面的发展，这些发展很难用一个单一的主题来概括，比如科学。这些变化使得世界天翻地覆——这就是现代性。

米拉总结道："如果你接受了这个概念，并且认为有什么能将这些巨大变化关联在一起，那它必然就是现代性了。这是一种理论，它将世界各地的人们经历的所有重大变化都视为一个更大变化的一部分，一场宏大的革命，在这场革命中，世界焕然一新。也正是因为这场宏大的革命，我所学的专业——社会学，诞生了。人们过去不需要它，但一旦拥有了现代性，就需要社会学来描述和阐释这个被打造出来的新世界，也需要社会学来理解新型的人际关系、工作方式，并思考被现代性源源不断地创造出来的新玩意。"

米拉期待爱玛姨妈给个回应，等待她以下一串珠玑摧毁自己最后的一点自信，但是爱玛只是温和地笑了笑："如果你来跟我上几天班，你就会发现在咱们国家的某些地方，现代性来得没有那么快。"毕比姨妈找到了开玩笑的机会（她可是忍了好久），但她接的是她姐妹的话茬，而非米拉的："但是我说，爱玛，你总是跟我们说你有多'摩登'，我们的外甥女这下告诉我们现代性已经出现快两三百年了，怕不是在说你的穿衣品位吧。"大伙儿都很热闹，毕比也带头对自己的笑话笑了起来。米拉感激地看了毕比姨妈一眼，说：

"姨妈们啊，我们现在知道了社会学里有一个理论认为，一种新的世界是在十八世纪创造的。它有点像天文学中的'大爆炸'理论，为行星和宇宙的创立提供了解释。它为许多不同的生活方式及不同社会中的各要素如何协调提供了合理的说法——不同的制度和习惯，比如法律、科学、宗教、娱乐、工作、政治及男女交往的方式。

"现代性这一概念恰好概括了这一切新奇之处，以及这些变化给人们带来的机遇和可能性。新的世界意味着摆脱旧的生活中迷信和传统的一面，即每个人的生老病死寄于一所，从一而终无所变化。这就是社会学中最重要的理论之一：历史上的重要突破，使得一个崭新的世界出现了，虽然很难全面地评价它，但这就是我们正在努力行进的道路。现代性就是这一理论标签式的总结词。'现代性'这个社会学重要理论，现在已经被圈外的大多数人所接受了。"

此时三位姨妈都对米拉回以微笑，米拉也逐渐放松了下来。这说明，自己学到的第一个重要理论通过了考验，重点在于，社会学中，的确有如同"大爆炸"一样重要的理论！但她的妈妈开口说道："但是我不认为伊妮德姨妈说的是句玩笑话。我们真的有进步那么多吗？如果你外公他还活着，他一定会告诉你，事实不是这样的。他在他那个年代努力争取到的成就，像是健康和被人珍视的感觉，很多人在当时就不曾拥有，到了现在也是一样。人们曾经重视这些价值，现在却又逐渐忽视它们，我们怎么能说这是一种进步而不是倒退呢？"

又来了，这是一种无法逃避的痛苦——大概是隐藏在妈妈的消极视角背后的原因吧。这难道不是在暗示一个人"不被重视"便只能顾影自怜吗？不过母亲的话让米拉想起了自己第一次听到现代性理论时的灵光一闪。现在这个想法变得清晰了：如果你真正理解了现代性曾经改变了世界——因为人们认为世界可以改变且需要改变——那么你就会意识到，再次变化也是可能的。现代性这个概念告诉我们，我们很可能正在经历另一场生活方式上的大革命。随后米拉又开动脑筋。

她想起兰道夫之前说过，我们生活的世界可能已经发生了巨大的变化，我们也许早已偏离曾经的道路了。这是否意味着世界已经不再是现代的了，现代性也成了一种过时的理论呢？他还说过，再近些时代的家庭生活又经历了变迁，很多时候已经不再像现代性这个概念刚出现时的家庭那样了。米拉环顾坐在桌边的姨妈们和妈妈：她们算是适应了现代的家庭生活吗？自开庭以来，米拉一直觉得自己的家庭很难融入其他群体，但至少母亲和父亲忠于彼此，母亲和其姐妹也亲密无间，至于她自己，也愈发相信家人是她在这世间最珍贵的宝藏。这些感觉甚至这些关系也会是无常的吗？米拉无法想象如果这一切真的发生，她的世界会变成什么样子。

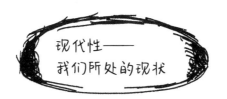

现代性——
我们所处的现状

工业革命

启蒙运动

世俗主义

资本主义

社会学来源于这些……   ……社会学解释了这些

1. 现代性意味着一种不断变化的状态。它集合了经济、社会、政治以及其他各个方面的变化，并创造了非常不同于以往的世界。社会学与现代性密切相关，因为其产生伊始就致力于阐释现代性带来的诸多变化。现代性一方面带来了新的自由，另一方面也带来了新的约束和新的社会控制形式。

2. 社会学告诉我们，社会脱离传统基础仍然可以运作——因此我们一直认定的所谓不变的基础不过是维持社会运转所需的一种行为范式。举例来说，曾经人们认为是教会维系了彼此共享的道德，封建主义强迫人们履行自己的义务。因此，当这些制度和生活方式逐渐衰落时，人们开始担心个体原子化会造成无尽的混乱。

3. 社会学被称为民主的科学，因为从某种程度上来说，社会学是为了研究公共舆论、大众文化和现代生活的其他方面，以及民主社会而产生的。它向我们阐释了为何传统的生活方式和归属感的衰落没有导致社会失范。将人们凝聚在一起的不是教会，而是人与人之间的联系，不是等级制度，而是人与人之间的社会网络。社会学昭示了这种新的连结和网络是如何构成的。

4. 生活中，有一些现代的现象被误认为是过时或落后的，比如宗教的原教旨主义、刻板僵化的性别角色、严格的种族界限，这些都是伴随着现代性而产生的。因此，并不能将"现代"一词简单粗暴地等同于"自由轻松"或者"聪明宽容"。

第 二 章 ——————————— 在 咖 啡 馆

米拉在咖啡馆等餐，听到远处有人在叫她。两个高年级的男生邀请她一同就餐。

米拉之前跟他们打过照面。壮的那个叫加里森，经济学硕士在读，很是聒噪，是个"杠精"。帅的那个叫阿伦。似乎加里森邀请米拉就是为了和她秀自己的经济学专业能让他在能源业找到一份多棒的工作（他的原话是"在能源业名声大噪"）。他根本不关心米拉毕业之后会找什么样的工作——事实上她不喜欢他说的每一句话。

"你在这儿学习还不就是为了钓个金龟婿？"他看上去就是想激怒她。

"人为财死，鸟为食亡。也不只有你是这样，"他补充道，"每个人都在待价而沽。你们女人知道，上了大学，遇到'潜力股'的概率更高。这就是个成本和收益的问题：学生时代不能去赚钱虽然会损失一点，但长期来看，以后多赚点就回本了。你都不太需要卖力学习和工作——我没记错的话，你是学社会学的吧？那样的话，你在遇见你未来老公的路上甚至不太需要学习。"

米拉翻了个白眼，反问："你是不是在挑战我的耐性？"

"所以社会学到底是学什么？社会学家总是说人们'被剥

削''被压迫'，生活得水深火热？说得好像我们应该可怜那些又懒又笨的失败者一样。"

米拉并不是很想在此展开学术讨论。她还没有什么成形的理论来解释这个问题，更重要的是，她还没傻到会接受加里森这种人的论断。阿伦则揶揄他的朋友，试图打圆场。加里森身上有些非常具有代表性的人格特质——好斗、自恋——这些特质总是给他惹事。阿伦说："这小子应该是小时候吃错药，长歪了！心理学和社会学都会认同这一点。"米拉开始隐约感觉到一种不安。凡是让她联想起父母的事都会让她感到焦虑，而这个话题听起来尤其危险。

阿伦补充道："这种心理学观点已经过时了——婴儿期的心理剧（psychodrama）会影响一个人的性格。前沿心理学则认为，教养方式对人们思维方式的影响甚微，还是那些大脑自带的构造和大脑的化学信号处理方式决定了人和人的不同。如果社会学研究的都是后天与先天的对抗，那么这门学科很可能也快要过时了。"

米拉问："那心理学家是怎么知道人的大脑是如何以一种特定的方式运作的？"阿伦回答，心理学家会扫描大脑活动，得到结果，观察大脑的不同区域在不同情况下的活跃度。

"事实上，找到各种行为所对应的大脑区域，只是时间问题。所以说将大脑功能的变化当作养育活动的结果是不合理的。大多数人的生命尺度都太短了。你如果想了解人类行为的变化过程，应该在更长的时间尺度里观察人类大脑形状的变化。进化对我们的思维模式的塑造因此是心理学最有意思的地方。进化研究的时间尺度是正确的——几万年，几十万年；而不是一个人从幼稚到成熟的十几二十年。"

米拉明白他的意思，尽管心理学的尺度肯定不像贾丝明描述恒星诞生和死亡时所用的宇宙尺度那么长，但和社会学的操作尺度也迥然不同。

"那么心理学是如何解释代际之间，甚至一个人生命历程中的行为变化的呢？"她问道。阿伦回答："随着大脑逐渐成熟，神经网络会按照基因蓝图的指示发展，这也就解释了人一生中的变化。代际之间嘛，没有什么变化，至少没有什么重要的变化。"

米拉提出："那么我们实际上在什么是'重要的'这个问题上就有分歧。你的意思是，明天和今天没有什么不同，因为太阳还是会东升西落，但我想知道天气的变化，会下雨还是会刮台风。我认为，对每个人来说，天气情况都是重要的。社会学家在更小的时间尺度上，关注的就是这种'天气'，因为它确实是重要的。

"况且社会学也不止于所谓的养育决定论。如果只是如此，一个人一辈子也不会发生什么太大的变化。教养模式很重要，但社会学更关注的是所谓正确养育孩子的方法是如何变化的。心理学可以告诉你一套养育方法培养出一种人，而另一种方法培养出另一种人。社会学可以帮助你理解这些方法最开始是如何形成的。"

这些都是米拉在专业课上和教科书上学到的，她已经将这些内容熟稔于心。但在此之前，她还没有如此深刻的体会。个中因果其实显而易见，但不知怎么，她直到刚刚才开窍。

加里森一直饶有兴味地听她努力为社会学辩护，洋洋得意地笑着。米拉心里一阵不安，感觉自己还没说出口的话已经被猜到了，然而他接下来说的话让她紧张得近乎胃绞痛。

"那你怎么解释那些罪犯和'寄生虫'？既然不是他们父母的

养育方式出了问题，也不是脑子里的化学信号素有问题。那我知道了，都是社会的锅！这就是社会学家的陈词滥调：个体永远没有错——无论是个体的养育方式还是某个坏蛋的经历——都是其他人的错。是社会将这些错误的观念强加于个体的脑中，他们也是不得已而为之。"

米拉差点就乱了阵脚。他说的话简直像是直接引用了报刊专栏作家谴责她父亲时说的话，特别是一些在判决刚下达不久时刊登的文章，他们将所有可能用于辩护和减轻罪行的论点一一驳倒，只为揭露她父亲是个贪婪、唯利是图的人。她整理好情绪，决定反驳。

"是的，你说得对，"她说道，"承认社会在影响人类行为的方面有着巨大作用，确实是社会学里最基本的理论。至少我在这周要交的论文里是这么写的。"

"既然我们已经知道了理性人的行为和逻辑就是利益最大化、成本最小化，为什么还要提出其他理论呢？知道人们的计算都是基于经济利益就已经足够了，你所谓的社会不过是一种错觉。"

加里森提到的"利益最大化""计算经济利益"一直在刺激米拉想到自己的父亲。但是仔细想想，他应该只是在就事论事，而不是在含沙射影，米拉自我安慰。她决定，如果自己的真实身份被曝光，就矢口否认。

阿伦请米拉给他们讲讲她的论文——毕竟他们俩都是研究生，可以给她提供一些有用的建议，帮她完善一下。米拉班上的很多助教也是研究生，所以他们应该能帮到她。这是她在大学里要交的第一篇论文，她可能对一些要求不知情。学校特意叮嘱助教不要给予学生任何特别的论文指导，这样才能展示学生的真实水平，但是他们俩又不是她的助教，所以阿伦告诉米拉大可放心，这么做没有违背任何校规。

几周前，米拉在课上学到，"社会"这个概念在现代性出现之前并不存在。在十九世纪，人们用这个词指代他们周围看到的、受变化影响的事物：不单单是政治观念（民主），或生产商品（如机器），或聚居方式（如城市），而是所有这些加在一起以及生活的各个方面（包括服饰文化、宗教和性等）。这些都在发生变化，但是如果你不能把它们总结成一个词，又怎么能去研究它呢？

就像天文学中需要黑洞和白矮星，社会学里也需要用于研究的主体，其中最大的一个就是社会。但是同现代性一样，这个研究对象也被包裹在一套理论里。社会是一种理论标签，这种标签有可能解释性很强，也有可能相反。简单地说，这个理论正像这个经济学专业学生概括的：社会塑造了我们的思维和行动。

米拉开始讲解自己的论文："我们每个个体都在被某种超出自身的力量所塑造，这种力量就是社会，而社会学也正是建立在这个理论之上的。两百年前，一个叫奥古斯特·孔德（Auguste Comte）的法国人开创了'社会学'这个术语，从此，这个理论就落地生根了。"

米拉娓娓道来，介绍孔德所说的这些话如何逐渐成为社会学家们的信条：社会学家务必将人看作社会的产物，而不是相反。在孔德的时代，很多人不相信有社会这种实体存在。在英国，后者一直占据着主导地位，因此社会学在之后的一百余年中没有流行起来。相反，赫伯特·斯宾塞（Herbert Spencer）和实用主义者认为，个体是依据利益最大化的原则来进行决策的。

情况在法国颇有不同，在孔德之后，另外一个法国人，埃米尔·涂尔干（Émile Durkheim）延续了孔德的思想。他并未一味消解英国人的思想，只是认为社会也是不可或缺的存在。如果你了解十九世纪英国法国这些工业国家的国情有多复杂，那么你就能明白为什么仅仅用一句"人是自私、理性的"根本无法解释这种复杂性。对此，加里森似乎也心领神会（此刻话题的重点更多关于经济学和社会学而不是她的父亲，所以也许谈谈论文能让对话往正常的方向发展）。

"怎么就说不通呢？人们慢慢就发现了，谋生手段专门化（你做这个，我做那个，大家各司其职）是很有用的，大家彼此之间互相合作可以让所有人赚得更多、过得更好。如果每个人都对所有事亲力亲为，就像那些贫困村镇现在仍保持的那样，那么每个人都富不起来。你看看这家咖啡馆：如果他们只卖自己种的咖啡豆或者自己生产的杯子，那我们也没什么可选了。他们从专事生产的人那里购买商品，这样我们才能喝得更好。"

"也不是每个人都赞同这些观点吧。"阿伦打断加里森，眯眼笑着，观察还一口都没吃的米拉。加里森直接无视阿伦的问题，接着说了下去。

"有些人就发现，他们可以帮别人做衣服赚钱，另一些人也发现自己不用再费心自己做衣服了。他们可以好好种地，生产足够用的食物，剩下的拿去卖掉，卖来的钱用来买衣服和他们需要的其他任何东西。大家都很清楚，这种专门化和市场化是符合所有人的利益的，唯有如此我们才能买卖商品。"

"但这不是也需要合作吗？"米拉反问。她深吸了一口气，然

44

后开始解释新型工业国家的内涵不止于个体在制衣或其他方面的专门化。裁缝也不是近几百年才出现的，其历史要更长一些。工业化的意义在于，工厂里有各种从事不同分工的人聚在一起，生产纺织品一类的商品。市场需要合作。有时你必须相信其他人会为你未来的生活提供所需物品，有时候人们交货的时候，不能即时收到货款。他们必须相信和他们打交道的人。涂尔干认为，对于那些精于计算成本和收益的人来说，专门化的出现是一个巨大的风险和挑战。这意味着他们要将自己的未来交到其他人手中，而不再满足于自给自足的生活，他们要相信专门化、相信其他人会选择合作（这种合作是通过考量自身利益而实现的），这一切能行得通吗？米拉解释道，涂尔干认为这个问题的答案是否定的，相反，他认为这恰恰证明了不存在按照自己利益行动的孤立个体。专门化的分工并不是孤立个体的产物，而是由那些已经习惯一种无私的思维方式的人们所创造的。变幻莫测的工业社会中的信任与合作之所以能够出现，是因为人们在此前已经感受到了与他人的一种连结。换言之，用涂尔干的话来说，他们生成了社会。他指涉的是，人们相信自己属于某个思维模式相似的群体，在这个群体里大家共享某些感受和信仰。自私的个人行为——比如表现得似乎不与其他任何人产生关系，凡事都顺着"自己"的想法来之类的——会破坏社会，因为这会打破人与人彼此连结的纽带。

"那照你这么说，在劳动分工出现之前，自私自利的个体是不存在的咯？"阿伦问。

"是的，我觉得是这样的吧，大概，"米拉有点儿犹豫，"但是不管怎么说，这是一个重要理论的开端，社会学认为，社会是解释变化发生的一个重要部分。如果你仔细想想劳动分工，就会意识到，社会对于信任与合作来说是必要的，没有它就不会有现代工业化社会！"

社会学解释了当下这种人情淡薄的生活方式的来源。传统的乡村中，环境十分闭塞，人们对彼此了如指掌。我们现在习惯了在生活中与人保持一臂之远的舒适距离，但这正是因为在某种层面上，我们仍然是一个共同体，属于某种我们承认比自身更为重要的东西。

"那么除了专门化和合作之外，社会还做了什么呢？"阿伦追问。

米拉熟练地回答："社会影响着我们的感觉。"她边说边想："至少我现在感觉有点压抑"。此刻她确实不再因为怕被嘲笑而感到焦虑了，但是话说出口的一瞬间，还是怕被怼回来。

加里森笑了："你看你又来了。感觉这个东西真的只是脑中的化学反应啊。"

她说，涂尔干同时代的人们认为，感觉是一种本能反应，是一种根深蒂固的条件反射。如果试图补充其他东西，那么也得说我们的感觉受到周围发生的好事或者坏事影响。但是涂尔干认为事实不止于此：人不仅仅是一种服从于本能的动物。将人区别于动物的正是人的社会性。随着社会的发展，本能扮演的角色愈来愈少，感觉也愈来愈受到信仰和我们被灌输的思想的影响。

米拉解释道，若想证明这一点很简单。涂尔干让我们想一想在不同地方长大的人。米拉丝毫没有意识到接下来的这番话会给自己"挖坑"。刚走进咖啡馆的那个米拉看到此情此景一定会冲她大吼：你干吗要像以前那个还戴这副眼镜的小女孩一样炫耀个不停呢？但是，现在米拉根本停不下来，全然不顾即将步入泥淖。她讲到涂尔干的论证，在某些社会群体中，孩子们在小小年纪就被带离双亲身边，这种孩子和父母之间就没有特别的情感纽带。而在其他地方，家长爱护自己的孩子则是天经地义。这种区别并不是根植于本能——或者大脑的化学反应——而是人们恰巧在这种社会中生活。

"你可能会告诉我，是脑中的神经递质让人们产生了感觉，但是社会学家认为这不是真正的起源。这些责任与义务最初来源于社会，被我们的头脑所接受，促使我们最终付诸行动。这也再次加深了社会烙在我们身上的印记。比如说，在这个咖啡馆里，我们知道我们应当把用过的脏盘子放到后面的那个架子上。我们感觉到我们应该这样做，然后按照感觉去执行。那么别人进来用餐的时候，他们看到我们把脏盘子放回去了，也就知道了每个人都应该这么做。这样下来，它就变成了一个人人喜爱的干净漂亮的咖啡馆。"

"我看你可不是，"加里森鄙夷道，"你还吃吗？你要是一直说，我就帮你吃了，而且还不帮你把餐盘送回去。反正我是从来不自己送餐盘。那些服务员拿了薪水就要做事，好吗？"

米拉把自己的餐盘向他那边推了推，继续说："如果涂尔干在这儿，他会说你还没有学会如何成为社会的一员，而且没有什么道德感。"

"哈哈，我看这是真的，"阿伦在一旁幸灾乐祸，"他这人根本没什么公德心。"

"涂尔干指的不是你说的那种公德心，至少不完全是。对他来说，这种道德感意味着我们该做什么、不该做什么。可能是该戴哪顶帽子，或者是不该杀人。从某种程度上来说，这就是所有你觉得应该或不应该做的事，哪怕是我们穿哪件衣服、铺哪张床单。"

他俩同时会心一笑，看她拼命从危险的话题中挣扎出来。

"好吧，我知道你们男孩子可能不太在意这类事情。我的姨妈说男生根本没有嗅觉，这当然不是真的。只是男生觉得他们的标准不同于女生——卫生标准不必像女生一样严格。但在有些方面，对待男生的标准也比女生要高得多。"

"比如呢？"

"就比如人们觉得自己被羞辱的时候，"米拉回答道，"男人的感受通常比女人的感受更强烈。这也是同一个道理——在这个情境中，道德感的意义更为宽泛：你应该有的感觉，你应该如何表现。"

米拉此时仍没有完全避开风险，她真的不喜欢涂尔干和他对于道德的执念，但是继续讲自己的论文似乎是她避开风险的唯一途径。米拉只好一鼓作气地介绍，涂尔干曾经说过，这种感觉中必须有道德因素，否则我们压根不会注意到它，若非不得已，我们更不会根据感觉行动。这也说明了这种被置于我们头脑中的道德感是多么强大。通过这种方法，社会可以让我们做更多的事，甚至比用枪指着我们脑门更有效。涂尔干还说，我们其实都发现了这种力量十分强大，难以抗拒，因为在社会面前，每个人都显得太微不足道了。这种力量驱使着我们对抗本能，让我们感到不舒服，甚至有时会伤害到自己。这时米拉灵光一闪，但她光顾着捕捉自己的想法，犹豫的片刻刚好给了加里森插话的机会。

"不感兴趣的事我是万万不会去做的。"

"真的吗？我不信。"米拉轻描淡写，"以后你在能源业大展宏图的时候，我敢保证你常常会感到身不由己，甚至做这些事情时还得穿着不舒服的衣服，这一切只是因为别人对你抱有这种期待。"

"你说得没错，但是我这么做也是为了我的利益。如果有人付我薪水让我穿西装打领带，那何乐而不为呢？"

"嗯哼，但是当你穿上正装，你就是在识别来自他人的期待，自认为有义务去迎合期待。你穿上西装，就意识到自己正在被社会约束。"

涂尔干曾经写道，社会学的任务就是研究这些义务所在，米拉继续讲道，而社会学家则要准备好研究社会置于我们脑中的全部感觉，哪怕是最司空见惯的部分。如果父母和孩子彼此珍爱，社会学家必须去解释这种爱从何而来；如果人们爱国情绪高涨，甘愿为国捐躯九死未悔，社会学家必须去解释这种情绪而不是一味地唱赞歌。但是还不能止于此。研究这些感觉时，必须注意将内容与影响分离。无论你是否欣赏这种感受，都应当将注意力放在这种感觉对社会关系的影响上。她突然觉得醍醐灌顶，像是某个神经键突然搭上了、疯狂输出电流一样，她按捺住这种激动，决定把这种感觉（如果真的是这样）先搁置在一边，晚一点再接着研究。

"就在不久以前，很多人都觉得送女孩子去读大学没什么用，因为她们的学历缺少价值，最后总归是要嫁出去的。"米拉轻轻地说道，又意味深长地瞥了加里森一眼，"我觉得这个观点对女性很不利，浪费了很多女性的才智，但是，我要说的是，只要人们认同这一点，他们认定女性应该或者不应该上大学，那么它就有助于维护社会团结。"

他耸了耸肩，说："但是现在很多女孩子浪费着所有人的时间去上大学，社会好像也没怎么样，对吧？社会没有分崩离析，所以你的理论是错的。"

"涂尔干倒没有准确地说明。他认为维系人与人之间关系的纽带很脆弱，所以需要去修缮和维护。社会的工业化和现代化程度越高，社会就越难维系。你看今时今日我和两个我几乎不认识的男生坐在这儿聊天，这种事情也只能发生在现代社会中，而现在的问题就在于，并没有长老或者其他神职人员确保我们的行为是正确的。"

"如果你觉得没有问题，那我也 OK。"加里森打趣。米拉让他别犯傻，对于涂尔干来说，这是至关重要的。人们是从与他人的互动之中收获自己的主意和想法的——大家一起工作，一起祭祀或者只是住在一起——人们通过不同的途径进行互动，最终得到的也是不同的主意和想法。最明显的一个例子就是，你每天都会遇到很多人，但是你根本就不认识其中的大多数人——这就是现代大都市的生活。正是这种关系纽带改变着你对于生活、世界以及万事万物的看法。然而如果你住在一个闭塞的乡村里，每天和你打交道的都是那些你认识了一辈子的人，你就肯定不会有这种感觉。在大都市里，人们时常会发现其他人与自己想法或者信仰不尽相同，这是因为大家的生活方式也是如此。每个人都愈发独立，愈发不依赖传统的信仰和习俗。

"所以，就是这样，分歧也会越来越多——不光是在女性该有什么样的胸怀、理想、抱负上。涂尔干还说，现代社会可能会出现各种应对社会纽带日渐衰落带来的威胁的办法。只有提出解决办法才能促进社会团结，所以现代社会面临的主要问题就是提出解决办法。"

涂尔干认为如果不解决这些问题，自杀率、犯罪率都会一路飙升，一系列问题将立刻显现。比如说自杀率高，说明维系社会的纽带正在崩溃：人们失去了那种从传统共同体和宗教活动中收获的强互动。结果就是，他们不知道该去相信什么或者自己想做什么，这就促使了一些人去修复这种纽带。

在闭塞的乡村生活中，你不需要去思考做什么事是对的，只要按照习俗大胆地去做就好了，只要追随着传统，每个人都知道自己该做什么。但在城市中，涂尔干说，没有人知道和他们接触的大多数人的名字。人们解决城市社会运行问题的方法是制定一些运行的基本规则。按照这些规则与他人相处，你就可以应付日常生活中出现的任何情况。在一些城市的某些地方，比如富人社区或者蓝领聚居区，情况与乡村可能更接近。大家彼此之间都认识，社会关系也分外紧密。但在其他地方，人们团结在一起的唯一纽带就是他们对于应该如何行动所达成的某种一致。涂尔干曾说，人们在城市里不仅需要进行这种反思，事实是，起初只有在城市里的人们才有能力进行这种思考，因为他们的生活方式与以往已经大不相同了。米拉相信这会儿可以歇歇了，那片布满陷阱的沼泽已经被甩开很远，她站在干燥的社会学理论高地，再怎么样也扯不上她和她的家人了。

阿伦问米拉："但是人们是怎么对这些抽象和概括的规则产生强烈感受的呢？你不是说，社会赋予了我们强烈的道德感吗？你只是说社会需要那些道德感来维系自身——这样人们就不会去自杀什么的——所以你是说那些抽象的东西使人们产生了这些感觉？"米拉很自信："这就是这个理论的聪明之处了：涂尔干认为，如果你仔细观察当今社会，就会发现人们真的相当重视这些抽象和概括的规则。难道你没有任何强烈的道德感吗？"

加里森插话进来："我说了，我只对那些对我有利的事情感兴趣。"

"呵，但是要记住涂尔干说的，要谨防将我们的感觉视为理所当然的倾向。你感受不到道德信仰也许是因为你从未在外部审视它。涂尔干也提到在当代，激发人们感觉的是一种叫作'道德个人主义'的新型道德。我觉得你应该是这种道德的拥趸吧。"

加里森是米拉认识的人中最相信个人独立、渴求某种独特性的人。这正是涂尔干所说的"个体崇拜"的典型例子。在这种信条的指导下，人们无比严肃地对待自己，以至于"个人尊严"成了社会上发生的一切事情的指导原则。尽管听着感觉很讽刺，但这的确是一种激发人们强烈感受的道德信仰。

"这或许就是你能一次次口出狂言的原因。你认为个体应该自由地去争取自己想要的东西，这种感觉强烈过头了。"

"难道你不认为个体应该拥有自主和自由吗？"

面对他突然的反诘，米拉冷静地强调，她相信思考的自由以及许多受到一定条件约束的自主权利，还提醒他，别忘了他刚刚说过一番米拉到大学钓金龟婿的挑衅言论，所以自己可能比他更加坚定地相信这些原则。

"难道你所信仰的个体尊严不包括女人的尊严？我认为无论男女都应该有自主的权利，至少我会试着从外部审视我的信仰，这样我才能理解它们如何服务于社会。这也正是涂尔干所说的，以社会学的视角来审视信仰。"

"好吧，那么你也同意我所说的咯？按照你的思路，你一定会发现所有人——或许包括女人——都应该被允许做他们想做的任何事情：想要多富有就变得多富有，想要多贫穷就变得多贫穷。我知道的大多数人都不会认为这是道德的，不过你说是就是吧。"

这回阿伦也坐不住了，反驳加里森："不是，你觉得有人富、有人穷这一点没问题，但你真的觉得如果有人利用穷人致富也是可以的吗？"

"是的，只要合理就行啊：如果有人笨到能让我占到便宜，那是他们自己的错。"

"所以你就从他们那里窃取财富？"

"没有啊，我说了，要合理。所以必须要合法呀。"

"对，如果合法，你也不介意被别人以同样的方式占便宜吗？"

"我顾得了自己。我不需要什么特殊的保护。如果别人玩不转这些规则，我说了，是他们的问题。"

"好，那我们就说，假设有人住在你的别墅隔壁——这栋别墅是你用你从能源业赚到的大把钞票买的——但是你的邻居没日没夜地制造噪声，对自己的房子更是不管不顾，周围的环境也被他们弄得又脏又乱，别墅的房价因此缩水。你还会维护他们想做什么就做什么的权利吗？"

"我说了要合理——他们可以随心所欲，只要不影响到其他人就行。"

"对啊，没毛病。这些规则对每个人都适用。你说你是在法律庇护之下赚取他人的财富，你只是享受了和别人一样的自由。你的邻居们也一样：正是按照你说的，这里每个人都在按规矩办事罢了。"

他们争执不下，不约而同地望向米拉。她说他们谈到的正是名为道德个人主义的概念。它之所以被称为道德个人主义，说明它并不是过分自私且强烈的个人主义。信奉道德个人主义的这些务实者认为，有限的个人主义可以为我们的行为期待设定一套标准。这种个人主义一方面有利于社会的存续，另一方面也是我们从社会中习得的。思忖片刻，她问加里森："如果你聒噪的邻居不肯停下来，让你的生活一团糟，你会怎么做？"

"我不会让他们好过。他们早上起来会发现我断了他们的电。或者我也可以花点钱让他们搬走。"

"好吧，你看你这样做的话：社会就断裂了。你的邻居和你完全不同，即他们和你作息时间不同，他们也不在意如何持家，这时你需要的是道德个人主义。但你并没有这样做，你完全切断社会联结，选择发动一场小小的邻里之战。"

之后米拉问他们是否还记得这场争论的由头。她本想向他们展示涂尔干的理论如何解决人们不再分享相同的信仰和观点这一问题。道德个人主义正是这个理论组织起来的方法，因为在此情况下，人们仍能感知到强烈的道德感，但又不必事事求同。事实上，他们默许分歧存在，相信求同存异。也许这更像是某种道德要求，要求社会成员具有多样性的包容视角。

"那么这也意味着你不需要与他人共享观念，但是和社会的其他人一样，你要知道，大家按照自己的意愿和观点行事，只要不威胁他人、不给别人造成麻烦就可以了。这个更加基本的信念将社会聚合在一起。这也几乎是我们需要统一的唯一准则。你还记得刚才我们说的劳动分工吗？也需要遵循这个准则。"

米拉继续讲道，传统社会中的每个人有着基本一致的思维方式，生活模式也非常相似，在这种情况下就不需要那种允许不同意见存在的道德感。但在现代社会，人们从事着不同的生计，想法不同也是在所难免的。涂尔干认为，专门化程度越高，就意味着更多的差异。现代社会已经找到了求同存异的方法。如果劳动分工还停留在初级水平，人们根本不需要这种新的团结方式。

"好吧，我们明白你的意思了，"加里森回应，"那个时候，人们都做一样的工作，就不存在你说的那个问题。"

"是的，涂尔干最终曲折迂回，勉强认同了那些像你一样的实用主义者。"

涂尔干认为，人们一旦知道现代社会是如何运行的，就会意识到他们需要彼此。这便成为他们道德观的一部分，甚至也成为道德个人主义的基石。或许意识到大家紧密相连、难分彼此后，人们就会发现并认为，不干涉他人或不妨碍他人的个人主义是非常了不起的。不管怎么说，社会分工本身——专门化和专门化带来的合作——在之后成了维系社会的部分凝聚力。"在现代社会中，我们感受到与他人的纽带，正是因为我们知道彼此之间是如此不同！"

阿伦问，在这其中会不会有什么例外情况。米拉已经不想直视他了。起初她想说没有，后来她回忆起一些先前读到的东西："有的时候，这种社会纽带需要特别的激励。即使是在现代社会，每个人都觉得自己是社会的一部分时，也需要得到特别的激励与鼓动。每个人都觉得自己是独立的个体，这也没有什么问题，只是不像传统社会那样通过宗教仪式和其他形式的仪式来加强社会联系那样让人感到激动。"

按照涂尔干的说法，即使是在最简单的共同体中，社会联结也可能变得松散。因为即便是在同质性极强的社会里，人们有时也会去做自己的事情，这在有些情况下可能会招致以自我为中心的利己主义，从而打破人们与共同体之间的联系。因此，每隔一段时间，大家会在某个特殊的场合聚在一起，参加同一个仪式，通过这种方法来重新巩固他们共同的观点和信念。人们做着同样的事情时，便会再次相信他们同属一个群体。

这些特殊的场合会在每个人都感受情绪欢腾时发挥最大的效用。这也是为什么仪式包含大量的歌唱、念咒、舞蹈。涂尔干甚至断言，人们就算失去了信仰也会不断地参加宗教仪式，因为这会让他们自我感觉非常良好。现代社会也有类似用于加强人们的归属感的仪式。重要的体育赛事、政治集会都可以达到这种效果，还有其他小规模的仪式。即使家庭环境不同以往——比如说在很普遍的离婚家庭里，人们仍然会试图通过家庭中的仪式，比如生日、特殊的庆祝活动来保持归属感。在她父亲接受审判之后，整个家庭都遭受了沉重的打击，这可以被视为社会对个体的影响：在审判面前，人们显得无比渺小，他们必须按照社会期待来行事。米拉因此为父亲而骄傲：他作为一个反叛者，站在这些铺天盖地的不可抗力面前。这种行为既大胆又浪漫——只要他没做错任何事。想到这里，米拉意识到，她在重温第一个令人浑身战栗的洞见，很快，又想到了第二个洞见。

她认为涂尔干的教诲在于：你应该时刻注意，远离根深蒂固的偏见。她正在这样做，不是吗？今天，她从外部审视了自己和对父亲的忠心。社会学让她得以放飞想象力去想象，哪怕只有一瞬间，对于他的所作所为，其实不止有一种合理的看法。她的父亲也许太过于"个体崇拜"。或许他并非一个浪漫的反叛者，而只是功能失调的个人主义的一例，但只要不走极端，也就没有关系。事已至此，米拉想知道，自己接下来该怎么办呢？当然，另一方面，她对自己完成了加里森的挑战，并对其做出了充分的回答而感到心满意足。

社会何以可能？

我们是自私的个体吗？

抑或我们的行为
受到社会约束吗？

1. 有一种理解人类行为的方式，假定人们总是以利益最大化为目标来行动。这种理解常常被用于经济学的行为模型中。然而，这种方法的问题在于将人类动机的范围缩小到了一个。

2. 涂尔干的道德个人主义描述了我们从共同的社会规范（social norm）中学到的道德责任感。社会似乎是一个有权力的实体——人们也因此赋予了社会支配他们的权力。这件事可好可坏。它解释了为什么当人们对某些事司空见惯时，最普通的人也可能做出极善或极恶的事。

3. 涂尔干借此解释了劳动分工。不同社会都将特定的任务分配给特定的人，并总是在通常情况下声称他们是最适合这个任务的人，这往往出于他们的教育层次、性别、出身、民族、信仰等。社会学家想要研究的是这个过程及其正当性。

4. 在一个复杂的社会中，人们的许多日常活动都依赖于他们永远不会了解或遇见的人。这也使得人们可以从事非常专门化的活动。

劳动分工需要以合作为基础，因为人们不可能亲力亲为所有事情，而合作就意味着信任。所以一个人如若能成为某个领域的科学家，也是得益于其他实验室技术人员、软件工程师、清洁工、农民等的存在。这便成就了现代社会从邮件系统到太空计划的诸多飞跃。

第 三 章

在 画 中

次月，伊妮德姨妈来到米拉所在的城市旅游，约米拉一起看展。这个展览将展出大量从未公开过的重要艺术品。伊妮德热爱有主题人物的艺术品。米拉从小就总是被伊妮德姨妈带去美术馆，听姨妈讲解画中人物的故事。"你看到这个小女孩了吗？就这个跟你差不多大的小女孩。她在听她妈妈和朋友们说话呢，但是其他人看不见她。你看她的样子是不是有点顽皮、淘气？"

这些故事让米拉心驰神往，尤其是她的姨妈总是想方设法地在画作中找到一些能够让小女孩产生共鸣的东西。所以此刻，她们又在逛展，米拉希望姨妈能再给她讲一些关于这些艺术品的故事。对于一个已经成年的女性来说，再去听一些艺术品背后的幻想故事是很幼稚的，但这些从未公布于众的艺术品，与伊妮德这样年纪和旨趣的女人心中的故事无形相通。她们正在参观的藏品是由一个贵族家庭在几百年间逐渐积攒起来的，记录了这个王朝所有的重要事件，从英雄主义和军事征服的辉煌时刻，到宫廷阴谋和遭到背叛的失落低谷。

伊妮德已经为她外甥女娓娓道来了六件展品背后的故事，后来她们又一齐发现了一件展品，讲述了一位年轻公主被她善妒的丈夫谋杀的悲剧。这个故事米拉也略有耳闻。伊妮德让米拉想想，这个丈夫嫉妒得毫无依据，却无法控制自己的情绪。伊妮德看着其中一幅画轻轻叹息道："这是一个令人痛心而悲伤的故事。你看，这幅画里描述了故事的结局。他走进卧室，手里还提着杀害公主的那把剑，意识到自己犯下了不可饶恕的罪行，便将剑对准了自己。"

伊妮德显然沉浸在这种难忍的悲伤和年轻丈夫弑妻的毁灭式激情中。米拉打心底里觉得，这桩事故会让任何一个人都觉得可惜——因为缺少自我控制的能力和判断力，一对年轻而尊贵的生命戛然而止——但是她没有将这些话说出口。她很难感同身受般地对这幅画做出反应，也一下子清晰地认识到她与伊妮德姨妈是多么不合拍，现在的她已不再是那个听姨妈讲故事的小女孩了。

在那周早一些的时候，米拉参加了一个情感社会学的讲座，讲座主要涉及涂尔干研究的一些主题，即情绪与感受对于社会团结的重要性，以及社会学所肩负的提醒其他社会科学关注这一社会事实的责任。主讲人说道，涂尔干曾以一种相当通俗的方式书写过关于父母之爱或所谓"孝道"的内容，但他并没有对激励人们产生交互关系的社会学做出太多的贡献。当研究涉及我们对人类行为的理解时，分析敌对或憎恨一类的情绪是很重要的（有些社会学家总是忘记这一点），但显然，这门学科在这一点上还在与心理学进行一场划分研究领域的"地盘战"。

米拉从这场讲座中得到的东西大致就是这些了。主讲人介绍，社会学可以增加我们对情感的理解，她没懂这句话的意思。但课上很快就要对所讲内容进行小测试，所以她决定先自己翻书找答案。她后来在学校的书店里买了一本打折出售的书，没过多久就对这本书深恶痛绝。两个自命不凡的先生合著了这本书，其中一个叫福森，另一个叫斯坦因，她（和她的学长学姐以及后来的学弟学妹们都）将这本书戏称为"弗兰肯斯坦"。

尽管对这本"弗兰肯斯坦"爱不起来，她还是忍不住津津有味地读起了情感社会学的内容。作者明明可以将这本书写得更加朴实，却喜欢咬文嚼字、"不说人话"。如果克服了这一点，那么这本书里的内容其实有点像她喜欢在杂志上看的那些东西。或者，就算真的没那么像，主题还是近似的。

米拉理解了这部分内容，决定将情感的社会起源理论付诸实践，看看别人是否也认同这个理论的重要性。她不确定是否所有的社会学家都会同意这么做，但这对于米拉来说并不重要。只要她觉得这个理论足够有意思，并且完全消化了这套理论，就足够了。接下来，米拉想找一个认识的人来测试一下，看看他觉得这个理论怎么样。这回又轮到伊妮德姨妈做裁判了，至少她或多或少是个人类情感方面的专家。

她们接着逛展，几乎可以猜到，伊妮德姨妈正试图让米拉明白，人活在情绪的支配下是光荣且正常的。她问米拉，有没有对人不耐烦，或者对人发脾气，但后来又后悔了的经历？米拉承认了这一点，当然，正像其他所有人一样，她不能每时每刻都很好地控制住自己的情绪。

"我记得我妈妈总是对我说'控制住你自己，别哭啦，打起精神来，别愁眉苦脸的了'，亲爱的姨妈们也总是在我不开心的时候对我说'来，给姨妈笑一个'。你想要发泄，却被要求控制，这一点真的很让人火大。但随着逐渐长大，我们会学会自我控制，而不是像那个善妒的王子一样！"

"好吧，或许不是所有人都像那个王子一样。我不认为大多数人真的能控制住自己的情绪。就算如此，他们勉强能够控制住的是情绪的出现而不是情绪本身。"

米拉默默地想，是的，但这说的是你而不是我。我不认为情感很重要。可能她现在已经拒绝与姨妈共情，尽管她努力说服自己在进行理解情感社会学的任务时，与人发生共情才更加合乎逻辑。当米拉试着回忆教科书上相关的内容时，她们俩发现身边有一堆微缩景观，景观中央是一个非常正式的家庭团体。这件艺术品虽小，但完整地展现了它所描绘的这个统治家庭的权力与富庶。但如果你仔细去看，伊妮德告诉米拉，你就会发现他们十分僵硬，每个人都离其他人远远的。他们要么坐着，要么站着，唯一触碰的东西就是他们权力和财富的象征。米拉大概可以理解姨妈的意思。

"连孩子们也都坐得远远的，他们触摸的唯一活物就是宠物，它们看上去更像是这一家人财富和权力的象征。所有的情感似乎都被拴在家庭与物品的关系，还有它们的社会地位上。"

"他们在有意地完全控制住自己的情感，不是吗？可怜的孩子们，要活在这种可怕的诅咒之下，从来不被允许在任何人面前表露出真情实感，甚至可能不能感受到普通人类的情感。他们永远都做不了自己，永远。"

如果没有看过"弗兰肯斯坦"，米拉此刻或许没什么好说的，但是现在，她开始回味书中的内容。米拉缓慢而小心翼翼地将以下想法整合在一起，她说，在这个问题上可能有两个值得关注的点：释放情感和做自己。释放情感，意味着它们已经在内部形成了，根据你的选择，你可以释放它们，也可以隐藏它们。但这一定是对的吗？"释放"这个行为也是情感本身的一部分吗？

她们接着经过展藏中的小型艺术品，米拉继续解释，"做自己"就意味着有一个现成的自我等待着被展示出来，但这个自我并不是预先包装好的那一个。她话锋一转，谈到那个自认为十分了解的话题：在童年时期学会控制自己的情绪。米拉说，在一个人的孩提时代，被着重要求控制住情绪的部分原因是，情绪或者说情感总是被视为理性的障碍，是混乱、野蛮、女性化、动物性的因素。因此"做自己"和释放情绪两者可能时有冲突。

一个理性的成年人不需要将自己的情绪状态汇入世界的洪流中。人们需要一定的自我审查和自我过滤。这种过滤只是为了让人们塑造出最好的形象。比如说，某些人因镇定自若、保持冷静而广受赞扬，不过这种赞美是一把双刃剑，因为冷静也可以被人认为是惹人讨厌、缺乏人情味的表现。部分的过滤确实是必要的，因为有时情绪会招致麻烦。

伊妮德明白，米拉说的这些与她们一直讨论的统治家族的情况非常吻合。在研究其他微观作品的过程中，伊妮德发现了更多似乎符合米拉想法的例子。伊妮德说，这说明统治家族应该比其附庸处在更高的地位上。他们必须营造出一种淡漠、中立甚至超凡脱俗的形象。贵族的行为指南根植于正义之中。其臣民不能认为统治者做出惩罚是因为他们心怀愤懑或是憎恶之情，而应该是罪人罪有应得。因此，臣民也必须假定王室权贵在家庭内部也恪守着同样的淡漠礼节。

说到这儿，两个女人无声中交换了一下眼神，她们同时想起了一个彼此都很熟悉的一个家庭。伊妮德大胆地说，据她的观察，并不是所有的女人都不擅长藏匿自己的情感。米拉很清楚姨妈的言下之意，但她不想和伊妮德谈论自己的母亲，至少现在不想。为了改变话题方向，她问姨妈，她是否认可男人有压抑情绪并最终爆发的倾向。伊妮德不得不同意这一点，随后米拉补充道，尽管女性有轻易表达情感的倾向，但我们永远不能确定这些情感是完全真实的。

对于这一点，伊妮德回应得有些语无伦次，米拉同时努力回忆着"弗兰肯斯坦"中关于情感的下一章。书中提到，有一种很主流的哲学传统认为情感扭曲了人们正确看待世界的方式。古希腊哲学家柏拉图就是其中一例：对于他来说，情感就像是脑中的浓雾，遮蔽人们对于过去的认识。在此后的很长一段时间里，情绪都被视为一种阻碍、一种原始性的遗留，人们需要压抑和控制这种倾向，以表现出更加文明开化的样子。

"弗兰肯斯坦"中也提到奥地利的精神分析学家西格蒙德·弗洛伊德（Sigmund Freud），他所理解的情感与理性之间的关系要更加动态。在他看来，文明存在于与本能感觉的对立之中，事实上，文明是通过人类历史上压抑某些基本的本能而发展起来的。文明就建立在人们对情感尤其是性欲的压抑之上。弗洛伊德与早期思想家最重要的区别在于，他认为人的理性与情感密不可分。意识无法从潜意识中游离出来，而潜意识正是情绪黏质的储存所。我们的所作所为，看似是意识的产物，但实则可能是我们潜意识里的黑暗涡轮翻滚搅打的结果。

米拉认为，这些权贵阶层要求自己比其臣民表现得更加文明。在她能回想起来的内容中，也有很多谈论情感的性别差异。在过去，人们认为女人受感情控制，也就是说，她们有意识的、理性的那一部分思想受到非意识的、非理性的身体影响，荷尔蒙在她们的身体里狂欢。而由于情绪同理性与进步背道而驰，女性也总被认为是不讲道理的。

伊妮德不得不提醒她，这里可是这个善妒的王子不讲理，而不是公主。"好吧，"米拉承认说，"但你不认为现在的女人和男人都有了更多表达自己情感的自由吗？以前的人认为，过于轻率地表露自己的情感很不合适，人应该稳定而理性。而如今，在实际上，许多国家的情况都发生了逆转，人们——尤其是男性——如果没有充分表达自己的情感，或是表达的方式有问题，就会被质疑能力不足。有表达自我的冲动但是要学会'克制'，这一举动曾经是中上阶级的标志，如今已被抛弃，取而代之的是完全地放开自己。"

"你说的完全正确，米拉。在公共场合——比如在电视上——公开表达自己的情绪，已经成了一些地方的常态，对于男人和女人来说都是这样。"

此时这两个女人正站在一件著名的瓷器前，瓷器上的装饰画让她们联想起正在讨论的那种刻板印象。这幅画描绘了葬礼上的一系列场景：包括送葬队伍和某种形式的陪葬环节。国王已死，女人们都在哀悼和服丧，看起来毫不严肃或庄重，而是彻底放纵自己沉溺于悲伤之中。此后，她们因哀恸而形销骨立，头发和衣衫都破烂不堪，见到死去的君主就难过得几近昏死过去。

"在那些日子里，至少他们可以得到一个很完美的葬礼。"伊妮德姨妈淡淡地说道。米拉听到这话一愣，随之忍不住爆发出一阵笑声来，立即引起其他参观者的嗔视。克制住自己的笑意后，米拉表示，在不同的社会里，悲伤有时就像某种时尚狂热一样。有证据表明，在不同的历史时期和社会中，不同的情绪占据着主导地位，这背后可能有着确切的物质原因。如果死亡率下降，可能人们对待死亡的悲伤程度便会随之上升——人们有能力在心理上更加依附于另一个人，彼此的依附性越强，对于死亡的哀恸也会愈发强烈。

米拉逐渐进入了状态，她从"弗兰肯斯坦"中学到的东西，正在脑子里按部就班地以合乎逻辑的方式组织起来，就像准备通过一场考试一样。不止于此，伊妮德姨妈似乎也对这个理论印象深刻。她不由得信心大增，说道，在后来的历史中，宗教生活地位的下降和私人生活重要性的上升或已使维护情感健康成为一件日常工作。公开表达情感逐渐开始入侵"错误"的生活领域。不管怎么说，这都说明情感经过了一系列的历史流变，尽管这种历史常常被遮蔽、掩藏在我们的视线之外。而现在，我们的情感图景再一次发生了变化，米拉滔滔不绝。

就在这时，姨妈环过米拉的胳膊，并拉住了她。她越过米拉的肩膀看到一个熟人。米拉环视周围，寻找姨妈目光所及之人。那人似乎正迈着轻快的步子穿过展厅，走马观花般欣赏着这些展品，不一会儿就赶上了米拉、伊妮德以及这件令人悲伤的瓷器。

一分钟后，她的姨妈便用她的真名为他们相互做了介绍，称这位男士为李先生，而女孩则是自己的外甥女。这没有让米拉太过惊讶，因为姨妈一整天都在叫自己的真名。她估摸着姨妈永远也记不住她现在叫"米拉"，只好默默祈祷自己用真实身份面对眼前这个男人不会惹出麻烦。

从他们说话的样子来判断，伊妮德姨妈和这位李先生已经相识多年。因此，他定然知道这次审判的前因后果，他也几乎没有因为这件事而回避伊妮德姨妈。这样挺好的。他对米拉的态度带着几分同情，说明他理解她最近的生活变得多么难堪。正当李先生和她们说话时，他的儿子也一起跟了过来，此前他一直走在他精力充沛的父亲后面。如果伊妮德此时恰巧瞥了她的外甥女一眼，就会看到米拉发现对方是阿伦而露出的惊恐表情。

伊妮德姨妈没料到小外甥女会有如此强烈的反应。生活中总会有各种意想不到的事情发生。谁都无法控制人们之间的相处模式，只能去享受这个过程。或许两个年轻人如此有趣而复杂的相遇——使用假身份——最终会有一系列意想不到的发展呢。事情可能会变得很浪漫，就像某些歌剧里或者化装舞会上男女主人公的初次邂逅。至少，现在必须公开这个秘密，这个年轻人将成为外甥女的倾诉对象。

伊妮德猜错了外甥女的真实心情，只是很高兴得知米拉和阿伦在同一所大学上学。得知阿伦在学习心理学时，伊妮德的喜悦来得更强烈了。然后她对父子俩说，刚才她们一直在讨论情感，她的小外甥女认为在不同的历史时期，社会接受的情感是不同的。她扭头转向米拉："亲爱的，社会学是这样讲的，我没说错吧？社会学还提到了其他和情感相关的内容吗？"

米拉非常怀疑阿伦和他的朋友不会帮自己守住身份的秘密，但无论她感到多么痛苦和不安，以及这种痛苦和不安是否来自阿伦，她都不得不集中精神、彬彬有礼地参与这场对话。米拉刚刚积攒的自信都消失了，她用一种似乎自己都不太信服的语气回答，有些社会学家对情感的形式和目的很感兴趣。他们之所以需要这样做，是因为如果他们无法学习情感，就不能理解人类行为。社会学家认为，人们不一定总能弄清自己想要的是什么状态，也搞不清达到这种状态的最佳方法。人们所做的大部分事情——尤其是日常活动——多半是他们"感觉"正确的事情，而不是他们"认为"正确的事情。

看大家都在礼貌地听着，米拉只好硬着头皮继续说，所以我们说，情感对于社会各个层面的运作方式来说都是至关重要的。它赋予了我们一种共享的语言，一种共享的理解方式，这种理解方式作用在一种完全不同于理性思考和精心计算的层面上。人们的天性就是不假思索。我们时不时地被情绪而不是理性掌控，正像米拉从那些比她更了解这种情形的人那里听到的那样，恋爱中的人都知道，情绪会让人做出相当愚蠢的事情，甚至是不合理的、寻求自我毁灭的事情。就算明知飞蛾扑火，他们还是义无反顾。

米拉暂时松了一口气，阿伦的父亲却将饱含期待的眼神投向阿伦，等待儿子发表见解。阿伦默许了，他认为米拉所说的是对的，至少在常识层面上是正确的，但是心理学在情感研究方面有着更为丰富的内容。所有的心理学分支都对情感有着浓厚的兴趣，包括阿伦目前涉猎不多的分支，心理学比社会学更适合用于理解情感："毕竟，这基本上就是一个生理现象，是由感知调节的刺激和反应。"

伊妮德不太信服，反驳说，不同情绪的生理过程可能非常相似。你生气时会脸红、脉搏加速、心跳更快。你愉快或兴奋时，身体的反应几乎是一样的，你会脉搏加速、脸红、心脏狂跳。她望向米拉，试图寻求一些肯定。米拉点了点头说，是的，情感不可能仅仅事关大脑发生的生理变化。如果此时米拉能回想起"弗兰肯斯坦"

里的话，将会对她有莫大的帮助：

　　社会学家对此有两种解释，都基于这样的一个观点，即没有什么天生的身体反应不是通过后天学习得到的，更不可能脱离社会的调节和建构。一种解释是，我们根据所处的情况及定义方式不同，对同一组身体反应进行了不同的解释。有时，我们学习在某种既定的情况下会产生什么样的情绪。另一种观点是，不光情感是社会建构出来的，身体反应也是如此。我们的全部都是社会的产物，情感则完全存在于人与人的关系中。每个人都不是一座孤岛。

　　但实际上，她才刚说到情绪是"社会建构"的，阿伦就直摇头："你说得有点太跳了。你说我们的身体是社会建构的，这是什么意思？这样说有点奇怪吧。我们的生理反应是纯生理性的，而不是思考的结果。没错，社会刺激会对产生情绪起到一定作用，文化也会影响我们的感知，但是，我们的反应本身与社会无关。这个反应就是情绪。我们怎么知道自己产生了某种情绪呢——通过测量大脑特定区域的脑电活动或血液中的化学物质水平。在过去，则会根据手心的出汗程度及手汗影响的导电性来判断。"

　　"啊，你说的是测谎器，或者说谎言识别仪？"李先生自鸣得意地说道，"我之前可见过真的，你知道的。"

　　阿伦听了点头，表示记得。他的父亲似乎还希望他继续展开。阿伦开口："人们总说情绪让自己脊背发凉、刺痛或是心悸。既然情绪是一种基于大脑化学变化的生理反应，而且你无法有意识地控制它，那么社会性的东西又如何能影响到它呢？人们对彼此所说的话或者他们所做的事情只会影响到刺激的产生和感知，而这些都是大脑产生情感前就已经发生的事了。"

"并不是我们决定是否要有情绪，至少不是有意识地决定。而是我们感觉到情绪发生在我们身上。"米拉回应。

接着，她特别强调："我认为，情绪一定与我们对某种情境的反应有关，也与该情境对我们的意义有关。"

米拉不知道这番言论是否直击阿伦的要害——或许他太笨；又或者太聪明，没能理解她在说什么——因而此刻他父亲开始声援他了。

"嗯……阿伦你看，她同意你的看法了。如果针对情绪的研究有任何未来，显然我们还是要多依赖心理学。所以你不妨再为我们多讲一讲吧。"

阿伦照他的意思继续，简直像从心理学教材上逐字逐句照搬："进化心理学将情感视为从一开始就被置于我们大脑中的各种可能性。未必每个人都有足够的机会去正确地刺激并充分利用我们的全部情感，但是仍可以看到其内置的情感潜力。它们预先就已经存在了，是一系列与生俱来的情感状态，但它们会时不时地被我们生活中发生的事情触发。进化心理学所关注的是，我们与生俱来的情感状态是如何在适者生存的进化过程中发挥作用的。进化的压力以及对于有利资源的竞争激励着我们通过信任、感激及相互影响等方式促进群体合作。"

李先生看上去十分满意，应和道："这么说，情感只是服务于生存的某种功能咯？"

"可以这么说，"阿伦认同，"简单来说，这一过程包括外部刺激和外部刺激引发的本能反应，比如遇到危险时的战斗或逃跑反应。情感是人类动物性的一部分，是进化的遗留物，因此和社会没有任何关系。"

阿伦看上去有些不太自在。米拉猛然意识到，可能是在父亲要求他表现自己的情况下，他才不得不这样说话，实际上他也感觉很尴尬吧。米拉想，阿伦，这就是你自食其果了吧，我可不会去救你的。

"这有点说不通呀。你可以这样解释情绪的最初起源，但情绪不会总像你所说的那样起作用。情绪有时也具有破坏性，我并不认为这种破坏性对适者生存有帮助，因为人们生存需要的是某些本能。然而现在谁又关注情绪在我们进化的某个远古阶段起源时起到的作用呢？情绪有可能早已失去了其最初的目的，获得了新的原因和影响。"

说到这里时，他们恰好来到了一个装着华丽长袍的玻璃展柜前。米拉请伊妮德为他们讲解一下这袭长袍的来头。伊妮德说，传闻王储公主哈尼亚继承王位时，曾穿过这件袍子。这件袍子上缀着无价的珍宝，由全国技艺最高超的裁缝呕心沥血五年制作而成。哈尼亚公主在登基时，当众脱掉了这件袍子，以表明自己恫瘝在抱，和臣民是一样的，将永远和臣民站在一起。哈尼亚虽接受自己身为统治者的命运，但她拒绝命运将她与众生之间划出的这道鸿沟。

伊妮德总结道，这个故事告诉我们，我们时不时地会对自己的情感到困惑或者产生错误的认知，甚至产生矛盾的情绪，我们有可能对某人又爱又憎。李先生补充道，情绪并不是一旦落地，意义便会变得透明和不言自明的那种直接的体验。他忍不住引用哲学观点来佐证自己的话，米拉注意到当他说这句话的时候，阿伦似乎有点退缩，或许是与他父亲的屈尊认同有关。

"如果心理学认为情绪是一种一旦发生便可以被简单归类的东西，那么这种观点似乎在很大程度上受到了笛卡尔①（Descartes）的影响。伊妮德，你还记得笛卡尔主张的身心二元论吗？"

伊妮德承认，自己没有理解米拉和阿伦所说的一切，但是如果没有考虑到人们在情感上会产生分裂和冲突的观点，一定是不完整的。"等你活到我这个岁数你就明白了，有时候就算产生了某种情绪，仍然可以置之不理。"

这让米拉不由得联想起她刚刚一直在试图猜测阿伦感受的行为。

"难道我们不是共享着对情绪和情感的某种理解吗？如果我们不通过交流来分享自己的见解与感受，又如何能知道彼此的想法呢？我的意思不也是说通过谈话来交流的吗？"

米拉稍作停顿，确认自己表达得是否清楚，然后补充道："这也意味着我们对他人的情绪认知已经发生了变化。如果我们仅仅是靠电视上所鼓吹的那种过于简单的情感表达方式，就不能够理解这个时代的哈尼亚们。"

从阿伦接下来所说的话来看，米拉方才说的所有微妙和隐晦的东西都被他左耳进右耳出。这使米拉不由得好奇，性别刻板印象中是否有和情感相关的内容。阿伦认为，她对情感的看法很幼稚，因为"实验和大脑成像的结果都证明了我们对于刺激的反应几乎没

---

① 17 世纪法国著名哲学家，近代二元论和唯心主义理论著名的代表。

什么区别。至少人类的基础设置就是这样的。或许我们的大脑会在受到某些损伤的情况下有所改变，当然，其他的生理因素也会相互作用，从而影响情绪中枢的应激反应出现变化，但这是病理学要研究的内容了——我们不是有意识想要这些变化发生的"。

米拉忍不住用略带嘲讽的语气反问："那么你的意思是，对于感情的唯一正解的来源是实验室里的二手资料咯？"

"好吧，一般来说，常识是无益于理解和促进科学工作的——其中的原因不言自明，有时候科学的结果甚至违背我们的直觉。你所关注的所有关于情绪的思想和言论，有可能只是一种余震，是一些无关紧要的细枝末节，不会触及理解情绪的核心。"

"阿伦，你是说，这些都是一些副现象（epiphenomena）吗？"他父亲看起来心情愉悦。这位李先生可能是在和他儿子暗中较量，炫耀自己的渊博学识，而不是单纯地鼓励儿子展示硕士课程所学。

"或许是时候让他稍稍往后了，"米拉暗暗较劲，"这样你就可以好好思考一下我们在讨论的这个问题，而不是不停地掉书袋。"这个想法太过讽刺，她忍不住咧开嘴角，因为她知道，能够参与舌战全得益于"弗兰肯斯坦"。直到她开始说话时，嘴角还带着笑容。"当你看到你喜欢的人时，你会微笑。微笑这个动作会让你看到他们时更开心一些吗？可能确实有一点。所以没必要去讨论身心分离的观点。我知道的是，没有身体上的感觉，情感也难以成为情感。情绪的发生难以离开身体的部分，因为人们需要借此描述它们。没错，恐惧在胃（stomach）里发生着，爱则藏在心里。我们用来描述种种感觉的词——心痛、紧张（butterflies in the stomach）——这些情感蕴藏在身体里，但我认为你不能说这就是感情的全部。这样的话你就相当于把生活切割成仅仅用心理学就能解释的程度了！"

阿伦有些不知所措，赶忙质疑："但你不能证明，从字面意思上说，事后的思想（after thoughts）不是我们处理情绪的方式之一。"

米拉只好保持微笑，说："这不是在兜圈子吗？我们想说的难道不是有些情感，比如愤怒和兴奋，虽然具有相同的生理机制，却是不同的情绪吗？或者它们在大脑成像上也有不同——我承认我在这方面确实不太了解，但是我敢打赌你们会把一系列人们明显认为不同的情绪，统一指称为你们所谓的'兴奋'。"

阿伦突然咳嗽了起来，等他停下来，他们一行人已经来到了另一件著名的艺术品前（自李先生加入他们之后，他们似乎便只在他认为重要的作品前停留了）。伊妮德问李先生为什么突然停下来。李先生转身问她喜不喜欢这件作品，她摇了摇头，反问他这件作品告诉他了什么，或者说他感受到了哪些故事？李先生听了，表现得十分困惑。

"画里的这个男人身子一侧明显受了伤，可能快要死了——他很疼，表情却很平静。他甚至可能有点开心。也许他正处于某种精神上的平和状态，所以感觉不到肉体的痛苦？或者，他为了做善事而甘愿赴死？"

"妙极了。他看起来那么平静，他的故事可以帮助我们理解他为何如此平静——是因为在其死前很久发生的一件事。我认为这些艺术品提醒了我们，一些情感状态——像是平静、骄傲、绝望和困惑——可能是很长一段时间内的事，而这种状态与其身体上发生的变化几乎没有任何关系。"

姨妈自信满满地应对这个自负的男人，让米拉颇感骄傲。伊妮德花了很长时间向他们讲清这平静死亡背后的全部故事，说完，李先生忍不住了：

"这难道不是一种语境吗？情绪的出现需要语境——比如愤怒。我在工作中经常会对一些懒惰或者效率低下的员工感到生气，但你要知道，这和他们因为懒惰和粗心大意而失去工作所产生的愤怒是不同的。愤怒对我来说可能转瞬即逝，但是对他们来说可能很难消失，甚至滋生负罪感。在临床上被诊断为抑郁症的人可能会产生一种持续、非理性的负罪感，但这种情绪的产生顺序与通常的负罪感略有不同。我听说有些年轻人在吸毒时，会对他人产生短暂的情感。但这也不是一种真正的情感，根据推测，这与真正的情感在大脑中产生的化学反应是一样的。用阿伦他们心理学的术语来说，如果这些情感具有完全相同的化学特质，那么它们就是一样的。"

伊妮德补充道，个体得到同一种情绪时所经历的体验有时迥然不同。有的人觉得压力让人喘不过气来，有的人却觉得压力让人着迷、上瘾。我们也都知道，有人喜欢抱怨，从不满中收获某种满足。李先生问阿伦，是否有心理学家认识到这一点，就像有些人认为杯子是半满的、而有些人认为是半空的那种。阿伦回答，这种事情可以说是"心理行为主义"最简单的一种形式。在这种理解下，情绪只是一种不同的行为，怀着某种情绪不过是以某种方式行事："我表现得很愤怒，所以我是愤怒的；我表现得很蠢，所以我恋爱了。"阿伦对这句笑话很是满意，然而伊妮德姨妈则不领情。

"机器人可以通过编程来展露微笑或者哭泣。你看看这个这么可爱的展览中的艺术品，都试图传达一种深刻而复杂的情感，或是某种情感的转变。有时人们往往到了最后一刻才意识到自己内心真正的感受。"

"此时已经追悔莫及了，"李先生打断道，"从你刚讲的那些故事里的人物和其可怕而悲惨的结局中，可以感受到这一点。你再看看这个：这俩人看起来简直突破了你能想象的悲惨的极限。他们身上发生了什么？"

伊妮德解释道，这是在经受某种卓绝的忍耐后的一个例子，这些古希腊人和古罗马人主张禁欲主义：人们将克制情感和克服痛苦的情绪视为光荣，甚至是生而为人的基础。"你所谓的行为主义没有将这种人的内心世界考虑进去，也没有考虑到我们怎样隐藏和遮蔽自己的情绪。"她对阿伦说。

米拉从姨妈那里接过话头说，是的，有时候你会对你喜欢的人"玩高冷"。阿伦答道，骗别人很容易，骗自己却很难。"是的，"米拉点点头，"比如说分手后，你可能会假装毫不在意，内心却十分煎熬。"

李先生突然插话，问米拉对行为主义有什么看法。米拉答道："我觉得，这些理论都在人为地将肉体和精神区别开来。要么是身体先做出反应，大脑再予以解释；要么是大脑先进行解释，身体再做出反应。对我来说，这些理论都不太可信。我所说的一直是相同的观点：社会学让我们不妨将情感看作社会建构的产物。"

米拉相信自己已经十分平静，足以考察并完成这个重要理论的测试了。她要怎么说明情绪的社会建构论经得住推敲呢？"弗兰肯斯坦"里有言：

在一般的认知理论中，情感或情绪都是在头脑或身体中产生的，然后在社会或文化背景下被体验或调和。情感与生俱来，可能在一定程度上受到环境、社会规范等其他因素的影响。社会规范在某些社会中可能会对人们的情绪表达起到缓和的作用，而在另一些社会中则起到增强的作用。所以说，人们会在社会允许的范围内压抑或增强他们的情感表达。这也是文化冲突的根源，游客们来到不同的文化环境中，就能感受到这一点。

当李先生打断她的时候，米拉正用自己的话解释这段文字："就像我们英国人以矜持和礼貌而出名，这样让我们很放松。但对其他人来说，就会显得很冷漠。"李先生说："但这种想法已经过时了呀！日本人、英国人很冷漠，南美人就一定很坦率吗？这些都是刻板印象罢了。难道社会学家都认为人们的情感表达受制于文化刻板印象吗？"

米拉怀疑向李先生解释这些重要思想不是一个好主意——他似乎总信誓旦旦地认为自己是对的，不接受任何他不了解的事情。她回答，社会学家也有很多种，她偏爱的是那些社会建构论者，"弗兰肯斯坦"里是这样讲的：

社会建构论者看待情感的观点和他们对待其他事情一样：情感是一种被承认的意义。他们的关注点在于确立社会中情感的规范和期望是如何产生和复制的。他们认为这些规范是情感产生而非压抑或释放的方式。这一立足点在方法论上与心理学非常不同。而在相对主义更不明显的社会建构论中，有一些基于生物性的情感是独立于社会影响和后天学习的。西奥多·肯普（Theodore Kemper）分析出四种基于生理的主要情绪：恐惧、愤怒、沮丧、满意／幸福。其他诸如爱、罪感、羞耻、骄傲以及怀旧之类的情绪则是在特定社会和文化中习得的次要情绪。比如说，有些社会是"耻感社会"，有些则是"罪感社会"。"耻感社会"的"耻"指人们会在公众羞辱下产生羞耻感。耻感社会更具有集体主义倾向——我们可能会想到"好面子"的东方文化，又或者是西班牙和意大利等天主教国家。罪感则是一种更加内在的、与良心博弈的感觉。罪感社会更倾向于个人主义，与新教或犹太教息息相关，罪恶是人与上帝之间的事。

这些社会通常以小规模的家庭结构和更加脆弱的社会约束为特征，可能会具有更高的社会流动性。无论是哪种情形，耻感和罪感都是最基本的情绪表达。羞耻来源于对惩罚和因不当行为被排斥的恐惧；罪感则是一种因触犯戒律而感到的愤怒。它们都是基本的情绪，在学习和社会化的过程中加以体验和理解。社会结构塑造了社会中占据主导地位的情感。

米拉解释了主要情绪和次要情绪之间的区别，然后指出，他们看到的这些艺术品都发生在特定的时间和地点，归属于王室、宫廷或随从中的某种特定文化。尽管统治者和最低等的仆人的主要情绪是相同的，但他们也要观察王室成员的次要情绪在社会结构中如何受到一套特定的情感规则约束。正像"弗兰肯斯坦"里提到的：

更具相对主义倾向的社会建构论的研究路径大致相同。它们会将情感与任何内在的生物遗传因素分离开来，但不将情感和其所处的社会与文化背景相分离。这类社会学家从跨文化人类学的研究中得出结论：情感表达在不同的文化中不完全通用。我们根据不同的情况选择特殊的情绪术语来描述特殊的内部状况、思想或者行为集合，这些术语将解释那些行为，使之合理。情感绝不是纯粹的内在行为，而是与其他人的关系相伴相生。从某种意义上来说，我们与其他人的关系总是某种社会关系。因此，情感不会存在于社会语境之外。情感是人们用来理解自己和自己的处境，并将这种感觉传达给他人的一种判断力。

米拉用一个例子总结上面的文字：比起罗列无数理由、让别人猜测自己对一件事的感受，远不如一句"我感觉很难过"。在这种情况之外，情感是不存在的。李先生仍然乐此不疲地与米拉争论，然而阿伦似乎已经满足于保持沉默了。

"你是不是——不好意思，我是说他们——把情感简化成人们对情感的想法和看法，却把真正重要的事情排除在外了？你方才抱怨过心理学的还原论，但这过于极端了：你不能解释这些东西，就把这些重要的内容都丢弃掉了，这些内容在心理学中还是可以解释的。"

米拉的内心毫无波动，淡淡地回应，你永远无法判断那些社会建构主义者是在强调该如何研究情感，还是他们真的相信不同文化之间没有相同的基本情绪。这种事是说不清的，因为你永远也无法将一个人从社会中抽离出来。李先生冷冷地回应，建构论者这种行为无异于"为了感受疼痛而把自己的腿打折"。

米拉纠正，疼痛是一种感觉，而不是一种情绪，但她确实同意情绪有着明确的生理性一面。是的，也许社会建构论者夸大了文化的差异性。然而，的确只有少数的几个面部表情在不同社会中通用——快乐、愤怒和悲伤。这时伊妮德也加入了谈话，也许是为了将米拉从另一场屈尊俯就的表演中拯救出来。

"在我看来，所有的这些心理学家和社会学家都将问题理解得太简单了，忽略了那些为伟大艺术提供灵感的微妙含蓄的细节。我觉得他们似乎都不愿接受情绪是根本难以理解和解释的事实，而且往往自相矛盾，会对人们的决定产生混乱并造成不确定性。"

米拉说："姨妈，我觉得你说得对，但这不仅是社会科学的问题。这是社会结构的一部分，甚至也存在于科层制中。"米拉这样说，是因为回忆起了"弗兰肯斯坦"中的另一条论断：

与行政机关打过交道的人们，都会发现其评估和判断往往会产生不公平或者不合理的结果，这是因为，行政机关与很多社会科学一样，出发点都是默认人们的行动有明确的意识和行动理由。举个适用于刑事司法系统的例子：法院很难绕过这样一个事实，即两个人在保持绝对诚实的情况下，会对同一事件有不同的感受，做出不同的描述。

李先生听到这里，表情有些苦涩，米拉这时候才想起，姨妈说他是一位高级律师，在一家大型公共机构任职。她不敢停下来，急于让李先生明白她只是在陈述一个与他毫不相干的学术观点，所以她试着使用他一直在使用的那种文绉绉的语言：

"因此在现代社会中，我们把情感当作幻觉，把理性当作真实。

然后我们将情感置于理性之下，从而经常陷入两难境地。尽管两者互为彼此的产物，我们的感觉和想法可能并不相同。重要的事情不光是要搞清楚我们认为什么是对的，或者感受到什么是对的，而是要承认想法和感觉可能非常不同。理性不能脱离感性存在，同理，缺乏了理性，感性也就没有意义。"

这段话已经足够晦涩了，但米拉知道，"弗兰肯斯坦"中是这样解释下去的：

反思性思考——推理、判断或者其他能力——需要将认知和情感结合在一起。思考需要配合感觉。那些因为大脑损伤从而无法进行情感体验的人们似乎也不能再像受伤之前那样进行推理。情绪需要理性发挥效用，换言之需要理性来做出决策。而判断在某种程度上是本能的、情感化的，或者至少看起来如此。

"所以，"米拉总结道，"做正确的事情，就有点像用电脑计算赌马的赔率那样去权衡各种选择。"也许是没有完全理解米拉所说的话，李先生最后还是被说服了——并且忘记了她先前对行政机关流露出的轻蔑。他倒是很清楚赌马的比喻。

"你这样说我就明白了，这更像是选择赌哪匹马——是一种理性、经验和直觉的结合，或者是对正在发生的事情的一种感觉。所以说，想要做出正确的决定，人们需要的不仅仅是一套抽象的行为准则。当你在自己的专业领域或者公共服务领域时，你就会发现，这些规则会妨碍决策，阻止你做自己认为正义的事情。"阿伦似乎终于从十五分钟前那种失语状态中缓了过来（也有可能是发觉父亲对赌博的热烈反应很有趣）。

"理性有时会随情绪而来——你先产生一种感觉，随后想出一个理由证明或解释它。情绪同样会影响理性决策的发挥：在实验室中，一个对照组被施加压力，另一个对照组没有压力，前者无法完成后者可以完成的复杂任务。"

米拉认为这与"弗兰肯斯坦"里提到的关于社会科学和哲学在研究情感时存在一些问题的说法不谋而合：

> 社会科学和哲学很难将情感视为一种外化于社会结构、社会关系、权力关系及表象等内容之外的存在，尽管它们定然是由社会生活中的方方面面解释和引导的。它们可以成为一种跨越类别、违背期望和规范的力量。

米拉知道，伊妮德姨妈会同意这个观点：或许试图寻找一个单一的原因或动机来解释人类行为是一个巨大的错误。社会学中的许多理论——以及经济学、政治学、哲学甚至心理学——都在这么做，但实则人类是情感、欲望和需求的结合体。

他们慢慢地接近展厅的出口。米拉发现和阿伦以同学的身份交流比以智力上的竞争对手交流来得更轻松一些。

"我只能想到这些社会学的东西，因为我想知道自己是不是真的适合大学生活。就像演一出喜剧。"米拉看着他困惑不解的样子，忍不住笑出声，"你懂的，就像有些平时很害羞的人在舞台上非常放得开，下台之后又变回害羞的样子。我的意思是，我虽然总是对社会学喋喋不休，但这其实是我最不想学的学科。"

阿伦也不是完全不明白她的意思："那你为什么还强迫自己学呢？"

"你可能会觉得我很傻吧，我就是想知道别人是否认可社会学观点的价值。遇见你之前，我正试着和伊妮德姨妈聊这些。"

"所以你要检验的观点是情感的社会起源？"

"是的——你来之后，这个小测试变得难多了。不过这样也许更好，我之前选择她，某种程度上也是因为我知道她会同意我的想法。"

"那……这个观点通过检验了吗？"

"我不知道，到头来我也没有真的向伊妮德姨妈解释清楚。我猜，大概要看你和你爸爸怎么想。"

"好吧，其实我也不清楚。我对我提到的那些批评也只是一知半解。我认为不同的学科之间不应该靠这些争论来划地盘。大一我回来时就给我爸留下了这种印象，直到现在还是一样。他觉得上大学就像进入一个秘密世界，在那里可以把宇宙奥秘一个一个学会。我觉得完全不是这样的，上大学的意义在于改变自己，自我改造。"

米拉希望他展开说说。阿伦回答，这和她强迫自己接受一个自己并不适应的角色有点类似，都是为了更好地挖掘自己的潜力。"你说你想通过研究社会学是否重要来确定自己是否适合读大学。也许你不停地追问自己这些问题，能让你成为那种在大学生活中收获颇丰的人。来，现在再试着把你的想法对着我总结一下吧！简单来说，社会学中关于情感的重要观点是什么？"

"我认为最重要的一点正像伊妮德姨妈说的那样。情感是社会中不言自明的纽带，是无形中将我们联系在一起的结。"

"很好，这就是情感。不是为了共同利益，或为了得到什么结果而做出的理性评估？"

"是的，完全正确，情感不仅仅是你帮助我、我帮助你那么简单。我们并非为了公平交换而这样去做。当我们不再出于利益或公平考虑，她不是出于强迫、欺骗，或为了履行义务而做某些事时，就是情感在维系着我们。"

"我明白你所说的义务，这个重要观点一点问题都没有。情感维系着我们，维系着社会的运转。这种情感是我们互相理解的基础。正是因为存在这种良好的感觉以及美好的愿景，我们才得以共同生活。如果没有这种情感——或者当我们失去它、失去对其他人的信任时——我们就会试图去琢磨其他人的行为背后的原因。"

嗯……看来你还是有些能力的。米拉想："希望我们永远也不要失去这种信任。"

……或者别人的感觉？ #哭哭脸

1. 生活中看似来源于天性的方面，往往最后被证明是所谓的"社会建构"。社会建构是一种自然的、源于世界的观点或生活方式。它看起来是那么平平无奇和不容置喙，甚至很少有人提到它。但当我们仔细观察它时就会发现，这其实是一种公认的事实。我们都表现得像默认它是真的一样。

2. 情感的体验总是自然而然的——但如同其他社会建构的产物一样，它们都是后天习得的，其意义也广受认同。情感作为一种深刻的私人体验，引导着我们做出选择和行动。它们具有私人性，这赋予了它们力量；它们也具有交互性，这赋予其意义。

3. 社会学利用情感来诠释社会。某些情感是维系社会运转的必需品。比如说，现代社会的劳动分工促进了陌生人之间的信任。

4. 尽管如此，人们总是希望依靠非情绪化的认知来对事物进行解释。人类社会总是呈现出精神生活和身体生活一分为二的局面。理性和冷静的判断寓于精神之中，身体则是情绪和不受控制的那些本能的栖身之所。这种区分被称为"二元主义"，它并不能反映现实。

事实上，情绪总是被用于做出判断，理性离开感性更是无法存在。

5. 社会建构在社会中是普遍存在的。还有许多其他的"生活事实"也是社会建构的产物，社会学的许多研究内容都涉及辨别这些所谓"真实"的本质到底是什么。

第 四 章 ————————————

**在 我 们 的
基 因 里**

　　这天，米拉起床后看见门口的垫子上躺着一个别人寄给她的巨大包裹。她拿起包裹摇了一摇，猜不到里面装着什么。这让她有点心烦意乱，但她还是先忙活起了早餐，把包裹留在卧室里。过了一会儿，她一手拿着早饭，用另一只手剥下包裹外的牛皮纸。包裹里面是一个纸盒，装着已经发黄的纸。妈妈在上面留了张便条，写着："亲爱的，我知道我们最近的生活很艰难。这是一件小礼物，希望它能让你想起那些快乐的日子。"

　　米拉翻了翻盒子里的纸。有之前的成绩单、用蜡笔画的自画像、一篇题为"我的假期生活"的小文章、一幅名为"我的一家"的画，还有她在学校里收集的一些已经变得皱皱巴巴的照片。米拉心想，如果她之前还能想起这些旧物，那它们现在肯定已经躺在垃圾桶里了。她将这些东西放在一旁就前往教室了，课上的大部分时间她都在做着白日梦，想着晚上要去的派对。等她晚上回来的时候，几乎已经忘了还有包裹这么一回事了。她干脆把盒子里面的东西都倒在床上。

　　她从里面翻到了一篇在之前学校的社会学课上手写的文章，内容是关于女性主义的。她和其他这个年纪的女孩一样，认为女性主义跟她没什么关系。毕竟她生长在一个女性可以拥有自己的事业，可以成为政治家、军人、教授，可以自我独立的环境中。她们过着女性主义者们期待的生活，这也意味着女性主义对她们来说已经不再重要了。这篇文章让她想起，当时教授这门课的老师非常热衷于女性主义。

在文章中，米拉讨论了社会学家所说的劳动性别分工，也就是女人和男人在家庭内外从事着不同的工作。女性更倾向于在家中做一些护理方面的工作，当她们发展出自己的事业，其工作内容也通常包括将这些工作延展到家庭之外。尽管她在文章中表示，这种理论已经过时，是时候接受批判了，她的老师还是为她介绍了塔尔科特·帕森斯（Talcott Parsons）的一些理论。这个人认为，男人和女人的不同角色"相互补充"，社会才得以建立一个稳定的系统。比如，女性承担家庭护理的角色，男性承担养家糊口的角色，这样一来，男人和女人都做了他们最擅长的事情。女性承担照顾孩子的责任，因为是她们生了孩子，因此她们照顾孩子也是合情合理的。如果一个家庭内男人的"工具性"功能和女人的"表达性"功能合理区分，整个家庭会运转得很好。男人在公共生活中发挥了一整天重要的工具性作用之后，女性在私人生活中的表达性功能为其提供了所需要的援助。

米拉学到，帕森斯描述的这种简单化的环境对于大多数男人和女人都不尽真实，并很快受到了女性主义者的挑战，他们并不认为生物学能决定我们的命运。米拉在文章中写道，自由主义女性主义者认为社会结构本身是中立的，但是性别歧视阻碍了女人进入社会顶层的道路。歧视是旧时代非理性因素的残留。他们也发现，男女不平等的根源在于人们对男女不同的态度和期待，以及阻碍女性登峰造极的法律和制度障碍。

像艾玛姨妈这样的自由主义女性主义者的关注点包括消除歧视，通过对女性进行专业培训来提供帮助，提高她们对生活的期待。他们认为，追求平等意味着要让女性对自己能胜任政治家、商业领袖或其他任何职业的能力树立信心。她曾经听艾玛姨妈谈起自己的学生时代。艾玛送给米拉一本自己小时候的儿童读物，试图显示自己小时候的品位与众不同。书名是《莎莉和萨米》。在艾玛姨妈的这本书里，有两个年轻鲜活的角色，一个男孩一个女孩，他们过着截然不同的生活。米拉读到"莎莉帮妈咪刷盘子""萨米独自玩他的化学仪器"。艾玛的老师们认为，这种社会化的角色完全妥当。自由主义女性主义者则认为这种认识是可以被扭转的，只有改变教育，女孩子和年轻女性才能认识到自己其实可以想要更多，而不局限于洗盘子和玩洋娃娃。

米拉的旧文下面是一个笔记本，宽幅的横格纸用蓝色的卡纸外壳装订着。她打开笔记本，看到仿佛另一个人的笔迹，那种似曾相识的感觉顿时消失了。扉页上写着"我的妈妈和爸爸"和年龄"7岁零3个月""我的妈妈在化妆""爸爸在车库里忙活"。下面配着两个简笔画人物，一个戴着帽子，另一个穿着裙子。事实上，她的父亲从不戴帽子，也不喜欢和机械打交道；她的母亲大部分时间都穿着长裤套装，但在这里，他们都被转换成了普通的男性和女性形象。米拉心想，那时候的自己心里就已经有了一些非常微妙的性别刻板印象。尽管在她小时候，自由主义女性主义者所希冀的很多目标已经实现了，也没有《莎莉和萨米》强迫她，她还是不自觉地习得了这种性别期待。这可能意味着自由主义女性主义者的任务远比他们一开始所以为的更加艰巨，而性别在社会结构中的位置也远比人们所以为的更加根深蒂固。

米拉想起了老师说过的话：这种假设恰恰证明了女性主义的观点，即女性哪怕参加了工作，身上仍肩负着双重的责任。她还记得，父母曾经雇了一名清洁女工来帮衬家务，那个女人自儿时起视力就严重受损。即使一部分女人取得了事业成功，她们还是不得不依靠其他女人来完成全部工作。这些"其他女人"通常是移民，薪水很低。家务劳动的重担只是被转移了，而非被消除。

在米拉的人生经历中，没有男人阻碍她做任何事情。不像她的社会学老师那样，米拉的母亲算不上女性主义者，但她总是鼓励米拉在她选择的任何事情上都做到出类拔萃，也从来没有丝毫迹象表明，她对米拉的期待比对她哥哥的期望要低。尽管米拉在成长过程中很少见到父亲，但她也丝毫不记得爸爸对女儿表露出不同于儿子的期待。她的哥哥，肯定曾经因为她是女孩而欺负过她，就因为她更小而欺负她一样，但米拉心知肚明，这只不过是兄妹竞争惯用的小伎俩。米拉还没有遇到任何重要的人（比如她的姨妈），因为米拉是个女孩子，就给她丝毫她要被不同的规则玩弄、被不同的规则评判的暗示。

尤其是艾玛姨妈，她认为自己在商界成功的好处之一就是能为米拉提供一个坚强的女性榜样。在米拉儿时的记忆中，姨妈是最早的女性主义者之一，但女性主义有许多种。并且，有很多女性主义者，还有更多的女性，她们同样在生活中开辟了自己的道路，却从来不为什么是女性主义而烦恼。

就算米拉曾听别人暗示过，生活可能有另外一重面貌，那也通常是一些无关紧要的人，比如之前在咖啡馆遇到的那个嘲笑她进大学钓金龟婿的同学加里森。米拉不得不承认，挑衅着实起到了作用，她甚至意识到自己可能与教授女性主义的社会学老师有比想象中更多的共同点。之所以会对这种突如其来的表述感到震惊，也许是因为她曾经一直与女性主义所要对抗的一切隔绝开来，对女性主义者的观点无动于衷。

"弗兰肯斯坦"里提到，一些社会学家对自由主义女性主义不满，因为它要求女性同男性一样。他们认为，自由主义女性主义所倡导的平等机会只会让少数较为富庶的女性受益，且受益程度也十分有限。为了将关注点放在个人身上，他们最终会去责备那些受到伤害的个体自己没有努力去做出改变。不然就没有办法解释为什么在消除了法律的阻碍、公共生活中的大多数人都同意男女平等的情况下，性别不平等依然存在。正当米拉在努力回忆这个观点的名字时，室友瑟茜和安娜来敲门。

"你在干吗呀？"瑟茜一边问，一边栽倒在自己床上。安娜则一如往常地走到房间角落里的椅子上坐下。米拉拿起自己的成绩单，翻过去，藏好自己的名字，大声读道："她是个很聪明的小孩，但是对自己的行为要求太苛刻了。可能是因为父母工作都太忙了，不能从家里得到足够的关注。"

米拉知道女性主义者会怎么解读这一点。"弗兰肯斯坦"里提到，有些女性主义流派深受马克思主义的影响，努力研究社会结构中的不平等的根源。作为母亲和持家的人，妇女在家中的工作都是无偿的。多亏了自由平等的发展，她们也得以在外面工作。她们实行着两班倒的工作，为资本主义提供"再生产"（培养未来的工人），同时让女性与男性一道通过工作支持资本主义的生产。对于这类女性主义者来说，问题的解决办法在于妇女们应该积极推翻资本主义，从而意味着消灭男性占领统治地位的父权制。

另一群女性主义者，即激进女性主义者认为，这样则使男人摆脱了困境。在其看来，父权制是社会最基本的组织原则，资本主义只是其最新的表现形式。男性通过强奸和家庭暴力一类的暴力和暴力威慑来控制女性。女性苦于承担被强加的女性角色的限制，逐渐趋于癫狂——精神错乱在某种程度上被定义为拒绝接受女性角色的表现。

"你读的高中怎么样？"瑟茜问道，"我上的是女校。"安娜什么都没说。看上去她在学校所经历的事情给她带来了彻底的精神创伤，但她看起来总是有点忧伤，一贯如此。

"我上的是男女同校啦。"米拉回答。说完她才意识到，这对像瑟茜这样的人来说是多么奇怪。"弗兰肯斯坦"中提到了瑞文·康奈尔（Raewyn Connell），她的作品中提到每个社会都会产生一种"性别秩序"。在每一个教室、学校操场、街道和工作场所中都存在一套人们期待的男女关系，以及男性气质、女性气质。因此人们认为，在操场上，男孩要玩得野、互相推搡、扯女孩子的头发；女孩应该成群结队地站在一旁聊八卦。师生都遵循着这种秩序。

米拉给瑟茜和安娜讲起自己在十来岁的时候经常和班上的男孩们一起踢足球。当时，她因此被老师和妈妈狠狠地说了一顿，因为踢球搞得身上沾满了泥巴和草渍。但是，似乎没人在意男孩身上是不是也脏兮兮的。一想到自己当时只是为了更讨男生喜欢才和他们一起去踢球，她的脸"唰"的一下红了。

"我们学校里的一切就平静多了，"瑟茜说，"直到我们认识了男生。大家就纷纷化起妆，还在背地里议论别人。如果你和白人男生走得太近，白人女生就会扯你的头发。"

瑟茜所谈论的情况既有种族秩序，又有性别秩序在里面。米拉想起了她曾经读到的种族女性主义的相关内容：很多黑人女性或亚裔女性作家认为白人女性主义者似乎没有把她们当作女人。许多白人中产的女性主义者说自己为"女性"发声，乍听之下好像所有女人都是一样的，都有着同样的诉求和经历——令人惊讶的是，这些内容通常只是白人中产女性的诉求和经历。她们在性别歧视之外，不必经历种族歧视和贫困的干扰，却不假思索地将自己的经历和体验推广到所有女性身上去。这些中产妇女的自由是靠非裔、菲律宾裔、波兰裔和墨西哥裔妇女提供的廉价保育和家务劳动获得的。

美国非裔女性主义者在写书时沿袭了黑人女性活动家们在反对种族主义、阶级歧视和性别歧视上的悠久传统。索杰纳·特鲁斯（Sojourner Truth）出生于美国的一个农奴家庭。她在 1851 年的一次妇女权利大会上发表了题为"难道我不是女人吗？"的著名演讲。根据白人男性对女性气质的构想，他们从未将她视为女人来对待。她说，从来没有人，为她开门或将她置于第一位，她在田地里工作，努力又勤奋，比任何男人都强。她亲眼证实了不同形式的压迫如何交织在一起，共同剥夺了黑人女性的人性，贬低了她们身为女人的身份。

图妮敲了敲米拉的门，把头探了进来问："你今晚打算穿什么呀？"她的语气仿佛探访一个身患绝症的亲戚。尽管她们才认识了几个星期而已，米拉深知，无论她现在从自己的衣橱里扯出来哪件衣服，图妮都会迅速把刚才说的话改成"你这穿的是什么鬼？"。米拉比划了一下，表示她此时身上穿的牛仔裤和 T 恤就足够了。图妮安静地翻了一个白眼。

"我只能猜想因为你是个女性主义者，所以就不在意这些了。社会学家都是女性主义者，对吧，米拉？"

"是的，我们都是一群不在乎外表的书呆子。"

图妮笑着补充道："你又不化妆，还戴着这么难看的眼镜，留着这么好笑的发型，完全不知道怎么搭配衣服。但是宝贝，你稍微打扮一下一定可以闪瞎所有人的眼。"每次米拉听到有人想要说她的脸很眼熟时，她都会拼尽全力地迅速转移话题。

"那，你的意思是那些每天不花上几个小时在镜子前的人都是女权咯？"米拉戏谑。图妮则一本正经地回应：

"女性主义者不赞成在外表上花时间。她们觉得这样做就相当于被男人支配。这是无稽之谈！我关注自己的外表才不是为了男人：我独自美丽。我喜欢看到自己美美的，这有什么错？"

米拉不确定是不是女性主义者都不注重外表，但她有理由怀疑图妮过分注重外表，一部分也是为了要和她时尚设计专业的同学保持一致。但她不会冒着让图妮生气的风险把这个猜测说出来。既然图妮提到了女性主义，至少给了米拉和瑟茜一些话题，也许没有什么话题能把安娜也吸引进来。或许是因为看到另外两人被困在她提出的问题里，图妮这回为了自己方便，而精心设计了这个话题。也许之后米拉会对女性主义侃侃而谈。

米拉还在犹豫，倒不是因为对这个话题无话可说（毕竟，她还是在相关课程上拿过一些不错的分数），而是因为不希望踩到别人的雷区。到目前为止，大家看起来还是其乐融融，但这个话题说下去八成会令人愤怒。米拉决定谨慎行事，于是采用了一种介于中立和略带自嘲之间的语气。她先是做铺垫，告诉她们，社会学首先告诉我们的是，人们根据自己的经历和环境因素，可能会对世界有着不同的看法。瑟茜听了立刻回应道："绝对的。你光是看我们平时怎么都找不到一个大家都能谈论的话题就知道了。"

大家和乐融融，除了安娜，她看起来似乎有点紧张，或者是对整个环境都感到不太舒服，所以根本笑不出来。米拉对她们说，要是贾丝明也在这儿，她们就可以问问她不同国家的人们之间存在的文化差异了。其实在此之前，她们对彼此都不是很熟，图妮甚至不知道贾丝明是外国人。瑟茜不觉得只有外国人才能理解米拉所说的文化差异。毕竟她和安娜所修的都是语言类项目，学语言的学生难以避免地要接触异域文化。她们半数以上的课程都是在讲关于艺术或者政治以及媒体方面的不同表达形式，"人们说不同的语言，使用截然不同的方式描述世界。不同的习俗和行为习惯，说明他们与世界的关联可能也截然不同。就拿电影来说吧。有些国家在地缘上很接近，但你还是能从他们的电影中发现很多差异化的文化表达"。

提到了电影，图妮忍不住开始谈论起电影设计里的文化差异，很快又谈到了不同的时尚风格。瑟茜和米拉交换了一个眼神，米拉接过话柄：

"是的，你说得对。在不同的环境中成长的人可能会以不同的方式看待自己的生活，但是男人和女人明明过着同样的生活，住在同样的房子里，在同样的办公室里工作，你又怎么解释男人和女人思维和行为之间的差异呢？你可能会说他们从生理上来说完全两样，或者你可能会说每个社会中都存在着像是文化之类的东西。人们看似在共享一切，实则却彼此分离、产生差异。"

图妮直接盖棺定论：

"我觉得男人和女人就是不一样的，生而不同。两类人在同一时间里共享着同一空间，除非他们是真的不同，不然他们怎么会看起来像是占据了两个不同的世界呢？而且我很享受这种差异。我可不想做男人，我喜欢自己是女孩子。如果我是一个男人，我就会变得和现在完全不一样。"

"而且男人根本生不了孩子。"瑟茜补充道。

"所以他们不显老啊！"图妮吐槽。

"是的，"瑟茜承认这一点，随之淘气地笑着，"但是他们死得早。"对此图妮礼貌地回复，如果自己的脸看起来像个旧手提包一样，活得再久也没有意义了。她们同时爆发一阵欢笑。当她们止住笑时，图妮说道，女性主义可不认为女人同男人之间的差异是因为自然或者文化因素。

"而是因为我究竟是住在一个男性世界里，还是女性世界里。"图妮认为这种观点根本讲不通，因为在时尚界，只要你有才华，无论是男是女都会取得成功。近一个世纪以来，在高级时装界一直都是这样的。

瑟茜对此表示同意，说道，女性主义者看待男人和女人的方式着实令人厌烦。"我不认为我是一个女人的事实比我生活中的其他事实更重要。事实上这一点根本不重要，但是女性主义者就站在糟糕的另一边，认为性别是一切的开始和终结。"

米拉听到这话惊呆了，这个话题引起了如此激烈的对话，她担心这场谈话很容易走向恶性的争吵。她在字斟句酌后慢慢开口："你说社会学家都是女性主义者。好吧，社会学确实指出了男人和女人在应对相同环境或特定情况时的表现有巨大差异。社会学家也指出了男人和女人对于世界有着不同的信仰和观点，这一点尽人皆知。他们有时连用语习惯都不相同。比如说，男人和女人以不同的方式使用某些词语，而且常常因此让对方难以理解。对此我们的理解，要么是我们所面对的是两个完全不同的物种，他们生活在一起只是因为很快乐或者很方便，要么就是我们的行为的确会根据性别表现得有所不同。"

图妮重申："因为男人和女人在生理上就不同呀——你就想想我们的样子，那么我们表现和思考出来的肯定也不一样。但我知道你肯定一会儿又要跟我们说，男人和女人其实只是社会建构的现实。"

"好吧，社会学确实会这么说。"米拉回应。然后她从自身的观察开始转述"弗兰肯斯坦"中的一些讨论，即为什么在我们的成长过程中，作为男人或者女人会是一个非常重要的问题。

所谓"成年"，通常被理解为成为一个男人或者一个女人。无论男女，我们仍保持着与男孩或女孩时期相同的生物学特征，因此显然在这里，我们所谈论的是一种社会创造出来的身份，但值得注意的是，我们不能因此忽视生物学和生理上的影响。我们通过身体与世界产生联系。在大多数情况下，社会学从不小看生物学差异。我们身体上的男性或者女性性征是我们男女身份标识的一部分。社会学认为这些生理属性与我们自身的社会自我存在着某种复杂的双向关系：我们必须产生的、赖以生存并说服他人相信的男女身份是一种真实的、可靠的且可接受的行为方式。

"我希望我说的这些没有将原本简单的问题解释得复杂化了。"米拉小声地说。瑟茜回答："还可以，我们跟得上。那么社会学什么时候才开始意识到性别是存在的呢？我的意思是，社会学什么时候才说人们开始意识到自己是男人还是女人的呢？"

瑟茜话中带刺，米拉顾不上回应她的负面情绪，赶忙将社会学理论说了下去："有各种情况：在成长中的某个阶段，孩子会意识到自己不仅仅是人，而是男人或女人，这种区别从那时起支配了他们生活要做的大部分事情，它会控制你说话的方式，控制你怎么坐，怎么走，怎么跑，玩什么游戏，做什么样的工作。如果所有这些与性别相关的行为都是生物编写在我们的基因里的，那么我从一出生开始就会知道所有的这一切。因此社会学通常会倾向于认为，所有人都有成为男人或者女人的可能性。"

"你是说雌雄同体？"图妮问道。安娜躺在角落的椅子里被逗得笑个不停。

米拉说，研究已经证明了孩子在成长过程中会有一个明显的阶段，在这个阶段中，他或她会根据性别区分别人，并开始觉醒，意识到自己是个男孩或者女孩。这个阶段所发生具体的时段会因文化和社会的不同而不同。接着，在青春期前后，通常会有一些非常重要的仪式，象征男孩成年，有时候女孩也是一样。图妮像是发现了这条社会学进路的薄弱之处，抢着反驳："你说青春期，那不正好就是生物学发挥作用的时候？我看社会只是对荷尔蒙萌发的开始和从那一刻起它让男女产生的一切差异大惊小怪。这是写在他们基因里的，从那一刻起，基因以不同的方式发挥作用罢了。"

米拉说，试图将社会影响从生物性的自然天性中分离出来是困难的，或许也是毫无意义的。它们彼此相互塑造。

图妮指出米拉一直在说女孩可能是这样，男孩可能是那样，米拉对此解释道，不同文化对女孩和男孩的期望存在着很大的差异。这些期待总是被人们用来暗指哪些行为适合男性或者女性，而且它们总是……你猜怎么说……社会建构的。这种解释往往过分夸大了文化之间的差异，从而忽略了一个基本要点：尽管角色和功能可能不同，大多数社会对男性和女性的标准和评价都有着各自的看法。很少有哪些复杂社会中的男女有着相同的生活方式。对此置若罔闻并非一个好的选择。

米拉接着说，社会学普遍认为，男性和女性由两个不同的方面共同构成：性（sex）与性别（gender）。性是指生物性与生理性的两性区别。而性别则是用于描述男人或女人的后天习得特性的术语：即男性和女性沿用的社会定义和心理行为。遗传学的一些新兴研究证明两者之间并不存在严格和稳定的区分，社会学的研究显示我们的"性别"并不是一种人人都会采用并试图融入的一成不变的身份认同。性别是流动的，且产生于我们的日常邂逅以及与他人的关系之中。

"成为一个男人或者女人有时候更像是一种表演。你不是就抱怨过我吗，图妮？你不是总说我做女人做得很失败，表现得不像个女孩子，所以你才问我是不是女性主义者。"

图妮打包票，在艺术和设计领域不是这样的：

"在我今后想工作的那个领域，你希望人们怎么对待你，人们就会怎么对待你。自我感觉更加女性化的男生在外表上也不会违背自己内心的直觉。我相信人们会自己选择外显的某种样子。男孩在成长的过程中，会强迫自己去做一些事情，即使他们不喜欢，还是会学着喝那些让人难以下咽的酒，或者忍受朋友带来的痛苦。成为男人或者女人并非一种强制性的压迫，而是我们自愿的选择。"

的确，米拉说道，性别控制和约束着你的行为，但同时你的行为也在重复确认着性别，重塑并重新生产着两种截然不同的性别观念。米拉认为很多社会学家忽略个体向往并努力实现女性化或男性化的能动性。"你觉得我们每个人都想成为一个男人或是女人。这或许是真的：在我们整个成长过程中，尤其是青春期，我们花了很多努力来培养习惯，规范自己的行为，证明自己是同龄人眼中的男人或者女人。因此说，成为一个男人或女人不只是我们想要做的事，也是我们不得不做的事。这样看就不像基因指令的结果了，对吧？"

米拉真不想辩论。她只是小心翼翼地从论据出发，尽可能诚恳地得到最符合逻辑的结果。但她希望这是一场友好的交谈，而非争辩，所以她觉得自己有义务尽最大努力恢复到先前的那种谈话基调上去："我不是很擅长做社会学方面的解释。图妮，你刚刚说，女性主义者全都在讨论这是 ·个由男人还是女人主宰的世界。然后瑟茜，你刚才说，女性主义者总是认为性别比什么都重要。社会学中确实提到了与之相关的一些内容。"

"我就姑妄言之了。"米拉边说边拿出妈妈寄给她的包裹中的两张照片。八岁时的她是个不折不扣的"假小子"，看起来活脱脱像个男孩子。她的头发乱蓬蓬的，穿着不显身形的裤子和上衣，戴着比现在脸上的这一副更加不入时的眼镜，看起来十分轻松和快乐。另一张照片是几年后，大概是十三岁的时候拍的。她端庄地坐在镜头前，头发和衣服都干净利落，她没有戴眼镜，脸上挂着合适的微笑。

米拉的母亲在寄给她这些照片时可能有意传达一个信息——看看你，小时候还是一团糟，再看看后来，女大十八变了吧。或许曾经，米拉也会有同样的感受，可如今她再看这些照片，却萌生出一种不同的感觉。她看到了一个快乐的孩子，和一个竭力让自己看起来像个年轻女人但神情中透露着紧张的女孩。米拉想罢，说道：

"在人生的某个点上，你会意识到自己是个男人或者女人，也就是说如果你是个女孩，你会意识到自己不属于任一类别。"

接着米拉试图解释"弗兰肯斯坦"中提到的另一个哲学家，朱迪斯·巴特勒（Judith Butler），她认为性别实则是一种演绎。米拉想到一个关于有罪判决的暗喻，内心还是紧张了一下，为了掩饰这种畏缩，她用一种颇为挑衅的语气说道："我宣布，图妮和其他变装皇后一样，都只是在扮演着女性角色。"

男人和女人都由权力构成。本质主义（Essentialism）认为，男人和女人的天性都根植于他们的身体，其发展是个一成不变的过程。巴特勒认为，正是这种先验的本质主义才使男人和女人成为某种固定的存在。性别是被表演出来的——就像在即将开始比赛时说了"预备，开始！"一样，又或者像是要将某人投入监狱时说的那句"有罪"。巴特勒意欲搞砸这种表演。她认为所谓的'变装'——

男人装扮成女人或者女人装扮成男人——是一种用来摧毁性别秩序的方式。巴特勒认为，女性主义不应将女性视为一个单一的类别——更不应该以此将所有人混在一起。若将女性视为男性的"他者"——有权势的人也用"他者"来定义被自己压迫的无权者——她认为上述方式可以用于狠狠地戳破男性或者女性的伪装。她希望我们去分割自己的身份。这样的话，就不存在"男性"以及他们试图区隔的"女性"了。她鼓励我们击碎自我的身份，从而击碎这链条中的每一个点，制造"性别麻烦"。

图妮还是很困惑："你的意思是，不画眼线就是恪守'夫'道咯？"

"我觉得有点这个意思，"米拉回答道。对于米拉来说，这种说法颇具实验性。许多社会学家在自己的作品里都畅想着某种理想社会，在那里，尽管男女仍在有些方面保持不同，但基本上是一样的（面对同样的工作、家务、照顾孩子）。好吧，这听起来似乎有些无聊且不大可能。巴特勒就此似乎提出了一种改变现状的方法，即打破性别秩序所依赖的二元论。

"还记得你方才说的，男女有时甚至讲着不同的语言。我对此也有些异议。"图妮说道。

"嗯，女性主义里有一个分支，认为语言实际上是父权制的，是由男人建构的。女性必须将自己的思想转换成这种父权语言，再翻译过来，周而复始。正是因此，只有女性主义下的女人才能真正了解女人的经历。"

"好吧，我看她们真的是疯了，一群极端女权。告诉我她们叫什么名字，这样我以后就可以离她们远一点了。"

然后，终于，安娜说话了。她的声音太轻，连在一旁说笑的瑟茜和图妮都没有听到。但是米拉听清了安娜说的话，于是请她重复一遍。安娜淡然地说：

"你们刚才说的这些，都少了一样东西：男人。"

米拉思考了片刻，摇了摇头："女性主义者总是说，在女性主义出现之前，涉及这些全部内容的就是社会学。但社会学中只有一小部分研究提及女性，而且都是赤裸裸的男性视角。剩下的那些社会学研究则全部是由男性社会和男性行为构成的了。"

"我不是这个意思。我是说社会学家将男人一概视为那种有男人味、阳刚的男人……"安娜说道。

这下子米拉明白她的意思了。

"哦哦，这样，我好像知道新近有一些社会学家做了这方面研究，但你说得对，安娜，我之前学社会学的时候确实没怎么听说过这个领域。即便是女性主义者也总是将男性气概或者说男性气质看作是一种既定的东西，而且在很大程度上是一成不变的，甚至超越了时间和空间的限制，似乎对男人来说这并不构成什么问题，只是为了让他们去压迫女人。但是时过境迁，女性主义也在进步。他们会考虑到女人和男人的生活都在发生着变化。做女人，意味着生活在某种矛盾之中。我们都希望在大学毕业后能找到符合我们能力的工作。至少我知道，你是不会为五斗米折腰的，图妮。我们喜欢打扮和炫耀，也希望能拥有完美的恋爱、和睦的家庭，还有很多很多。"

"但就是有些人既不想做男人也不想做女人呀……"瑟茜插话，

安娜没有理会她。

"若是想要了解男人和女人的关系，难道社会学家不需要同时检验这个等式的两端吗？"安娜问，米拉认为安娜这回问到点子上了。研究者一直以一种理所应当的态度处理男性气质着实令人惊讶，然而"弗兰肯斯坦"中提到，这一点正在悄然改变。

米拉感觉话题的发展已经快要突破她的知识边界了，但她还是试图向朋友们解释，男性气质同女性气质一样，都是从男人和女人的行为表现之中创造出来的。认为只有男性才会影响男性气质，或者男性气质的产生和维持，是一种相当片面且狭隘的观点。男性气质（和女性气质）与男女关系、男男关系和女女关系都是密切相关的。否定一个，就是在否定另一个，二者缺一不可：改变了一个，也就改变了另一个，"也就是说，这里面很多内容都建立在男女彼此之间的关系上，比如男人如何定义自己是哪一类型的男性，而不是其他类型的男性，也不是女人"。

从二十世纪末开始，一些社会学家开始研究男性气质，尤其是一些西方国家，这种情况的发生也许是因为男性开始逐渐被女性所取代，尤其是在一些领域里，女性拥有了一些十分显著的权利。比如说，男人不得不去适应失业所带来的种种境况，而在此之前，他们意识到自己男性身份主要来源于家庭的工作者和负担者角色。男性气质、女性气质，都不单单是一套无论怎样都保持不变的行为和身份。不同的男性气质是存在的。男人必须采纳并适应其中一种或者几种，慢慢地他们会发现自己的某些男性气质已经过时了，就必须要采用新的气质以适应不断变化的社会环境。

瑟茜听得有些火大了："到底什么时候人们才能别总拿男女说事？大多数人都应该去了解一些比单纯从男女视角出发来区别世界更好的方法。生而为人，一部分义务就是应该努力让自己完成对性别期待和性别意识的超越。"

米拉徐徐点头，她说在很多现代思想中有一种趋势，不单单是社会学，都发现男性和女性作为某种群体时，其内部的异质性很小，故认为某些假设适用于每一个个体。塔尔科特·帕森斯这样的功能主义者就会说，这是因为他们看到将情感性工作和工具性工作分离开来可以带来共同的利益。而女性主义者就会说，这是因为男人发现剥削女性可能获利。这次安娜的声音里夹杂着一丝愠怒："那男女之间的感情呢？你对男女之间的快乐和浪漫关系可是一字未提。"

米拉说，她可以理解安娜的不悦，帕森斯和女性主义的追随者们确实观察到了情感，并随即承认了这些情感，但他们只是将其视作维护社会秩序的某种工具。比如说，女性主义者认为，正是权利的不平等才使得男女之间诸如婚姻之类的关系变得对女性来说尤为重要。女性在事业和其他方面上都受到重重制约，所以婚姻对女性来说也像是某种事业："女性主义者争论道，男人在这些方面有着不可思议的巨大权利，因此他们可以为这些浪漫关系定规立法，其中甚至包括性行为的准则。在很多地方，与很多男人发生过性关系的女人，甚至仅仅因为不是处女，都要受到歧视甚至迫害，而与很多女人发生过性关系的男人则会被接受，甚至被赞美。"

大家此刻思维都变得很活跃，新朋友之间的那种拘谨和束缚已经被打开了，米拉犹豫要不要接着说下去。瑟斯和图妮问米拉，说了这么多，她自己到底对这些有什么想法。米拉说道，虽然似乎每个人都已经习惯将过火的和不受控制的情绪视为大敌，但她有时候会怀疑，情绪有没有可能是社会的隐形之手，探入我们每个人的小宇宙中，（在大部分时间里）让我们平稳地运转并阻止我们摧毁彼此。男人和女人都是集感性和理性于一身的动物。也许当两性在一起工作时，男女关系会处于最佳状态，而在分开时，其关系会变得更加神秘而让人向往？

"我真搞不明白你，但是，请你继续你的表演，"图妮说着，看了看她的表，"派对都已经开始了。"

四人稍作打扮就出发了。她们沿着街慢慢地走着，米拉挽过图妮的手臂。当她们等红绿灯时，听到路过的车上飘来一段音乐。那是一首老歌，歌词写了虚伪的男人离开女主人公去唱蓝调的故事。她们跟着一起哼唱起来。在她俩身后，安娜跟瑟茜说像她们这样在大街上唱歌惹人注意实在是太让人难为情了。而且早些时候米拉和图妮为女性主义而针锋相对的时候，两个人都手舞足蹈，连声音都忍不住高了八度。安娜说她自己可做不到，然后她淘气地笑着对瑟茜说，米拉和图妮最后"表现得跟男孩子一样"。

晚些时候，米拉躺在床上，突然意识到自己应该将这一晚视为对社会学思想的诠释。直至今晚，她才意识到女性主义其实是一种社会学的思想。

社会性别是一个极好的例子，可以说明社会学如何能更好地帮助我们理解个人与社会之间的联系，以及我们做任何决定看似自由而实则不然；或者，也许可以反过来说，我们看似有机会说"不"，却感觉到自己被裹挟。今天的对谈也反映出社会学是多么容易陷入所有人都在以某种特定的模式行事的假定，或沉溺于每个人都只是服从于机器的平庸化陷阱。生活中的种种迹象都表明了作为个体的饮食男女，其表现往往并不同于传统的男性气质或女性气质所要求的那样。当他们这样做时，小小的变化也会得到巨大的反响，从而得到一种全新的东西：一个让男人和女人都因为自己是男人或女人而倍感自豪，且彼此之间和睦相处的社会。至少米拉是如此期盼的。

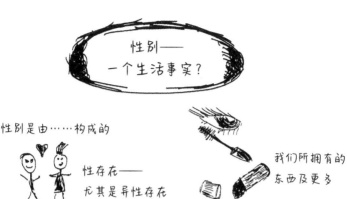

性别——
一个生活事实？

性别是由……构成的

性存在——
尤其是异性存在

我们所拥有的
东西及更多

1. 性别似乎是日常生活中最基本的一件事实了，人被区分为男人和女人，有着不同的任务、不同的角色和不同的生活期待。社会学的性别研究表明，男性和女性其实是一种人为划分的类别，这种类别影响着很多与其生理性别并无关联的事情。一个常用的公式是，性（sex）是指生物学上的本性，而性别（gender）则是一种基于心理学和社会学上的身份和自我认知。性别的力量渗透在工作场所、家庭、公众以及目力能及的各个领域。

2. 那些认为性别并不重要或者不应该重要的人所面临的困惑，恰巧解释了为什么在法律和形式上的机会平等之外，在性别之间还存在着实际上的不平等。一个女人能在全体女性都面临着不平等的社会中受到公平的待遇吗？

3. 一个性别分割的社会有无数种不易被发觉的办法将重担置于女性的肩上，其中一种就是劳动分工。这个术语用于指代社会工作中的劳工分配和所得。劳动分配的其中一种方式就是有偿劳动。女性主义社会学家让我们了解到，无偿的工作与有偿的工作同等重要——这类工作总是由女性完成的。照顾孩子以及家务劳动正是女性"两班倒"的工作内容——这项任务被藏匿起来，而且女人从未获得薪酬。

4. 这些有着重要影响的研究仍建立在一种性别在某种意义上是一件生活事实的假设之上，因为这是基于生物学上的区分。酷儿理论（Queer theory）认为这是一条错误的进路，他们认为性别是一种表演，而不存在前面说到的那种基础性的区别要素。性别角色和身份是社会化的、同样也是被演绎的，因此我们永远也不会清晰地知道如何变得更加阴柔或是阳刚，因为我们一直在不断地重新创造着这些身份。每种身份都是一个本不存在原件的副本。性别角色在仪式中、习惯中、对话中以及许许多多的社会现实中被演绎，而这并不需要任何的生物学事实作为基础。朱迪斯·巴特勒将变装，即性别反串，作为制造性别麻烦的一个例子，以个体表达性别的方式突出说明了性别的可塑性。

第 五 章 ——————————

在 拉 帮
结 伙 时

　　米拉在第一学期里已经和安娜、瑟茜、图妮以及贾丝明成了好朋友。她们建立了让人舒适的日常聊天小组——事实上，通常是欢笑声和聊天内容一样多。她们一开始都感觉很孤独且彼此孤立。然而现在她们发现了，即使宿舍并不是真正的家，她们之间也已经建立了一个小小的社交网络，而这个网络的运作方式与家中的社交纽带别无二致。正如涂尔干所说的，与其他人的关系对于归属感和幸福感而言都是至关重要的。

　　米拉在课程学习中邂逅的下一个重要理论是心智与社会的关系。米拉可不想测试朋友们的耐心，但她认为，和朋友聊天的时候是诠释这个重要思想的绝佳机会。

　　涂尔干曾经畅想过心智与社会之间的关系，几乎是在同一时期，即十九世纪末期，大洋彼岸的两个美国人也发表了自己的相关作品。社会作为一种新兴的研究对象，人们想知道其内部是否有人类意识存在的空间。该理论提到，社会塑造了我们的心智与行为，但问题在于，它将自由意志置于何处？更重要的是，它将我们自己的思想置于何处？这两个美国人就是皮尔斯和库利。

　　在通读"弗兰肯斯坦"的过程中，米拉发现皮尔斯提出的理论精确地解释了社会如何塑造我们思考、交流甚至感觉的方式。他指出，我们是从社会中汲取思考能力的，事实上，在我们意识到有必要去思考之前，社会已经为我们列出了对我们有意义的东西。

库利则从相反的角度提出了相同的问题：社会或许对我们来说是有意义的，但是社会存在且只存在于我们的心智中。我们对人们的看法塑造了我们的行动，进而可知，我们对他人所产生的想法是社会中最重要的因素。要是没有人们的想象，也就没有所谓的社会。社会，就他而言，只存在于人们的心智之中。

从表面上来看，关于心智与社会的这套理论很难理解，但事实上，米拉新近与朋友之间建立的关系（姐妹会）让她更容易去理解其内涵。这套理论之所以有解释力，是因为如果所有人的思想、甚至感觉如若不是来自同一个地方，那么对米拉而言，就很难理解为何陌生人很短的时间里就能变得亲近。如果没有其他什么东西先前就将她们联结在一起，她们又如何会在如此短的时间内就情同姐妹呢？如果她和她的朋友们没有已然意识到自己属于某种超脱于自身的更大整体：社会，那这听起来真的像是某种奇迹。

尽管拥有这样一群朋友可能真的不是什么奇迹，但是至少在目前来看，这一切对于米拉来说相当脆弱。新近收获的这些友谊相当不牢靠，或许会转瞬即逝，一阵疾风吹来，与他人的联系就可能会消失殆尽。独自一人时，她甚至会常常怀疑这个小团体是否真实存在。或许这只是一个廉价的安慰和过渡，让她们互相扶持几个月，直到各自找到真正的友谊。又或许，在这个小团体中只有一份真挚的友谊（安娜和瑟茜），而其他人只是在不停地给自己加戏？

目前，米拉在和大家相处的过程中找到了前所未有的强大归属感，也感到了前所未有的幸福和安全感。在一些她放下自己所有防备，让自己看起来不那么聪明、专心或者有趣的场合里，她与朋友之间的联结并没有因此而消失，真是惊喜！米拉不禁浮现出一大堆这样的想法。正像库利所说的：群体因人们的存在而形成，但群体始终只存在于大家的头脑之中。它看似从外界而来，但其实只存在于人们的意识中。

米拉知道，她绝对不会允许自己错过这个解释第三个重要理论的机会。毕竟，大家通过聊天巩固友谊，而这一个过程的关键要素之一就是讲述自己的故事。米拉深知自己的故事常常缺乏细节，但她也明白，讲故事会极大地帮助她们走到第三次重要理论交流的门前。

安娜这时看上去还有一肚子的话想说。她现在变成了所有人中最真挚、最急于讨好其他人的一个，她对大家说的话从来没表示过一星半点的怀疑，也从来没有丝毫保留。她总是微笑着，愉快地和大家待在一起。她的热情在带来欢乐的同时偶尔也让人感到有些尴尬，但有一天晚上，当朋友们再一次坐在一起聊天时，她做了一件很"安娜"的事，这件事在后来成了她们津津乐道的传说。安娜和瑟茜同时开口说话，说的意思也或多或少都一样，从遣词造句到中心思想再到个人感觉都八九不离十。安娜开心极了。

"我们这么合拍，也太让人惊讶了吧？你知道，我和瑟茜现在感觉就像发小一样，这怎么可能发生？但我俩真的一直知道对方脑子里在想什么。这太奇妙了，简直就是魔法啊！"

已经不是第一次了，米拉十分好奇安娜的家庭生活，以及为什么她会比小团体中的任何一个人，都要更加珍视这份亲密和她们之间的友谊。小团体里除了安娜和米拉，其他人都提过老家的好朋友，并且都为自己在大学中这么快就交到了这么多关系过硬的好朋友感到惊讶。而安娜好像对自己能交到朋友这件事情本身就感到很惊讶。米拉不是唯一一个对这件事好奇的人，贾丝明问道："安娜，这有什么大惊小怪的呢？人们不都是这样的吗？我知道，心有灵犀的感觉很好，这是因为天时地利，我们有机会了解彼此。换句话说，我们成为好朋友不是很自然的事情吗？"

如果这个对话发生在几周前，贾丝明很可能会冒犯到安娜。但现在所有人都知道，对待贾丝明要大度一点，她就是一个直来直去的人。她们知道，贾丝明所提的问题往往对事不对人，所以安娜回答道："我并不是说有朋友这件事很神奇，而是说，我们知道彼此在想什么这件事实在是太不可思议啦！不管怎么说，我知道有一群亲密朋友对你来说可能是很正常的事，但是我之前和什么人都合不来。我都已经不抱任何期待了。遇见你们四个，而且相处得这么和谐，这种感觉实在是太美妙啦！"

她们向对方讲述自己过去的故事时，语气中通常夹杂着一丝忏悔，安娜几乎总是第一个提到这一点的人。一般情况下，其中某个人会对此有所回应，然后告诉大家自己的过去——关键事件、特殊秘密——永远孜孜不倦地挖掘自己的内心，暴露自己的秘密。"对我来说这简直不可思议。怎么能做到和认识没几天的人这样掏心掏肺呢？我喜欢这种相处模式，我们知道对方在想什么，也知道我们要说什么。这样让我觉得很安心，很有参与感。"瑟茜说道。

米拉忍不住将重要理论付诸测试的诱惑，还是开了口，她努力装出一副像往常一样冷淡而健谈的样子，换句话说，不那么像老师授课时的语气。

"我也感觉很奇妙，我们这么快就变得如此亲密。但我觉得正是这种不可思议、开心、释然与相处融洽，才让我们觉得这种心有灵犀像魔法一般神奇。社会学对这种魔法般的心有灵犀则别有一番解释。"

贾丝明似乎有话要说，但米拉没有给她这个机会。

"这个问题本身促成了社会学对于人类理解的一大贡献——事实上，尽管它是绝佳的例子，但在某些时刻说出同样的话并不是重点——重点是人们每时每刻都能与其他人分享某些共同的观点。如果你同意这可不是'自然而然'的，"米拉笑着望向贾丝明，"你开始好奇了，对不对？"

其他人都一头雾水，贾丝明硬生生地将刚才想说的话咽下去，图妮则点了点头，说："你知道，就说颜色吧。我说了要品红色，但是助教哈珀还是在众目睽睽之下挑了淡紫色。"

说罢，所有女生都笑出声，但图妮不以为意。她已经习惯了别人不把自己当回事，甚至经常会迎合其他人对自己的刻板印象。

"我知道，你们觉得这样说很傻，但是你们的表现正是我刚想说的绝佳例子啊。你们不关心色彩——看看你们身上穿的衣服吧！——你看，对于你们这些对色彩一窍不通的人来说，我刚说的已经足够明白了吧？那么想想，哈珀和我怎么知道我们看到的是同一种颜色呢？如果他每次说红色的时候实际上是指绿色，而我看到的则是红色。就算我们都同意它是红色，但看到的完全是不同的东西。"

米拉十分欣喜。

"你说得对。不管是颜色还是别的什么东西，我们不能确定别人经历过什么，但我们共用的语言让我们互相能够沟通下去。是红是绿本不重要，因为只要我们使用的是同样的名称，我们就能聊起来。"

这下图妮咯咯地笑了："好嘛，但要是你需要让哈珀帮你定项目的颜色，这件事对你来说就重要了。我怀疑我们看到的颜色真的不一样，因为哈珀就是一色盲。"

米拉没有搭茬，继续说："就算无法参透别人的内心，我们还是设法去影响别人。在这个过程中，有时我们会表达出完全一致的想法——就像安娜和瑟茜做的那样——但那只是一直在发生的事情中的一个特殊例子。我们永远也不会确切地知道别人在想什么，但是这不影响我们沟通和交流、送别人礼物、给别人讲故事。如果我们不承认这其中真的有魔法的力量，那我们必须去寻找其他的解释。"

米拉接着解释道，在十九世纪七十年代，查尔斯·桑德斯·皮尔斯（Charles Sanders Peirce）提出了用于解释人们互动中的这一奇迹的第一块拼图。皮尔斯好奇人们具体是如何进行思考的，尤其是在人们努力符合逻辑行事的时候。他开始思索人们的各种想法从何而来，好奇人们是否从同一个地方（好比"人类点子商店"）获得所有想法。这或许能解释为什么大家都能够像人一样思考。

"从思考语言开始入手。"米拉说道。小孩子都要牙牙学语，通常是学习他们成长的那个地方的人们所讲的语言。很少有小孩子会自己造出很多新单词，再说服别人使用这些新词。大多数孩子都是使用自己学到的文字，久而久之最终和其他人说相同的语言。

这和之前的想法类似：这些想法是我们从某种商店里获得，而非自己凭空产生的。再确切一点，有时我们是从和语言完全相同的地方获得了这些想法，因为大多数时间我们都是用文字思考：思想以文字的形式出现，我们通过把文字串联起来进行思考。这样说来，构成我们想法的文字正是我们从其他人那里习得的。"所以说，那根本就不是我们的思考，而是其他人的，"瑟茜脱口而出，"我们只是从他们那里借了过来？"

"我觉得米拉就是想让我们信服于这一点。"贾丝明回答道，"但我觉得不是这样：因为我们也不全是用文字来思考的，是吧，米拉？"米拉对此早有准备："你说得对，有些人会借数字或图像，颜色或声音，甚至音乐来思考。但大多数人都不会用数字或者图片思考。但这和用文字思考并没有什么差别，因为不管怎么说它们都是从别人那里学来的。文字、数字或者图像，你的想法都是从那个商店的货架上找到的。"

米拉又解释了皮尔斯是怎么界定这些——文字、数字、图像、声音的——符号（sign），因为它们总是可以用于指代别的东西。

"你知道为什么，重复一词好多好多遍之后，这个词听起来就不是它原先的那个意思，而是逐渐变成了一种声音吗？这就是因为这个词不是你脑中所想的那个对象本身，而是这个对象的一个符号。我们发出的这一系列声音是我们所见之物的一个符号。其他的符号也是同一个道理。把它和我们现在的所作所为联系起来没有什么特别的原因。只要我们愿意，用其他的符号也未尝不可。"

米拉接着说，其实你可以将这个"人类点子商店"叫作"社会"——也就是我们一起做的每一件事：一起生活，一起学习，一起工作，一起消磨时光。我们在所有的这些行动之中，创造了文字以及其他符号，并传递开来。当然，有许多符号在很早以前就被我们创造出来了，但直至今日，（伴随着科技和社会变化）新的符号也层出不穷，于是我们又产生了新的想法、开始了新的思索。这时，瑟茜皱起眉头：

"但是，一种思想不就是一系列对象的名称，或者用你的话来说，是符号吗？但当你运用这些含义时，你不会单纯地说'这个东西，那个东西，那边的另一个东西'。相反，你会去建立联系，你会想：图妮的鞋因为被米拉借去才坏了。"

大家都被这个突如其来的笑话逗乐了，包括米拉：

"我赔了她一双新的，不是吗？但你说得对，思想就是存在于语言和数字，或者其他与文字无关的东西之间的一种联系。"

但这些联系是怎么形成的呢？皮尔斯认为，这些符号已经都预先配置好了，因此它们只能以几种有限的方式彼此进行联结。也就是说在我们将它们带回家之前，它们就与店里的其他符号产生关联了。也正是这种符号彼此之间的联系促成了我们所谓的"逻辑"。我们都像小孩子一样用儿童玩具积木拼凑出某种东西。我们从盒子中取出一些积木，然后按照一些预设好的方式组合起来。我们将其称为"有逻辑的思考"。

只要我们依这种方式将积木搭在一起，别人就会认为我们在思考的或者所说的是事实。这也有点像儿童涂鸦书，孩子们只要用线按顺序把点和点之间连起来，就会浮现出一幅画。成年人则会在脑海中完成连接点阵图的过程。他们不用铅笔就可以使得图像从点阵图中浮现出来，每当我们意识到某些真相时，我们就是这样做的。

也就是说，事实仅仅是我们脑中对于各个点的连接活动。

米拉在发言的同时，努力回忆着自己先前在课上听到和读到的内容，但她决定还是不把话说得太满。她接着说，我们的思维可能比想象中要更缺乏变化一些，就好比有一些附加的规则告诉我们，只能用形状大小完全相同的蓝色方块搭积木。皮尔斯特意强调说，有两种搭积木的方法，可以将符号联系在一起。她指出，如果你想通了刚才所说的文字之间的联系方式，很容易就能理解这一点。

有些词与其他词之间享有相同的意思或部分相同的意思，它们之间具有某种联系：这些词彼此之间相互重叠。尽管有时它们的意思不一定完全相同，比如"luck""chance"和"fortune"有很多近似的意思。在皮尔斯看来，这些联系是"语义联系"（semantic links）。除此之外还有其他类型的联系如"句法关系"（syntactic connections），这些规则会指导你将词语串联在一起并赋予其意义。皮尔斯将自己对于人类思考方式的理论称为"符号的科学"，他也被后世称为现代"符号学"（semiotics）的奠基人，其含义与符号的科学大致相同。

以上的重点就在于，（用于彼此联系和帮助我们思考的）符号是从社会中产生的。我们就好像是一群结群玩耍的孩子：他们并没有带自己的积木，而是用现成的积木搭建他们的小房子。只不过我们创造的是思想而非小房子。

"所以说为什么我们能感到如此亲密，为什么我们惊讶于彼此能成为好朋友（或者说在如此短的时间里就成了好朋友），为什么当我们知道自己拥有一群亲密的朋友时会感到如此安全和快乐——这一切就说得通了。我们对于友谊有着相同的感觉和认识，因为我们都是从同一个地方获得的情感线索和联系：社会。尽管这并非自然，但仍无须解释，事实上我们也从未想过要质疑这一切是如何发生的。"

"这或许是贾丝明为什么有时会和我们意见相左的原因。"瑟茜说道。每个人都连连点头，贾丝明追问瑟茜什么意思。瑟茜回答："我是说，你有时候很难把我们说的点联系起来，因为你是从别的地方来的。所以一开始你看上去有点不太好相处、有点挑剔，但后来我们就对你慢慢习惯了。你不是有意这么直接的，只是你习惯这样。以前我们联系不起来你想表达的点，但现在我们更了解你了，也许你的点阵图示和我们的不同。"

米拉几乎还没等瑟茜说完时就插嘴道："大多数人的想法在不同社会之间是相通的。贾丝明又不是从火星来的，瑟茜！"

"从天文学意义上来说，米拉，火星也不是很远。"贾丝明揶揄道，米拉马上意识到对贾丝明的伤害已经确实地形成了。贾丝明已经被意外地推向了这个小姐妹团体的边缘。在经历了短暂而尴尬的沉默之后，大家都非常庆幸图妮打破了这一窘境，图妮问大家是否有恋爱经验。图妮认为自己更有可能早恋而非晚恋。米拉猜测安娜会是第一个谈恋爱的人，但其他四个人可能会藏着不说——贾丝明大概是最不可能恋爱的吧。她们努力不让贾丝明再一次感觉自己是个局外人。

图妮说，刚才米拉说话时，她一直在琢磨这个叫皮尔斯的人的观点，"他所说的那一套我们如何在思想上产生联系的理论也适用于我们的情感吗？"米拉点了点头。图妮继续说道："那我就有点失望了，我不希望他的理论是正确的，如果这套理论适用于我们的情感，那么也同样适用于爱情咯。如果他说的是对的，那就不存在什么真爱了，只有社会赋予我们的两块看似合适的积木，按照期许的方式组合在一起。"

"我想可能就是这样吧，"米拉垂眸说道，"两个人相处得十分舒适，心中的疑虑也会越来越低，最终我们才能确认真的爱上了对方。"

图妮说："我从不相信什么天造地设，只有两人彼此合适才能彼此成全——但这把谈恋爱说得像怎么选人生中的第一辆车一样。"

米拉认同："这听起来是有些让人失望，但或许，下一个对心智和社会理论做出巨大贡献的人，查尔斯·霍顿·库利（Charles Horton Cooley），在如何知道某人是否爱你这个话题上，有不少有趣的言论。"

库利认为人们彼此之间产生联系的这一过程是在想象中完成的。"也就是说，我对自己喜欢的人的看法与我的思维意识有关，而我喜欢的那个人对我的看法也与我的思维意识有关。我们同其他所有人的所有类型的关系都是这样的，而不仅仅存在于恋爱这种浪漫关系中。"她说，这个客体目标对于主体行动来说是至关重要的，对于这个重要理论来说也起到关键作用。瑟茜听懂了，安娜也一个劲地点头（但谁也不知道她是否只是努力地附和），另外两人则看上去一脸蒙。米拉指了指墙上的小黑板，上面贴着几张照片和几张小纸条，纸条上列着一些清单和几条令人印象深刻的摘抄。她试图将贾丝明带回谈话中。

"贾丝明，你看那个，第三张下面那张黄色的纸。帮我们读一下第一条吧。"

贾丝明取下这张纸，读到米拉在一堂课上记的笔记："如果你身上的某件事完全超出了你的范畴，但对我并没有造成任何影响，那么在这种情况下，这件事就没有产生任何社会现实——查尔斯·霍顿·库利。"一如往常，贾丝明还是毫无触动，"这话真蠢。如果我们之中有人隐藏了一个秘密，但其他人不知道，那她的表现在其他人中一定会造成巨大的影响，即使其他人并不知道这是怎么回事。难道秘密不算是'社会的真实'吗，米拉？"

米拉鼓了鼓嘴："嗯……好吧，咱们先假设我现在心里有一个秘密（这应该不难假设吧，她想），但我没有对你们任何一个人说。假设我是个吸血鬼。如果你不知道我的这个秘密，这秘密就不会影响你和我的关系。当然，这确实会影响我的行为，比如怎么睡觉啦，不去献血啦，诸如此类的，但是你对我行为的了解已经通过你的加工，形成了一种对我的想象。你可能就是觉得我有点懒、冷漠、没什么公德心，这只是因为你不了解我私下作为一个吸血鬼的秘密生活。库利试图让人们思考和他人共同创造的情境——我们的交互性——然而我们的交互性中并没有吸血鬼这件事，因此在我们关联的方式中，必须预设我并不是一个吸血鬼。你们都不介意我和你们待在一起，你们没有试图用木桩刺穿我的心脏，我也不会去咬你们的脖子。"

说着米拉伏下身子假装要咬贾丝明的脖子，贾丝明笑着，轻轻地推开米拉。图妮觉得自己找到了这种说法的一个缺陷："好吧，但是你要承认有时有些你不知情的事一转眼就会变成社会性的事实。就比如说，如果我知道你们之中有人藏着一个巨大的秘密，就算我不知道这个秘密具体是什么，但是这件事肯定会在很大程度上改变我的行为。"

"可不是嘛，"瑟茜补充道，"我相信她会没完没了地软磨硬泡，把秘密套出来。从来就没有比对她隐藏秘密更糟心的事了。最好一开始就不要让她知道你有秘密。"

图妮咻咻一笑，但是仍然坚持自己的观点："在艺术与设计史课上我们学到，几个欧洲国家曾经盛行化装舞会。听起来就特别有意思。你可以跟你从头到尾都不知道身份的人共舞。整个化装舞会的亮点就在于你完全不知道他们是谁。但米拉，你不能说这不算'社会的事实'吧。"

"你说得对，"米拉承认，"但库利说的也没错。如果你不知道一个人的身份，你的想象在很大程度上会影响你对一个人的看法所能做出的判断。事实上，他们身份成谜，这个事实会让你忍不住猜测他们可能会是谁。同样的猜测也会发生在当你和陌生人'相亲'的时候。"

安娜坐不住了，但尽力维持着一种平和的语气："就像包办婚姻一样吧。父母或者叔叔姨妈只凭只言片语，或者一张照片去想象一个人，除此之外一无所知。"在安娜身上也许发生过一些不愉快的事情，瑟茜也像安娜一样柔声细语地接话。

"我觉得这挺吓人的——你要去见一个必须努力爱上的人，而这一切只是因为别人觉得合适。"

"但是如果社会将你们的联系铺陈得足够好，会让你们足够适合彼此——这样的话其实你也不必太有顾虑，不用怀疑自己是否会爱上对方——那么为什么包办婚姻中的夫妇不会像自由恋爱的夫妇一样相信对方、深爱彼此呢？"米拉向瑟茜问道。瑟茜用一种意味深长的眼神瞥了她——随之又以一种几乎难以察觉的幅度摇了摇头，但是米拉没有注意到。

图妮注意到她们又回到了最初的话题："所以就像我最开始说的：你根本无法确定自己是否真的恋爱了，你只是不再去质疑自己了。"

米拉很开心："你永远也无法真正了解你爱的人，只能了解你对他的想法，只能了解他在你想象之中的印象。无论你和一个人多么亲近，你只是在和自己的想象打交道。"

"但你说的'亲近'是什么意思，米拉？"图妮问，"我随便说说，如果你和一个你爱或不爱的人非常亲近，你所拥有的联系就不仅仅是自己的想象力。如果你们非常亲密，甚至比你们的心灵更加靠近……"图妮大笑不止的模样，惹得其他人一片哄笑。但米拉迅速镇定下来，整理思路，接着解释库利的思想。库利认为你与某人的亲密程度并不重要，因为无论如何你还是要和你想象中的他们相关联。想要在不引起大家再次哄笑的情况下解释这一点很难，但米拉最终还是让大家安静了下来。

"你们还记得几个礼拜前，也就是咱们刚认识不久的时候，讨论过我们对母亲这一代人的生活方式的看法吗？有时男人和女人看似不那么亲密，但他们还是一起有了孩子，不是吗？这种婚姻和我们想要的婚姻，两者的区别并不在于人们身体所做之事，而在于人们脑中所想。"

她们安静并沉思了片刻，图妮还是快人快语："或许……在身体行为上也有不同？"大家心领神会，笑作一团，米拉只好作罢。过了不到一个小时，朋友们想要上床睡觉了，她们的话题又回到了库利和最后的这个社会学重要思想。

她们谈论的是彼此都非常熟悉的话题：她们对彼此的第一印象，以及从那之后的几个月中，印象发生了怎样的变化。对于她们几个中的大多数人来说，这是一种毫不费劲的、奇怪而让人宽慰的谈话，可以不厌其烦地重复。然而米拉很难像她们一样乐在其中，因为米拉清楚，她们能从中得到的安慰，不过是孩子从睡前故事中得到的满足感。

瑟茜一如往常地对安娜说，她一开始觉得安娜有些冷淡。但是安娜一如往常地需要更多的安慰，追问瑟茜究竟喜欢她哪一点。瑟茜的回答也一如往常："我不知道。我只知道你很有同理心，既忠诚又有趣，我很乐意让你做我的好朋友。"

"到底是什么因素造就了恰恰是我，而不是别人拥有这种特质呢？"安娜坚持刨根问底。

瑟茜实在是无力招架，向其他人投去求助的目光。米拉伺机提醒她们，库利曾说我们只是在想象中相互联系。这也是为什么人们在成为别人的朋友，甚至成为别人的眷侣之后，都需要不停追问双方的看法。你必须追问，不然就没有办法知道了。

"你看为什么那些恋爱中的人总是在问对方'你现在在想什么？'重点在于他们必须去问。不问怎么知道呢。"

贾丝明参与对话："不仅如此，你还要盲目地说服自己相信你的爱人在回答这些问题时是完全诚实的。"

米拉继续说："人们在这方面总是无比有信心，不是吗？有时候，人们会说服自己相信自己爱人身上的种种恶行都是假的。安娜读的小说里，总有姑娘相信她们深爱的男人比他们实际上要好很多。"

安娜说："就是就是！贾丝明总是说那些书里描述的不是现实生活，但人们确实是这样的。"

贾丝明喃喃道："他们只是现实生活的投射罢了。"

米拉不想再招惹贾丝明了，接着介绍，库利认为，一个虚构人物的影响可能比一千个活生生的人更大，对我们来说更加真实。或许他所指的是文学作品，但如今我们也可以套用到电影或者电视上。生理意义上存在的人们未必在社会意义上真实存在；只有存在于他人的想象中，一个人才能称得上是注册激活了。"或许有人会觉得，只要你不曾注意，那他们的爱就对你毫无影响。这又是跟刚才秘密的话题是一个意思了。"

图妮说："所以你的意思是，现在外面可能有很多男人倾慕我，但是，因为我没有去想象，所以他们的爱就没有效果咯？"

米拉神秘一笑："是的。倘若我们只是在自己的想象中与他人产生联系，那么社会也只存在于人们的头脑中——这也是库利理论中被人们熟悉的要点。贾丝明，能麻烦你再读一下上一条摘抄下面紧接着的两句话吗？"

贾丝明读道："显然，为了社会存续，人们必须找个地方聚在一起；然而他们只是作为个人思想在头脑中聚在一起。下一条是啥？……人们对他人的想象便是社会确凿的事实。"

"那这样说来，社会中的重要理论是帮助我们研究人们头脑中的想法？我以为社会学是研究人们如何过日子的，而不是他们认为自己的小日子如何。"贾丝明有点不屑。

至少，米拉想，贾丝明又回归小团体了——我们又存在于她的想象之中了。"我认为两者都有涉猎吧，库利所提出的这个理论为我们揭示了如果研究者不能理解人们在想什么，就不能领会人们如何生活。"

是时候收尾了，以免贾丝明再提出问题。既然贾丝明已经重新找到了归属感，米拉得采取常用的小策略让她刹车。"我想你们现在的想法就是要睡觉啦。"其他人都点了点头，除了贾丝明，这个女人看起来从来不会困。"谢谢你们又忍受我喋喋不休地谈论社会学。"大家赶紧否认，说听下来感觉很有意思。说着，除了贾丝明，大家都禁不住哈欠连天。那时已经很晚啦！

人与人之间是如何互相理解的？

语言和数字是抽象的

符号具体而迅捷

1. 人们是如何共享含义和理解他人的呢？符号在史前便被用作交流的工具。当时符号被画在洞穴墙壁或者刻在木头上，现如今成了雕刻画。皮尔斯和库利将符号视作头脑中的基本单位。

2. 在库利看来，对于每个人来说所谓真实的某物——或者某人——就是他们在想象中创建的联系。依据他的理论，观点和思想是由语言学符号创造出来的，只有为数不多的几种形式能将它们有意义地串联在一起。社会中的每一位成员都共享着这个符号系统。

3. 语言与数字是令人震撼的文化成就。它们是抽象的，就像先进的电脑程序；符号是不同的——它们是具体、有形的，就像电脑的基础指令；符号也是迅捷有力的，是意义与理解的共享之源。电脑的图标和品牌就是这样的符号——我们无须思考便能立刻领会它们的含义。

4. 符号学是一门研究符号以及社会是如何创造出传播如此迅捷而有效的共享意义系统的学问。为了服务于此，很多社会都有着高度成熟的处理方式。广告、政治宣传、社会媒体、约会网站——它们都具有基于这种共享且大音希声的含义。

第 六 章 ——————————

在 多 尼 的
俱 乐 部

俱乐部的门脸和米拉想象中的不太一样，也许是因为在这个已经衰败的社区里，一扇破旧的门可以躲避更多关注，从而保证俱乐部的排外性。又或者，这是为了告诉人们这个俱乐部历史悠久，久到连城市的流行文化中心也早已迁至别处。俱乐部的内部和米拉想象中的更不一样：这里有着更大的场地。她原本以为里面会很暗——甚至已经脑补出了镜子和红丝绒地毯——但事实上，她来到一个很大的房间，斜阳从与阳台相连的法式落地窗倾泻进来。

一切都那么美妙，米拉终于从功能完备但了无生气的宿舍楼中解脱了出来。她这才意识到，和她的朋友聊完心智与社会的重要理论后，自己被一股压抑的情绪持续不断地萦绕。她感觉到，这个曾经给她的朋友们带来欢乐的理论，实际上是一个绝望的药方，因为它留给个人自我表达和惊喜的空间太少了。你一朝从社会汲取了某种观点，接卜来要做的事只剩下日复一日将点阵图中的点连起来。倘若承认社会只存在于你的脑海，你穷尽一生都注定只能重复别人的陈词滥调，这定不能使你宽慰：你所有的想法，所有的对话，甚至所有的人际关系，都已经被预先注定了，只等着你去将它们接通。

米拉认为它不仅是一种悲观的生活态度，而且非常具有误导性。如果真的是那样，她和阿伦的这两个点会被如何连接？不是他们之间已知的过去，但是未来，谁能知道呢？这也是为何这个悲观的观点是错的。现实生活充满了未知，既刺激又惊悚。我们不知道外面有什么点等着我们去把它们相连。还有另一个原因让米拉反对这个理论：这个理论中缺少一种张力和空间，那种能为像她父亲这样独自反抗社会、试图开辟自己的道路的反叛者的空间。

此时她无比需要一个能为个体提供空间的社会学理论。所以当她在"弗兰肯斯坦"中读到对乔治·赫伯特·米德（George Herbert Mead）理论的解读时，她意识到，就算生活注定是要一刻不停地连接这些点，在社会学中一定还留存着个体和自我的空间。

米德认为人们绝不仅仅应该按照社会给定的剧本行动。社会学从始至终都没有将个人表达与惊喜排除在外。相反，它为反叛创造了空间。"弗兰肯斯坦"解释了所谓"符号互动主义"理论，这个理论似乎对缓和米拉的情绪有所帮助。她已经成功地克服了那种悲观情绪和疑虑（至少目前来看是这样），现在坐在这个光照充足而有爱的房间里和哥哥多尼一起品尝美食。

"周围的人都觉得是爸爸太倒霉了，此外也就没什么了。"多尼自言自语，"这是他以前经常来的俱乐部，你知道的，谈生意。这个地方我也蛮喜欢的。以后你要是谈生意或者希望取得别人的信任，你也应该带他们来这儿。在这里做什么都简单多了。"

米拉再次环顾四周。这里是一个不同于她自己世界的地方。"可不是嘛，"多尼说，"这就是我最满意的地方了。"他话语中透露的那种自大让米拉有点担心。也许父亲被捕不是因为运气不好，而是因为这种自大。想到父亲的事，米拉问哥哥，怎么看待法院对爸爸的裁决。"他是个成熟老到的人——他会做好一切他应该做的事，我想他应该过得还蛮舒服的，就算在那里也一样。"

米拉惊呆了："那么说来，你认为这件事可能不会打击到他咯？我觉得对像他这样的一个人来说，必须要强迫自己忍受条条框框简直再糟糕不过了——他甚至不能自己决定那些最最基本的事。他已经不年轻了，而且，他的高贵也和监狱格格不入。我觉得法庭上的他真的很勇敢很浪漫，孤身一人对抗着法律和媒体的力量，但如今他受到了处罚，被当作一个最普通不过的罪犯来对待，好像他从来就不是什么重要人物一样。"

多尼仍旧觉得他这个小妹妹既幼稚又古怪。"打击到他？"他不无讽刺地重复了一遍米拉的话，"我看你是把监狱想象成一个关野兽的笼子了。而且你还觉得他浪漫？我可不这么觉得，显然法院和媒体也不这么觉得，不是吗？"

哥哥的毒舌完全不亚于小时候。她义正词严地说，人们之所以不厌其烦地诋毁爸爸，正是因为他实际上是在努力以个人的力量抵抗社会。"他站在人群的对立面，所以人们才想攻击他。我明白，他在别人眼里绝对谈不上高贵，但没关系，我知道是这样就好。"

或许，米德的理论能够证明她父亲是个浪漫大胆的反叛者，但是她该如何去解释呢？在继续阐述观点之前，米拉决定以退为进。多尼准备招呼服务员，当她开始解释时，米拉的目光死死地锁定在面前空盘子的图案上。

"嗯……不管人们认为什么是正常的，都会对他产生巨大的影响，但你可以在解释这一点的同时为个体的个性创造空间。符号互动论认为人们是从社会中习得何为正常这件事的。事实上，社会赋予了我们全部的观念，但它本身并不外化于我们。我们不仅没有受到社会完全控制，相反，还在一直创造着社会。每一天，我们都一刻不停地让社会一次又一次地发生。如果我们不这样去做，社会就不复存在了。这是一个我们每个人都在参与的过程，这也意味着发生意外是完全可能的。

"你和爸爸都选择加入这家俱乐部。你和这里的所有人一样都想成为这家俱乐部的一分子。我不止是在说你们是同一家私人俱乐部的会员，而是想说你们是在进行某种交易：你们有着同样的利益、同样的生活方式。这也说明了我们并没有被社会控制，相反，我们在控制着它。事实上，社会不仅存在于我们的头脑中，我们每时每刻都在重塑着社会。还是那句话，如果我们不这样做，社会就不存在了。"

服务员来到桌边，准备帮他们点餐。在多尼研究菜单的同时，米拉默默地整理思路。她继续解释，米德的本意是想理解我们如何长大成人，也就是说，他想要了解孩子变成一个理性的成年人的过程。想要做到这一点，就要将我们自身当作客体来研究。这也是加入某个团体的秘诀，如果我们不能以他人的眼光审视自己，那么就没有任何社会能够成为可能。

米德说，人类社会与动物社会的区别就在于人类能够对自己进行冷静客观的判断。然而，如果缺乏这种思维方式，社会是不可能存在的，事实上，你只需要通过社交来进行这种客观思考。只有这样思考才会让你得到上述认识：将自己视为某种客体。这是因为在社会交往中，其他人会将你当作一个客体来看待。米拉很难找到词语恰当地表述这个意思，但是多尼已经决定要对她表露出一种不耐烦且居高临下的态度了。

"但是这位小朋友，你要知道，人们对待彼此的态度从来就不客观。我们大多数人都戴着有色眼镜。每个人都有自己的喜好并沉溺其中，很容易就宽解自己的罪过，但对待其他人，我们就摆出一副'理中客'的样子，仿佛别人是没有感情的物件。就像那些法庭伪君子，你憎恶他们不就是因为他们对爸爸表现出的那种恶毒和报复的模样。"

"米德的意思不是说我们要公平对待他人。我可能没解释明白。他的意思是说，其他人在看待我们时并没有将我们视为他们的一部分，而是视为某种'他者'。因为他们是这样对待我们的，因此我们也可以这样看待自己。"

"其实你一直都在这样做啊：你会提醒自己，作为儿子，该给妈妈打电话；作为哥哥，该去看望住在同一城市的妹妹。还有在谈生意的时候，等等。当然，不是说你在上述情况都只采用了同一种看待自己的方法。你有时将自己视作一个尽职尽责的儿子或者哥哥，同时你会在其他情况下将自己视为一个有野心的商人。"

"也许吧。也许未来某天会是这样，"多尼说道，"现在，先吃饭。"在服务员离开之后，米拉对多尼说，米德认为既然我们与不同的人有着如此多不同的社会关系，那么我们在不同的人眼中也留下了多种多样而非单一的印象。

"所以，我大学里的新朋友看我是一个样子，你和妈妈看我又是另一个样子。当然，我和朋友们待在一起的时候感觉自己像是一个骗子，因为我有太多事情瞒着他们，但是每个人都知道一个人看待自己的视角可能同另一个人不同。这不是我们自己有意识的伪装或者表里不一，也不是刻意地操纵自己，我们就是这样和其他人打交道的。"

这一瞬间，米拉感到沉重。因为米德的思想也可以用在她父亲身上：他对米拉来说可能是个浪漫的反叛者，但对多尼来说则不然。她怎么花了这么长时间才意识到这一点呢？她喷薄而出的情感似乎妨碍了她接下来的陈述。她努力把自己的注意力放在向多尼解释为什么爸爸是一个浪漫的人，而不是一个最终可能被证明犯了错的普通人上。多尼的眼神穿过她的肩膀，若有所思，某种程度上米拉并不希望从他那里听到什么伤人的话。

多尼说："我理解你的意思。有时候你会给人某种感觉，让别人对你产生某种印象。在商业事务中这样做绝对没有问题，因为你总是有不希望别人知道的事情。"

"是的，你在各种关系中表露的这个态度就取决于它本身是个什么样的关系。这是米德的看法。我们并不是想要欺骗任何人。只是随着情境的改变，我们的表现自然而然会发生变化。"

多尼把正在为其他人领位的服务员招呼过来，指了指餐桌上已经空了的水壶。服务员点了点头，不一会儿拿来了一个装满水的新水壶，并问他们还有没有别的需要。这就是一种互动，米拉想：我可以利用这个例子。

"这也是米德想表达的：当你发现一个手势得到了什么回应时，你就会知道它代表着什么意思。你指了指这个水壶，然后我们就得到了更多的水。但是在其他情况下，指水壶这个动作可能有完全不同的意思。如果你在商店里指一个水壶，意思可能是要买它。如果在悬疑片里这样做，可能是想说'不要喝这个，里面有毒'。也就是说，随着情境改变的不只是我们给别人的印象，动作和姿势的含义也会发生变化。"

米拉的状态回到了正轨："米德指出，我们对别人发出的信号的理解是被分类好的。我们向某人做一个手势，他们就会思考接下来会发生什么：他们会搞清楚你借着手势想表达的意思，然后根据他们的理解对此做出回应。

"他们并非直接对你发出的符号进行反应，而是基于他们对符号的理解。这也是为什么这个理论叫作符号互动论。我们与他人互动的方式取决于我们如何思考和理解其他人行动的含义——被符号化过的含义。"

"米拉，打住一下，"她的哥哥连忙叫停，身体向后仰了仰。"上一分钟你还在说着水壶的事，这会儿就说我们的所有行为都是这样了。"

"但这话并没有错啊。当米德在提及向别人比手势，或者对他们做其他信号时，其实指代了我们向别人表达意思的所有方式。包括招手、说话或者拥抱，总之，什么都一样。"

"所以说——只有当对方回应你发出的信号时，你才会知道这个信号究竟意味着什么？"多尼终于透露出一丝丝兴趣了，"但就算服务员没有帮我把水壶里的水填满，我的想法也是拜托他这样去做。当我指这个水壶的时候我就是这个意思呀。"

"米德会说这就是我们需要特别理解的互动了：你内心所想的并不一定直接意味着你发出的信号的含义。其中注定要涉及其他人的想法。所以当服务员看到你发出'指'的这个动作，他就会开始思考：'10 号桌想要加水了，但那个桌子不是我负责的，应该找负责这个桌的人去接水。'你没有让他去这样想；这也不是你本来的意思，但是你的动作就是这样影响别人去思考并发生互动的。这也是为什么你最终并没有等到水。"

"是的，但他知道我想要什么，只不过他觉得这不是他分内的事。"

"没错——所以你的姿势最终意味着：并没有水送过来。你看，如果你接着去投诉这个服务员说他假装没看到你，那也并不是他希望你去做的事（他本应去把另一个服务员叫来）。但是你刚说的那一点没错，几乎所有人都知道你指了指水壶这个动作是什么意思。这是因为我们共享的相同语境让这些信号产生意义，不单单是动作，每天人们说的、做的，都是同样的道理。"

米德认为，人们之所以能够共享语境，是因为在成长的过程中，每个人都学会了接受来自各方的态度。米拉此前一直朝着这个方向努力：和人们交流，通过别人的视角观察自己。成长某种程度上就意味着从与别人的互动中不断学习如何客观地看待自己。想要做到这一点并不容易，兴许会花上很长的时间，因为我们必须要持续不断地识别生活中的每一个人对我们的态度，但最终只能顾及实际见过的几个人。当我们见到他们时，我们就会站在他们的角度上去思考他们是如何看待我们的。

"你知道：老师觉得我是个内向的孩子；妈妈觉得我是个乖巧的好女孩；我哥哥觉得我是个天真的小傻子。米德告诉我们要去筛选这些个体赋予的印象，通过将它们组成一个更大的图式来帮助我们理解人们看待我们的方式。他将这个更大的图式称为'概化他人'（Generalised Others）。他讲了一个例子。还记得我刚说的他认为正是客观看待我们自身的能力将人类社会区别于动物社会吗？那么他这个'概化他人'的例子便是说明了人与狗的区别。如果两个狗在争抢一块骨头，那么它们不会在意别的狗是怎么看待它们的。但如果两个人就某物的归属权发生争执，他们所做的通常就是'概化他人'。所以当他们在争取将某物归他们所有时，实则是在争取让其他人都将该物视为他们所有。"

"但是话说回来，米拉。你对爸爸的看法怕和你'概化他人'的观点对不上吧？"

"是的，我正要说到这一点呢。米德当然也想到这一点了。知道'概化他人'对我们的期待并不意味着我们一定要迎合这些期待。这也是我一直想要解释的。你对于现在人们对爸爸的一般期待的理解也许没有错，但是爸爸他选择去与这些期待抗争。他选择去坚守自己个人主义的一面，这也是我觉得浪漫的地方——他与社会抗争。"

米拉说，米德将这种可能性纳入了他对于成长过程和学习客观认识自己的过程中。他为反叛者、不安于现状的人和局外人创造了空间。我们在成长的过程中，慢慢认识到每个人都会对我们有所要求，但有些人选择不去迎合这些要求。米德经常会用一个孩子们学习组队一起玩游戏的例子来证明这个观点：我们知道自己被要求做出一些特定的动作，比如接球，但最终还是要取决于我们是否乐意配合。而践行这种自由意志的人和那种以其他人的视角力求客观看待自己的人是不同的，后者是在你成长的过程中社会互动里逐渐习得的。这是一种自发且颇需创造力的过程，你很难直接观察到它，只能在人们被要求执行一些行动时偶然瞥见其涵义。

"这就有点像我们刚刚谈到的互动，其实这是一个三步走的过程。在游戏里，孩子们知道他们要当好一个捕球手。但随着收到的反馈越来越多，他们会找到属于自己的真正位置。这取决于其他人对他们的看法——不擅长或者不愿玩游戏的孩子就会被欺负甚至被霸凌，我们的爸爸也是出于同样的理由被中伤。"

"在我印象里你好像什么团队比赛都不擅长，是吧，米拉？"多尼戏谑道。

"是啊，我没少让爸爸难堪，但好在你还蛮擅长的，所以总体还行——你满足了他的期待。你看，在米德的理论中为选择和自我表达留下了一席之地。我们学着如何适应环境——连接社会希望我们去连接的点——但并非必须。"

"我明白你的意思了：当一个人决定自己是否要屈从于诱惑时，他才会意识到自己真正是谁。你可能比我想象得更聪明，米拉。"

"那我真是受宠若惊呢。事实上我对自己也蛮惊讶的。我一直以来对自己的印象和现在人们看待我的样子真的不太一样。当然，有些期待是我刻意不去迎合的。但我看不出假装比我现在更笨有什么好处。我一直以为，如果我总是一本正经地摆大道理根本交不到任何朋友，但是我在这里的朋友们都特别喜欢听我介绍这些理论给他们听。我也意识到，如果我继续装傻，可能就会错过一些学习的机会，但我发自内心地想学点东西。就像人们总说的：你知道的越多，就会越想多学习。"

米拉从多尼的奸笑中明白，不应该把刚刚的表扬当真。

"我敢打包票，你选择相信这个理论是因为那个没接到球的孩子的例子在你脑中挥之不去。你把自己代入进去了，不是吗？你还是组队时不会被选中的可怜鬼。但现在你觉得自己很浪漫，像爸爸一样。这就是一种伪装。你觉得自己很独特，所以激动无比，你想象自己是一个勇敢站在人群的对立面的个体，而不是一个'小透明'！"

"我最开始觉得，如果我想融入新的朋友圈子，他们会希望我成为你所说的那种人，但在事实上，我结交朋友之后，就成了现在的样子。同样是这'三步走'的过程，夹在中间的就是我的自由意志了：我是选择顺从还是不顺从。这是那个隐秘、自发的自我做出的决定。当人们认清了自己的决定，也就认清了他们到底是谁。"

多尼玩味地一笑，找到了她的薄弱环节。"我说的不是这个意思，"他说道，"我是说你不浪漫，你知道的：你一直努力避免自己受到关注、太过鹤立鸡群，努力假装自己不是爸爸的女儿。你明明拼了命地想要变得合群。"他从米拉的表情中看出，这句话直击要害，但他打算继续"补刀"，就像以前的很多很多次一样，展示出自己的上帝视角和优越感。他不管不顾地说了下去，语气也变得愈发粗暴：

"成熟点，米拉。只有小姑娘才会把她们的爸爸当成英雄供奉起来。即使他做了错误的决定把事情搞砸了，也不代表他就是个浪漫的反叛者。你想借理论说明，是社会决定了他行动的意义——你只有意识到人们会如何反馈，才能知道信号到底发出了什么意义，但记着——我们现在已经知道别人怎么想了。你觉得他是个英雄也好，我觉得他只是个普通商人也罢，这根本无所谓，社会已经做出自己的判断了，它认定爸爸就是个罪犯。"

"但我有所谓，因为我知道他不是个坏人——争取自己权利的个体是高尚的，一味迎合人们的期待是低劣的。"

"你也不听听你说的话，你怎么能还这么幼稚呢？他只是为了赚钱而已。"

"也为了我们。"

他对这突如其来的插话不以为意。"这里面并不存在什么高尚道德。对你来说，把他想象成一个能顶得住公众和舆论声讨的英雄或者浪漫楷模，只不过是一个再方便不过的幻想罢了。"

"那么你觉得他有错咯？"

"不，无功无过。对于我们这种人来说再正常不过了。"多尼所说的"这种人"指的正是这些瘫坐在皮沙发上面的俱乐部成员们。"你的理论没将什么是好或什么是坏考虑进去，不是吗？爸爸之所以这么做，是因为他觉得做生意不需要掺杂什么道德因素。爸爸所做的无非就是期望中的事。我可以给你一大堆例子，让你明白这些年来别人也这样做生意。你刚刚说这是爸爸那个隐秘、自发的自我，在拒绝屈从或者不迎合期待之下做出的事情。但事实上，他就是在迎合期待啊，这就是他那个世界对他的期待，也就是我们现在所处的这个世界对他的期待。"说着，多尼再次用手指扫过这屋里其他的人。

米拉想起"弗兰肯斯坦"中提到赫伯特·布鲁默（Herbert Blumer）将"符号互动论"这一术语加入了人们互动时所创建的信息的计算和推广中。当我们理解他人行动（或为他人的行动赋意）时，我们就换位思考，再去行动。按照布鲁默的理解，互动的意义生发是一个过程。它在交互的过程中形成，本质上是流动的。

他指出，创造意义的过程可能是开放式的。也就是说，她不仅不能单方面地决定父亲行动的意义，甚至不能完全坚持自己的某一个观点。多尼刚刚就给了她一种对于爸爸角色的全新理解，是的，这比她之前所认定的，爸爸是一个浪漫反叛者的孩子气论断更有说服力。但她不会因此沾沾自喜——就像多尼现在看起来的那样——因为她还是被这件事是对是错所困扰着。一直都是这样——这个对与错的问题造成了她和妈妈之间的隔阂，也迫使她改头换面。

如果她接受了父亲只是在他认为正常的方向顺势而为的说法，米拉担心他的行为很可能在道德上是错误的。不妨看看现在这些评论的风向，她如何去抱怨这一切是不公正的呢？突然，她又想起了布鲁默的另一句话，此时听起来尤其应景，多尼可能又会以一种讽刺的语气攻击她：一个人"也许将某事做得很糟糕，但他（她）不得不去这样做"。也许她应该将靠这些思考得出的结论纳入对人们的判断之中？这个念头在那天晚上一直纠缠着她，搅得她心如乱麻。

直到晚一点米拉打车回家的时候，才开始感觉好一些。出租车拉着她蜿蜒穿过俱乐部旁的小道，逐渐拉开她和多尼之间的距离，米拉逐渐平静了下来。她父亲也许把事情搞砸了，但是她没有必要走他的老路。那么她要去接的球又是什么呢？对她来说，最重要的决定是无论如何也要把社会学学下去。

不管多尼怎么想，米拉很确定相比十前儿个月，此刻她对这个问题的理解更深刻了，甚至比刚走进俱乐部时又有所长进。这会是浪费时间吗？她一直在学习——有时会很痛苦，也会遇到许多挫折和疑虑，但她慢慢地对这个复杂而令人挫败的问题有了更深的理解。

可以负责地说，米拉已经理解布鲁默的理论，即我们不能简单地将互动理解为我们为想做的事所花费的时间。如果是这样，互动就不值得我们去研究了。那它就变成了介于影响行动的原因和行动产生的影响中间了无生趣的存在。但事实不是这样的：互动不仅仅是我们照本宣科之所，并且是我们发挥创造脚本的空间，由我们和他人共同写就。

这个理论坚持的一个核心思想是，社会是一个过程，而非一种结构。也就是说，我们在社会中所做的每一件事都不是固定的，而是处于流动之中。如果没有过程，像是婚姻或者司法、教育体制之类的一切就都不复存在了。除非人类为它们注入生命，否则所有的社会制度都会消失。符号互动论将社会学领向一种全新的方向：它开创了理解生活中一些容易被忽略但意义重大的小事的先河。出租车徘徊在多尼介绍的那家俱乐部旁略显破败的小巷，米拉开始回想起我们平时常常花上几个小时进行互动的方式，除了那些轻松的时刻，比如在家里，还有各种各样的情况：当我们面试工作、购物时，当我们为了达成国际和平或者贸易输出进行谈判会晤时。所有这些都要求我们成为一个处于互动中的人——交流，忽视，一起工作，乃至于反对其他人。在科学领域与之相似的事件可能要属发现分子和原子之后又发现了亚原子：在科学家们探索微观维度之前，他们的知识仅限于他们都能看到的尺度相对较大的东西。符号互动论就是基于这样的一种出发点，它让我们注意到人类生活中更为微观的尺度，为我们理解世界开辟了一个全新的视角。

想象中的你？　　　　　　现实中的你？

1. 在 G. H. 米德看来，长大成人意味着拥有客观思考的能力。也就是结合他人审视自己的目光，以及以通用的标准和判断来审视自己，就像审视一个"客体"一样。米德认为，长大成人的过程就包括我们以他人的期待看待自己。学着用这种方式反思自身和其他人是成为一个完备的社会公民的关键所在。这赋予了人们随着不同的情境做出不同的表现和表现不同自我的能力。人们借此在外部刻画自身。

2. 这样你就能看到别人所看到的，也知道自己想让别人看到的是什么，随之用行动来回应别人的行动的所指——这些行动的象征意味。行为方式没有一成不变的标准。你行动的意义是由别人将你的行动符号化后赋予的。这就是符号互动论。

3. 根据这种观点，在任何情境中都不存在固定的、准确的意义。同每个个体的相遇都创造着新的意义和重要性。这也是为什么人们有时只有把话大声说出来才知道自己在想什么——即其产生互动而被赋予意义的时刻。

第 七 章

在 夜 里

突然，一个声音打断了米拉的思绪。说话的正是出租车司机。

"我认识你，"司机话音刚落，米拉吓得心脏都漏跳了半拍。接下来，他的第二句话更可怕。"你上过电视，就是《早间新闻》里，为失明儿童献歌的女孩吧？"

米拉化险为夷，差点笑出声来，但她马上意识到不得不顺着司机的意思说下去。她担心如果不这么说，一会儿司机就会发现她的真实身份。

米拉没作声，她还没想好要说点什么。她只是一声不吭地盯着车窗外的夜色，这样司机就不能从车内后视镜里看到她的眼睛了。他一刻不停地搭话："你是不是总能被认出来呀？诶？我是吓到你了吗？"

"没，几乎没被认出来过。"

"肯定是因为你戴着那副眼镜吧？但这可糊弄不了我。你一上车我就认出你来了。我老婆看你的节目，我们家的小孩都特别喜欢你，我老婆还总说我看你的节目是因为你长得漂亮。"

米拉不知道他到底把自己跟谁弄混了。若不是她害怕司机得知自己弄错了，进而认清她的真实身份，她的虚荣心一定会促使她打听电视明星到底漂不漂亮。但事到如今，再跟他说其实他认错人有点太冒险了。除了继续假装成那个素未谋面的电视明星之外，米拉别无选择。

她不得不开始回答他提出的一些问题，并编造自己在节目中的经历。她说节目里的孩子们都特别可爱，又承认当那个小女孩在手术之后重见光明时她是真的哭了。米拉补充了不少额外的信息，这似乎满足了司机大哥的兴趣。米拉甚至有点享受假扮电视明星这件事了。她猜测，这场对话或许对这个司机来说非同寻常。他似乎很乐意接受一个出现在电视节目里的乘客侃侃而谈自己的生活这一事实。米拉感到怪异的对话在司机看来很正常。但在接下来的对话里，她又假装让他觉得这一切合乎情理。

过了一会儿，出租车司机的话渐渐变少了，他似乎失去了对米拉的兴趣。"都是装出来的。"她想。

米拉努力说服自己，决定着人们行动意义的是一个永无止境的过程，你所坚持的意义仅仅在于你所坚持的意义——其本身很可能只是一个随机的选择。有时这一切的起因是你在某时、向谁询问某人是不是罪犯、是不是坏人这些问题。但在下一分钟或者下一年，可能又会出现另一个不同的解释。有时候人们只是假装不愿相信其他可能的存在，表现出好像一切都已经盖棺定论的样子。

这种思路在米拉看来不得不说是一种安慰，因为这能够迅速消解公众谴责的浪潮对她所造成的伤害。但随之将她领向了一个奇怪的方向。她告诉自己，我们对别人做的、说的一切都没有意义，无论如何，只是假装有意义罢了。我们只是假装理解，实际上谁也不了解到底发生了什么。你假装喜欢你的哥哥，假装自己很蠢，假装是个社会学家，但到头来也没有什么用。

多尼不是一直说，爸爸做的事情很正常吗？米拉质问自己，是不是对于我们做过的任何事，只要伪装出一副正常的样子就行？做了什么并不重要，你只要说服自己、说服别人这是正常的，就可以了。虽然我们从不承认，但事实上我们只是聚在一起，假装对某件事达成了一致意见，比如什么是善、什么是恶。某种程度上来说多尼是对的，现如今社会上对父亲的谴责声甚嚣尘上，但实际上多是表演，这是正常生活中一部分必要的伪装。公众舆论的旋涡只是一种用于修补所谓正常表象的权宜之计：使得社会上仿佛真的存在什么正常的行为模式，来对抗她父亲所做的、应被审判的"恶行"。

"弗兰肯斯坦"向米拉介绍了一类致力于发展上述思想的社会学家，他们的思想被称为"常人方法论"。米拉没有通读这一章——和同学们一样，只挑着读了需要用来写作业的部分——她并没有打算好好读完它。"弗兰肯斯坦"会告诉她，常人方法论中讲到，我们不得不尽力让事情看起来真实且正常。那些事实的出现可不简单。我们并非只是遇见并去识别事实。相反，事实要在我们的共同努力下才能实现。真实和正常就像我们必须齐心协力要去完成的某种任务。

阿尔弗雷德·舒茨（Alfred Schutz）就是"弗兰肯斯坦"中提到的社会学家之一。舒茨受到了符号互动论的影响。他在推论中指出，我们都必须坚守住意义，还要坚持不懈，否则意义就不复存在了。符号互动论说过，人们总是在不断地为生活赋予意义，但现在舒茨说，我们应该去研究生活是如何发生的以及人们是如何做到的。他还说，社会生活中各种各样的意义，不仅仅是社会学家到处宣扬的结果，而是因为每个人都这么做。他们必须这样做，不然根本就没什么生活可言。在舒茨看来，人们一直都承担着社会学家的工作而浑然不知，只不过人们从不去讨论它，且一直视之为理所当然。所以这是我们都知道的事，应该同我们几乎从未质疑过的平常事实一样被研究。

出租车在几处红绿灯前停了下来。现在司机彻底没有问题好问，米拉又可以随心所欲地看窗外的风景了。一男一女正沿着十字路口朝着他们走过来。女人走在男人前面，走得很快，但还不至于跑，而是比其他行人走得更快一点。他们是一起的，显然——因为男人一直在盯着女人。米拉起疑，这个女人是在躲他吗？或者她是自己一个人独行，而这个男人想骚扰她？但是她为什么自己走呢？她是性工作者吗？也许男人对女人说了些什么，她放慢脚步，转过身去，还向后退了两步。她看起来在冲他喊叫。米拉听不清她到底喊了些什么，但是她的身体表现出怒不可遏的姿势——米拉猜测她一定是处于害怕或者愤怒状态。她似乎拿着什么东西（是钱吗？），马上把手里的东西丢向了男人。

这时灯变绿了，车子启动缓缓驶过这一对男女，这下他们离米拉更近了。现在米拉可以顺着车后窗看清他们。不——刚才那个女人手里拿的不是钱，因为当那个男人转身过去的时候，有什么东西旋转着从他身边飘过。现在女人站在原地开始哭泣，用手一边缩着自己的头发，一边哭喊，只不过不再是对着那个男人，而是对着夜里萧瑟冷清的风。男人走到她面前，给了她一记耳光，至少米拉是这样觉得的，但随着出租车疾驰而去，两个人的影子越来越小。她好像看到男人把两只手放在女人身上，他是想勒死她吗？"你看到了吗？那个男的好像在打那个女的？"米拉十分惊慌地问司机。她完全不知道现在该做什么。

"是呀，我当然看到了。"

"我们能停下来帮帮她吗？"

"怎么帮？就是两口子吵架，他们肯定会和好的。每天晚上都有这种事发生。"

米拉开始怀疑刚才所见。毕竟，夜色已经很深了，她又特别疲惫。也许根本没有什么暴力事件，也许男人只是把手放在女人脸上，抚着她的头，让她冷静下来呢？不管怎么说，如果司机不打算停车帮那个女人，她一个人又能怎么办呢？她什么都做不了。

"晚上在这附近开车，糟糕的事多了去了，"他开口说道，"林子大了，什么鸟都有。上个月我看到俩年轻女人就在马路中间掐架。旁边一个人都没有，好吧，准确地说是一个行人都没有。然后她们俩一个人抓住另一个人的头就往地上撞，不停地撞哇。被打的那个看上去毫无还手之力。可能已经没有意识了，或者不想还手。看俩女人做这种事已经够怪的了，更怪的是旁边车来车往，都远远地避开了她俩那条路。就像施工封路了一样。人们经过的时候连看都不看她们一眼。其实每个人都在看热闹，但路过的时候都假装没看见。"

"没有人停车帮帮忙吗？"

"没人停啊。可能我们都觉得别的司机会帮忙吧，叫叫警察之类的。我跟我上面管事的人说了一声，但我觉得他们应该什么都没做。我跟他们说有两个女人在路上打架的时候，他们都觉得挺有意思的。这样做可能不太好，但是我们所有人都这样错着开过去了。"

米拉很确定，出租车司机描述的这场斗殴绝不可能发生在白天。那个打人的女人，就像她刚刚亲眼看见的那对在吵架的夫妇一样，绝不会在白天做出相同的事来。大概夜晚没有规矩，或者规矩变少、变得不同。人们便自觉地将打斗中的那两个女人融入自己所理解的现实，将她们看作马路上的障碍。没人停车，甚至没人多看她们一眼。人们像对待路障一样对待她们！但如果人们不竭力为夜晚营造正常的表象，就更容易发现所谓的真实在白天是如何得到更彻底、更成功的粉饰。构造真实的漏洞在夜晚更容易被发现，因为人们不愿再努力去修补漏洞了。

将暴力事件视为路障，这种做法让米拉联想起社会学试图揭露人们用于理解他们经历的那些常识。"弗兰肯斯坦"告诉她，舒茨曾经说过，我们应该已经注意到了，人们甚至在开始整理自己的经历之前就使用了"类型化"（typification）的手段。比如说，如果你主动将打架的女人视为路障，你就会变道，就是这样。在舒茨看来，正是这些类型化的手段使得世界对我们产生了意义——用于所有实践的目的，事实上，它们组成了我们的世界。

对于米拉，较她的想象而言，世界似乎变成了一个更加恐怖和不讲道理的地方，而她刚刚在街上瞥见的那一幕丝毫不能减缓她焦虑的情绪。接着，她看到几个流浪汉被一些手执警棍的人塞进了一辆普通货车的后备厢。又过了几个街区，似乎并非出于什么重要的原因，有几条路被封锁了，在一条小巷子的尽头，她目睹了一件她起先根本无法理解的事。防暴警察用十几辆汽车组成了一个长队，没怎么开灯，但车子显然已经发动。几个全副武装的警察站在车旁。一眼望去，车上还有很多人在原地待命。"你看到了吗？"米拉问。

"明天好像有个能源峰会要在这里开，叫什么'水资源会议'。反正会来一堆大人物，提前戒严很正常。"

清除路上的闲杂人等，铺天盖地的警力戒严——所有的这一切都是正常的，这是为了保护来访的重要人物免受游行示威者和恐怖分子的影响必须做好的预防措施。有那么一瞬间，米拉从容地接受了这一切，安心地进入了"类型化"的程序，甚至感觉自己最开始对防暴警察过于大惊小怪。但过了一会儿，经过一番努力，她成功地运用智力活动达到了"打脸"的警醒效果。像那样把人塞进货车里有什么正常的——他们会对那些人做什么？我们又为什么要把数以百计的警察在街上这件事当作正常的？如果你不去思考，一切看起来还算正常；但这就是症结所在，米拉想。这些事不仅仅藏匿于黑夜中。如果人们愿意去了解，他们明天就会了解到防暴警察所做的一切（不过，不会有人知道那些流浪汉是怎么被转移的），但他们不会去想这些，所以事情就显得很正常。

"常人方法论"这一章也提到了哈罗德·加芬克尔（Harold Garfinkel），他告诉我们，我们所拥有的知识不像舒茨想象的那么可靠。事实上，不管我们去不去主动思考，都不存在任何时候都完全合理的事物。使社会成为可能的，与其说是我们的共识，不如说是我们不愿质疑事物的常态。大多数时间里我们不必猜测别人在想什么，甚至不必理解彼此。事实上，我们总是假设所有事情都是正常的，我们一贯坚持的那种普通的、平凡的理解事物发生的方式会如常运作。

米拉想到这里，又听司机闲扯了几句有关峰会和那些大人物的无关痛痒的话，她决定加入让世界看起来正常的普遍共谋之中。不知道为什么，当他们遇到防暴警察时，这种质疑正常状态的门槛倏地降低了，但米拉认为，在大多数时间里，她和所有习惯了伪装的人一样快乐。每当你邂逅什么人的时候，这种事情都在发生：你们彼此合谋，营造出一种具有可靠的共享知识库存的假象。此刻，米拉只感觉到一阵晕眩。这是不是也意味着，根本不存在所谓的社会，只不过人们之间达成了一种默契，让彼此相信社会是真实存在的？

"弗兰肯斯坦"中的这一章讲到，加芬克尔认为社会学家应该去研究人们为创造名为"社会"的幻觉所做的工作，即人们创造社会秩序的表象的方法。社会学家绝不应该将人们对自身行动和思想的言论当作资源，在这些资源中建立解释，从而告诉人们关于社会的结论。当所有社会学家发现研究人们谈论的只是"对话"本身而不是人们想象中的对话内容时，都会意识到这一点。正是交谈赋予了我们秩序感，且这应当是社会学取材的唯一途径。

加芬克尔认为，没有必要将这种交流一般化。生产对话的在地情境总是独特的，意义总是别具争议的。但人们总是会假装意义不会被想当然的规则确定。对于这些实践，人们既可以形容得十分模糊，也可以非常具体，且通常与一个特定的例子相关。似乎我们对于每天都在进行的"社会学的实践推理"并无固定的准则，结果我们会发现自己很难讲出什么既普遍又有趣的推理方法。这些规则都与加芬克尔所谓的"在地生产"（local production）息息相关。

社会学能够研究的唯一主题就是人们如何实践他们自己的日常的"社会学"，也就是人们为了使得一切运转，为做好各类事情创造意义的各种努力。所以，在"弗兰肯斯坦"中就提出了这种问题：

那么，大学教授给你的这种社会学又有什么区别呢？难道不是同一回事吗：只是"谈"更多的"话"？如此一来你就会明白，为什么社会学家的圈子不断缩小，而且周而复始地研究自己的谈话，却只有越来越少的人愿意花时间了解他们到底研究出了什么。

当然，米拉并不知道这些，如果她当时读了完整章节，这些内容一定会将她对社会学的疑虑重新带上水面。事实上，她还在纠结于社会到底是不是一个幻觉。如果社会只是一个幻觉，那么试图将社会变得更加美好这一期望本身就是虚妄，但米拉在看到那些流浪汉被塞进货车的那一瞬间就知道了，她真心希望能让这一切变得更好。

米拉的脑海中浮现出了一张照片，那大概是她很早以前看到的：一个女性抗议者把一朵鲜花插在士兵的枪管里。抗议者被人群挤到了士兵队伍旁，士兵的枪已经瞄准了这个女人的喉咙。米拉认为，女人通过这个手势，正试图向世界说明，我们能够意识到的由这名士兵的在场所暗示的现实（抗议者是国家的敌人？）的定义是多么荒诞不经。鲜花则是另一种现实的象征，但在这幅画中，最引人注目的还是士兵那张冷酷的脸。他死死地盯着女人额头中间的某一个点，而不是她的眼睛，在他的眼中你不能捕捉到丝毫关于他所理解的现实分崩离析的信号。他就是一个士兵，为了保家卫国赴汤蹈火在所不辞。

随后，米拉又想到了一些电视节目，在这些节目里，一些类似的场面被当成娱乐节目。在某个节目中，人们将自己伪装成蔬菜，将自己摆到市场上的某个摊位里。这一举动毫无疑问没有什么政治或者社会目的，只是为了制造某种惹人发笑的荒诞感，尤其是当人们在一排排水果和蔬菜之间发现了人的头和四肢。不管这听起来有多傻，这与女人往士兵的枪管里插鲜花的照片阐述的道理相同：它昭示了人们为了保持他们对现实的定义愿意付出多少努力。

米拉本需要阅读"弗兰肯斯坦"中剩下的章节，才会知道加芬克尔曾经让他的学生进行一种破坏实验，该实验验证了同样的过程。他想让他们意识到，如果我们不为了维护那种表面的正常而保持合谋，那么任何事物（或者任何我们能够理解的事物）都将不复存在了。加芬克尔让他的学生抽一个时间随便选一个地方，让自己不再参与到创造正常的任务之中去，然后观察此举使得周围的每个人变得多恼火。

对于加芬克尔和学生来说，这个实验就这样收尾了，但米拉想知道，如果利用这种抵抗行为，让人们从某种自满情绪中挣脱出来，能否让社会变得更好。米拉决定将这一思维实验付诸实践。毕竟，她从上车以来就一直为了那个认错人的出租车司机保持着一种正常状态。好吧，是时候让他发觉事情不太正常了。"咱们这个城市里之前有开过峰会吗？"

"是的，开过很多次。"

"之前有人游行吗？"

"没有，这里可不像其他地方一样。"

"这样说来，为什么需要这些防暴警察和其他准备呢？我觉得是因为我们的领导人需要抗议者。他们感觉自己被忽视了。防暴警察就像是一种挑衅：来呀示威者，可别落下了。你知道，就像旅游指南说：'来玩呀，你看这些高压水枪多可爱；这些催泪瓦斯会让你痛不欲生。'我们的领导人根本不想在其他国家领导人前露面，他们可以靠这些头条新闻上暴力抗议的报道。他们巴不得人们明天来这里游行示威，最好闹得头破血流，这样其他的人就可以不用露面了。"

米拉对自己说的每一句话都不确定，但她饶有兴致地观察着出租车司机的面部表情，他看起来就像是后排那个漂亮的电视节目主持人风轻云淡地袒露自己是个有心灵感应的异能者，又或者是她已经掌握了爬行类外星人已经潜入政府并且正在接管世界的证据。米拉知道他会怎么做，毕竟她自己也会这么做：将这些话当作路障，变道避开就好了。

"您是要在哪儿下车来着？"

这就对了，米拉暗自点头，只要能够保持礼貌，人们会尽快转移话题，以保证我们能够以最快速度忽略那些威胁正常幻觉的因素。这就是我们所谓的"真实"赖以维系的因素——它取决于我们的创造。但米拉几乎没有时间去反思自己的断裂实验何以轻而易举地取得成功。出租车司机再次询问米拉的目的地，米拉知道他们现在肯定是在她住的城市里，然而他们开车经过的街道她都不熟悉。到最后米拉也不确定自己说的地址对不对了。

米拉平时接收的邮件多是从大学里直接寄来的，也就是说她没有理由去查看自己的地址。地址的大部分她都记得，但唯独想不起街道的名字。她对司机说了她能想起来的部分，又编造了想不起来的部分，这样听起来更可信。如果她编错了，他会猜到正确的地址吗？他可能以为只是听错了，所以没什么问题。司机点了点头示意听到了，但是过了一会儿，他又让她帮忙指方向。

米拉平时只在学校和住所之间两点一线往返，要么只和认路的人一起走。她完全不知道他们现在的位置，应该怎么回家。又过了一个十字路口，他们看到一群清洁工。出租车司机摇下车窗向他们问路，米拉现在几乎可以确定，她说的地址完全不对。他们怎么能为一条完全不存在的路指方向呢？但结果他们做到了，其中一个人还纠正了另一个人，说自己知道一条捷径。信号灯放行后，司机谢过他们，又摇起了车窗。车子向右转向，朝着清洁工还在指着的方向。

米拉一开始以为，街道清洁工真的将含混不清的街道名转化成了真实的地址，但随后她意识到，被指到一个并不存在的地方的可能性比她想象中要高很多。或许只有在某些极端的情况下，人们才能胸有成竹地为一个不准确的地址指明方向。他们只是觉得自己有义务帮忙，感觉自己应该知道，所以他们哪怕不认路，也指出模棱两可或者完全错误的方向。

那种为了使事情具有意义，让它们成为真实的歇斯底里的时刻深切地影响着我们，显然有时会产生一些十分荒唐的结果。每个人都觉得他们有必要让事情真实地存在，但又无法始终保持理性。所以，哪怕你要去一个根本不存在的地方，人们还是会给你充分却完全无用的指示。他们想帮上忙，他们想做好人，却把别人送向完全错误的方向。现如今米拉有种强烈的预感，他们已经在走向完全错误的路上了，但马上她就松了一口气，因为他们正穿梭于校园。

出租车缓缓停在两栋高耸的学校建筑前的车道上。这条路光线充足，也很安全。米拉推开车门，笨拙地被绊了一跤，手在空中乱抓，一头栽到了路边。

司机弯下腰，帮忙捡起米拉的皮包。皮包的带子已经断了，他像人们经常会做的那样，拿着断掉的两端——将它们拼在一起，以确定是否有掉落的部分。

"这是鳄鱼皮的吗？"

"是吧，不，我估计是。"

她不确定膝盖是不是破了，但现在不方便查看，等司机走了之后再看吧。至于包呢？应该是人造皮的吧，毕竟是图妮的包包。米拉冷不丁呜咽起来。图妮是那种应对不同场合永远有合适的包的一类人，所以米拉得知要去正式场合吃晚饭时，就向图妮请教，图妮二话没说，很乐意地把这只包借给米拉。这太尴尬了——她先是弄坏了图妮的鞋子，现在又搞坏了图妮的包。想到这儿，米拉快哭了。雪上加霜的是，出租车司机似乎对此喜闻乐见。

"是鳄鱼皮的，"他重复道，然后戏剧性地停顿了一下，"看来那些爬行动物要来抓你了。"

呵呵，好的，非常好笑。米拉无奈，但转念一想：确实是个滑稽的场面，所以她也笑了，"我觉得这不是真货——所以只是个鳄鱼卧底罢了。"

他们两个都不禁大笑，他扶着她站了起来。她看起来一定一团糟，但还是恢复了镇静。结账后，司机站在出租车门旁目送她一瘸一拐地穿马路。米拉穿过马路，回头发现他还在看着她。她冲他大声喊："你刚才在车上听的那首曲子叫什么名字？"

"是伯纳德·赫尔曼[1]（Bernard Herrmann）写的，但这首曲子没有名字。"她挥了挥手，司机也转过头回到了车上。他刚关上门，

---

[1] 美国电影配乐作曲家，代表作有《迷魂记》《公民凯恩》和《出租车司机》等。

米拉听到清脆悠扬的铜管声再次响起。

根据"弗兰肯斯坦"上面所写的，亚伦·克克勒（Aaron Cicourel）大抵是受常人方法论影响的思想家中最具影响力的一位。他指出我们体验世界的方式是非常丰富的。我们同时接收着来自五感的信息，感受器被各种方式刺激着（一阵轻风吹过面颊，都会让你产生美妙或者痛苦不堪的情绪）。然而当我们要去谈论这种丰富而多层次的体验，包括它使我们产生的感受时，我们总是受制于语言而不知所措。

克克勒认为这种丰富仅凭语言无法被传达出来。我们的"交流"只能描绘出体验的冰山一角，这也是为什么每当你谈论某件事的时候，它都像是一种创造行为。我们就是在创造一种事实，因为实际上这只是我们的经历的单薄、苍白和简化版本。为了能够将经历转化成语言，为了能够与他人交流，我们不得不去简化。克克勒说在我们创造这些简化版本的经历时，其中会有种潜藏的（也许是与生俱来的）规则。正是这些深层规则让我们能够应付得了意义取决于语境的这一事实。

如果她之前曾读到过这些内容，那么克克勒的观点也许会对米拉产生某种影响。回家半个小时左右，她惬意地窝在自己的床上，正酝酿睡意，思考到底是什么让生活中的事情变得有趣。难道说所有的幽默都与打破事实有关？她像今晚那样连滚带爬地穿过马路，所有对尊严的粉饰（和那段义正词严的政治演讲）都被击碎了。也许这种打破来得反差越大、越猛烈，营造的"笑果"就越好。如果了解克克勒的理论，米拉可能会去思考是不是这些环境让我们掌握了那些帮助我们创造简化版经历的深层规则。不管什么时候，人们发笑就说明有一条规则被打破了：可能是有些人没能成功地运用这些规则，不管是出于偶然（像她摔的那一跤），还是出于刻意（比如笑话里的段子）。

她又想起了出租车司机讲的那个假鳄鱼皮包包的笑话，尽管睡意已经向她袭来，但潜意识里还在回味这件事。她真的把爬行动物要控制地球这个段子作为她实验的一部分了吗，还是她的灵机一动？那他怎么知道她的想法，进而说出那个笑话呢？米拉意识到，司机想表达的是别的意思——他们一起笑得那么开心，尽管是为完全不同的事情。接着，就像所有人常做的那样，米拉默默掩盖了这个现实的裂缝，安安稳稳地入睡了。

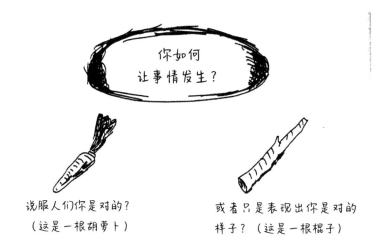

你如何
让事情发生？

说服人们你是对的？
（这是一根胡萝卜）

或者只是表现出你是对的
样子？（这是一根棍子）

1. 常人方法论告诉我们，我们在日常互动中所创造的不仅仅是意义，也包括所有对我们来说重要的东西。制度、法律、社会本身，只有人们在各种情况下让它们发挥作用时，它们才有意义。一条法律，除非人们同意并将其付诸执行——配合法官、陪审员、律师甚至还包括违法的人，它才能生效，否则法律只是纸上的涂鸦罢了。

2. 不同于其他许多只关注一些宏大的结构如何驱使人们行事的社会学家，常人方法论关注在每个日常生活情境下让事情发生的机制。他们争论，若不是这样，那些机构组织就不会持续存在了，这也使得很多人错误地理解"政府是这样做的"或者"法律上的这种改变使人们做了那样的事"。常人方法学家认为那些东西绝非独立的权力。相反，你可以将其理解为"陪审团基于法律的意义做了这一决定"。

3. 常人方法学家致力于研究情境的"深层文法"（deep grammar），也就是人们行动所指向的看似永恒、被理所当然接受的事实。舒茨将其称之为"类型化",即在意义被创造之前就已经被人们接受的最基本的意义和解释。哈罗德·加芬克尔认为正是我们不愿去质疑正常的倾向才使其得以延续。为了证明他的观点,他组织学生们进行了打破这种互动中想当然规则的"破坏实验"——比如破坏游戏规则、在购物时没完没了地讨价还价。然而这样做并没有使得情况发生恶化,每个人仍然努力地试图将他们的行为视作理所当然。所以若想让人们相信你一定是正确的,最佳方式就是表现出一副你自己做的事情就是正确的样子。

第 八 章 ——————————————

在 清 晨

米拉思索，我们所做的一切，或许都只是在努力假装一切发生的事情是正常的，这样说的话，哪怕大多数人批评你，也没有关系。

随后她又想，所有这一切会不会是因为自己还挣扎扭动在鱼钩之上，努力引导现实使其看来合理。她再一次翻开那本"弗兰肯斯坦"，试图寻找一些相对主义和虚无主义的内容来开启自己的探索证明之旅，但她的助教还没安排大家阅读"常人方法论"那一章。她的目光扫过目录页，暗自庆幸不用去读单是标题看起来就冠冕堂皇得骇人的那一章。

米拉还是寄希望于"弗兰肯斯坦"能够让她从鱼钩上解脱，但不知道具体应该怎么做。她绝不相信社会学意味着怀疑我们自己，质疑自己的行为。这样不就等于承认了加里森提到社会学时所说的，如果一个人做错了什么，不是他个人的错而是社会的错吗？米拉能确定，社会学绝不是一个以道德说教来确定自身地位的学科，她只希望有人能够帮她抵挡住这种道德判断的浪潮。于是她翻开了老师要求阅读的关于欧文·戈夫曼（Erving Goffman）的那一章。

这说不定是个绝佳的机会，戈夫曼或许会带她走出困境。米拉零星回忆起课上提到的，说他是那些遭受不公待遇的人们的守护神。他似乎十分关怀那些被排挤与被欺侮的边缘人。接近中午时，米拉已经一口气读完了戈夫曼的这一章，感觉到很满足，这一章果然不负期望。

米拉出门的时候，瑟茜正好回来了。她整个人看起来十分紧绷，又累又紧张，进门后几乎没跟米拉说上话，米拉担心地随她来到厨房，看着她咕咚咕咚地喝下去一大杯水。她背对着米拉，在准备灌下下一杯水之前，对米拉说，安娜昨晚在米拉回家之前就被送进医院了。应该是出了意外，但是瑟茜对事情的印象也十分模糊。

米拉还是很难摸清到底发生了什么事，不知道该说些什么好。她打听安娜现在的情况。"情况已经稳定了，应该还好，我觉得。我想多了解一些情况，但是他们不肯告诉我。那边要等到下午一点到两点之间才能探视，我们可以到时候再去问问。"米拉主动提出要陪瑟茜一起去，本以为她会说不用了，毕竟瑟茜和安娜的关系要更好一些。但瑟茜说："我今天下午有一门考试。没有特殊情况的话必须参加考试。你能自己去医院看她吗？"

米拉当然想去医院看望安娜，尽管深知自己也必须压缩准备考试的时间，她让瑟茜提供医院的位置，以及安娜的位置。她紧紧地跟在瑟茜身后，出神地看着她整理准备出门的东西。过了一会儿瑟茜准备走了，临走之前抓了一本破旧的平装书塞到米拉手中。"拿着这个，应该是她最近在读的书——她那边什么能打发时间的都没有。"

下午一点半，米拉已经站在了安娜的床边，和往常在医院一样，感到一种没来由的恶心。从进门到现在，安娜看起来没有任何问题，可能有点困，没有外伤。房间里没有椅子，米拉就在床脚坐下了——并为自己的打扰感到了一丝尴尬，但是她总不能就傻站一个小时，不是吗？她问安娜，出什么事了。"我出了点意外。"

米拉在路上准备了台词，一些在医院里能给病人打气的话。人们都是这样做的，对吧？努力让病人笑起来，让病人忘掉一些伤痛。于是米拉讲起了在自己看来有趣又略带自嘲的故事，故事中的她十分笨拙而思维混乱。内容包括重现她一周前是如何在下出租车时狼狈地摔了一跤，和其他一两个小故事，还有她今天在来医院的路上迷路的事。安娜从头到尾都没笑，连嘴角都没咧一下，只是随口问，图妮的包包现在有没有修好。

米拉并不想和安娜认真讨论修理图妮的包包这件事，于是没有理会她，继续说了下去："就在几天前，我像那样从出租车上摔下来可能会没命的。我一直担心别人会怎么看我。你知道的，我会在出门之前整晚整晚地想明天要做什么，这样才能保证自己第二天不会丢脸。"

安娜还是没做出任何反应，甚至没表露出一个鼓励性的微笑。米拉问安娜，为什么当人们竭尽全力但没有达到创造和管理别人的印象的目标时会感到很尴尬？"我不知道——我再也不担心尴不尴尬的了，至少在穿着这一身躺在这里时不会，"她说着，扯了扯身上的一次性病人服，"不光我这样，病房里的人都不会顾虑这些——你看看她。"

只见一个看上去身体十分虚弱的女人，探着身子，似乎是床上的什么东西找不到了。她一点也不顾忌医院的病人服不能完全遮掩住自己的身体。"你怎么不去帮帮她？"安娜问。

米拉感到更尴尬了："不了吧，不能管这些事，她不会想让我帮忙的。"

"在这里谈什么尴尬简直太奢侈了，就好像说你不能忍受医院的气味一样。"

米拉没提自己不喜欢医院的味道的事。但是安娜已经从她皱起的鼻子中看出来了，不管怎么说，米拉感觉自己被防得死死的——安娜怎么火气这么大呀？她平日里总会事事都依着别人说。米拉还是没放弃。"难道你不觉得需要管理别人对自己的印象吗？"

"不，我放弃了。这或许也是为什么我会在这。"

安娜的眼神中有一丝挑衅——来啊，问我啊，再问我一次我为什么会在这儿。米拉还是继续问出口了："安娜，你是不是做了什么傻事？"

"你的意思是，我想自杀？"米拉点点头。

"是，不管怎么说，我确实试图伤害我自己了。室友及时阻止了我。瑟茜和贾丝明大声喊叫，赶紧叫出租车把我送到医院。"

说到这，安娜笑了，仿佛刚才说的这些事与她一点关系都没有，这让米拉非常不舒服。她知道，应该问问安娜为什么要放弃管理印象。安娜就是希望她这么做，不是吗，告诉她那些期望中的印象都是什么，为什么如此令她难以忍受。"我知道。有的时候感觉自己似乎是唯一需要努力才能伪装得正常的人，这对于其他人都无比自然和简单。"

这下米拉彻底不知所措了。她忘了自己本该说的话，剩下的一个选项似乎就徘徊在以下这几件事中：要么重复电视剧台词一般的陈词滥调，要么保持沉默，再或是聊聊社会学。

最后，米拉开始谈论起一个社会学家，这个人（戈夫曼）曾经描述过人们假装成自己而努力度过一生的感觉。他认为，我们显然要努力营造出一种自己是正常人的样子，这是现代生活和社会的重要特征。戈夫曼描述过我们用于营造其他人所以为的那种表象而做出的努力，但是米拉说，他对失去这种能力所产生的影响更感兴趣。出现这种情况可能是因为周围的环境、机构或者其他人强加给我们的约束。他的重要理论标签包括"自我呈现""印象管理"和"拟剧论"，但这些不同的标签组合在一起或多或少表达的是同一件事：我们都在表演。有时我们的表演成分比其他时候要更多，有时在一些非常困难的环境中我们不得不表演，但不管怎么说我们都在表演。米拉问安娜怎么解释"弗兰肯斯坦"中给出的这个例子："假设你在公共场合看到一个女人频频地看她的手表，拿起来又放下。你觉得她在做什么？"

安娜似乎对这个问题的答案胸有成竹："太明显了——她在等人。"

"好的，但她为什么不待在原地一动不动地等呢？为什么要发出这些信号？"

"她不希望别人好奇她为什么在这里晃来晃去。不然别人可能会觉得她不正常，或者是个疯子。"

"弗兰肯斯坦"解释说，这个女人希望让别人明白她为什么站在这儿，而不是让别人去思考她在这做什么。米拉从没想到她会这样说，安娜说出的这些话与她的人设完全不符。米拉没有理会这些，接着说了下去："好吧，每个人都会这样做的。每个人都会维护自己的公共关系，试着为自己留下好的印象，藏起那些不好的。"

安娜似乎有一点点感兴趣了。她的语气仍然很尖酸，但是至少在说话时散发出了一些活力："好吧。从出租车上摔下来，的确会很尴尬，但是我的情况要极端得多。别人对我粗暴无礼，我还是会对他们报以微笑。别人不小心撞到我，我会是先道歉的那一个。我好像比普通人更关心别人对我的看法。这显然是一种执念。"

安娜在说出这番话时显得十分局促不安。米拉让她再解释一下她方才说的话，安娜说道，或许是童年经历，让她总觉得自己需要特别努力才能为别人所接纳。这种努力也是她赖以生存的全部，而米拉则坚持自己的观点不动摇。她告诉安娜，其实每个人都是这样的，我们想成为的样子，恰恰就是我们呈现给别人的样子。安娜耸了耸肩，像是说"随便你怎么说吧"。米拉绕过安娜的不满，说："你怎么知道别人不需要像你一样努力展示自己呢？人们永远都要为自己留下的印象而努力，但又不希望别人认为你在苦心经营。那些在你看来似乎毫不费力就能很酷的人其实和你一样辛苦。"

"那我还真就放心了哈！"安娜回应。这在米拉听起来颇有讽刺的意味。她没想到安娜会以为她的这些感受不曾发生在别人身上，米拉越来越难控制住自己声音中渐渐流露的愤怒。

"想让自己看起来毫不费力当然不容易。但我们绝对不能够让别人意识到我们在进行某种印象管理，不然会被人看穿。很多人都是在自然而然中习得了这件事，甚至很少意识到自己会这样做，但是也有很多人害怕被人识破自己的努力而活在恐惧中。"

"我敢说图妮就不怕被发现。她做什么都是那么得心应手。她天生就很幽默，又有魅力，天生就是那么乐观，她根本不需要努力。"

这对米拉来说倒颇为新鲜。她先前从没听过安娜表达过嫉妒，但她听起来十分痛苦。米拉并不怀疑，只是十分同情安娜认为自己要比别人更加努力才能被接纳，这也是为什么她总是觉得别人不想和她交朋友。米拉的这些社会学解释让安娜更加怀疑，她在大学收获的这些朋友是否只是把对她的友谊当成一种仁慈。安娜说："如果每个人都在试着管理别人对他们的印象，那我怎么知道——我是说，别人怎么知道——他们到底是谁？"

"你还记得那个叫米德的社会学家吗？他也提出了那个问题：我究竟是别人以为的我，还是我认为的那个我？米德的回答是两者兼有之。而其他社会学家，如戈夫曼认为，在大多数时间里，你是人们所构成的那个你，所以印象管理对我们如此重要。"

米拉继续解释印象管理的几个部分，其中"前台"（front）和"角色"（role）是最重要的，但是安娜对此无动于衷。米拉只好说："好吧，你现在可以想象自己即将要乘上一架飞往国外的飞机。飞机特别大，你和其他乘客一样系好安全带，准备起飞。这时飞机开始在跑道上滑行。接着，就在要起飞的时候，飞行员准备语音播报了。他说他很激动今天能够试航这架飞机，他从来没开过这么大的飞机，所以昨天一整晚都在模拟器上通宵练习，他坚信这一定是一场十分有趣的航行。"

这是"弗兰肯斯坦"里另一个米拉特别喜欢的例子，安娜只是淡淡说道："没人会这么做的。"

"是呀。"米拉也点点头回应道。

"他的前台应该要配合飞行员的角色。有时候某些做法是可以接受的，但另一些情况下就不行。打个比方，如果我们系里有个教授的衣品一言难尽，做事情也有失条理，这在学生看来是可以接受的。因为这也许正是她沉浸在智力活动中、与日常生活相脱节的迹象。但如果她扮演着不同的角色，比如企业高管或者军官，那这种行为可能就有了完全不同的含义。"

戈夫曼认为，最重要的不是呈现出最佳印象，即在印象的层面上保持最佳状态。人们一直在努力做的是呈现出正确的印象——即对于其角色来说最为正确的印象。我们很难逃离被置身于角色中的命运，无论是被制度还是被人们所约束。如果人们希望你是个大大咧咧的人，你会发现自己就表现得大大咧咧，除非你做出了巨大的努力，并且对自己有着强大的信仰。

安娜终于点了点头："这就是为什么第一印象那么重要——人们会在第一次和你见面的几分钟时间里就判断出你是个怎样的人，以后都以此作为依据对待你。"

米拉十分同意："是的，而且他们越是以那种形象对待你，你也就愈发表现得像那种人。如果他们遇见你时，恰好赶上你最闪耀全场的时候，那还好；但如果你正处于十分紧张和焦虑的状态，那可就坏了。所以当你在进行印象管理的时候，会有各种各样的障碍和困难要克服，而绝不止感到不舒服或者疲惫那么简单。就像戈夫曼说的，场景（setting）是至关重要的。"

米拉停顿了一下。她感觉在脑海深处远远地传来了警报铃声，她不得不想想接下来要说的话。事实上当戈夫曼在谈到场景时，他说的基本上都是关于医院的场景。然后她突然意识到：他写的可不是什么旧式的普通医院，而是治疗精神病患者的专科医院。但是，说这些可起不到什么安慰作用。米拉死死地攥着搁在腿上的包，突然想到，包里有本瑟茜托她带来的书。

米拉把书递给安娜。那是一本安娜最近在读的言情小说。米拉说这是瑟茜拿给她的。安娜点了点头，任凭小说滑落手边。米拉估计安娜现在对看书不感兴趣，但也许自己能用得上。正好医院的话题不太好开口，她可以借此解释戈夫曼想说明的场景的含义。

"对这些书而言，场景就意味着一切。你知道的，书里的这些人通常腰缠万贯，恰巧要去一些了不起的地方：去滑雪场的餐厅里享用烛光晚餐啦，放眼一瞥，月光下的层峦叠嶂尽收眼底。他们永远也不会因为预定的餐位失效而吃不上饭，也不会正好赶上酒店倒闭，更不会遇上那种到了滑雪场发现没有雪的情况。"

安娜又听不下去了。

"我想表达的意思是，你总是跟我们说这些书里描绘的是真实生活，但在现实生活中，场景总是会给你带来不少麻烦。总会有什么事毁掉氛围。但是言情作家总能控制住一切：他们会让月光的角度和落雪的时机都恰到好处，在合适的时间里那些情侣总是能享受到快乐的二人时光，确保没人会一头从出租车上栽下来。"

安娜这回生气了："你根本没读过言情小说，米拉。你在胡编乱造什么呢？如果你之前读过，就会知道有的时候人们就是会在最糟、最丢脸的时候碰到真爱。这会让读者对主人公产生同理心，所以当结局一切向好的时候，我们会更加心情舒畅。还有，别再提出租车了行吗？那根本不是什么大事。"

"好好好，但是你明白我的意思，安娜。"米拉试图平息她的怒火，也提醒自己要耐心点。

"我是想说这些小说家确实特意设置了这些场景。我想书里应该没有哪个主人公会在偷偷换上洗衣篮里上周的衣服时，或者在摆弄自己所收集的有趣邮票时准备好迎接一生挚爱吧？他们不仅要试着将氛围营造得更加浪漫，同时也要避免其他意外的干扰。他们将这些，以及可能会破坏掉这些印象的人都藏匿起来了。"

"人？"安娜挑了挑眉。

"是的，"米拉点点头，"不然为什么这么多人都不愿意把自己的男朋友或者女朋友介绍给朋友和家里人呢？"安娜的态度很快从一种冷漠切换成了一种深沉的不悦。原来，安娜刚才发脾气只是一种防御的姿态，但现在她已经完全放松了警惕。这并不是米拉原本计划中的——她一直尽力保持一种轻松的语气。或者安娜只是放弃挣扎了，但后来米拉的直觉还是发挥了作用。她刚才说的什么让安娜这么不开心？笨死啦！答案显而易见，安娜和她一样：对家庭一直缄口不谈。

安娜几乎从来没对室友提起过她的家人，她们也很好奇安娜与家里人的关系。或许这种关系在某种程度上也与她的这次"意外"有关——或许她是因为她的父母才这么做的。米拉或许是有些冷感，但她也不想伤害任何人，现在她感觉自己正走进一片雷区。她对接下来要发生的这番对话完全没有做好准备。如果安娜有个三长两短，事情不受控制了，她该怎么办呢？事情很可能会失控吧？她们昨天不就已经……而且安娜现在的情绪还是十分激动。安娜的医生又会怎么看待自己一会儿要对安娜说的话？会责备她提起这一切吗？如果安娜情绪恶化了，是不是她的错呢？而现在的情况是：安娜似乎就要在她眼前崩溃了——好像身上某处很痛。

米拉环顾周围，试图寻求一些帮助，但是附近没有医生，只有两个护士一直在忙着照顾那个靠在床头的女人。除了单刀直入，似乎没有别的好办法了，米拉能想到的就是让安娜说出现在的感受。

"我真的很抱歉，安娜。让你这么难过，我真不是有意的。我想说的是，父母赋予孩子的角色有时会与孩子日后自己想要扮演的角色并不相符。当孩子想要扮演能决定自己未来的成年人的角色的时候，父母还是坚持把孩子当成小孩来看待。他们不愿意将男朋友或者女朋友带回家，是因为他们想尽量避免同时扮演两个不同的角色。"

"我甚至不敢想象带任何朋友回家，更别提什么男朋友了。你说的这些确实与我和我爸妈之间的关系很吻合，但是他们想让我扮演的角色和你们见到的我完全不一样。我曾经是个完全不同的人！"

米拉听到她用了"曾经"这个字眼：这是什么意思？难道安娜已经放弃挣扎，决定接受父母赋予她的任何角色了吗？难道她认为她只能选择一个角色，永远也不能摆脱父母的影响吗？米拉对这些误解有着自己的一套想法。

"我们每个人背负着很多角色，像是女儿、姐妹、女朋友、室友。戈夫曼提出的问题是，在这每个角色中，我们到底都是一个人，只是碰巧在不同的人面前表现得不同，还是我们在每个角色中其实都是不同的人？我认为我们其实是不同的人。我恰恰就是这样感觉的，"米拉淡淡地说，努力克制自己的情绪，"如果有人跟你说事情不是这样运行的，我肯定不会相信他们。在现代社会中多元的角色并不少见——真的有多种人格寄居在同一副躯壳里。"

米拉停顿了一下，看看安娜想不想说点什么关于精神疾病的内容，然后她很快继续谈起了"角色冲突"（role conflict）。

"这个概念就是说，你不得不同时扮演两种矛盾的角色。如果两个角色能彼此互不干扰，那还算好。但如果不能，那你就要去决定自己到底要扮演哪种角色：你就要'背叛'其中一个来证明，他们所了解的那个你并不是真正的你。"

听到这里，眼泪从安娜的脸颊上滑落，她也顾不上擦掉眼泪了，泪珠顺着她的鼻子慢慢滑落到嘴角。米拉甚至能清晰地看到大颗的泪珠从她的两颊垂下、打湿了枕头。当泪痕滑落到脖子上时，安娜清了清嗓子，说："我总是试着让我的角色彼此分离。但在没有形成稳定人格的情况下，这样做简直是疯了，不是吗？如果你逼着自己一分为二，那肯定会疯掉的。"

"我不知道，也许你可以将自己看作一幢有着很多房间可供人参观的房子，这样就不会疯掉了。你的父母看到一个房间，朋友们看到另一个房间。极少有人能看到房子里的所有房间。"

这也是"弗兰肯斯坦"里的内容，这回安娜不介意多说两句。

"你肯定不会想看我这幢房子里的所有房间的，米拉。有些房间特别阴暗，堆满了可怕的垃圾，连我都不想多看一眼。"

这难道不是可以继续聊下去的信号吗？安娜不肯给她眼神交流，米拉的直觉判断几乎起不到作用，只能搏一搏了。米拉知道自己在冒巨大的风险，她也知道这是在要求安娜比她自己一直以来表现得更加诚实。米拉感觉自己像是在没有系安全带，也没有安全网的情况下，踩在一根高得让人心生畏惧的钢丝上。她知道自己并没有权利呼吸屋外的新鲜空气，假装自己是个睿智的成年人。"所以这就是为什么你不相信友谊，也就是说，安娜，你这样想是因为你觉得如果我们看到了别的房间，就不愿意和你做朋友了？"

"是的。"

"那你有没有想过我们中的其他人可能也掩藏了什么？你为什么不冒个小风险，你可以继续锁住别的房间，但让我参观其中的一个，看看这样会不会影响到我们继续做朋友呢？"

安娜毫无征兆地说起话来，直勾勾地盯着对面一堵白墙，墙上只装饰了一张宣传医院卫生的旧海报。

"我讨厌学校。但大学不太一样，因为别人不知道我家里的情况。我之前在学校里一直很孤单，我的父母和别人的不一样。他们都是虔诚的教徒，是同一个教派的成员。我们这个教派没有自己的独立学校，所以所有的小孩必须和其他人一起上学，但是因为各种教派的教规，总是特别出挑。教规不仅在着装方面有着严格的要求，甚至事无巨细地安排我们日常生活中的每个微小举动。我在还很小的时候，这些都没有什么，但到了十来岁，每个人都会发现我和其他人不一样，然后找我的麻烦。"

米拉相信她们之间的共同点，比安娜想象的更多。为了遏制住自己想把一切说出来的冲动，米拉将要说的内容转向了社会学。她对安娜讲述人是如何被迫通过印象管理来应付日常生活的，又提到戈夫曼试图以此将我们的注意力放在那些当人们不能实现印象管理时会发生的事情上。

"你父母是这样的人，所以他们就强迫你也来适应这个角色。你得到的待遇和那些外貌或者种族背景与众不同的小孩一样。任何让你看起来不一样的标志都会成为你在学校被霸凌的原因。"

安娜又澄清了一遍，以防米拉不理解她说的话。在学校里，她看到有些孩子会因为长得太高、太矮、太瘦，或者戴眼镜、太丑、太笨、太聪明、反应太慢等各种成长时要经历的"意外"被人找麻烦。她甚至见过因为穿错袜子而被欺负的孩子。她看到很多孩子被欺负、被羞辱、被推搡、被辱骂、被殴打，被赶来赶去、出尽洋相，但没有什么情况像她这样糟糕，至少其他人还有一些喘息的机会。在别的情况下，总有些孩子能适应（强壮的孩子能打回去，"书呆子"总能讲出有趣的笑话），但对安娜来说这一切都不可能，因为她的父母根本不给她任何回旋的余地。这让她完全成了学校里的"弃儿"。

米拉有点理解了。在成长过程中，安娜没有像其他孩子一样得到自己所期待的身份，而且"受损的身份"（spoiled identity）使得她，正如戈夫曼所说的，"丢脸"（discredit）了。而且对于安娜来说，她没有机会通过更加合群来管理受损的身份，因为她的父母不会给她这样做的机会。所以这些孩子便不可能给她一个不同但至少可以接受的身份，因为在大家眼中她根本不像同学，而是一个十分怪异的存在。所以她一直丢脸，承受污名。

虽然感觉已经过去了一个世纪，但那天早上米拉在"弗兰肯斯坦"上读到的关于污名（stigma）的内容现在看来非常应景。她想到自己，因为父亲的原因，也不得不承受污名，她说服自己，这是抵御这场道德审判的最佳方式。其他人对父亲的谴责或多或少都无异于让她蒙上污名，戈夫曼在作品中则展示了这种行为会造成多大的伤害。

"我觉得这是因为人们不理解污名的含义，所以大家根本不会采取必要的措施来阻止这种事情的发生。戈夫曼说，由于不能实现管理别人对自己印象而深陷困境中的人们往往会受到污名的侵扰。

当学校出台关于霸凌的相关政策时，他们总是将污名当成一种既定事实来处理。所以他们考虑的要么是让那些已经被污名化的人改变自己背负污名的生活，要么对那些正在承受污名的人下手。人们总是鼓励受害者更宽容一点，或者让受害者正视'他们的问题'；而对于那些霸凌者，只是劝他们友善一些。无论是在哪种情形中，污名都是作为一种实在、一种不可避免的事实存在的。你很胖，所以你就要承受一项污名；你有某种缺陷，所以你也要承受一项污名。但是戈夫曼教育我们，污名化行为是一种选择。如果人们发现需要自身付出代价，或许他们就不会这样做了。"

安娜还是没有看她。米拉拼命地想要说些什么让安娜好受一点，但她已经是四面楚歌。

"虽然我没有过和你相同的经历，但是我真的很努力地想要去了解你。我理解，当你知道自己的某些事情可能会被别人当作一种污名时，想要拼命掩藏的感觉。戈夫曼说，这是一种很常见的处理方式，叫作'冒充'（passing）。就像过去很多黑人刚到美国时做的那样，他们把自己的皮肤弄得浅一些，假装成白人。但是在他们把自己伪装成白人时，他们已经成了种族隔离体制的一部分。"

她强迫自己重新像一个社会学家一样思考。是的，米拉身体里的社会学家说道，污名来自社会本身，在一个遍地都是完美人类的社会中，仍然能找到·些东西来创造污名。"弗兰肯斯坦"中提到，戈夫曼同意涂尔干的一个说法，即社会在某个层面上需要犯罪活动，如果社会不存在这种活动，社会便会自己创造出罪犯来。社会会将原本正常的边界下调，重新定义所有行为，从而让原本可以接受的行为变成犯罪行为。然后米拉又想到了自己的处境：她的父亲、审判和报纸。安娜在说些什么，但是米拉的脑袋已经累得"宕机"了。在米拉看来，如果犯罪是由重新划定边界所导致的，那应该是正常的，如此一来她最终可能会找到一条理想的途径，重新审视父亲的行为。若想在社会中定义何为正常，必然要定义何者为不正常，并对其施加污名。也就是说，不仅她自己正在蒙受污名，父亲很可能也深受污名之苦。

安娜对米拉讲述过去：有些小孩坐在她的位子上，然后走到她面前，死死地盯着她。在一般情况下，他们不会来嘲笑她，只会一直盯着她看，仿佛她是一个什么了不得的怪物。"你简直不能想象，他们觉得我身上穿的宗教服装看起来是多么奇怪。这对他们来说新奇得不得了。"

米拉也知道自己很肤浅，但确实松了一口气。因为安娜说的话恰恰证明了她对报纸以及报纸上对父亲的案子翻来覆去的报道的看法是正确的。她觉得安娜说的话证明了在某种程度上污名和犯罪是一样的。人们震慑于犯罪的恐怖，想要遏制住它，便将其同社会上他们自认为正常或符合法律的部分隔离起来。然而，人们常常也对安娜描述的那种污名和父亲所犯下的那种罪行有一种病态的迷恋。报纸对父亲的报道无异于马戏团里展示人类异常身体部位的"畸形秀"。在过去，我们将那些身体部位异常的人们称为"变态"，而现在则为那些在其他方面被我们认为不正常的人们蒙上污名。坚持"正常"的部分原因或许让人着迷，但也包括对于"不正常"的事物所感到的恐惧，米拉想。

米拉后知后觉地发现，安娜此刻正盯着她等待回应，但她刚才太专注于自己的事，以至于现在不知所措。米拉想到刚才安娜似乎谈到有些孩子因为肥胖而被欺负，她终于有话可说。米拉认为戈夫曼关于污名的研究正好提醒了我们，所谓日常生活中的规范是如何构建的，也告诉了我们这种"规范"缘何与社会中个体的实际平均水平并不关联。也就是说，在很多社会中，体重是一种衡量正常的工具，但是社会中的大多数人实际上都比这个"正常"标准更重或者更轻。"弗兰肯斯坦"写道，随着"瘦"成为标准，减肥产品的广泛普及，肥胖症的发病率和体重超标的人数都在上升。或者可能恰好相反，米拉怀疑：正是因为越来越多的人超重，人们才开始迷恋瘦？米拉告诉安娜，就她的观察，当社会学家在提到"规范"这个词时，几乎不是指那种在实际生活中适用于大多数人的东西。

"还记得我们前面说过，人们对于生活的感觉塑造了正常的表象吗？戈夫曼认为这种感觉是现代生活中经常出现的一种特征，或许，对某些人施加污名，将他们划拨为不正常，终归是帮助我们确认自己是正常的一种方式。你懂的，他们经常说霸凌者是一群非常缺乏安全感的家伙，没准这是真的。"

"你的意思是说，我们在某种程度上都是潜在的霸凌者吗？"安娜问道。

就在刚才安娜侃侃而谈时，米拉的思绪已经游离了，所以她这番话又给自己惹上了麻烦。米拉现在累得不行，或许是因为她还不习惯真正付出努力去好好聆听他人。米拉觉得安娜的意思应该不是想表明她刚说的那番话太过麻木不仁，但现在事态确实变得更糟了。她只好说，如果我们每个人都愿意为制造污名负责，那么我们就都可以决定去做点什么。如果甄别正常的规则是在个体日常生活的互动中被强化的，那么我们也就有能力在行动中改变它。学校不能总做甩手掌柜，说一个巴掌拍不响。他们完全可以在霸凌发生之前就采取预防措施。戈夫曼认为同样的道理也适用于所有的权力与不平等关系。这些都是我们自己的选择，我们可以做出不同的选择，米拉坚定地说。

"我觉得学校的反霸凌政策根本没有用，因为学校总是欺瞒和掩盖孩子们的不当行为，以维持学校在行为规范方面的良好形象：所有人都彬彬有礼，每个人都懂得对共同体承担责任，每个人都尽其所能地汲取学校教给他们的知识。应对校园霸凌，迫使学校改变了对于'正常'的定义。"

米拉以为自己将社会学知识应用到了日常生活中，安娜却不这么认为，她觉得米拉只是在将自己所经历的这一切进行意义最小化——明明是米拉哄骗她说出这一切，尽管这种痛苦无异于揭开自己的伤疤，但她还是这样做了。但想到米拉方才说的，受害者也可能成为施暴者，而且发生在安娜身上的一切问题的解决方案一直就掌握在她自己手中。所以即便是现在，安娜还是设法遏制住了自己的脾气和常识。

"但是或许学校根本承担不起实施别的措施的后果。如果他们承认了事实，家长绝对不会让他们好过，政府甚至可能会派人关停学校。"

"是的，但是学校确实控制住了一些行为，不是吗？他们确实试图保证了在一部分时间里，学生的行为都是他们应该做的。霸凌行为总是在下课后悄悄发生，所以学生选择视而不见。但一个连苍蝇都不忍心伤害的孩子如果说了一些在别人看来可能挑战老师权威的话，就肯定要受到羞辱。"

对于米拉来说，这是佐证戈夫曼所说的，在有些情况下我们无法建构自身形象、无法管理自己的另一个例子。这一般会突然发生在两种情况下：当人们蒙受污名或当他们处于一个机构中时。这两者在学校中都有发生，但是还存在对个人有着更大权力的其他机构。戈夫曼在作品中说明了这些机构是如何通过阻止个体的自我呈现和印象管理来破坏个体的自我意识的。比如，他举了一个例子，说明个人在实践自己的公共关系时的自由受到了限制。和那个让她脑海里警笛嗡鸣的例子一样，戈夫曼最有名的例子就是关于精神病院的，在那里，病人所期望的亲密空间、自我意识，以一种常规的、世俗的方式被侵犯和贬低。据戈夫曼的描述，医院不允许病人自己决定穿什么衣服、什么时候吃饭、什么时候去厕所、以什么方式同管事的人说话，等等。米拉也读到，这些机构通过控制个体的自我实践以维护自身的力量，并确保个体的归顺与服从。

已经疲惫不堪的米拉再一次证明了自己的麻木。米拉知道，安娜可能以为自己是在贬低发生在她身上的那些事情的重要性。但不管怎么说，米拉并不认为她们现在所处的这个医院与戈夫曼描述的医院完全一样。在这里，医院在控制个体上付出的努力相当随意，而且总是出于对安娜生命安全的最佳考虑。这一切似乎更像是一种善意的忽视，而不是一种自发的退化。但"弗兰肯斯坦"中提到戈夫曼列举过诸多关于"全控机构"（total institutions）的例子，在这些机构中，个体生活的方方面面都受到了控制——如军事训练营、海军舰艇、寄宿学校和监狱——米拉对安娜介绍了戈夫曼对它们的描述。

她又提到其他很多机构都与全控机构有着部分相同的组成要

素，比如全日制学校、一些工作场所还有一些政党。但在真正的全控机构中，工作、娱乐和休息浑然一体。你做的每一件事情都在别人的密切陪伴下进行，每个人都被一视同仁地对待，被要求一起做相同的事情，生活的方方面面都处在同一个权威之下，每件事都要按照权威严格执行，无论做什么都有着数不清的规则。这时，安娜打断了她。

"我家里就有很多规则。事实上就跟你说的那种全控机构差不多。我在家里从来没有过半点隐私。我没有自己的空间，也没有一件真正属于自己的东西。因为信仰，爸妈总是非常严格地控制我，保证我每时每刻都思考着正确的事。如果我表现出一丝一毫忤逆的意思，他们就会把我所剩的最后一丝自由和私人空间也夺走。之前有一次……"

安娜此刻完全被挫败感击溃了，甚至痛苦得说不出话来。她深吸了口气，最后一次试图让朋友了解自己所经历的这一切。

"有一次他们发现了一本我正在读的闲书。除了课本之外，我是不能带任何书回家的，只要提到这些，他们就破口大骂，说这些书都是垃圾。反正就是有一天，他们在我的床下发现了这本书。那是我的第一本言情小说，我简直爱惨了它，因为这本书太新鲜了，和我生活中的任何一件事都不一样。他们发现了之后，逼我在他们面前撕掉这本书，接着又要我在教会上自我批评，所有人都歇斯底里地冲我大喊大叫。实在是太可怕了：他们都看着我——我父母，还有别的小孩——感觉在他们看来我根本不配活着。在那之后的很长一段时间里都没有人跟我说话。"

安娜的声音逐渐喑哑起来，当她说出"撕掉这本书"时，米拉才真的设身处地地明白了安娜的处境。至少在那一瞬间，她终于将自己从她的思绪中抽离了出来。米拉不知道该说点什么好，但动作和表情都发生了变化。她把手搭在安娜的肩上，轻轻地安抚她，示意她接着说，尽管不发一言，安娜能感觉到米拉对她的情绪有了一丝共鸣，喉头不能控制地溢出苦涩之声。

她对米拉倾诉说自己是多么想要逃离像监狱一样的教会，逃离父母。米拉想起戈夫曼曾经说的"在那些没有人违法的机构中，你会发现一种监狱"，但她只是按住安娜的肩膀，点点头鼓励她。然后安娜告诉米拉，长成了青少年后，父母仍然拒绝为她改变这些规则。她还是没有任何隐私，在浴室里也没有，他们甚至不允许她在早上上学之前匆忙地在镜子里检查一下自己的仪容仪表。安娜说到这里，已经停不下来了。

"在学校，我总是挨欺负，但每天总会有那么一分钟，也许还不到一分钟，我感觉自己变成了另一个安娜，不是这个谨守规则的安娜。但当我回到家里，那种感觉就没有栖身之所了。慢慢地，我感觉自己要疯掉了。"

米拉想起了"弗兰肯斯坦"里提到戈夫曼认为精神病院也有同样的影响力。病人会发现"自己突然之间获得的'病人'身份的符号意义与其先前的自我概念有着戏剧性的反差"。安娜似乎还有更多的话想说。

"我被他们的那种思维方式洗脑，甚至已经习惯了那种生活方式，以至于在离开他们之后我一时无法适应崭新的生活。我不习惯用自己的梳子和镜子，还是会在外出的时候借用商店橱窗和车上的镜子整理仪表。有时候会觉得无所适从，因为一下子没有什么规矩来束缚我了——一下子有太多选择了——忽然之间我不知道安娜想要什么，或者说不知道安娜是谁了。"

这听起来很像"弗兰肯斯坦"里提到的"机构化"（institutionalization），事实上很多人都经历过这种变化。他们在无法逃离也不能拒绝的情况下习得了规则。官方制定规则的理由是，它们的存在会让机构运行得更加顺畅，然而事实往往并非如此。规则是一个机构的核心和灵魂所在。了解规则并且学会遵守规则，是人们在任何机构中能朝着既定目标前进的重要一步。如果你将这一步做得太彻底了，就会被"机构化"，从而很难在机构以外的地方生存。米拉好奇这种情况有多普遍，以及她父亲是不是也会受此影响。她必须再次确认，哪怕要冒着让朋友沮丧的风险（但针对这个问题，谁又会比安娜更有发言权呢？）。于是她开口问道：

"我听说有一些服刑很久的罪犯在被释放后会故意再次犯罪，好让自己重新回到监狱。他们发现自己已经离不开制度赋予他们的意义和结构了，而且每个人都知道，在没有意义和结构的条件下生活下去是非常困难的。你觉得这种说法是正确的吗？人们要在一个机构里待多久才会变成那样呢？"

安娜瞪大眼睛，半晌过后，她坚定地说道：

"我永远永远都不会再回去了。我绝对不会再和我的父母见面，我再也不想见到他们。事实上，教会也不会允许他们联系我的。我本来应当嫁给教友会里的另一个成员，但是我拒绝了。一般情况下是不能拒绝的。我这个举动在他们眼里已经不配为人了，在我父母眼里也是一样。如果教友会发现他们偷偷联系我，那么他们也会被赶出去。"

"你是怎么成功拒绝的，安娜？我是说你受了这么久的虐待，怎么重新找回自己的力量？"

"有一段时间我的精神状态出了问题。我不是有意的，但表现得有点异常，有个老师发现了之后马上叫来管事的人帮我联系了医生。他们把我送到医院待了一段时间——不是综合医院，而是那种专门治疗我这种毛病的医院。我确实想在那里逃避一些问题，但是那段时间里我崩溃了。有一半的时间我一直跟他们说我想回家。当时我一定给医生和护士们惹了不少麻烦，但是好在有药物。我不愿意跟别人说起这件事，因为，嗯……谁都不想让别人知道自己的精神出过问题。不管怎么说，去接受精神治疗确实是我逃离这一切的方法。"

安娜说完，不可思议地笑了出来。笑声很平常，没有丝毫疯狂的迹象。她只是很享受她刚刚给米拉讲述的一切经历中的讽刺之处。米拉没有发现任何笑点，只是在想，她是否怂恿了安娜去冒她自己都不愿冒的险。安娜向自己坦诚秘密，自己却没有给予恰当和合适的关注，实在太缺乏同理心和直觉，这样辜负了安娜。

米拉还没有准备好应付成年人的生活，发自内心地想要逃避这个真实的、令人悲伤的世界——在这里，你的朋友们有着不幸的遭遇，你的父亲很可能是一个非常糟糕的人。安娜紧紧地挽着米拉的手臂说："据我所知，我是唯一一个要发疯才能上得了大学的人。其他人只要通过考试就行。"

这回米拉听懂了她的笑话，她接道："但是昨天晚上到底发生了什么，安娜？"

"我估计我只是不小心遗失了幽默感。"米拉担心地看着她。

"不仅如此，我又一次遗失了我的'安娜感'。"

"但是现在一切都回来了。"

"是呀，回来了。"

你想要成为谁?

主演:你
场景:你的
人生

……还是演员?

我们是任人摆弄的傀儡……

1. 社会生活可以被理解为一系列由他人对我们产生的印象。欧文·戈夫曼对此进行了研究,将人们对此的维持方式称为"印象管理"。他使用了剧场的类比,在剧场里人们在前台表演自己的角色,并在后台进行准备。人们在自己的前台都下了不少功夫,在后台精心准备自我呈现。然后人们便开始了表演——他们传递出各种信号,做出各种行动,表现得仿佛这就是他们自己一样。

2. 在有些情况下,我们无法如愿呈现自己,或者这种呈现被系统地打断了。戈夫曼将其称为"全控机构",在这里,囚徒们的性格完全根据机构的需要来定义。这里的人们被完全地暴露在权力和机构的凝视之下——这也是为何他们往往会特别沉迷于保护他们所拥有的、那些微不足道的隐私和自由。

3. 囚徒往往会受到机构挥之不去的影响。他们可能会采纳机构的观点和价值判断,最终会更倾向于依赖准确性和可预测性,从而选择在机构内部而非机构外生存下去。这个过程就叫作机构化。

4. 污名是另一种人们无法控制的贬损自我的情况。当某个人的部分特征不足以让他们成为一个完整的社会成员时，人们往往用污名来标记这种情况。污名常被用在那些有着身体残疾、精神问题，以及具有一些种族特征和其他"残缺特征"的人身上，他们在自己眼中的自我与从带有敌意的人们眼中读到的自我中间，体验到一种深深的无力感。

第 九 章

在 控 制 下

几天过后，安娜回家了。生活以一种难以置信的速度恢复了平静，但是米拉仍然对此心怀感激。她意识到，与其说是倾听安娜讲述她可怕的父母和被霸凌的经历让她心烦意乱，不如说整件事更使她在无形之中增添了一份责任感。她并不介意倾听安娜的过往，她在意的是不知何时，自己被期待着像个成年人一样表现了。她要尽可能理性地做出回应，并对自己的言行所产生的影响负责。

似乎成长有时也意味着要控制发生在别人身上的事情。当你哄骗别人说出他们本不会说出的话时，你不能假装自己没有能力负责并承担结果。你既然控制了他们的一部分生活，就必须要对他们负责到底。不仅仅是和安娜在一起的那一天：在米拉的心灵深处，还有别的事情也触碰到了她最敏感的那根神经。那天夜里，看到街上的女人正在被袭击，她为什么不要求司机马上停车？这是成年人应该有的反应吗？还有她的父亲：一个成年人会对发生在他身上的事情做何反应？

现在米拉发现了，她有权利或者说有责任做出那些实际上可能会影响他人，甚至可能给他人带来麻烦的决定，她之前对此缺乏信念。她迟早会明白，她对于控制别人的部分人生责无旁贷。必须长大，必须参与其中，承担起自己那份控制的责任，这一次，她在社会学的课堂上明白了这一点。

为了配合社会学理论课，米拉需要参加一个研讨小组，学校要求学生利用这个小组进行讨论，让助教了解学生对课上的所学知识和对教材阅读的理解程度。研讨小组的指导助教大多数都是研究生，他们会耐心引导或者激发学生对知识的理解，这样导师就可以对此进行评价了。有些导师会循循善诱而不是刺激学生，但米拉的导师显然不是。

导师名字公开后，米拉发现她的导师是伯特兰，他以极具煽动性和古怪的风格而出名。一半的学生都听说他总是喜欢打扮得像个出挑的斗牛士，虽然没有斗牛士的身材。其他人则觉得他有点可怕，一个同学甚至告诉她，先前他似乎因为某项罪名而接受了调查，估计是与性有关。抛开这些流言蜚语不谈，米拉知道伯特兰刚刚凭借关于法国思想家福柯（Foucault）的研究拿到博士学位，因此不管他们课上在讨论什么，最后都会绕回福柯身上。但在这周关于戈夫曼的研讨会上，伯特兰真的放飞自我了。

伯特兰本应该从小组表现中了解大家对戈夫曼的印象管理思想的掌握程度。不出所料，大多数学生都没有做什么准备，或许是因为感觉伯特兰很粗俗，所以只想在整个研讨过程中保持沉默。只有一个非常严肃又积极的女孩科妮，像往常一样揽下了回答导师提问的重任。

米拉有时觉得实在对不住她，也会参与进去，但是科妮这次则单枪匹马地挑战了伯特兰："当我采用所有这些不同的角色、不同的面具时，哪一个才是真的我？"

伯特兰打了个哈欠。他就是控制不住这种表现欲，尤其是当他发现大家的想法都非常幼稚、无聊时，这种欲望尤其强烈，通常他对这类发言的回复也是相当恶毒。

"这还用说吗，你是你所思考的、所讲的，以及最重要的，你所做的一切的结合体。戈夫曼的这些玩意就很琐碎——只是那些缺少人生经历的小年轻的文字游戏罢了。实质内容一概没有，只有满口的我、我、我。"

伯特兰居高临下地向四下睥睨研讨会众人，米拉惊讶于同学们受到这种对待，却没有人愿意站出来说点儿什么。她认为戈夫曼在其研究中谈论过一些严肃的议题，比如那些受到侮辱与伤害的人们。伯特兰毒辣的评论让她想起了自己与安娜共情失败所触发的困惑与羞愧。就这样轻视戈夫曼的理论，只会让事态变得更加糟糕，所以，就算料到伯特兰会对她恶言相向，她还是要为自己发声。

"戈夫曼的理论不只是印象管理吧。他将这个概念置于凌驾于个人之上的机构或者社会期待的权力语境中。他的《收容所》（*Asylums*）一书细致地考察了当时精神病院利用种种规章制度一步步地将人塑造成一个囚犯。"

她还没说完，伯特兰就以一种掩饰不住的讽刺语气截停了她。

"是啊，我们知道，'见微知著'，真了不起啊你。如果你愿意的话，你完全可以说戈夫曼强调的自我意识恰恰指向了福柯的全景敞视理论。我们表现出仿佛有人在监视着我们的样子，但实际上没有。我们想象外部存在一系列对我们的评价，有人观察着我们并为我们的行动打分。但是福柯对这一切的解释好多了。"

科妮也加入了米拉这一边。"在《污名》（*Stigma*）里，戈夫曼将个人身份同国家监控联系在了一起。在他那个时候，人们关于这类议题的讨论还不流行，但他已经预见到了我们会受到越来越多的监控，不仅如此，我们的个人史、品位、需求及各种想法都会被记录于各类数据库中。"

其他同学听了纷纷点头，他们很欣赏科妮让伯特兰搬起石头砸自己脚的做法。其中一个人说道："一旦你在商店办了张会员卡，这个店可能就比你自己还了解你的每周购物习惯。你在网上就再也不是匿名状态了。我们的这些信息都会被更新到他们的数据库里。"

这已经有点偏离米拉想表达的意思了。这些说法太过琐碎了，而且遗失了她所认为的戈夫曼理论中的重点：他帮助我们去理解那些感觉自身价值被贬低和边缘化的人。她希望小组以及伯特兰，能明白她想表达的这一点。"科妮说得对。戈夫曼关于污名的研究被忽略了，这不公平。这个研究同种族主义、性别歧视、'恐同'以及实际生活中任何形式的社会排斥和歧视都联系在一起。尤其是对那些因为穿着、长相或身份而感到出格或失序的人来说，社会规范的发展和社会对这些达不到标准的人的歧视是分不开的。"

米拉没有想到别人以为她是在别有用心地嘲讽伯特兰的奇装异服。即便你只是想说明有人因为自己的穿着而受到歧视这一点，伯特兰无疑是这种出格穿搭的完美案例（他真的不该试图将自己宽大的身躯挤进那件小夹克里）。组里的大多数人都觉得米拉话里有话，他们只是努力不笑出声。米拉其实完全没有想要揶揄导师的意思，她只是想表达自己对于失调和失序的感觉和看法。阵阵窸窣的笑声让她纳闷了一会儿（"难道我说了什么蠢话吗？"），然后，伴随着一阵尴尬，她才意识到自己刚刚说的那番话是多么容易被误会。她只好接着说点补救的话，好让这个话题显得不那么具有私人针对性，回到那个更加公共的议题上去。"关于印象管理，戈夫曼提到了有关个体在现代社会中的地位这一基本内容。因为每个人每天都要和许多陌生人互动，所以不得不重视第一印象。我们早已不再生活于那种彼此熟识、团结紧密的共同体中了。每个人都是陌生人，且必须要在会面的几分钟或者几秒钟之内就对别人得出一个初步的判断。难道面试的过程不就是要双方在仅仅半个多小时里对即将共事多年的人相互评估吗？你要是仔细想想，就会发现这其实真的很奇怪。"

科妮很快在里面补充了一些自己的想法："戈夫曼的理论观察适用于那种表象比实体更重要的世界。难道后现代主义者不是接受了他的观点，并用知觉取代了实体吗？"科妮对此解释说，在这个观点下，表象与现实之间不再存在对立与区分，也就是说除了表象之外，一切都不复存在，这种说法下所谓"在你投射的外表下还存在一个真实的你"这个观点显然是错误的。

伯特兰身体不自觉地向科妮的方向前倾，说："所以你的意思是说，现代社会的日常生活赋予了我们极大的自由，让我们可以自由地选择自己要做什么样的人。你也认为我们应该大言不惭地接纳戈夫曼所认同的呈现论，因为你觉得这很有意思？"

这回换成米拉回应了："戈夫曼的理论不仅仅说明社会让我们通过为他人着想来收获良好的自我感觉。"她说戈夫曼想警示我们的是，身份与自我和社会紧密相连并被社会建构，以及社会出于控制的目的如何侵犯这些自我。

伯特兰嘲笑说："戈夫曼并没有提出任何社会控制的概念。我们或许认为自己拥有自由，但事实上我们根本没有——我们每时每刻都被规训着。福柯指出，不是收容所或者监狱在对我们进行规训。而是我们——我们自己在对自己进行规训。"

显然伯特兰觉得对戈夫曼讨论得够多了，于是他又滔滔不绝地开始谈论米歇尔·福柯。他的态度从一种目空一切的厌倦转变成了一种非常独特而骇人的狂热。他对大家说，现代世界看起来充满了自由与选择——性解放、自我治疗以及极端的个人主义——但事实不是这样。伯特兰本人并不觉得现代社会足够自由，他相信大多数同学一定也有相同的感受。"但是我们能只做我们想做的事吗？为什么处于这种显而易见的自由之中，我们却不能体会到自由？为什么大量的选择实际上让人们感到越来越压抑？会不会是当代生活中的个人自由正以某种方式被压抑着？有没有可能我们正在被迫以某种方式行事而浑然不知？"

伯特兰在说这番话时试图同每个人轮流进行眼神交流，他斜倚着桌子，身体前倾，语速非常快。他接着说了下去，让人怀疑他需不需要换气。"我们必须从拆分这个问题开始——'我能做自己想做的事吗？'：什么是'我'，以及什么是'想'？这些看起来都是非常简单和精确的事实，实则不然。福柯关心的是权力（power）问题：为什么人们会做某些事而不是另一些事，为什么他们要服从于某些人而不是另一些人，以及为什么他们在某些时刻表现出这种样子，而在另一些时刻表现出另一种样子？"

说到这，他突然跳了起来，在房间角落里的白板上写起了字，让同学们把这句话记下来。米拉越过他的肩膀，只见他以非常潦草的字迹写道：

性与身体

如何解释许多社会对外表的痴迷？

几个学生似乎被这个突如其来的"性"字吓了一跳。米拉应该不是在场唯一一个听说过伯特兰接受调查的传言的人。现场气氛一度十分紧张，他到底要给大家讲些什么呢？起初伯特兰表现得还颇为谨慎。他对大家说，所有人（尤其是女人）每天都在接受各种建议和指导信息的狂轰滥炸，这些信息意在指导他们成为某种人——如何变瘦、如何节食、如何看起来拥有良好的状态、如何拥有无瑕的肌肤、如何找到男人、如何变漂亮。

"福柯则提醒我们，人是精神和躯体的统一体。在躯体的内部和周边发生的事情同影响精神的事情一样，都是社会学研究的主题。权力对两者的改变都发挥着作用。好吧，这听起来可能不是什么新鲜的概念，但是福柯认为当代社会权力运作的核心方式就是将我们当作个体来管理我们的身体。没人强迫你去遵循这些变美的建议，然而，这确乎已经成为数百万人的困扰了。"

米拉觉得他说得平平无奇，根本不是什么新鲜事。她在上大学之前的社会学课上就听老师讲过这些。接着，伯特兰开始讨论性了。

"性是权力运作如何让个体自我管理他们身体的最好的一个例子。福柯在二十世纪下半叶提出，在十九世纪，人们对性的态度显然更加保守，却谈论了更多有关性的话题。事实上，当时的人们痴迷于此，出版了一系列有关性的医学论文。还有一些专门写给家长的小册子，教他们如何控制孩子的性行为，包括抓到孩子自慰后的建议。"

然后他短暂停顿，观察了一下大家的反应。事实上，全场只有米拉旁边的那个同学在她耳边悄悄地调侃了一句："你觉不觉得他才是那个痴迷于性的人？"

伯特兰继续说了下去，仿佛大家的举动为他注入了自信。在十九世纪的欧洲，事实就是这样的，欧洲的性道德会控制性的某些方面，甚至会控制某些社会成员，尤其是女人和工人阶层的性，但是，"它并不是要笼统的'镇压'——而是利用性科学（scientia sexualis）对性进行培养和指导。只有'过剩的'或者无用的欲望需要接受谴责——比如自慰。一系列关于性的话语和与性相关的技术被生产了出来。它们共同构成了福柯所说的生命权力（bio-power），通过将人们物质的、生物性的躯体作为'身体'加以约束和管理"。

伯特兰告诉大家，福柯认为欧洲人在二十世纪下半叶的性解放同他们的前辈在十九世纪所做的事情并无什么差别。尤其是自二十世纪六十年代开始，许多社会都热衷于谈论性：数以千计的杂志文章和电视节目纷纷讨论什么是好的性，什么是坏的性，以及如何拥有前者并主动减少后者。福柯指出这并不是自由的标志。我们对性谈论得越多，实际上就越是在努力地重新生产一种主流的图式，这个图式会告诉我们，我们看起来应该是什么样子，谈起话来应该是什么样子，行动起来应该是什么样子，思考起来应该是什么样子。在二十世纪六十年代和七十年代，人们认为在十九世纪甚至直到二十世纪五十年代，性都处于一种被压抑和被过分规矩的状态。而且我们对性的选择也同样受着限制。福柯将约束我们的权力称为"权力—知识的话语"（discourse of power-knowledge），也就是说，我们谈论和归类事物的方式会最终形成我们行动的框架。

根据福柯的观点，性欲并非一口井，它既没有被打开也没有被阻塞，一切都取决于你如何进行平衡或压抑。性在生命权力之内，并由其构建。性要被测量、检查、研究、讨论和剖析。生命权力网络的产物之一就是忏悔室，在忏悔室中，个体得以将其最内在的欲望倾诉给一个客观、有距离感的专业人士。社会为这类情绪官僚创立了一个阶层（包括医生、治疗师、牧师和教师，他们都可以胜任这个角色）。伯特兰在这里则补充了他自己的观点："二十世纪末期的一个重要发展，就是公共忏悔室于美国起源，并逐渐传播到全世界。你们知道的，一些倒霉鬼会在电视节目里向全世界讲述他们的经历。福柯将这种过度曝光的色情视为极权主义'生命权力话语'的一部分，在这种话语中，个体生活的任何一个方面都可以被公开和曝光，并接受一个自封为公民陪审团的群体审判。这也是我正在写的一篇论文的主题。"

伯特兰停了一下，似乎是在等着大家提出一连串的问题，又或者只是想停下来欣赏一下观众们的窃窃私语，但由于没得到任何回应，他不得不改变策略，转而对大家谈起福柯对性的研究起始于古希腊的性规范，这导致同性恋在后来的社会中不但被接受，甚至还被当作一种理想之爱的形式推广于特权阶层的男性群体中。希腊人没有压抑这部分的性欲，但福柯从中挖掘出了一个更为有趣的故事。男男之爱是青年男子成长的一部分：通常年长的导师会收养一位年轻男子，并向他传播自己的智慧，他们之间的关系也会涉及性。尽管可以得到宽恕，但当这种爱让一方变得柔弱时，希腊人则

195

毫不犹豫地谴责这种爱。也就是说，希腊人只允许这种爱作为男性气质发展的一部分。

"现如今一些纯男性团体仍将同性恋作为入会或团结仪式的一部分。但重点在于，这里不存在区分'不正常'个体的严格界线。事实上，这种区分直到十九世纪才出现在欧洲。在古希腊，自由公民有自己的选择避免过度或者过于被动的情况。但无论如何，人们必须要'正确地爱'。"

组里的一个男同学，帕洛，出人意料地发言了。他语速很慢，似乎在向一个小孩子或者智力低于常人水平的人解释一件很简单的事。"但如果男性公民都互相发生了性关系，那么他们就不正常，他们是同性恋。字面意思就是这样。"

伯特兰宽和地笑道："福柯强调，性（sex）和性存在（sexuality）是非常不同的概念。与同性发生性关系不会使一个人成为同性恋。就像'疯癫'一样，这是一个直到维多利亚时代才出现的类别。"

帕洛回应："福柯这个人对我来说就挺疯狂了。"但是伯特兰没有理会他。他说福柯认为关于性的科学的发展与关于疯癫的科学的发展是密不可分的，于是他又起了一行，在白板上写下了另一个标题和问题：

疯癫
古代人是否对疯癫更加宽容？

显然，不止戈夫曼一个人研究过精神病院。福柯通过研究社会如何区分疯子和正常人来开启他的疯癫研究。就拿一些现在被认为是精神错乱的历史例子来说——第欧根尼[1]在公共场合手淫，耶稣从人们身上驱除"恶魔"——这些行为在后世会让人得到某种形式的照顾或监护，而在过去则受到了非常不同的对待。难道这只是因为过去的人们更加包容疯狂举动吗？福柯说不是这样的——真实的情况是，现代社会中的机构创造了一门规制行为的科学。在这门科学中，个体被要求成为熟练的专家。伯特兰又飞速地写下了一个题目和两个问题：

权力

谁对谁做了什么，又是谁告诉别人要去做什么？

为什么有些人总是被要求做一些事情，

尽管他们没有必要去做？

他补充道："我是一个成年人，没有人拿枪抵着我的头。为什么我还是会做那些别人让我做的事呢？"场面一度安静得十分尴尬，直到另一个学生，之前已经发过言的科妮，打破了这片沉寂。

"有些社会学家不是也认为规则分很多种吗？"她接着说，人们遵守某些特定的规则——如禁止行窃——是担心会被抓起来。我们遵循其他规则——如依交通灯指示过马路——是为了安全，因为乱穿马路可能会被车撞死。还有其他类型的规则——像是按时按要求纳税——我们之所以遵守它，是因为我们相信，社会和公共服务需要大家来买单。

---

[1] 古希腊哲学家，犬儒学派代表人物。

这一次，伯特兰的脸上泛起了一丝赞赏的神色。

"说得很好，福柯认为在权力研究中有一个巨大的沟壑有待填平。在过往的，比如马克思、韦伯等人的权力研究中，他们都认为权力总是用来强迫人们去做他们不想做或者不应该做的事情。对于女性主义者来说，权力强迫女人扮演着屈从的角色。对于马克思主义者来说，权力强迫工人阶级为资本家政客递上选票。而在福柯之前的大多数权力理论，以及之后的许多理论，都认为权力是某种存在于个人之外的东西，是一层笼罩在我们头上的有形实体，它就像一个恶霸或者一位独裁专制的父亲，指引我们去做那些我们本不会做的事情。总的来说就是，福柯认为权力并不是让人们做他们不想做的事，相反，它总是通过让人们去做他们确实想做的事来发挥作用。或者换句话来说，他们的需求、他们对权力的反抗、他们的欲望都是权力的一部分。权力的结构更像是一张铺开的网，而不是金字塔。"

米拉在脑海里反复咀嚼伯特兰刚说的话，思考她父亲是否也让她做过那种以为是顺应自己的想法去做的事。信息量实在太大了，米拉脑子里一片混乱，环顾周围，其他人应该也有差不多的感受。尽管伯特兰非常乐意大谈特谈福柯的理论，但他注意到，一下子说太多了，同学们根本没法吸收，于是他停下来讲了一个例子。他让同学们回忆回忆他们在刚开始讨论这个话题时，谈到的那些杂志和电视节目，它们会告诉人们如何成就自己的理想，并为他们提供建议来获取这些为大家渴望的东西——拥有完美的身材、事业等。这个产业会问：你想要什么，以及你想成为什么样的人？福柯会说我们对这些问题的回答——我们的欲望，性欲——都是由权力的话语——知识，所建构的。权力并不是一群人占有而另一群人所没有的资源。这也意味着"它不可能被夺取、粉碎、推翻、冲击或者击溃，因为权力不存在于某个上锁的保险柜里"。

科妮说："我一点也不觉得自己没有权力。我可以主宰自己的生活，做出自己的决定。"没毛病，米拉想，我可以为自己做出决定，我又不想代表别人做出任何决定。但是伯特兰告诉科妮，她做出的这些决定都是在"权力—知识的话语"和"自我技术"的约束下完成的，这些约束会促使人们在管理自己和自己的身体时发挥积极的作用。

"感觉上好像是我们自己在掌控这一切，但实际上我们都被束缚在一条特定的道路上。福柯想让我们明白，权力是实践的、局部的、网状的、点对点的。它不是一群同质的人——男人、中产阶级、资本家、白人——将权力行使在另一群同质的人——女人、工人阶级和其他人身上。福柯的权力比女性主义者和马克思主义者所设想的权力要更强大、更脆弱，女性主义者和马克思主义者认为权力是一种脆弱的东西，它耸立在社会的支配群体上，等待着被粉碎和推翻。"

"那怎么才能做出改变呢？"科妮问道。

"女性主义者和马克思主义者认为福柯对社会的构想太过悲观，因为在福柯的理论中，个人与权力统治的过程联系得非常紧密，以至于人们做什么都没有用，或者做了更糟，他们所有的努力最终都只会起到巩固现状的效果。但福柯强烈认为自己的权力理论不应当让人们变得悲观，尤其不应当成为他们拒绝支持政治进步的理由。事实上，他的观点与女性主义者、马克思主义者的观点截然相反。"

从伯特兰开始这场福柯的即兴演讲到现在，米拉才总算醒悟。可能是他刚刚说的那番话触动了她的某条神经，她心里则产生了一个问题："你是说，人们没有夺取权力，而是别人拱手让给他们？"

"是的，社会学家总是喜欢遵循马克思等人对权力'自上而下'的解读，因为这种说法让我们相信，当掌权者——政客、官僚或者其他人——让我们做我们不喜欢的事情时，这不是我们的错。而福柯说，这不是事实运作的方式，我们对此感到不舒服。"

"所以，要不是我们为这些人和机构赋予权力，它们就不会拥有权力？他是这个意思吗？"米拉好奇自己的理解是否正确。

帕洛，就是刚刚那个用像对白痴说话的语气对伯特兰说话的学生，也参与了进来，仍然用的是那种居高临下的语气："听着，如果我说：'我的老板比我更有权力，所以我必须按照他说的去做。'这就是一个简单的现实。有人比我强大，那我就必须要服从他。"

伯特兰异常耐心地对此进行了回答："福柯会通过这句话告诉你，你刚说的这句话成了权力结构的一部分。你说'老板很有权力'，但他之所以有权力，是因为我们都同意这句话。"

"那照你这么说，那些不想受到老板控制的人为什么不直接否认老板拥有权力呢？"伯特兰再一次耐心解答，似乎给帕洛提供了别人都没有的特权。

"事实上，福柯关于权力的视角告诉我们，想要摆脱这种境况要比马克思主义者想象得更加困难。按照后者的观点，想要退出某种权力非常简单——如果有人拿枪指着你的头，你可以拎出一杆更大的枪。但如果我们本身就是权力最积极的参与者，这种退出的选择就尤其艰难。权力不是一种外在于我们，笼罩在我们头上的东西。我们没法去攻击它、摧毁它，也无法将其据为己有，就像我们无法攻占巴士底狱，因为这本身就是我们的据点；我们没法控制它，就像蚂蚁没法控制自己的蚂蚁窝。"

帕洛无奈地摇了摇头，好像在向大家说明，每个人应该都看清，伯特兰和福柯之中一定有一个人是白痴，或者两个人都是。伯特兰则对帕洛笑了笑，像是没注意到他的动作一样。他只是又写下了另一个标题和一系列问题：

规训

为什么会有规则？

为什么人们要遵守规则？

为什么人们要做别人要求他们的事？

是什么使得人们在没有其他人要求他们的情况下，

依然按照别人的指示去做事？

"让我试着把这些东西简化一点。你们能理解吧，如果被别人监视，那么人们就会做自己应该做的事情。因为会有一些社会规则约束着我们，这些我们已经在前面讨论过了。最重要的是，人们会尽量避免让自己难堪。但这不能解释为什么人们在私下里也会做出同样的行为。为什么人们在独处的时候不放松放松，或者彻底放飞自我呢？"

这次伯特兰直接自问自答。根据韦伯（和马克思）开创的传统来看，权力是一种让人们去做他们本不会去做的事情的能力。老师让学生留堂就是其中一个例子。即使没有人站在他们前面告诉他们该怎么做，他们也会遵守这些规则。他们在大多数情况下都会遵守规则，尽管违背规则被发现的风险微乎其微。

"还有一些社会学家，比如塔尔科特·帕森斯，他会告诉我们，我们是在社会化的过程中习得了这一点。所谓的社会化就是一种奖惩机制、一套社会制裁系统，我们将其内化并逐渐强化，仿佛这些规则早早就被制定好了一样。而福柯认为，是监控术使得我们表现得好像有人一直在监视着我们一样，但现实中根本就没有这种技术。"

米拉对他所说的一切仍保持着警惕。她在大学之前就已经学到社会化的相关内容了，一直认为这个概念是说得通的。所以她又忍不住插话了："当然了，随着年龄增长，你必须要学会控制自己，包括控制自己的需求和欲望。婴儿为了得到自己想要的东西，只知道大哭大叫，即使到了青少年时期偶尔也会这样。但是随着年龄的增长，大家都要学会控制自己。"其他人听完之后纷纷笑了出来。那个之前低声对米拉说伯特兰沉迷于性的女人尖声尖气地说，有些人就是没法控制自己。伯特兰似乎对这一切浑然不觉，而是板着脸继续说了下去。

"这并不是随着年龄增长会自然而然发生的事。孤儿院里的小孩子很快就会安静下来，青少年被无视也不会乱发脾气。看护者需要对这种行为给予关注，赋予孩子权力，孩子才会接着闹腾。如果他们的需求和欲望不能被系统地满足，这些欲望就会迅速缩减——他们得不到关注，又不希望被打败——就会学着控制自己。或者，更确切地说，根本不是他们学会了控制：而是他们所处的环境使控制脱离了他们的掌控。这些被惯坏的西方小孩最终只能接受控制，而且被控制得死死的。"

米拉可不想错过这个让大家开怀大笑的机会。她建议说，也许所谓的"中庸之道"就介于被溺爱的儿童和孤儿院儿童之间。伯特兰却将她说的话当成了一个严肃的问题来对待。

"但我想表达的重点在于福柯的理论：我们并不是天生就学会控制自己的。这种控制是一个双向的过程，重点在于，其他人会怎么做。福柯关注的问题有两个：一是，在现代社会中规训是如何运作的；二是，什么样的社会会产生这种规训。"伯特兰解释说，这就是福柯研究监狱时的问题意识。他通过他最偏爱的"考古学"方法来研究一个组织发展的问题。

他的《规训与惩罚》（*Discipline and Punish*）不是严格意义上的犯罪学研究，就如他的《性史》（*History of Sexuality*）不是研究性一样。这本书讲的是社会如何生产监狱以及与之相关的一系列规则与纪律，也是关于我们所处的这个社会的结构如何与监狱共享一些特征。在创造监狱的过程中，我们所生产的一系列技术几乎在任何机构中都能被发现——像是学校、医院和工作场所。

福柯在书中考察了"规训权力"（disciplinary power）的创造与应用，以及它在规训社会中的地位，所谓规训社会的特征就是创造并产生了规训身体的权力技术。罪犯是由监狱系统生产出来的某种主体，他不仅仅是一个被关在监狱里的人，而是一个由系统创造的以某种方式行事的人。他无法想象其他的行为模式。这些"主体"就由权力—知识的话语生产。罪犯是在惩罚的话语中产生的主体，正如精神病患者是在精神病学话语中产生的主体。在这两者中的主体都是在权力—知识网络定义下，以某种方式行事的人，时过境迁，惩罚的话语也发生了变化。在十八世纪的欧洲，惩罚是一种壮观的场面，公开绞刑和鞭刑都清晰地表明，惩罚的目的是惩罚身体。自十九世纪开始，惩罚的目的变成了自我的管理和控制。

帕洛又插话进来了："你说的这个就像涂尔干的压制型法（retributive law）和恢复型法（restitutive law）一样，我们已经都知道，这种区分是不符合事实的。因为在很多前现代的法律案例中，法律的作用都是让某人为自己的罪行赎罪，而不是对他们进行报复或惩罚。"伯特兰对此自有一番解释。

"涂尔干和福柯都不是法律史学家。他们关心的重点是社会，而不是法律和刑法系统。福柯关于十九世纪惩罚最著名的例子直到很久之后才成为现实——在当时只建立了几个例子——但它会向你揭示当时的社会是什么样的。"

接下来伯特兰向大家介绍了英国的哲学家和改革家杰里米·边沁 [1]（Jeremy Bentham），他在十八世纪末期提出了"环形监狱"（panopticon）的概念。这是一项新型监狱建筑的设计计划，其核心内容是，囚犯永远处在监视者的视野之内，这种持续不断的监控是他们实现控制的关键。而十八世纪的监狱显然同我们今天所认为的监狱大不相同。

比如说，罪犯受到的待遇就大相径庭：当时的罪犯可以依据他的社会地位和财富，购买各种特权，像是单间、妓女，甚至自由。酷刑的作用仅有获取信息和表示惩罚。但随着封建主义被资本主义取代，社会也经历了剧烈的变化。大量的人被赶出自己的家园，脱

---

① 十八世纪英国法理学家、功利主义哲学家、经济学家和社会改革家。

离了传统的责任与忠诚观念，人们不再需要对别人唯命是从。城市中心逐渐扩大，但新无产阶级对其雇主并没有太多的忠诚，他们之间只存在金钱关系。社会精英们对这些不受控制的身体所代表的那种无政府状态的可能性，以及控制他们的成本感到恐惧。

边沁在有限的资源下提出了保证让这些身体能够受到控制的方法，让他们乖乖遵守规则，不要招惹麻烦，尤其是不给统治者招惹麻烦。随着时间推移，社会上出现了新的结构来应对这种情况，像是常备军、公务员机构和国家警察部队，根据福柯的说法，这些机构都吸收并运用了边沁所提出的规训与监督技术。这些灵感均来源于环形监狱建筑，其基本设计就是一个中心塔，围着一圈环形的牢房。塔里的人们可以看清任何一间牢房里的情况，牢房里的人却看不到塔内，也不知道自己是否正在被监视。在边沁的时代，实现这个效果需要很多巧妙的建筑设计，但现在，用视频监控实现这个想法简直易如反掌。

"这些小眼睛会在每一间超市、每一条街道和每一架电梯追踪着你。会有人看这些闭路电视里的内容吗？我们无从得知。一个摄像头和一个全景相机就可以用相对较少的资源对很多人进行控制，正是因为不知道自己是否被监控，这种规训才得以实现。福柯认为环形监狱能够使权力自发地运作起来。如果人们认为他们一直受到监视，狱警就不必前去查看。那么到底是谁在行使权力呢？和社交媒体一样，不是狱警，而是犯人自己！"

福柯认为十九世纪的监狱系统出现了诸多创新之处，囚犯都受到了公平的对待，享有同样的服务和设施。后来，监狱里盖起了图书馆和小教堂——这些空间让犯人可以逐渐浸染，成为社会上最温顺有用的存在。我们总是对自己说，随着社会变得越来越人性化，监狱也进行了改革。但福柯不同意这一点。在过去，监狱在犯人的身体上实施惩罚，这个过程常常伴随着剧烈的疼痛。如今取消了这些痛苦和展示的过程，不代表社会就不会受益于这些惩罚。

社会规训的加强促使监狱也进行了改革。伯特兰指出，环形监狱的重要性不在于它对监狱设计的贡献。重要的是它将一种关键性的规训原则引入了社会，而规训的一个重要特征就是，个体必须要自己规训自己。规训是一种内在的东西。"环形监狱里的犯人不知道他们是不是正在被监视。他们不得不时刻表现得像是被监视着一样去规范自己的行为。同样地，在现代社会中，我们学着像被人监视着一样去行事，尽管根本没有人在监视我们。这个环形监狱就是全知之眼：它让下面的人处于一种能够被看到，但又什么也发现不了的状态。多数人被少数人监视着，由于他们无法察觉自己何时被监视、何时不被监视，所以他们必须时刻都表现得好像处于不断被监视的状态之下。他们的身体变得温顺，全景矫正制度让他们成为文明的臣民。"

伯特兰接着说，这些文明的臣民每一天都以同样温顺和可预测的方式度过。就像那些在监狱里的囚犯要在特定的地点遵循单调重复的日程安排一样，我们在工作、学习的地方，甚至在业余时间里也重复着我们严格的日程计划。在许多情况下，与其他人的互动机会也十分有限，这点也同囚犯一样。但在这两种情况下，都是我们，文明的臣民，执行了这些命令；且这一切都取决于我们的参与：

一种有意识的、永久可见的状态

确保了权力的自主运作

当伯特兰将这句话写在板子上时，先前在研讨会上提到监控的那名同学说话了："这不就是我刚才在科妮提到戈夫曼时说的。我们所做的一切，尤其是在网上，都可以被组织和政府监控。他们就像环形监狱里的狱警一样，组织在看着你，但是你不能看它。"米拉则想到现在她父亲住的那个地方。那里会和环形监狱有什么相似之处吗？伯特兰继续即兴演讲。

"社会中的权力并不是由武力运作的。是我们在操控着权力，我们'容忍'了权力。你在社会中的许多领域都能发现规训系统里所包含的原则。有趣的是，学校是利用肢体暴力进行惩戒性惩罚最后的坚固堡垒，许多国家在二十世纪末才彻底取消体罚。也许是认为其他地方无法应用惩戒系统来让孩子们学会规训自己。"

伯特兰告诉他们，福柯认为，如果惩罚本身越来越不重要，而重点在于让人们感到内疚时，自我管理就变得越来越普遍了。他说，压制性的权力意欲对死亡进行控制，而生命权力则是对"活着"进行管理。他的意思是说，专制国家控制着活着的臣民的死亡权。当时的社会是由血主宰的——它包括贵族的血统，也包括绞刑架上死刑犯的血液——但现在，社会是由性，由生命权力主宰的。生命权力管理的是他们的生活，紧密地建构着他们的需求和欲望，并确保他们都能称为系统中小小的管理者。

科妮打断了他："他是不是误用了'权力'这个术语呀？权力是行使你对别人的一种权威，你甚至可以用武力威胁他们。但福柯在这里提到的是人们管理自己的生活，以及社会化。这不是一回事吧？"

"这就是他想说的，"伯特兰的耐心已经快要耗尽了，"他想说，我们对于权力的看法是错误的。这种看法误导了我们。权力很少是压制性的、消极的，而总是生产性的、积极的。权力是在发展的，是有创造性的，当权力主动、活跃、卷入一切时，才是最有力量的。它并非端坐于社会或者个人之上，而是极其有效地融入我们的日常行为，无论这些行为看起来是多么微不足道、多么私密或者不重要。"

根据福柯的观点，这些日常实践形成了我们都参与其中的权力—知识节点。伯特兰举了一个例子，在西方社会，从事繁重的体力劳动的人越来越少，人们却开始花越来越多的时间用各种方式惩罚自己的身体，而且这一切似乎都是出于自己的意志。对于福柯来说，这是一个绝佳的例子，正好可以用来说明在大多数社会理论中缺席的"身体"恰恰是权力关系的中心。这是"自我技术"运作的地方，这些技术构成了我们的日常行为。

那个刚刚一脸居高临下地对伯特兰说话的同学，帕洛，试图再一次挖苦他："权力无处不在，反抗也无意义。一切都这么可悲。但现在的人们确实比从前享有更多的个人自由。我们又该如何走出'网络'，或者你所谓的'话语'或'权力—知识'呢？"

伯特兰停顿了一下，或许是为了某种戏剧效果，然后回应道："福柯可能会说，通过另类的性行为可以颠覆这种话语。"研讨组里的大多数人都难以抑制狂笑的冲动。

帕洛笑得合不拢嘴，他说："好吧好吧，他是这么做的，是吧？但这可能与他的个人偏好有关，而不是为了维护理论的一贯性。"

伯特兰打断了他："福柯认为，由于生命权力无处不在，重要的抵抗只能发生在转瞬即逝并可移动的地点，因此，可以改变社会的行为更可能发生在世俗的、日常生活的选择中，而非以一种大规模的运动方式。"米拉知道科妮喜欢以环保人士自居，所以她再次加入讨论，米拉一点也不感到惊讶。

"对的，我觉得你说的对。我们对抗那些不可持续的发展时，就是通过这种局部层面的抗争来改变社会的。你不能指望一次性颠覆整个系统。你要小心翼翼地选择战略战术，这样才能最大限度地增加获胜的机会。"

伯特兰看起来好像不确定自己是否需要科妮的声援。"个人可以利用权力技术来反抗。由于权力的运作是局部的，反抗也就可以是局部的——事实上，可能唯一有效的反抗就是局部的。"

帕洛又坐不住了。他认为福柯过于关注他自身理论的一贯性而太忽略事实上的证据了。最奇怪的是，证据似乎指向完全相反的方向，他却能如此肯定。"你也说过，我们几乎没有盖过那种环形监狱。而且现代法律中是有压制性的元素的，比如美国的死刑。也不是每个人都被监视着，至少不是一直被监视着。对于有些人，你只能听之任之，直到他们自己觉得尴尬。其他的人，比如学我们这个专业的人，会最大限度地进行自我监督和自我管理。但这不是我们的选择吗？如果我们愿意，完全可以生活在边缘地带，眼不见心也不烦。"

说到这儿，米拉又想起了她之前看到的那些在深更半夜的大街上被赶走的流浪汉。

伯特兰回应道："别忘记最基本的要点。社会控制并不是说我们是被那些比自身力量强得多的社会力量牵来扯去的木偶。那是戈夫曼等人的想法，福柯告诉我们，这一切不能怪任何人。权力并不是倾轧在人们身上的东西。从柏拉图到马克思，传统的权力理论总是将社会分成了有权者和无权者。而福柯的权力概念的理论像一张网，一张将有权者和无权者一起笼罩束缚的网：有权者和无权者一样被权力所束缚，被权力所定义。即便是最有权势的人也同我们一样不能离开这张权力之网。"

***

走出教室时，学生们还在三三两两地窃笑伯特兰和他所说的另类性行为，米拉不知不觉走到了科妮的身边。米拉问道："刚才讨论的那些你都明白了吗？"

科妮说自己理解了，因为"这个将权力比作一张网的想法让她联想到了互联网"。她说互联网就是通过一个个的节点连在一起的，或许其中的一些节点比别的节点更稳定更强大。但没有一个节点可以在网外进行控制，所有节点都必须遵循一套特定的规则。

那个刚才想在研讨会上谈论监控的同学在一旁，他说道："你不能踏出权力——或者把它抛弃。这样做就像节点断网了一样。"这个比喻让米拉有点摸不着头脑，但她现在明白了，你永远无法避免拥有对别人的控制权。你大可以假装没有，但是现在看来这种做法不但很幼稚，而且诚恳地说，是懦弱的表现。

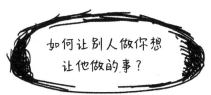

如何让别人做你想让他做的事？

权力让我们成为某种人

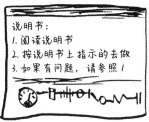

说明书：
1. 阅读说明书
2. 按说明书上指示的去做
3. 如果有问题，请参照1

这比它让我们做的事更多

1. 社会学中很大的一个部分是关于权力的研究——其中权力是指让人们以原本不会采取的方式行动的能力。有些人认为这是一种品质或者资源；拥有让别人做那些你想让他们做的事的能力；或者是去定义别人"需要"的能力。许多关于权力的理论都带有一定的阴谋论或者独裁论的说法。权力总是被描述为自上而下的，那些"知情者"会把事情安排得对自己有利，并迫使弱者以不符合他们利益的方式行事。

2. 米歇尔·福柯认为这种说法在很多时间里都无法描述权力的运作方式。权力并不位于某个确切的位置或某群人身上，而是在社会中无处不在。它通过为人们创造能够融入、被定义和约束的身份起作用。他关于性和疯癫的研究告诉我们，为了赋予人类活动以连贯的身份，专业人士制作出用于区分疾病类别的身份，他们用这些类别来规训在其内部和外面的人。

3. 福柯也指出了在社会中传播权力的制度。他认为在现代社会中监控无处不在，环形监狱让我们时刻要表现得像被监视和审判一样。让人们自发地以一种有序的、遵规蹈矩的方式行事，最终使得效率提高了许多。

4. 所以人们抵抗这种"规训律令"的方法就是打乱这些精心设置的类别。因此，在网上你或许会通过加密或者匿名的方式，或为自己创设多个身份、虚拟化身来躲避监控。

第 十 章

在 怀 疑 中

在之后一周的课上，米拉正好坐在科妮旁边。授课老师迟到了，她俩就互相讲伯特兰的恐怖小故事来打发时间。坐在她们前面的一个学生转过来说，她最开始也被分到了不喜欢的助教那里，后来她就换了一个组。等到上完课她们一起走出教室时，科妮和米拉也决定尝试一下这个办法。

米拉和科妮很幸运地发现，有个叫达莉娜的新老师也开了一门研讨课，而且还有空余的位置。米拉能感觉到那里的氛围完全不一样。在伯特兰的研讨会上，学生们都尽量不和他进行眼神交流，没人想要参与进去。从米拉所观察到的同学们的笔记上来看，也没有人为了参与讨论去进行大量的文献阅读。这个小组的大多数成员唯一的贡献就是在私下里取笑伯特兰。伯特兰则以一种宽容、轻蔑和讥讽的态度对此进行了报复。

米拉能看出达莉娜小组里所有的同学都做了大量而充分的课前准备，因为他们每个人面前都有一摞密密麻麻的笔记。在研讨会开始之前会有四到五人的动态小组讨论。话题内容与社会学全无关系，但这至少说明，他们不会在接下来的一个小时里假装沉默。过了一会儿，达莉娜用一种巧妙而幽默的方式让大家安静下来，虽然这安静只持续了几分钟。达莉娜问大家，组里有没有人经常使用西医不认可的治疗方法。如果这个问题是伯特兰问的，畏于随后劈天盖地的嘲讽，不会有人敢应声，但达莉娜的小组显然对她十分信任，好几只手"唰唰"地举了起来。

达莉娜点了一名叫莉安的学生回答问题，莉安解释说，她之前服用过一种草药来缓解考前压力，提高记忆力。这种替代疗法在一个以长寿闻名的村庄里已经惠及了好几代人，现在则出售给那些从事高压职业或攻读学位的人。达莉娜问大家有没有人想要评论这件事，米拉随即悄悄地把椅子向外移了移，或许是希望其他同学不要注意到她的存在。

其他同学让莉安解释为什么把钱"浪费"在这种疗法上。"我不明白你们为什么反对。你们只是选择性地忽略掉了在你们身边有数百年历史的知识罢了。"她淡淡地说道。

一位名叫劲松的学生对她说，如果这种疗法不管用，那他很容易就可以无视掉这种"知识"："因为那就说明这种知识根本没用。"米拉从其他学生对他发言的反应猜测，劲松应该是这个小组里的发言达人。

莉安回应劲松："你怎么知道不管用呢？很多人都用过，而且说这种疗法确实有效。这可绝不是迷信。"

"许多人还说太阳是他们的圣人在早上托起来的呢，不然太阳就不会升起。但后来他们就会发现，不管有没有圣人，太阳都会东升西落。没有资料能从科学的角度证明这种疗法是有效的。"

"呵！但也没有资料能从科学的角度上证明这是无效的呀，况且我知道它对我有效。而且，不管你怎么说，成千上万的人都用了这种疗法，他们也觉得管用。"

"安慰剂效应可谓妙哉。"

"安什么？"

米拉好奇莉安会不会生气了（她看上去确实有点不舒服），就在这时，达莉娜又靠回了桌子边，和莉安交换了一下眼神。米拉可以看出来她正在努力减少交流中的火药味，但达莉娜也在试图利用这机会教他们一些东西。她说道："所谓的安慰剂效应（placebo effect）说的是一种治疗方法在临床特性和实际疗效之间的差异。在第二次世界大战期间，一位美国的医生在吗啡匮乏的条件下，绝望地为伤兵注射了盐水。这盐水居然发挥作用了。有时候人们以为自己吃的是止痛药，感觉疼痛减缓了。这也是为什么你必须要用科学试验来测试药物：为一组人提供药物治疗，为另一组人提供安慰剂，最后一组什么都不提供。然后去观察结果，看看真正接受治疗的人是否比没有接受任何治疗和服用安慰剂的人身上产生的效果更好。"

劲松显然将这个修辞意义上的概念当成一个真的问题来理解了，便继续对莉安发动进攻，但达莉娜看着莉安，鼓励她大胆回击。莉安回应道："是的，但你怎么解释有很多人用了这个方子，而且一代一代地变得更好的这个事实，不管它背后有没有科学依据来支撑。"

达莉娜环顾教室，鼓励剩下的同学也参与进来。米拉突然意识到达莉娜正在微笑地看着她。这足以让米拉明白，想在这个小组里保持被动姿态的人是绝对混不下去的。

"但你也得考虑到我们有那种关注积极的例子而忽略消极例子

的倾向啊。"米拉说。

这时，坐在米拉身边的科妮估计下一个就要轮到她了，所以她决定在导师转向她之前就开口。"而且也存在我们在事先就相信某事是真实的情况。比如说，我个人就不相信星座和占星术，但占星术专栏里的话有时候往往准得可怕。"

达莉娜回应说："是的，这就是弗瑞尔效应（Forer effect）。心理学家 B. R. 弗瑞尔曾经让他的学生完成一项性格测试。然后他没有去分析他们的答案，而是给了每个人一份'结果'——其实是一本流行杂志占星术专栏里的一段话。"

说着，看到科妮开始在包里翻钢笔或铅笔，米拉才发现所有人都在记笔记。达莉娜没有要求他们这么做，也没有在白板上潦草地写下要点，但大家都在笔记上写写画画。

达莉娜说，弗瑞尔的学生都认为这些结论都非常准确、很符合他们的情况。这就是"主观验证效应"（subjective validation effect）。当结果对我们自己或者我们的信仰有好处时，我们就会抛弃那些不合适的，转而投向合适的描述。所以，我们就会去寻找那些支持我们决定的成功治疗案例，而主动忽略那些不成功的案例。这就是为什么临床试验必须被设计为盲法试验——参与试验的人都不知道谁拿到了真正的药。因此，莉安的疗法奏效可能只是因为有些用了这种方法的人第二天就死了，但报告可不会把他们也加进去。整个小组，包括莉安，都一起笑了起来。随后，达莉娜转向那个给了莉安很大压力的劲松同学。她希望他能给大家再讲一讲安慰剂和医学试验的内容，达莉娜尤其想让他总结一下在这次会前布置给他们阅读的一篇关于心理治疗的文章。

劲松说道，现在已经有很多试验证明心理治疗是不起作用的。它不仅不起作用，接受治疗的人的情况可能会比以前还要糟。在那些使用安慰剂的试验小组中，受试者与大学教授而不是治疗师进行了一小时的对话。结果显示，与教授交谈一小时的人比接受真正治疗的那组人表现更好。这让很多非心理治疗师都禁不住沾沾自喜，但这并没有让心理治疗师失去市场。他们认为，这些试验都太过草率，或许根本没有检测出正确的结果。达莉娜说："你说得对，事实上很多医学干预措施都没有通过双盲实验的证实。有些措施无法通过这些试验，有些通过了，但结果不够清晰稳定。当然莉安不会接受那种会害死很多人的东西。因为她知道有成千上万的人采取了这种疗法，而且她不认为这里面有人因为该治疗遭遇不幸。但很多时候我们会轻信别人的说法，并不是因为我们知道它在医学试验上取得了什么成功，而只是因为某个身穿白大褂的人就是这么告诉我们的。"

然后科妮又回到了讨论中。她说继续推广一种在科学上尚未能证明成功的疗法，一定是糟糕无比的科学做法。她这么快就适应了，米拉暗暗地想。科妮补充说："这个过程足以告诉别人他们在做的是否有效——收获不到任何效果就应该立刻停止。"

一位名叫乌班瓦的女孩马上对此进行了回应："是的，但那只是因为他们同其他人一样都是人。他们不会因为一篇论文说他们的工作进行得不是很好，就放弃自己的工作和教职，就像政客不会因为经济下行就引咎辞职一样。他们只会去找其他人来承担责任。"

达莉娜还停留在劲松刚说的话题上。她想知道劲松对乌班瓦刚说的观点有什么看法。

"好——按理说情况应该那样发展，但事实常与之背道而驰，"劲松承认，"但是如果一个社会学教授发现自己对于社会阶层或性别等主题的认识是错误的，他会怎么做呢？难道他会辞掉工作，然后立刻开始从事园艺吗？"

"在没有实现所有事情都可以一键操作和'小白'也能摆弄明白昂贵机器的情况下，这种事情应该是不会发生的。但我认为在社会理论中，你永远无法证明什么东西是错误的。"达莉娜笑着说。

劲松忍不住坏笑着说："莉安真是在痴人说梦。"

"我看你是不会承认任何不是在实验室里创造出来的东西吧。反正我下周有个考试，只要能提高成绩，我什么都愿意试试。"莉安回嘴说。

"你觉得他是不是应该替我去考试呀？"莉安问达莉娜，大家都忍不住笑了，但是劲松找到了下一个靶子。

"不过你对社会理论的说法是对的。图书馆里总能找到一百本书与你刚读到的那一本里的内容截然相反。那你怎么才能说明你的意见比别人的要更好呢？或者说，你怎么知道它是对的？"

"那你说，所谓的真实又是什么呢？我们怎么才能真正地知道某件事？"莉安说，"我不是问我们是否只是别人脑中的幻觉，也不是问我怎么知道我从这个房间出去之后它是否还存在。我想问的是，社会学如何证明观点是否正确；抑或是只能通过谁的观点最受欢迎来进行判断？这就是我不喜欢社会学理论的地方。每一个结论似乎都是对的。你总是从一个自己偏爱的理论入手，然后找到更多契合这个理论的例子。没人能真的证明什么，这其中实在没有什么科学依据。"

这个说法立刻敲响了米拉脑子里的警钟。这是贾丝明几个月以来一直在强调的观点。贾丝明总是想证明，社会学是一门"低等学科"，配不上"正统学科"的名头。她毫不客气地将其称为"引用学"，她说米拉所做的只是引用某本书来说明一件事，然后引用其他的书来反驳这本书，再引用别的书去反驳反驳别的书的那本书。一切要么是关于书，要么是关于书的书，要么是关于书的书的书。有时候作者们似乎陷入了某种殊死搏斗，这种战役一打就是好几年，每个人都会召唤一些已经死去的德国人或者法国人的英灵来支持自己。但没有办法以任何方式解决这些争论——因为你没法证明什么是对的，什么是错的——也多亏如此，所有人都能前赴后继地负重前行。对于米拉来说，临床试验似乎不失为检验一些结论，得出最终答案的一种好方法——尽管科学家可能没有拿出端正的态度去重视它们。或许类似这样的进路也适用于社会学呢？

达莉娜说道："劲松，我想我刚才说的可能有点欠考虑了。如果你问我社会学理论是否像科学理论一样，我会说不是。因为它研究对象的性质——社会中的人——以及我们建立理论所依据的原始数据就已经决定了一切。"

"你是说我们在这个研讨会上读到的人，他们的理论中包含了事实？"劲松不可置信地问。

"数据，不总是事实。我们的原始数据就是所谓'常识'，也就是日常生活中的信念。在理想状态下，社会学的出发点应该是人们如何生活——他们做了什么，他们如何理解他们做了什么，也就是他们的常识。常识是一种我们在日常生活中使用的知识形式——一系列未说出口的假设、过去的经历、与他人分享的知识——用于指导我们的行为、做出选择以及对发生在我们身上的事情的思考。这是一种非系统的、非学术性的知识。大多数的社会科学就是出于这个原因而忽略了它。"

达莉娜接着说，社会学与常识之间有着非比寻常的关系；它既是社会学的一个起点，也是一个需要被超越的点。社会学经常会显示出，常识，即"人人都知道的东西"其实是错误的。这可能意味着，作为一个包罗万象的事实，或者作为一组客观的事实，它是错误的，但在日常生活中，它不可能是错误的，因为它在过去曾是人们赖以生存的东西。社会学之所以不同于哲学、经济学等，就是因为它的出发点是常识。达莉娜总结道："社会学和常识的基本区别在于，常识的描述通常都是正义式常识。我选择一种行为，然后用常识来证明它。而社会学则是提供一种解释，一种客观的解释，它包含了人们经常提出的与他们所做之事互相矛盾的理由。它也试着解释人们做过的许多事情，那些因为人们没有仔细考虑过，所以还没找到理由的事。"

科妮使劲地点了点头："所以你的意思是，社会学注定与自然科学不同，因为物理和化学根本不涉及人们如何理解他们的经历。自然科学的原材料同人们的经历并不相关，这在寻找真相的过程中会使得它们的目标更清晰，甚至操作起来更容易。"

说到这米拉也忍不住参与了进来。她和贾丝明就这个话题已经排练过无数次了，但是刚刚的讨论让她有了新的想法。"真的是这样吗，科妮？我们刚还在说当科学家们在试验中没有得到正确的结果时，他们要么忽略结果，要么用一些贴近常识或者用得上的知识来解释这些。当他们觉得这些结果对自己的职业生涯无益时，往往就选择无视，这难道不是在对知识进行自我辩护吗？有没有这样一种可能，科学知识其实也是一种社会知识呢？"

达莉娜告诉大家，讨论一定要以一些关于知识的基本假设作为出发点。她还提醒大家，在阅读材料的哪些部分里能找到这些材料。这时，大多数学生都开始快速翻阅自己的笔记。达莉娜说，第一个也最重要的一个假设是，知识是人类的创造物。说一个最基本层面的事实：我们学习解释自己的感官数据——婴儿学会区分形状、声音，等等。有些能力是遗传的，随之在不同的环境中发展。

在其中的一篇阅读材料里，诺姆·乔姆斯基（Noam Chomsky）认为，儿童天生就有一些理解基本语言规则的能力。在一番筛选查看之后，组员们终于从自己的笔记中找到了乔姆斯基。达莉娜说，根据乔姆斯基的观点，我们生来就伴随着一种由某种假设或学习偏置（learning biases）构成的普遍语法，在这种语法的指导下，我们才能习得语言。这些偏置让我们在习得语言时相对更容易些——比如，不必了解语言的明确规则。达莉娜邀请科妮解释一下其中分类学的假设。科妮愉快地答应了。

"当我的小妹妹指着一匹黑色的马时我说：'马。'她知道我所指的是一类的事物，而不是单独的那只动物，或者那匹马的某个特殊属性——她不会觉得我是在说所有黑色的动物都是马。"

达莉娜顺着她的例子接着说了下去："很好。现在，在一个更深的层面上，我们用来理解世界的术语，我们说话的方式，我们用来收集数据的方法，都是人类的创造物。在某种程度上，它们必须反映或者体现其创造者。比如说，数字 0 并不一直存在。它直到中世纪早期才在印度数学中存在，之后才在阿拉伯数字中出现。"

"是的，但这也不能说明 0 在此之前不存在呀，"劲松说，"它不是人们发明出来的。数学是自然的法则，0 是被发现的，而非被发明。"

"但问题是发现的东西是什么。也就是说，知识不会像躺在河床里的金块，等待着被淘金者从淤泥中将它筛出来，"导师说道，"我们知道我们寻找的东西具有什么要素，我们该如何寻找它，以及当我们找到它时如何对它进行分类，这一部分是基于我们所知道的或我们认为自己已经知道的事情。在这里我们所谈论的是认识论（epistemology）——即获取和评估知识的方式。也就是你用来评估同一事件的不同解释或者不同方式的主张。在某种程度上，我们尽管不了解知识论但是无疑都具有认识论，就像科妮举例用来解释分类学假设的黑马的例子。"

"自然科学有着绝佳的认识论：实验观察、结果比较、重复实验。"劲松说，"拿这些和社会学比较起来，社会学又有什么呢？人们挖出同样的尸体，用电流对它们进行电击，看它们能否行走。社会学只关心人们想什么而不是人们知道什么。"

达莉娜问小组里的其他成员，就阅读的内容有没有什么想说的，另一名叫山姆的同学说："我觉得……嗯，难道社会对理性主义和客观性的普遍态度以及科学是如何适应这种态度上，没有别的看法了吗？"他扫了眼他的笔记，接着说，"有些女性主义者和环保主义者主张科学要对文化差异具有敏感性，要有环保意识，还要反对性别歧视。难道他们所做的不是在呼吁科学家们放弃坚持所谓的客观性、放弃关于外部世界的物质事实是通过调查收集而来的观点吗？"

另一个学生，阿桑普塔忍不住插了一嘴。"是的，我也注意到了这一点，"她说，然后照着她的笔记读道，"他们认为，科学和任何真理一样，都是社会的建构。有一种说法认为，科学与伪科学之间的界限并不比高雅文化与低俗文化之间的界限的社会建构痕迹更少。显然，我们不应该全盘接受科学的权威性，就像我们不应该接受学校老师对文学的评价一样。"

山姆补充道："就我看到的一些摘录，劲松对社会学的很多批评在其他研究领域也同样存在，包括来自权威的争论、根据期望对发现进行分类、抛弃不想要的结果，等等。"

"是的，但只是因为科学本身做得不好。"劲松回应道。

"这让我感觉，"莉安补充道，"自然科学领域的知识也存在许多问题，尤其是那些与人类息息相关的学科，比如医学。科学会问，我们知道什么？认识论会问，我们如何知道？但是我们如何知道我们知道什么呢？"

"这样就巧妙地把知识本身塑造成了社会学研究的对象，"达莉娜咯咯地笑着，"我们可能都忘了，这才是今天研讨会的重点！我花了好大工夫才讲到这里啊，怎么就让你们带跑题了。不管怎么说，我们现在已经说到这里了。那下面谁来跟我们说说科学知识社会学的两个视角，弱纲领（weak programme）和强纲领（strong programme）？"

乌班纳照着笔记开始解释，在弱纲领中，社会在数量上塑造了科学知识。科学家也是人，他们对激励的反应同其他人是一样的。比如，某些科学分支比其他分支进步得更快，是因为它们更时髦、更划算，或者有着更高的回报，总之它们会因为各种各样的原因吸引更多的资金和更好的科学家。因此，某些领域的研究工作会比其他领域的进展更快，此外，尽管孤独的天才们可能会坚守在那些不时髦的领域进行研究，但贫乏的资源也会起到限制作用。在一些国家，政府会因为伦理问题、意识形态、道德教化或者宗教原因而限制某些研究的内容。比如，在医学研究中，回报率最高的药物大概就是调整情绪或治疗阳痿的改善生活类药物。这些产品拥有最具消费潜力的消费群体，市场优势会让其非常有利可图。迄今为止，在这些药物产品的研发上投入的精力，要远远超过那些消费者普遍收入低下的抗疟疾类药物。

达莉娜叫停了乌班纳，以便阿桑普塔发言。

"劲松刚才说，当科学家们丢弃他们不想要的结果或者做了其他什么事时，说明这是一门糟糕的科学，但其实这样做还受一些其他因素影响，而绝不仅仅是做得不好这么简单。"说着，阿桑普塔低头看看笔记。

"这些因素可以归结为可识别的制度与文化的约束和压力。其中，有一种被称为'抽屉效应'的现象，在其影响下，那些不能为某物提供证明的研究往往不会被发表，因此，研究往往倾向于显示积极的结果，而非那些什么都不显示的结果。没有人愿意花时间读一篇枯燥而且什么结论都没有得出的学术论文。"

"顺便提一句，这个解释在社会学里也是行得通的，"达莉娜说，"科学史会告诉我们，科学往往不止以一种科学的方式进行工作，但它有一条指导原则，即我们正在走向一种形式上更优的科学，所以像上述的这些问题会被视为次要问题或短暂的停滞。大卫·布洛 ①（David Bloor）曾经说过，我们不应该只去解释知识为什么会出错，而应该去解释它是如何变得'正确'的。"

达莉娜说这就是科学知识社会学强纲领的一部分，并请乌班纳接着为大家解释。她说道，强纲领也可以被称为社会建构主义或建构主义，该观点认为社会在内容上塑造了科学知识，这一观点依赖于"认知相对主义"（epistemic relativism）。

在弱纲领中，科学的发展在很大程度上是基于一个理性发现的内部过程，这一过程有时会被社会力量引导或扭曲，甚至被阻碍（就像过去的天文学家常常被绑在火刑柱上烧死一样）。强纲领会认为这是一种错误，即目的论（teleology），因为它接受了所谓科学的发展路径与其他形式的知识不同的说法。组里的几个成员都对"认知相对主义"这个概念不太理解，其中科妮具体询问了这个概念的意思以及它与其他内容有何相关。

乌班纳又翻了翻自己的笔记，给大家读了这样一段话："相对于当地文化，并相对于它发展所依存的社会、亚文化或亚群体。与其认为科学十分紧密地反映了某些潜在的真理，不如将其视为一种具有特殊权威的真理游戏。或者更确切地说，它所宣称的那种作为启蒙运动一部分的权威性，是通过科学家们建立知识统治而实现的。社会所建构的不仅仅是知识的限制和边界，也包括知识的内容。"

这时劲松插话说，他能理解将科学家、不同科学学派或支持对立理论的人们之间的辩论看作一场真理游戏的观点。科学是一种人类活动，人们本不应该对它感到太过惊奇——尽管这里的人们似乎

① 英国社会学家，爱丁堡大学科学研究中心前主任、教授，是科技研究领域发展的重要推动人物。

也无时无刻不为其感到震惊——其实它同别的事情一样，无非都只是筑起高楼、互相诽谤、建立帝国、接收传播、溜须拍马，这些东西在所有最终要为事情盖棺定论的领域中都能看到。

"宗教、政治、艺术，哪个领域都是这样。但后现代主义将科学视为真理游戏，将理性也视为众多话语中的一种，这种观点存在一个小问题。这个问题就是：这种想法是完全错误的。"劲松说，你不能简单地将科学当作一种文化话语，因为现实总会让你失望。如果你同汉朝的皇帝一样相信食玉粉便能长生不老，那么早晚有一天你会发现你是错的。"如果你认为不存在什么最终真理，那我们还不如讨论讨论流行风尚和时尚技巧呢！"

"科学家怎么看待这些理论呢？他们了解吗？"米拉问道。

"在那些接受的人中，大多数科学家都部分或者全盘接受弱纲领，"达莉娜回答说，"毕竟，他们在工作中能接触到这些东西。至少可以说，他们对强纲领并不买账。"

"这也是合理的。如果他们认可强纲领，就该卷铺盖回家了，"山姆说道，"这其中又涉及组织利益——他们不接受强纲领，因为这不符合他们的利益。"

"但或许他们应该放弃然后转行干别的，"劲松紧随其后，"如果你说科学思想是在社会力量的客观作用下发展起来的，那他们确实可以收拾收拾走人，然后等着社会力量发挥作用。你说科学同神秘主义一样没有提供真理，那你为什么不去做一个神秘主义者呢？这样你只需要一盏熏香和一块水晶，而不是实验室和图书馆。或者，你甚至可以去做一名科学社会学家，这样连熏香的钱都省了。"

米拉对劲松如此频繁和迅速地将自己的观点用语言表达出来

（甚至都不怎么参考他的笔记）感到有些恼火。她压抑住不满，说道："显然，科学的进步是需要一些人实打实地去做一些事的。"

劲松冲她摇了摇手指："如果是这样的话，你就必须要承认思想是从某个地方介入其中的。刚才那个利益集团理论的论证是双向的。而这也一定同样适用于社会学家。"这样你就能理解为什么社会学家会认为这种观点具有吸引力。这点是很难反驳的，特别是如果这种反驳就包含在我们开始说的那条最初论点中，即没有人能够对权威和真理下定论。但所有这些科学批评的根本原因是，社会学家对社会学的局限性缺乏安全感。他们认为——不管他们在书中和文章中怎么说——科学确实比社会科学更具真理和客观性。这就是为什么尽管他们明明从科学的方法和科学产品中获益了，还总想着将科学基本假设的遮羞布扯下来。这就有点说不过去了，难道社会建构主义者从来都不用电灯，也不看电视的吗？

达莉娜夸赞这个角度很聪明。"倘若一个人正在电脑上敲入自己的大部头新作，结果电脑死机了，你觉得他是会给 IT 专家打电话呢，还是给通灵师打电话？雷蒙德·塔利斯 [1]（Raymond Tallis）就说过，思想家总是言行不一，其行动方式和理论相差甚远。"

米拉不得不承认，劲松关于社会学家缺乏安全感的观点确实切中要害，准确地总结了每次她同贾丝明讨论科学时的感受。不知道出于什么原因，她听到这，感到有些恼火。她鲁莽地说："在某种程度上，社会学家保持着一种自卑感是对的——毕竟他们不懂任何科学，或者至少不太懂。也许科学知识是一种更加重要的知识类型。

---

[1] 英国哲学家、诗人、小说家、文化批评家。

我想这就是劲松道破的事实——这是社会学家自卑的根源。"

然后米拉略带犹豫地说，这或许会对社会学家研究科学的方式有很大的影响，事实甚至可能与你想象的截然相反。既然社会学家对科学本身知之甚少，那么他们就没有资格对真理做出任何判断。如果社会学要讨论的是科学如何产生，首先它必须要避免这样一种观点，即一个理论被证明是正确的，才能被接受。

米拉认为，对于那些想要书写科学是如何对其内容进行组合选择或遗弃的社会学家来说，认定所有真理主张所依据的事物都不存在，并假装自然地接受这一观点是没有问题的。如果他们不这样做，就是在假装自己比科学家懂得更多——不是懂更多的社会学，而是懂更多的科学。正是因为这样，社会学家不得不表现出一副好像并不存在什么需要被衡量的真实世界的样子，也因此不得不成为相对主义者。他们应该关注——也有资格去关注——科学家如何根据他们所遵循的规则提供自己的同意或反对意见。

米拉简直不敢相信自己所说的话。她就一个自己几乎一无所知的问题洋洋洒洒地说了这么多。她连劲松都不如，她的话乍听之下很有道理，其实全是胡说八道。然而，达莉娜听了之后似乎很高兴。

"很好，从论点到结论之间还是有一些东西值得说的。拒绝将自然界当作等式的一部分来行事的观点出现在哈里·科林斯（Harry Collins）的著作中，他将方法论相对主义应用于科学研究。"

劲松对此不以为意："但这是一种误导。在某种程度上，自然界是这个等式的一部分。无论怎么解释它，或通过何种范式理解它，自然界都独立于人类活动。比如，物理学中的理论说明，可以利用裂变反应来制造核弹。核弹被建造出来，通过测试，然后投入使用。

但是如果这些理论一开始就是错的，那么不管当地的物理学文化怎么宣扬它会生效，原子弹也不会成功。如果事实真的是这样，二战的历史将完全被改写。"

米拉觉得，他说的这些与社会学家怎么研究原子弹制造史没有任何关系。你可以去观察科学如何与科学家对其实验所做出的决定联系在一起，或他们如何评判实验的好坏，但你不能说某个理论被否定是因为它是错的。但米拉什么也没说。刚才说的那一大段话就足够多了，她可不想再那么鲁莽，但达莉娜面带微笑地看着她。

"时间快结束啦，"导师说道，"有没有人想总结一下？你读到了哪些权力与知识的内容？"

阿桑普塔将自己笔记里高亮的地方读了出来："在我们的社会里，知识是被权力塑造的。科学既是这种权力的结果，也是这种权力的原因。"但是，大家闭着眼也能猜到，劲松可不打算将总结陈词的机会拱手让给别人。

他对大家说，为了权力而争论则意味着你排除了思想的空间。那些执行强硬计划的人似乎相信，除了他们之外，其他人都是未经思考就得出结论的。思想和精神事件是由"权力代理人派出的猴子燃放的烟花。若是说思想在科学理论中没有发挥作用——即使认为权力发挥了作用——那也简直是疯了"。

让米拉惊讶的是，科妮又参与了进去。"我不知道你说的什么猴子。但科学话语留下的素材确实改变了我们的生活方式，无论这种改变是好是坏——你选择了一种生活方式，也就可以选择放弃它。你可以放弃在城市你死我活的竞争，回归乡村住在一个与羊为伴、一百英里内没有汽车的小岛上，但你不能否认内燃机的发明和它造成的污染。"

当他们纷纷收拾起自己的书和笔记本时，米拉重新整理自己刚才因为害怕再发表一次冗长的演讲而放弃的台词。首先，有些坚持强纲领的人在一定程度上是对的。科学知识是一种文化建构，但它很特别，不仅仅是因为科学所拥有的权威，而且因为知识独立于我们的方式，它既镌刻在社会的结构上，也烙印在物质世界里，其效果不是总能达到我们的预期。

社会学知识与科学知识的区别在于，一些科学知识可能会随着时间的推移产生影响，这个时间跨度可能是几百年或几千年。它可以成为自然的一部分，其持久性与人类是否意识到这种知识无关。这可以说是科学知识的独特性之一，也许会使你偶尔庆幸自己是个社会学家。

后来，在与科妮的交流中，米拉发现她们都从研讨会中学到了一些别的东西。伯特兰在研讨会上总是打击大家，让大家失去了发言的信心，不愿意发言。而达莉娜恰好相反，但团队的活跃度仍然存在问题。回答问题的环境太过随意，造成一两个学生主导交流的情况。科妮和米拉知道，达莉娜试图阻止这种倾向，但不怎么有用。显然，想要做好一个助教，单纯靠好的人品是不够的。科妮说，她可能会向劲松推荐伯特兰的课，那里非常有趣、刺激：也许他会去伯特兰的研讨小组试一试？听着米拉打了个喷嚏。

"我觉得，光是听听那些有关安慰剂疗法的说法就足以让我感冒了。"

你能确定吗？

对同一件事的不同解释是否有效？

外星人！！！

或者其中一种解释是虚构故事？

1. 信息或知识经济主导社会时，知识很容易受到认可，人们都认同，要从不可靠的陈述中筛选出更好的知识。但在如何做到，甚至是否有可能做到这一点上，人们存在许多困惑和分歧。

2. 安慰剂效应表明，一种药物的效果在很大程度上取决于我们对它的预期，这种影响是真实存在的。但它究竟是"真实的"还是"想象的"？与此相关的问题是，关于社会的知识与关于自然的知识是否具有相同的地位？关于社会的知识同样可靠又富有活力吗？它应该看起来像科学知识，并尝试去做自然科学所做的——发展能够预测发现的理论吗？科学本身应该被视为一种社会建构吗？

3. 这些都是认识论的问题——你如何发现和评估知识，以及你是否应该用一个单一的描述对某个经历或事件盖棺定论。比如，乔姆斯基提出，人类共享构成语言习得习惯的深层语言结构。其中的一个就是"分类学假设"，我们正是通过这个假设将名词同物体的类别联系在一起。这是关于共享认识论的一例。另一方面，相对主义者总是认为对于同一件事情存在多种解释和说明，并认为在其间做选择势必会导致错误。

4. 社会学家通过科学知识社会学中"弱"和"强"的进路，不同程度地考察了社会力量对于自然科学的影响。这种观点有益之处在于，它解释了为什么某些研究领域比其他研究领域要发达许多——它们在政治上有捷径可走，在社会上更加有利可图。但这确实是从"什么都不可能最终被确切地知道"到"什么都不可能被知道"的一个飞跃。

第十一章 ——————————

在疾病与
健康中

　　米拉裹上晨袍，晃晃悠悠地走出卧室，同已经在厨房里的瑟斯、图妮和贾丝明坐在一起。她身上的每一块肌肉都在酸痛，头也一跳一跳地疼，她的眼睛浮肿而刺痛，尽管已经到了这种程度，她还是感觉比前两天好多了。

　　"早上好呀，小僵尸！亲爱的，答应我千万别照镜子，"图妮说，"这会让你的自信瞬间崩塌的。"

　　"怎么才能让你好点呀，米拉？"瑟斯问道，"我这里有去痛片、强力去痛片、解充血药还有金花菊成分的三种天然药剂。"

　　图妮生气了，或者只是佯装嗔怒："太不公平了吧，我生病的时候你可没给过我这些东西！"

　　"都是你自己作的，"瑟斯一本正经地说，"而且你疑心病重得很——上周你还怀疑自己得了脑瘤呢。"

　　图妮笑出了声："真的，我可是所有症状都符合呢。"

　　"你怎么有这么多药啊，瑟斯？你是在收集自杀道具，还是准备开药店？"贾丝明头也没抬地问。

　　迄今为止，米拉已经病了快一个礼拜了，这些女人已经习惯了一会儿大惊小怪，一会儿又去嘲弄她的日常生活。

"你知道生病最糟糕的一点是什么吗，"图妮自问自答，"你会看起来怪怪的。"

"不，最糟糕的一点在于，你不得不停止手头的工作，"贾丝明答道，"而且每个人都会同情你、可怜你。"

"不，在下做不到，贾丝明少校，"米拉笑着说，"我已经落了一堂课了，而且下次还轮到我做课堂展示。因为落了一堂课，我什么展示的内容都没有。我又得靠"弗兰肯斯坦"了。我现在，已经非常非常同情自己了。"

"我觉得你需要点严厉的爱，"贾丝明淡淡地说，"首先你得去看医生。你猜怎么着，说不定他们会帮你看病呢？"

"在我感觉好起来之前，我哪儿都不想去。"米拉倔强地回答道。

"好主意，等你没病的时候再去看医生好了。"

"我都不知道我是哪儿出的问题。"

"所以，你明白了吧，为什么我们管这些人叫医生……"米拉知道不应该再跟贾丝明犟下去了。

一个小时后，在瑟斯给的小药片的帮助下，米拉的眼睛已经不再浮肿了，但还是像兔子眼睛一样红。她乖乖地坐在自己的房间里温习功课，等着贾丝明过来找她。她需要回答的问题是"社会是否允许人们做他们最擅长的事？"在米拉看来，"弗兰肯斯坦"里推荐的阅读材料与这个问题毫无干系。这是一本二十世纪三十到七十年代的一位高产作家、功能主义理论的发展者、塔尔科特·帕森斯（Talcott Parsons）的书。在老师们的著作中，根据每个人的品位和所写的内容，常常充斥着对其他各路作家的引用和参考，但她丝毫不记得他们有提到过这个人。迄今为止在她的印象里，"弗兰肯斯坦"中唯一提到他的地方就是，他认为男性和女性的不同角色可以构成"互补"，从而形成一个稳定的社会体系。

尽管她的所有讲师都无一例外地忽视了帕森斯，教材却告诉她，这个人曾经是北美最有影响力的社会学家之一。"弗兰肯斯坦"用简短的总结说明，他确实对自己评价很高，而且对于社会学有着非凡的抱负。帕森斯希望社会学家像一群医生一样去服务社会：

> 对于帕森斯来说，社会学是一门非意识形态时代的科学。经济学出现在工业资本主义的早期，帮助政府和社会理解新型经济关系。而社会学可以帮助我们理解发达资本主义所特有的新型社会关系。帕森斯试图构建一个用于理解社会运作的模型，他结合了前人，如马歇尔、帕累托、涂尔干、韦伯等人的著作，并解释了现代社会的特征，例如核心家庭。他还试图解决社会学中一个被称为"结构—行动"的问题。

米拉从几次没完没了的课程讨论中了解到了一些关于结构—行动问题的争论，但她没有看出什么名堂。有一群社会学家，他们认为社会学是关于社会结构的学科，这些社会结构的特征限制了人们去做某件事，或者强迫他们去做另一件事。还有另一群社会学家认为社会学是研究人们所做的或所遇到的事情的意义的学科。如果她愿意多花点心思，就能理解为什么不能同时兼顾这两者。她不明白为什么大家非要在行动和结构之间做出选择。或许只是因为她还不明白问题所在。于是她翻了一页，开始读了起来。

"行动"指运用手段最终达到目的，曾被理解为经济上的利己行为。行动的概念曾经主导了古典经济学。古典经济学常常将人类活动分为理性行动与非理性行动。理性行动是指个体出于经济价值考虑做出的行动，非理性行动是指任何没有以这一目标为目的的行动，特别是那些不符合个人经济利益的行动。然而，经济理性只是理性行为中的一种。在帕森斯看来，所有的行动都是理性的：它们的目的就是建立和确认某种共同的价值观。

对于帕森斯来说，行动从来都不是孤立的事件。经济理性的观点，同其他许多观点一样，都将每一个行动看作一个独立事件，并依据它的直接后果来评价它。但帕森斯认为，人们不是这样思考的，他们会考虑到未来、过去，考虑到他们自身的位置以及他们的行动会如何影响他人。帕森斯将其称为"行动链"（action chain），即每个行为都是一个序列的一部分，由此将其与参与者所认可的规范和价值体系联系起来。

米拉想到了刚刚朋友们对她的关心——瑟斯有点小题大做，图妮略带以自我为中心的幽默感，以及贾丝明"遇到什么问题都不要怕，微笑着面对它"的态度。那她们所"建立和确认"的价值观是什么呢？她知道朋友们都在表达关心，但是米拉怀疑"弗兰肯斯坦"对此另有判断。米拉好奇，朋友们所展示的价值观是不是她们期望她处理这个情况的方式，以及她们自己在相似的情况下的处理方式。这似乎更有道理。朋友们所建立和确认的价值观是一种关于生活方式的价值观。

米拉认为，贾丝明身上反映出了她所听说过的一些新教道德，比如，最好不要以小伤小痛逃避工作；此外，要明确自己不想生病，彰显自己的道德价值；只要忍住痛苦并坚持下去，无论如何都会开始感觉好受一点：或许这就是上帝在通过减轻她的病状来奖励她正直的行为。瑟斯就像信仰天主教的奥古斯特·孔德，那位影响了涂尔干的思想家，米拉应该相信那些更了解情况的人，只要米拉袒露自己的病情，别人就可以利用镇痛软膏和药剂缓解米拉的症状；但同时，瑟斯对"罪孽深重"的图妮则不会伸出援手。至于图妮，应该是一个互动论者，通过打破对于苦难的同情规则来让米拉了解别人的关心；或者，瑟斯是一个眼里只有自己的傻瓜。

于是，米拉又想到了其他的。有些时候图妮在做事前都不经过大脑，但不光她是这样。行动不总是像帕森斯设想的那样周到或者可以解释，我们经常会顺着习惯和欲望行动，有时也会被疯狂的冲动和狂热的陶醉牵着鼻子走。她感觉自己开始忍不住打瞌睡了——可能是药物的副作用——这时她被贾丝明的敲门声吓了一跳。瑟斯从贾丝明的肩膀后探出半个脑袋。

"走，米拉，我陪你去看医生，"贾丝明说，"快走吧，不然瑟斯又要开始分析你的灵气了。"

*　*　*

终于叫到号了，米拉走进诊室，医生挥了挥手，示意她坐下。医生迅速地上下打量了米拉几番，随后开始浏览米拉的病历。

"你觉得身体哪儿不舒服？"

"我感觉很难受。"医生没说话，米拉觉得她的回答可能有点不太合适。"嗯……我的意思是，我现在完全没法工作了……只能整天卧床，我很累，也没什么胃口。"医生盯着她那双倔强的红眼睛。

"最近是不是有什么事让你压力很大，或者感觉很焦虑呀？你的学业、家庭，还是总是跟男朋友闹矛盾？"

米拉努力抑制住愤怒。她本指望医生每年都能碰到几百个像她一样的女孩：基本健康但是感觉迟钝，持续性地感到不舒服。"我没有什么好抱怨的事，跟那些完全没有关系。我是觉得……好吧，我也不知道。事实上我朋友给了我一点药，我觉得好多了，没事了。"医生扬了扬眉毛，表示十分惊讶和不满。"我只是需要给老师交个假条，解释一下我上节课缺席的原因。"说到这，医生似乎更生气了。

"我不能给每个到我这儿来的学生都开假条。我忙得很。你要是感冒了，我也没什么能做的，所以你也不需要从我这儿拿什么证明。你还有别的事吗？"

米拉摇了摇头，嘀咕了一句"那麻烦你了"，然后离开了诊室。她拖着沉重的步子和贾丝明一起回到宿舍，开始用一些她本来能在医生面前为自己辩护的话来折磨自己。回到房间后，米拉读到"弗兰肯斯坦"中对帕森斯关于"病患角色"（the sick role）的讨论时，还是感到无比懊恼。

鉴于社会现象对于社会的重要性，应该对其进行研究。这是帕森斯的作品中最经久不衰的内容之一，同时充分显示了他这条分析进路的活力。他坚定地将疾痛经验、病人与医务人员的角色看作社会经验与社会角色。疾病与健康同是现代社会建构的一部分，而非独立于社会的生理现象。生病是一种社会性的经验，而药物是一种道德的、受到价值影响的关怀。疾病面向个体，在表达上符合道德的需求，也意味着这是关乎社会续存的基础。帕森斯不是从表面上看待疾病，而是试图通过允许一组人为另一组人定义疾病或健康来找出社会的目的。在这一点上，医学就像是新教伦理在资本主义中的作用，这与它在神学中的作用毫无关系。医学为帕森斯揭露了现代社会，就像图腾宗教为涂尔干揭露了原始社会一样。

　　米拉很高兴，自己对医学与新教伦理之间存在关系的猜测竟然是正确的。最后她马上将这句话从脑子里赶了出去——这毕竟只是一个侥幸的猜测——然后又接着回想了一下这段话里的其他内容。医生的一张假条有权让她免除学校的功课，但出自她哥哥或瑟斯的假条则没有此功效。这种文件本身就负载着书写者的权力——或许不是他们的权力，而是他们所扮演的社会角色的权力。她想到了她和医生所扮演的角色。医生有权力向她提问，即便没有问题，她也必须回答。

　　病人的角色已经被呈现出来了，米拉想。一开始是因为她不能工作，然后是在错误的时间出现在了错误的地点（整天躺在床上）。不能工作、不能同他人正常互动、白天躺在床上，都是对正常社会角色的侵犯。（要贾丝明说，她大概会说社会学学生的角色就是一天到晚都在床上待着。）为了融入病人的角色，她必须表现出知道自己病了，知道自己为什么病，以及希望自己有所好转的样子。米拉尝试了一种不同的方法——将自己的身体疾病直接呈现给医生——但这样做毫无意义。除非得到医生的接受和确认，不然这些关乎其内在状态的报告就没有任何价值。

米拉明白，帕森斯在这里意图表达的不仅仅是病人和医生试图达致某种意欲得到的结果。在她和医生之间有一种冲突和不确定性。病人的角色允许人们生病，让他们抽身于工作的同时维护住了包括职业道德在内的社会核心价值观。在扮演病人的角色时也有一丝社会控制的因素在起作用。当意识到图妮有意让自己生病或夸大病状时，瑟斯拒绝帮助她。想让你的疾病被承认，你必须是无辜的，你过去的所作所为对此没有责任。在此意义上，图妮是个越了轨的病人。

仔细地审视自己的行为后，米拉认为自己在另一个方面也偏离了病人的角色。她去看医生纯粹是出于功能方面的需要，并没有期待自己会因此好转。她自己给自己开方服药，而这本是帕森斯留给医生的职责所在。她没有让自己处于被动，而是质疑了医生对她病状的解释。医生对此不满意可能是因为觉得自己医生的角色被篡夺了，又或者是因为更喜欢那些愿意听从她的处方服药的病人。或许自打帕森斯写了这篇文章之后，病人的角色已经改变了，对于二十世纪五十年代的中产阶级来说，或许这种状态只存续了很短的一段时间，又或许情况从来都不是这样。她只好继续读下去。

如今有证据表明，帕森斯曾经对病人角色改变做出的判断是正确的。他预测，病人的角色将变得更加独立——医生会像一个团队成员，一位疾病管理人员，而不是曾经的那个床边的专业人士。这正是二十世纪下半叶在富庶的西方国家所发生的变化。病人开始表现得像消费者一样，需要对信息、特定治疗方法以及新的疾病状况进行甄别。

米拉仔仔细细地读了两遍才确定自己心领神会。她这回想的又是对的！应该不是侥幸了吧。说不定她甚至已经开始学会运用理论思维来思考了。然后她又想起作业的辅助思考问题，关于人们是否做了他们最擅长的事，她还是不明白所有这些关于医生和病人的讨论与这个问题有什么关系。所以还得接着往下读。

功能分化与职业

在帕森斯看来，这是现代社会的一个重要特征。工业社会朝着结构分化更加精细的方向发展。这就意味着需要创建具有专门功能的系统。比如说，在中世纪，家庭是一个经济单位。家庭会承担生产品、照顾成员、照顾病人和老人的功能。在现代社会中，这些功能大部分都被经济制度、福利国家和专业护理人员等一一接管了。医生只是一个小群体，存在于一个大群体——专业人士——中，他们的职业道德要求他们为社会服务，而不是为他们自己服务。

这不仅仅是一个对社会如何发展出复杂的劳动分工的观察。帕森斯认为，这些系统中的一部分成了道德和价值观发挥作用的地方。比如，职业发展出了自己的道德规范。在医疗行业中则需要平均主义——每个病人都得到平等的治疗。医生的行为并不是出于他们的个人利益，而是出于病人的利益。职业道德服务于公共利益。这是社会解决个人主义与集体主义意识形态冲突所采取的一种方式。然而，这一理论很快遭到了来自四面八方的攻讦，只有一些被定义为需要专业人士解决的社会问题才勉强幸免于难，然而这些问题的定义方式本身就反映了社会各个部分的权力与利益。

米拉一边读，一边随手为课堂展示作业写下笔记："功能分化理论没有关注到医疗系统重新造成了社会不平等，它似乎更关注事情的社会影响而不是内容。"所以有可能，米拉暗暗地想，医生就算是在进行什么巫毒教①仪式也没什么关系。而这就是她能做的"最擅长的事"了。"弗兰肯斯坦"中谈到，功能分化其实就像身体的器官分化，随后她又回头接着读起了结构—行动的内容。

帕森斯试图将结构和行动整合在一个普遍性的理论中。社会学需要一个统一理论，用以解释社会秩序（或者说社会）何以可能。他从人类学家阿尔弗雷德·拉德克利夫－布朗（Alfred Radcliffe-Brown）以及布罗尼斯拉夫·马林诺夫斯基（Bronisław Malinowski）所发展的各种人类行为文化研究的功能解释中得到启发。他们分析了组织完备的系统中的行动及其联系。各式各样的活动——宗教仪式、亲属制度、性禁忌，甚至玩笑和咒骂，都可以用他们对社会制度所整合的理论贡献加以解释。它们亦可以用于解释特定的实践，比如巫术何以满足特定需求。任何事都可以划进四个子系统（sub-system）或制度中去：亲属关系、宗教、经济和政治。塔尔科特·帕森斯从现代社会的角度对此进行了发展。他认为，社会有四个基本的功能范例（imperative）或需求。它们分别是适应（adaption）、达鹄（goal attainment）、整合（integration）与维模（latency）。其中，适应是指社会成员实际的、生物学上的需要，每个人都需要食物和住所。社会必须适应环境，或者让环境适应它，才能满足这些

---

① 又称伏都教，源于非洲西部，糅合祖先崇拜、万物有灵论、通灵术的原始宗教。

需求。达鹄是指社会所宣称的基本价值观，如对繁荣、自由和幸福的追求。整合是确保社会成员共享这些目标的过程，诸如宗教、教育系统的目的是使得个人社会化，形成共同的价值观。维模是指所有的社会与组织都随着时间的推移而进行自我复制。经济因素保证了适应，政治促进达鹄，宗教与其他信仰体系、文化组织服务于整合，亲缘则确保了维模。许多组织具有多重功能，因此，家庭既是一个生育单位，又是一个社交单位，有时也兼具经济意义。

然而，功能主义不止于此。它还试图演示系统进行选择并完成功能进化的过程。社会像有机体一样不断进化。冲突也可以是功能性的，因为它脱胎于社会对一个或多个系统或环境的变化所进行的适应。

米拉想知道学生生活是否可以通过这种方式来观察。大量的社会化与过渡仪式的存在是为了传递成为一名学生的意义，而正式的部分，学习、写论文等，其实只占了其中的一小部分。她继续补充笔记：

> 大学也是一个给人分配角色和地位的系统。就像医疗系统，大学的目的是向学生灌输价值与能力。但他们可能会对非常不同的事物感兴趣。学生们将大学看作或者是社交场所，或者是寻找伴侣的地方，或者是结识人脉——获得晋升的途径。

因此，大学可能参与了重塑不平等的过程。帕森斯管它叫什么来着——维模？大学系统在一定程度上参与了社会再生产以及对下一代进行社会化的过程，但它同时维持了业已存在的差异。想罢，她接着读起了"弗兰肯斯坦"。

对功能主义的批判

对功能主义的批判有很多。有人说，功能主义者过于重视秩序和共识，它只允许那种服务于进化的冲突存在，然而有些冲突是非常根本的，比如我们就想要生活在什么样的社会这一问题而产生的冲突。事实上，功能主义更关注的是一种均衡。社会必须改变并适应力量的平衡，但同时也要始终保持自身的稳定，就像走路的时候会不断失去又恢复平衡一样。稳定和静止是不同的，静止不变的社会突然面临对其生活方式的根本挑战，往往会让社会失去平衡。

法国革命就是制度无法适应社会的例子，革命造成了巨大的生命和财产损失，且最终通向的不是自由而是恐怖。然而，宣称自己反对功能主义实际上比不反对功能主义更容易。许多功能主义的批评者本身就是功能主义者——事实上，大部分社会学的解释都依赖于常识或功能主义的详细说明。任何对社会秩序的引用参考，或对某些行为有用性的考量，都暗示了一种功能主义的阐释。

米拉能理解帕森斯的功能主义为何失宠，因为它让那些自诩进步主义者的人们感到不安。它区分了原始社会与复杂社会，同时证明了专业人士的权力凌驾于普通人之上，从而承认特权以及地位的不平等。它带有一种明显的历史进步论调，最糟糕的是，它声称，如果我们坚持做那些我们应该做的事，一切都会变得更好。

米拉终于找到了一些可以在课堂展示时展开的内容。帕森斯认为社会是由社会系统构成的，社会系统执行以下四种功能：适应、达鹄、整合与维模。这些系统保证了人们在每个功能方面都做到最好，不管这样做对他们来说是否是最好的选择。因此，根据这些观点，社会无法保证人们能够做他们最擅长的事，或者做他们想做抑或喜欢做的事，而只是确保了他们所做的事能让社会保持最佳运行状态。那么，当人们没有发挥"最好"的作用时，又会发生什么呢？她不禁想起了她的父亲：他毁掉了许多人的生活，甚至包括自己家人的生活，而这恰恰是因为他在做"他能做到的最好的事"。他一直坚守着制度要求努力地赚钱。她认为，在某些情况下，如果人们过于严格地遵守价值观行事，或制度的某个部分开始支配其他部分，制度可能会进行自我破坏。在这种情况下，我们可能会成为经济、政治或宗教的奴隶。

米拉整个报告的基本结构已经越来越清晰，是时候回顾一下她读过的内容，进行查漏补缺了。但是，在这之前，她翻到了"弗兰肯斯坦"对帕森斯的讨论和结语，在她刚要翻过去时，眼睛不受控制地被那个人的一句话吸引住了：

在现代西方社会，尤其是在职业领域中，以技术能力等普遍评价标准对价值以及地位、能力和成就方面进行评价、认可与表达的现象，比其他大多数社会和领域都广泛得多。没有其他任何社会能够做到如此接近普及"社会平等"的目标。这种通用模式在这两个领域的一个重要影响就是极高的社会流动性，每个人都有潜力根据自己的能力"找到他自己的能力水平所在"，从而在选择中听凭自己的个人愿望，而非强制性地依附于传统地位。

———————————————————

　　然后米拉注意到这段文字首次发表的日期，是 1947 年。那是民权运动前的一代，在当时这场运动还未给美国社会带来任何基础性的变化。帕森斯又如何能对一个充斥着种族隔离，对一个种族恐吓、各种暴力和谋杀行径的实施者日常逍遥法外的社会如此自鸣得意呢？美国的民权运动恰恰是在这个时代和这个地方发展起来的：人们在拒绝系统对他们的要求时迎来他们的最佳状态。米拉想到通过打破法律破除黑人与白人之间的屏障的人们。他们冒着生命危险这样做，而在当时，许多人，不仅仅是那些心怀偏见的白人，都认为这些人是麻烦制造者，认为这些人不仅没有对系统运行做出贡献，反而对系统构成了阻碍。

　　人们已然以一种不同的方式看待世界之后，便很少能看到自己曾经的学习过程，以及旨趣和观念的转变。大多数时间里，这种转变十分缓慢，以至于当我们意识到它时，它已经发生了很长一段时间了。我们几乎意识不到这种自我转变，只有当我们学习的时候，才有可能在镜子里得以短暂一瞥，这是我们提高自我意识的特殊时刻。对米拉来说这种时刻尤其罕见。

　　米拉想到民权运动，脑海中立刻浮现出一幅九个小学生和肩上扛着步枪的士兵一起上学的画面。米拉突然意识到，和不久前第一次听说美国民权运动时相比，自己已经发生了巨大的变化。她以前虽然感兴趣，但十分冷漠，现在，她关心那些人，想站在正确的一边。她还不确定自己是否能始终知道怎么识别哪边是正确的，但她确信自己不想做一个旁观者。她不想成为那些在民权时代袖手旁观的人之一。她渴望成长，渴望投身到建设这个世界的伟大事业中。

另一幅画面出现在米拉的脑海中：一个女人将一朵花放在枪口上的照片。用图片表达一些重要的想法，效果比文字更好，她这么想着，并暗下决心："我要自己来判断什么是重要的。我已经受够了和别人一起检验和判断。这样蠢极了。或许，我意识到这一点是因为我总是寻找像我的姨妈们这样的人来听我讲理论，他们只会出于同情，听我喋喋不休。就像我一旦没有从阿伦的蠢货朋友、他的父亲或者多尼那里得到我所期待的反应时，我就会认为他们心胸狭隘或是有偏见。但在那之后，由我自己判断某件事是否重要之后再同别人讨论时，大家似乎都对此印象深刻，或者至少没有嘲讽我。"

想到这儿，米拉不禁笑出了声，觉得自己就像假装相信抛硬币能得出结果的人，为了得到自己想要的结果，会一直抛下去。不管怎么说，她至少知道自己的真实想法了，其实，一直是她在做所有的决定，是她决定坚持学社会学——为什么呢？她相信社会学是有价值的，因为它同民权、正义与公平息息相关，这正是社会学诞生的目的：为了寻找改善事物、改变社会、让社会更好地为每个人服务的方法。当然，很多人不喜欢它，不理解它，甚至觉得人们并不需要社会学，还有很多人对它抱有敌意，因为社会学会让他们失去很多东西。但即使米拉身为一个被边缘化的少数个体，有时被认为是不正常的抑或是一种威胁，她还是努力地想让自己站在正确的一边。

曾经那个通过向他人解释重要概念，来测试其是否有效的办法，如今在米拉看来既可笑又幼稚，更重要的是，这样做实在是太不着边际了。读了帕森斯的书后，她相信这本书不会因为这些观点而被尘封，因为它们试图解释的是变化中的对象，像是那些一直在变化中的社会问题。并且，社会学本身也是会犯错误的，可能是巨大的错误，也会沿着错误一路走向死胡同。

即使她要沿着那些错误的道路上上下下，每次都要重新开始，米拉也打心底里清楚这就是唯一的道路。早在和阿伦一起逛展览的时候，就应该意识到这一点。正像他当时说的，上大学的意义在于成为一个懂得学习的人，然后不断地发展自己，而不是为了得到通向知识王国密道的钥匙。接着，米拉发现那些有效的想法实际上也有自己的问题。这种事发生过许多次，但和安娜交流的那次是最致命的。当时安娜已经很痛苦了，米拉却为了证明自己在大学里存在的合理性，一意孤行地向她解释社会学。所谓的重要思想妨碍了我们成为一个正派的人和一个可靠的朋友。如果社会学对她来说真的这么重要，她就必须要记住，最重要的是探索。她不应该觉得自己知道所有的答案，记住，永远不要停止倾听。

米拉摘下了眼镜，擤了擤鼻子，但她仍感受到了有那么一刻，她对自己的转变有了更多的思考。她曾经愚蠢地以为，必须要了解那些重要思想才能决定自己是留下还是离开。现在，重要思想的测试已经结束了，但这并不意味着她已经认识了所有的重要理论——远非如此。社会生活是如此的变幻莫测、光怪陆离，又是如此有趣。帕森斯曾经以为自己已经得出了最后的结论，但显然还为时过早。像帕森斯一样以为自己已经掌握了通向知识王国的钥匙的人注定失败。我们需要数以百计的理论，并将它们融会贯通、去其糟粕，反复地修改和尝试。想到这儿，米拉不禁苦笑了起来。让那些比我对自己的成长了解得还少的人决定我的去留，是多么愚蠢的行为啊——她摇了摇头，这简直太幼稚了。她应该感激自己从来没有认真对待这件事，但是，从现在开始，她充分意识到自己要对自己的命运负起责任来。

不知不觉中，镜子里的日光暗淡了下来，但对于米拉来说，她有充分的时间反思，而且那个下午在医院陪伴安娜度过的那一段痛苦但宝贵的学习时间也向她表明，她所不断寻求的认同在某种程度上可能与她的父亲有关。只不过她试图将自己的注意力从必须要面对的事情上转移开罢了。她默默告诉自己，如果你想要对自己的命运负责，那么你的首要任务就是勇敢地面对审判后如潮水般涌来的公众裁断。米拉趴着哭了一会儿，并不是因为这件事对她来说太难面对，而是发自内心的释怀。在准备接着为下周的展示写笔记前，米拉为自己写下了要交给助教的病假条：

我很想解释一下我上一节课为什么缺席了。
我试图按照要求从医生那里获取诊断证明。
然而，我的诊断，同帕森斯的不同，
还不能确定。

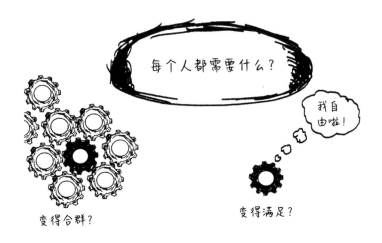

1. 西方社会强调个人成就是一种目标，所以西方社会的公民很难理解可能还存在其他激励着社会的目标——比如奉献、责任和义务。然而这些目标从始至终服务于诸多社会。从功能的角度思考自己，思考自己如何融入群体，是一种非常典型且乏味的想法。功能主义是社会学的一种，它研究人们所从事的所有不同活动和角色如何达到某种目的。塔尔科特·帕森斯将这些功能分为适应（adaption）、达鹄（goal attainment）、整合（integration）和维模（latency）。由此，帕森斯想表达的是，社会必须满足其成员的基本需求，设立基本目标以满足社会分配，并实现自身的续存。

2. 帕森斯将他的理论引向了不可思议的方向。比如，他向大家展示了疾病与健康何以成为社会角色，它们都服务于社会功能，医生被赋予了定义哪些人是病人的权利，也因此可以免除掉他们正常的社会义务。医学是社会学很好的研究材料，因为医学必须要和人类行为及人类问题最令人费解的散播打交道。通常情况下，医学不得不与那些表现出平常且"自然发生"的疾病做斗争，结果却发现病人患上的并不是这种病，这种情况尤其容易出现在精神疾病患者身上。

3. 帕森斯认为，社会像有机体一样，都在进化。在现代社会，这种进化有着一个伦理方向。功能分化涉及复杂的劳动分工，在这种分工下产生了新的阶级，例如职业，人们认为这些职业蕴含着一种普遍的社会责任伦理。

4. 功能主义者与其他流派，如符号互动主义者，有着巨大的理论分歧：前者关注系统，以及行为如何增益于系统；后者则关注个体互动对社会秩序赋予的意义与创造。功能主义常因将人塑造为只知道照本宣科、复制既有模式并遵从既定规则的被动"行动者"而备受批判。同时它对于稳定性的过分强调和对社会冲突解释的无能为力也备受诟病。

第 十 二 章

在 两 幕
之 间

贾丝明眯起眼睛看向米拉。"你的朋友会抛弃你，你的功名会化作尘土，你会孤独终老、众叛亲离！"她恶狠狠地说。

米拉毫不畏惧地迎上了她的目光。"谁会在乎像你这种疯女人的胡言乱语？"她用同样坚定的声音回答，"你这百无一用的野妇，回去织你的布吧！"

两个女人像往常一样坐在厨房里。米拉修了一门戏剧课，贾丝明在帮她对剧本里的台词。贾丝明扮演的角色是卡珊德拉（Cassandra），一位希腊神话里被诅咒的预言家，她能预见悲惨的未来，却没人愿意相信她给出的警告。她命中注定拥有远见，但无力阻止所预见之事的发生。"这出戏有点傻！"贾丝明叫停。

"这个女人一直告诉部落里的男人，他们在劫难逃，但是没有人相信她，他们都认定了她是个疯子。那她为什么不停下来告诉他们接下来会发生什么呢？"

"我觉得讽刺之处在于，如果她开始对真相缄口不谈，他们反而更有可能相信她。"米拉苦笑着噘起了嘴，"她就是个典型的悲剧女主角，什么都知道，但什么也做不了。"

"我倒觉得她更像是一个社会学家——你以为你懂了有关人们

的一切，但这些知识不见得能帮你让他们成为更好的人，甚至都不能让你自己变得更好。"

米拉反驳说，这有可能是因为没人愿意花时间关注社会学家。

"这倒是真的，"贾丝明像鬣狗缠着角马一样坚持着自己的观点，"但说真的，学习社会学，会让你成为一个更好的人吗？"

米拉已经学会了迂回躲避贾丝明的攻击。"怎么说呢，这就好比说，你是工程师，就应该能够为自己设计义肢；你是医生，就应该能给自己进行心脏移植。打个更确切的比方，就好比你是工程师，你看到一张蜘蛛网，大概就能了解蜘蛛是怎么织出来的，为什么这网如此坚韧。但是蜘蛛不知道自己在做什么，它们也不需要先拿个什么工程学学位再织网。"

"蜘蛛可不懂得怎么坐下来制定一套方案，人类却可以——这就是我们生而为人的原因。尽管很多时候，我们并不是很热衷于制定计划。"贾丝明说。

"这倒是真的，"米拉回应说，"我们所采取的行动塑造并重塑着社会和我们所属的群体，但我们不是有意的，也从来没有过多地考虑后果。但对于社会学家来说，他们必须这样思考，并通过这种方式研究我们的行为，观察行为如何帮助我们成为一个更大的整体。"

贾丝明对这个回答不是很满意。"你这么说，似乎一切行为都是非常无意识的——好像我们被命运之手操控着一样，就像卡珊德拉，但又不如她有远见。我相信我们是能够掌控自己的命运的。"

"社会学听起来是有这个论调，"米拉点头，"你知道，就像我们命中注定要过某种生活，做出那些看似自由但其实不然的决定。

如果事实就是这样，那真的是一出不折不扣的悲剧了，这其实是因为我们总是把事情搞反。在大多数电影、戏剧以及其他东西里，都是这样做的——他们从一开始就已经想好了要让角色在哪里结束——剧中的角色不知道，你作为戏外人却知道。在爱情片里，作者希望两个彼此来电的主角，邻家女孩和人权律师，最终走在一起，而不是让女孩和污染环境的富商巨贾在一起。每一个行动都在走向应有的结果，而演员们必须表现得好像他们不知道要发生什么似的。"

米拉想起来，"弗兰肯斯坦"在解释人们行动的理由，人们所做的每件事都是为了让事情往他们预设的方向发展。似乎每个人都在遵循事先写好的剧本。事实上，"弗兰肯斯坦"有时会将人们称为"社会演员"，好像在无意中已经承认了这种观点。米拉认为这种观点不全然错误——人们有时候确实会遵循剧本行事，但这种行为模式可能只是一种表象。她很好奇，如果社会学家研究她，然后写一篇类似的文章，她看了之后会作何感想；又或者，如果她是某部剧中的一个角色，读到了描写关于她这个角色的文章，她会怎么看；如果她去问卡珊德拉自己做过的事，卡珊德拉又会发表什么见解呢？

"所以你们这个戏剧课的作业是什么？"贾丝明问出实际问题，打断了米拉飘浮的思绪。

"我们每个人都要创作，编排一出小短剧，最后要在全班同学面前表演，"米拉回答，"有些同学的作品很有实验性；有个人做出了舞台版的动画情景喜剧效果，他把演员的皮肤都漆成了黄色，让他们在二维空间里表演。"从效果来看，他们将许多学者对人们

254

行为的描写模仿得相当不错。

稍后在准备戏的主题时，米拉仔细思考她俩刚才的对话，想把这个问题引入戏中，即人们对自己行动的知觉和意识，以及他们行动的目的。通常情况下，社会学家似乎已经为人们编好了剧本，或者让"社会"之手来做这件事。但问题是：我们可以在没有剧本的情况下做出行动吗？这些行动会书写剧本吗？又或者，它们只是对条件的反应？这与帕森斯试图解决的问题是一样的：调和结构和行动，或者有时也叫结构和能动性。

一些社会学家认为，最好将人类的行动理解为结构条件的结果，或对结构条件的反应。其他社会学家则认为，必须从人们所做的事情和人们所做的工作着手，才能拼凑出他们的世界，为特定的行动赋予特定的意义。米拉认为，社会学可以找到一种兼顾两者的办法，但她不相信帕森斯的理论已经解决了这一难题。她感觉自己只是在这两者之间跳来跳去。先前的例子让她心烦意乱：难道人们真的像蜘蛛一样，织网而不自知吗？又或者其实他们更像被困在其他人所织的网里的苍蝇？她倒觉得自己像被困住的苍蝇，挣扎却无从逃脱。她向神秘莫测的贾丝明坦白了这些想法。

"那你为什么不把这些写到你的戏里去呢？"贾丝明如是说。米拉后来意识到了这句话的重要性。剧本就像一张困住我们行动的网，或者在某种程度上，像一个被精心设计的迷宫，无论我们选择走哪条路，最后总会来到某个确定点。米拉的想法逐渐成形，这张网由角色自己的行动创造——"悲剧"的真正含义，不是某个角色身上遭遇了不幸这么简单，而是他们想做正确的事情，结果却招来了厄运。她向贾丝明解释了这个想法："这出戏分为两幕。主要的想法就是，核心人物从第一幕转换到第二幕的过程中，同样的行为在不同的语境中被重新阐释，并且产生了完全不同的意义或结果。在第一幕里，他可能是个英雄；在第二幕中，他可能就变成了懦夫和叛徒。但在每一幕里，他都无法改变自己的行动；这些行动对他来说就是唯一可行的选择。这出戏的悲剧性就在于，他对正在发生的事情的认识并不意味着事情会以不同的方式展开。所以他就像卡珊德拉一样，除了一点，这个角色是自己织自己的网。"

米拉看上去自信满满，但她还是需要想明白，为什么会发生这样的事——她的角色可不可以拥有能动性呢？她怎么解释一个角色可能会被迫采取自我毁灭的行动呢？不过现在，她的当务之急是为这出戏找到一个可信的主题和场景。

第二天晚上，她和贾丝明去看了一部经典的黑帮电影。故事发生在二十世纪六十年代美国的一个黑手党家庭。影片里的主角，黑手党老大，多少有些不情愿地从父亲那里继承了黑手党帝国。他不得不承担起维护家庭和睦、敦促家庭成员遵守规矩的责任。他对别人施加暴力，让人毛骨悚然，但这种暴力的发生是必要的。在他看来，背叛家庭是最严重的罪行，做出这种行径的人必须被无情地铲除。

尽管黑手党老大是一名罪无可赦的罪犯，屡屡对别人做出可怕的事，但看过这部影片的观众都很喜欢这个角色，或至少十分敬重他。事实上，尊重是这部影片的一个重要主题——谁对老大表示了尊重，谁得到了尊重，谁没得到尊重，这些都是很重要的问题。主人公自己，尽管在自己继承的帝国中手握大权，但他有时似乎也渴望被美国社会接受，成为一个合法的商人，成为社区的支柱，受到妻儿的拥戴。

两个女人离开电影院，一路上叽叽喳喳，兴奋地聊着电影里的场景。贾丝明觉得这个家庭的行为举止有点古怪，特别是它所谓的"荣耀法则"，每个人都一直提到它，但人们在恰当的时候也会打破它。"在这类电影中，他们总是谈论着荣耀，但他们都不是什么高尚的人。他们抢劫谋杀、殴打别人。"她说道。

"我觉得所谓的'荣耀'（Honour）并不等同于举止得体。"米拉说道。她试图用最近在"弗兰肯斯坦"里读到的关于荣耀的内容向贾丝明解释。"荣耀"表示社会中的某群人，他们凭借在行动中体现的某些品质，足以区别于其他人而获得一种正面的社会评价。

贾丝明则认为这个问题没有那么复杂。"'荣耀'就是你丢了脸之后骑虎难下，就像武打片里演的那样，"她摆出一副练家子的姿势，吼道，"你折损了我的荣耀！"

米拉想起了社会学家皮埃尔·布迪厄（Pierre Bourdieu），先前在人类学课程上接触过，他在"荣耀"问题上颇有见地。在对阿尔及利亚的卡比尔人的调查里，他分析了"荣耀"如何被广泛地用于鉴别群体中那些位高权重或者影响力大的人。不仅如此，"荣耀"也支配了他们的许多行为——尽管他们很少提及这一点，追问他们为何如此行事，是愚蠢或无知的行为。经济交换、物品买卖、婚丧嫁娶和日常交流无时无刻不在塑造和维持着一个人的荣耀，这是整个社会的成员都认可或至少知情的，哪怕身处底层的人亦是如此。在布迪厄看来，荣耀，是行动中的群体价值。就在行动的瞬间，在那些"充满荣耀的"行动瞬间被重构。想起这一点，米拉接着对贾丝明说："荣耀并不像你在很多武打片或者动作片中看到的那样，只是人们受辱后的拼死反击，或者主角决定为被杀害的挚友来一场狂野的复仇。这些电影里的荣耀也意味着坚守家族的价值观念，一些意大利裔美国人社区中的家庭就是这样的。也就是说，就算是你的死对头背叛了他的家族，你也要鄙视他的行为——因为这种行为亵渎了你们都赖以生存的荣耀法则。"

"到底什么是'荣耀法则'呀？谁能帮我复印一份吗？它是不是跟给咱们这儿的留学生制定的官方条例差不多，事无巨细地规定了方方面面？"贾丝明问道，显然还是没有把这个问题当回事。

米拉解释说，荣耀确实驱使着特定种类的行动，但这种驱使不等同于规章制度，因为你无法对可能发生的每一种情境都制定规则。即使是在那些相当简单和单一的社会，也没有人能够设想出每一种可能的情境，更没有人愿意这么做。她对贾丝明说："我们的蜘蛛朋友就没有这些烦恼了——它们织网时没多少'行动'可供选择：要么去做，要么不做。"

米拉说，荣耀法则最多也只由为数不多的几条明确规则组成。你要是去问电影里的黑手党首领什么是"荣耀"，他也许会告诉你，荣耀就是保持正确的态度：对家族忠心耿耿、坚持去教堂、不要在你死对头女儿的婚礼上"处理"他。她回忆起布迪厄的说法：荣耀就是一种"性情倾向"(disposition)，"一种面对其他有荣耀者或准荣耀者的姿态，一系列面向他人和其生活世界的态度"。

回到家，米拉又仔细思索了一番，作为晚上的"消遣"。荣耀是驱使行动发生的一条路子，是戏剧创作的绝佳题材。但是，她发现，现代社会中的大多数行动都不是由荣耀驱使的——虽然人们还在意自己是否受到尊敬，这表现为他们的地位；但是，很多行为是被欲望、必要性、对规则的服从、他人的期望和社会强制力等因素驱动的。行动的框架和结构不计其数。不过，这些框架都能够彼此协调吗？如果能，它们是如何进行协调的呢？更重要的是，它们是在何种情境下相协调呢？是否存在某种一般性的东西催生了这些行动框架？她接着读"弗兰肯斯坦"中有关布迪厄的部分，几个贯穿了他的大部分作品的概念浮出了水面——惯习（habitus）、场域（field）和资本（capital）。似乎就是这个"惯习"，产生了米拉与贾丝明聊天时所谈到的那一系列性情倾向和态度。

布迪厄称惯习为"具有结构能力的结构"。正是这种具身敏感性催生了一系列实践逻辑，支配了我们日常生活中常常无意识的倾向。惯习对我们来说就像"第二天性"，它使你能够应付得了未来，你不必真的等到那个时候，就可以预期未来会发生什么。惯习回答了，或者说试着回答这样一个哲学问题，即结构—能动性的对立。布迪厄剖析了结构如何通过能动性发挥作用，以此建立结构与能动性之间的桥梁。

场域是行动的环境，是一种效果空间，其边界和内容受到权力关系与客观条件的限制。行动的场域或者说领域有很多。打个比方，我们可以把场域想成是一片足球场——它有一些人们共同遵守（人为）的规则，像是越位规则，球场的边界——禁区、球场边缘的线。现在假想一下，如果场地不是水平的，其中一个队伍永远在陡坡的一端踢球；或者另一个队伍有权利在比赛中重画场地上的线（或可以选择裁判员，随时宣布比赛结束等），那会是怎样一幅

259

情景？这种情境下，结构的作用就体现出来了。结构并不是布迪厄关心的全部，但即便是最强大的球员，归根结底也要受到结构的约束。他们不能弃局，不能踏出比赛场地。

场域包含对行动的客观限制。只有特定的人在特定的场所才能算"搞科研"，即一些被称作科学家的人在被称作实验室的地方。只是穿着白大褂，盯着显微镜看可不作数。场域为惯习的生产和实现提供了社会和经济条件——断裂，冲突，诸如此类。场域是不同位置之间的网络关系，例如等级制，或是不同类型人群、行动之间的区隔。根据资本的不同形式，场域把资本区分为资源、文化资本、政治资本、地位资本和经济资本。场域赋予资本以价值（如学历），但也依赖他人识别其价值，因此，在场域中也存在主体间性的要素。

米拉能理解上述内容。对于一个黑手党家庭来说，资本可能包括了他们的地位、声望、同警察及地方政府的关系，以及能够让他们的商业帝国得以运转的小范围腐败。场域则是地下经济、国家和法律。场域为资本赋予了价值。这让米拉不禁联想到，她的教育——也是资本的一种形式——只有在被其他人接受的场域里才有价值。她所掌握的那些社会理论在黑社会看来是没有价值的，因为在那里，只有人际关系、做生意的能力、装点门面，以及为了让他人信服而使用暴力才是让人尊敬的品质。她混不了帮派，因为她做不到四处威胁别人。

在布迪厄的理论中，惯习就存在于资本和场域中。它存在于有个体存在的地方。行动（或者按布迪厄的说法——"实践"）螺旋产生于场域、资本与惯习之间。惯习是行动和实践的场所，所以它总是力量的焦点，但它并不能自我解释（像符号互动那样）。实践合乎逻辑，但并非以逻辑为原则。惯习产生于"经验"（这一过程由资本与场域相互螺旋产生）。在过去的经验中进行选择的过程——学习遗忘并重新叙述——是实践的要素之一。将多种经历整合为单一的经验，就构成了自我实践的取向，这是另一种形式的实践，一种于私人生活中、在一个人的自传中存在并发挥作用的实践反身性。惯习是实践的，我们通过实践来学习，而不仅仅只是观察或被告知应该做什么，还意味着我们清楚自己在这世界上的位置——知道什么能说、什么不能说，也知道对我们来说，什么恰当、什么不恰当。

这让米拉回想起了她以前和男孩们一起踢足球时的故事；在许多社会中，女孩们早早就学会表现得乖巧，不吵不闹；她们吸收学习了针对她们身体的这种性情倾向。但是她同时感觉自己此时已经对帮派成员可能生活的世界有了一丝共鸣，或者说产生了一种理解它的方式。

米拉着手写自己的小短剧了，聚焦于一个黑帮"家族"，家族成员没有真正的血缘关系。背叛和荣耀则是她写作的主题。她先为这出戏设定了一个场景：一个在荣耀与权力的基础上运作的组织，已经被背叛侵蚀得千疮百孔。构成这个场域的目标结构是什么呢？这个家族的首领，也就是老大，会让他的亲信们追查出到底是谁将他们家族的情报出卖给了另一个敌对组织。在她的第一幕剧中，这个男人找到了那个"犹大"，在杀死他之前对他进行了拷问——这正是老大想要的。在第二幕中，他做了同样的事，但这回，叛徒是老大的儿子。他知道自己无论如何都要服从老大的命令处决这个罪人，他也知道自己会因为杀掉老大的儿子被解决掉。他这样做，就是在尊重"家族"的价值观，"家族"要求对叛徒进行冷酷的处决，尽管他知道自己会因此遭殃。这是他的荣耀法则，他要以极大的牺牲来拥护和肯定它。

"我还是不明白，他为什么会做一些明知会害死自己的事。"当米拉向贾丝明解释她的想法时，贾丝明如是评论道，"这对于一个杀人犯来说，未免有点太高尚了。"

"我觉得他没有必要让自己的一举一动都高尚，才能让自己显得高尚。贾丝明，不知道你有没有做过这样的事，就是在做事的时候，你的脑海里一片空白，之后每每想到这件事就会质疑自己'我到底为什么要那样做'。或者之后一直很后悔。你会把这些行为归结为一时的疯狂或愚蠢，但事实上，当你这么做时，你的大脑并没有停止运转。我们总是喜欢假装这些行为都是一时的冲动，它并不是我们真正想做的，也不能代表我们。"有个叫皮埃尔·布迪厄的社会学家会说，人们就是这样做的。人们的头脑在不经意间如此运作。你知道那种感觉，当你读到或者看到别人做了什么错事，你的第一个想法就是："啊——他怎么能那么蠢？"布迪厄说，我们应该换个说法——将问题变成："他为什么认为那样做是唯一的选择？"——然后请严肃地对待它。当你对某人或者某事抱有这种想法时，你应该停下来想一想，因为很有可能未来别人对你也会有同样的想法。这就是我想要做的，米拉想：我想解释人们走向悲剧时那一刹那的疯狂。

"我偶尔会这么想，但我是故意的。"贾丝明插话。米拉的回应如履薄冰。

"社会学家观察人们的所作所为，并将他们做的事记录下来，就是在创造一出戏，一出生活大戏。在这出戏里，我们所研究的人似乎都是别人写的剧本里的演员。似乎他们的行动只是出于我们的利益，为了让我们观察。那么问题来了，到底是谁在写这个剧本呢？不是你，不是我，不是任何人，而是他们自己。如果是这样，他们又怎么知道该做什么呢？两个不同的人怎样达到一个他们自己都不知道的终点呢？又或者他们如何有意识地携手抵达终点呢？"

米拉接着说，如果你把一出喜剧、一部电影或者一部电视剧中的一段场景抽离出来，加以解释，那么只有当你认为其含义完全包含在角色的互动中时，你才能进行得下去，许多社会学家在观察人们或撰写互动理论时也是如此。"惯习"将角色带入场景：它们拥有一段历史、一组客观的特征，这些特征在场景之外也存在。

"又由谁来决定哪些特征是客观的呢？"贾丝明问。

"比方说，你在看一部肥皂剧，里面一个女人和她丈夫的亲哥生了一个女儿。这件事只有她知道。她女儿不知道，她丈夫不知道，她丈夫的哥哥也不知道这是他的孩子。那么只有你——和这个母亲——知道这个客观事实的情况，那么这个客观的决定权就在你，接着你可以就此了解更多情况。你能搞清楚为什么母亲总是有意把她女儿同大伯分开，不希望他们靠得太近从而触及真相。如果你试图从互动本身找出问题，你可能会认定她担心大伯会对自己的孩子产生不好的影响，比如说，有什么不良企图。"

"确实，你说的这些放在肥皂剧里说得通，所以我从来都不看那些剧。"

"其实远不止这些。这其中可能还包括某个人的相对权力。妻子选择不坦白，或许是因为如果她坦白了，她的丈夫会以其不忠为由提出离婚，并要求得到女儿的抚养权——在这个社会中，女性在这些事情上几乎没有什么话语权，因为社会十分重视妻子对丈夫的忠诚。而上述环境中的这些特征可能是十分隐蔽的。"

"好了米拉，别再提那部讨厌的肥皂剧了，好烦呀。"米拉试着再举一个贾丝明熟悉的例子，但她无暇把注意力从她戏剧课的作业上转移出来。"我们之前做过一次即兴表演。什么都可以说，什么都可以做；没有剧本，只有演员要扮演的角色。这些角色或者导演，会赋予你动机和你的'认知结构'。比如说，你是一个复仇心切的女人，试图纠正剧中另一个角色对你所做的错误行径。很快，你的行动就会触发其他行动，从而形成一段故事情节；在这里，没有人担任编剧，其他人的反应就包含在每个表演者的行动中——他们在别人的行动还没有落地时就已经预料到了，并在表演的时候开始形成自己的反应。每一次互动都充满了这些预期，就像是一个潜在的集合正在变成现实——一个足球运动员奔向另一个球员，同时预测对方会朝哪里跑。"

米拉对贾丝明说，每当你根据自己的惯习行事，你必须预测其他人的反应。这意味着我们不能将行动的意义简化为个人有意识的意向性。互动不是随机发生的，而是在关系的客观结构里发生的。在米拉的剧里，主角明知道处决老大的儿子之后自己很有可能会被杀，但他还是这样做了。这就意味着你不能客观地看待剧中的任何一个角色，他或她应该怎样做，否则就像布迪厄所说的，"用观察者与实践的关系替代了实践与实践的关系"。你这样做就是在假设每个角色拥有开放的选择，他或她可以从无限的可能中进行挑选。

跟班的荣耀法则已经成为他们的惯习，他们的第二天性。米拉意识到，这部戏的题目已经拟好了："第二天性"，但是贾丝明还是没有完全理解惯习到底是什么，它无处不在吗？米拉只好再次尽力解释自己在"弗兰肯斯坦"中读到的内容。

布迪厄说，每个人都有自己的惯习——通过符号（语言的、图像的、听觉的、指向物体的）与他人建立关系的能力。事实上，惯习很难表现出来（但不难发现），因为它在我们看来非常自然。被视为自然的东西总是不容置喙，没有人会认为其中有什么值得发问。惯习是凝固的历史，且这种历史总是被人遗忘。布迪厄试图解释，我们看起来井然有序的行动，实际上并非出于个体的精心策划。正像他说的："（惯习）客观地作为策略组织起来，但不是真正策略意向的产物。"

米拉说，根据布迪厄的说法，每个行动都包含反应。我们对行动主要有两个错误的理解：一是只看到其中的行动 反应机制在起作用，认为每一个动作都是由环境和个人受到的刺激而机械地产生的，就像可怜的蜘蛛一样；二是布迪厄所说的"目的论"——假设所有事情发生都是因为人们想要抵达他们真正想要到达的终点。毫无疑问，蜘蛛网是一个终点，但是人们产生的结果很少能直接以这种方式简单地呈现。蜘蛛只需要对环境中非常有限的一系列影响因素做出反应，但在我们所采取的行动中，其他人的行动和我们对他们行动的预期也会反馈到我们的行动中。

"难道你说的这些关于遵守规则的社会学观点，"贾丝明停顿了一下，"不是在陈述一些非常显而易见的事情吗？"

"当然不是。布迪厄认为，我们的社会生活被所谓的'规则'大大低估了。比如，成为黑帮成员的规则并不足以告诉你成为黑帮成员后的具体操作。听着，你愿意帮我着手准备剧本创作吗？如果你愿意浸入式体验一下这些想法，或许会有更深的理解，你可以帮我把剧本表演出来。也许这样我就可以更好地诠释布迪厄？"

贾丝明爽快地答应了，米拉对此并不惊讶——贾丝明从不吝啬把时间交付给别人——但是她还是为贾丝明对表演的热忱感到惊喜。第二天，当她俩再聚首准备自己的小小戏剧工坊时，米拉先给贾丝明讲了一些戏剧老师在课堂上教的知识（加了一点布迪厄的理论）。

"'弗兰肯斯坦'中说，惯习'是具身原则，是具身经验（embodied experience）和实践感（practical sense）。它是前反思的，非象征性的，下意识的'。角色需要将力量、软弱、谦卑、尊重、阳刚与阴柔统统包含进去。起先，每个特质都有具身性。具身性意味着你就是你的身体，而非身体的主宰者。那些有权势的人是如何说话和行动的？如何在剧中让老大为观众留下一种大权在握的印象呢？"

贾丝明丝毫没有露怯。她靠在椅背上，表现出一种特别的神态，蕴威严于无形，不怒而自威。她以一种冷酷的、无动于衷的神情看着米拉。

"可还行？"贾丝明问。

"好极了。回过头来，布迪厄说语言是权力的工具。老大会以一种命令式的声音发号施令。布迪厄说，其中'没有一句话是无

266

辜的'。这些代表着背叛和忠诚的字眼，它们本身就是行动。《爱丽丝梦游仙境》里的红桃皇后说：'给我砍掉她的头！'这些话只有说得合适才能产生真正的效果。比如，要是我说'砍掉贾丝明的头吧！'，我只有被嘲讽的份，但要是老大发话说'好好教训他'，很快这个角色就活灵活现了。所以老大用他具身的权力和强有力的语言命令他的跟班，但他之后会发现，他说的话会产生自身无法控制的后果。"

就这样，两人接着讨论后续的剧情。老大的儿子告诉老大，有人利用公司捞钱，从非法赌博活动中榨取利润，还为了自保，向警方或对家帮派出卖其他家族成员。接着，老大让他的跟班，身边的"大红人"，着手调查这件事。跟班这个角色比老大要难写得多，因为必须要让观众喜欢上他，他才能成为舞台上整部戏的焦点。米拉认为，在写剧本或其他东西时，对人物角色保持共情是必要的。所以我们也要加入一定的同理心：要充分理解联结的纽带和出现在他们面前的每一个机会。"我们得弄清楚这个跟班是怎么工作的。"米拉说道，"我们不如叫他……"

"别给他起名字了，"贾丝明说，"他们不需要名字，只要有角色就行了。每个人都有自己的SOP——标准操作程序（standard operating procedure）。你能通过识别作案模式预测连环杀手的下一个作案地点来抓捕他们。我总是在想，为什么那些连环杀手不改变他们的作案手法——再去杀人，这样警察不就找不到线索了吗？他们肯定也会看电视。但连环杀手不能也不会改变他们的标准，就像警察也不会改变警察的标准一样，因为他们都没有有意识地控制自己的SOP。"

贾丝明希望米拉能将这个小跟班塑造得更有同情心一些，而不只是一个冷血杀手。她说，黑手党必须把时间花在倒垃圾、逛商店、担心他们的孩子在学校的表现——所有这些你从来没有在黑帮电影中看到的事，因为这些行为都不太"黑帮"。但这种行为还有其他特质，就是可以让角色看起来更富同情心。米拉回忆与惯习有关的内容。"惯例（routine），"她说道，"用惯例唤起同情。我们可以看到跟班在做普通的事情。我们的大多数行为都不能反映出这一点。惯例是可以明确预测的一种行为，但不代表它就是命中注定的。"

米拉解释说，对于社会学家来说，惯例和那些突如其来的兴趣一样有意义。这就好比是你从自己最喜欢的一本书中提取了所有的精华部分，然后快速地、兴奋地读了一遍——随后你很快就会意识到，你还需要读其他的部分，甚至也包括那些乏味无聊的部分。比如，看一部冗长的体育集锦视频通常没什么意思，就像吃没有坚果、没有脆皮的一大桶冰激凌一样。你需要惯例，用这些单调乏味的部分衬托亮点。"这类事情从来不会出现在电影或戏剧中，因为它们没有被讲出来——我们都知道，角色会因为自己的小怪癖而烦恼，比如忘记自己的电脑密码、找不到遥控器。我们是怎么知道的呢？因为我们同他生活在同一个世界，为同样的蠢事所困扰，但我们不喜欢去思考这些。"

"因为那样会让他同我们过于相似了，"贾丝明说，"那么，我们都应该有哪些惯例呢？"

"比如说……他会听他最喜欢的广播节目；总是点上一支烟，一边喝咖啡、写日记。惯例会让跟班的生活更容易被大家理解——我们能看到他和普通人一样有着相同的习惯。他的工作对他来说也是惯例，这就是他处理事物的方式——他所做的一切可怕的事无非只是工作。他并不是因为自己喜欢才去杀人。这也让我们看到了，即使不计后果，他也会追随上面安排给他的任务——这就是他的行事方式。"

她们俩继续钻研剧情。这个跟班要去追查组织里的一个小喽啰。老大的儿子把他引到了这里，绑在椅子上，对他进行问话。和老板不同的是，跟班杀人需要理由；他不会只是因为怀疑就痛下杀手，他必须听到叛徒亲口承认这一切。下面这个场景则有点难度：怎么才能让这个场景更可信，而不只是跟班机械地抽打小喽啰呢？米拉认为，演员的每个动作都是有意义的。每个动作都意味深长——又是具身性，这就是具身权力。

就这样，米拉和贾丝明结束了当天的戏剧工坊小任务，但米拉还是忍不住思考到底该如何呈现审问场景，所以她又翻开了布迪厄的《语言和符号权力》，偶然发现布迪厄在书中写到了这种权力：

人们看、坐、站、保持沉默，甚至说话的方式……都充满了难以违背的指令，因为它们是静默隐伏的，循环往复且旁敲侧击。

根据"弗兰肯斯坦"的说法，这种权力的具身性是惯习的一部分。一种体现于身姿举止的社会价值感。这让米拉想到了到底应该让跟班如何行动，他应该如何同其他人相处并从人群中凸显出来。干掉嫌犯的方法十分简单：跟班用枪瞄准那个人，灯光熄灭，第二幕就此开场。

第二天，米拉和贾丝明的业余戏剧小工坊又正常运行了，贾丝

明问道:

"第二幕会有什么变化吗?要按顺序再把所有内容重新演一遍吗?我们可不能把同样的东西再来一遍。这种惯例可太无聊了。"

"不会的。我们顺着第一幕的结尾开场。假设,他发现自己做错了。他的那些黑帮手段只是让他从那个可怜的灵魂口中逼问出了他想听的话。他的行动产生了这样的结果,但并非是布迪厄说的那种意图,而是一种指向未来的目的,有意地产生某种结果。"

贾丝明建议说:"首先,让跟班的社会价值发生变化。你为什么不让他在做事之前问问上级,或者其他管事的人?让他发现是老板的儿子陷害了这个家伙!"贾丝明为自己巧妙地扭转了情节感到非常高兴,但米拉还专注于布迪厄的思想,没有回以赞赏。

"这个结果,这个从实践产生的结果——被他的惯习吸收了。这不会把他变成一个天使——因为惯习不会在一夜之间发生改变,但是这次经历会让他把注意力微妙地转移到其他周围的人身上。怎么说呢,老大的儿子让他去指认这个人,他本该对此毫无异议,然而现在他有点犹豫,要知道,他并不是那种'生性多疑'的人。在他的世界里没有什么无辜可言——其实在哪个世界都差不多——任何有意义的行动都带有赋予它意义的产生条件。这就是惯例同行动的区别。我们必须要对行动做出回应。"

"为什么这个跟班不选择逃跑呢?"贾丝明问道。

"我觉得这是因为它不是布迪厄所谓的游戏中的有效行动(valid move)。他可以逃跑,但很可能被发现,然后被杀死。就像国际象棋手不能让他的皇后像骑士一样走。其他的帮派成员不会接受他退出的决定。"

"为什么不能呢？离开那里，他们或许可以做个看门人或者公司的中层管理，日子过得很轻松，还可以多活两年。哪怕当个匿名博主写写文章呢？"

"他们不会允许任何一个人退出的，因为那样就意味着这个游戏变得没有意义了。"她告诉贾丝明，这种做法会让他们所有的付出都化为乌有——他们做过的所有可怕的事，所有的暴力行径——都不复存在了。他的资本在他所处的场域之外便毫无用处，就像毒贩子能占领纽约的几个街区当作自己的地盘，但出了这块地盘就会失去权力。她说："想想那个跟班吧：对他来说什么才是实际的，什么事可以做。这么说可绝不是愤世嫉俗——甚至都有点理想化了。"

"再比方说，"米拉接着说道，"其他大多数帮派成员都为抓到并处理掉了叛徒而高兴，还得到了老大的表扬，他们并不在乎做错事的到底是不是这个人。但跟班对于荣耀法则的坚守让他觉得此事不能草草了结——这样做是不可能的；这会彻底颠覆他所有的惯习；这也意味着，在他一生的大部分时间里，为其所有可怕行径辩护的唯一理由也没有意义了。因此，他必须坚守住自己的荣耀法则，在这个可怜的替罪羊身上发生的事就是后续情节发展的诱因——不是为了让自己变得多么高尚，而是因为他必须坚守到底。再说一次，我们不能用我们的观察去代替判断他在做的事，仿佛他的所作所为是出于我们的利益一样。"

对于米拉来说，这个犯罪家族——随同其等级制度、地位差异、年龄分布、性别构成、生物特征、法律属性以及其他关系——是一个场域。这些客观标准可能不如你想象的那么严格和高效。这个家族里可能也包含一些表亲关系，但有些则不是，只是一些没有血缘关系的"亲人"。贾丝明想知道最后一幕还发生了什么。"最后一场戏，他杀掉了老大的儿子。回归到自己的日常生活，写日记、听收音机，静静等待着复仇者找上门来。广播节目的声音在背景里嗡鸣。他给自己倒了杯咖啡，点起了一根烟，这时有人敲门，然后……"

"灯灭了。"贾丝明喃喃道。

为什么习惯
如此难以被动摇？

coffee

习惯帮助
我们工作，

基因
咖啡
商城

以及提醒我们
自己是谁。

1. 你常常会有一种感觉，很可能在外人看来，人们所参与的那些活动是目光短浅甚至是自我毁灭式的。它们已然成了人们天性或个性中不容置疑的一部分。布迪厄写道，这是惯习（Habitus）得以成为人们第二天性的一个方面。惯习是每个人对生活的一套性情倾向。它通过实际行动而非口头上的惯例得以学习和发展。它的力量强大到几乎已经成了人类的本性，我们甚至会忘记自己曾经对此进行过学习。

2. 因此，试图通过人们所做的有意识的选择来解释他们的行为往往是错误的。我没有选择去上大学，因为我这一类人都是这样做的。我的姨妈也从来没有选择"不"去上大学。布迪厄的这一观点突破了社会学中结构和能动性的界限，这种依赖于诠释的倾向认为，人们有他们自己表演的剧本，或者人们可以自由地选择他们想做的每一件事——这两者都是错误的。惯习是我们内部的一种结构，是具身的、个性化的感觉，它告诉我们怎样的行动才是正确和恰当的。

3. 社会资本是个体所持有的一种资源。场域是赋予资本以价值的空间。场域是布迪厄发明的一个术语，用于形容能够使惯习产生意义的结构。场域意味着对行动的限制。实践是每个个体让社会资本发挥作用的方式，就像比赛中的运动员一样，当你不在场地内时，你身上的天赋就没有意义了。这也是为什么大多数人总是喜欢待在"家"的周围。

第 十 三 章

在 本 质 上

沿着蜿蜒的走廊走下去，尽头是一扇暗色的木门。走在这里，你会发现只有头顶的一盏荧光灯忽暗忽明，说不定还会有一群体形微小的小黄人在服务于某个黑暗计划。门上的图案则显示这里是"人类博物馆"。

米拉推开门，甚至期待能听见一声不祥的"吱嘎"。只见屋内排列整齐的木质边框玻璃展柜中陈列着一排排头骨、面罩、民族服饰以及各种小饰品，每一件展品旁都配有一张印刷规整的小纸条。这里就像那种从几具缝合尸体中取出避雷针的人会经营的场所。

米拉当时已经开始为学生报纸写文章了。她的任务是报道一个最近人迹罕至的博物馆，这个博物馆位于大学的旧公共卫生部后面（现在已经改建成了坐拥顺势疗法酒吧的 VIP 接待套房）。这幢建筑略显萧瑟，阴暗的门廊令人生畏。它在学生中引发了不少关于鬼魂、密道和禁忌科学的流言蜚语。由于长期没有人气，这座博物馆已然成了学生抗议的焦点。有人说，这个博物馆代表了大学赖以建立的种族主义基础。因此这幢建筑已经计划好要被拆除了。

她举起了照相机，想趁它还在的时候记录下来。

米拉很想知道当时人们为什么要建造这座博物馆。她翻遍了大学的遗赠记录，还在图书馆里找到了一本关于"人类博物馆"的书。她在手机上拍下了一节由凯希·孙（Cassie Sun）所写的"白色恐怖"，一边走一边读了起来。

这些博物馆是一项名为"科学种族主义"的智力活动的一部分。在社会理论中，"殖民主义"通常指向这方面的某些非常具体的例子，即十九世纪西欧国家对非洲和亚洲的大片地区，以及中美洲和南美洲的殖民统治。它也意味着运用和助长相关的知识氛围来为这些行为进行辩护，他们宣称，被殖民者所属的是不同的、劣等的种族和国家，殖民者将带领被殖民者走出黑暗，为他们播撒启蒙科学、理性以及法制的白人之光。爱德华·赛义德（Edward Said）将之称为"东方主义"（Orientalism）。

米拉抬头看到一张从地板一直延伸到天花板的图表，名为"人类类型"。图表的最顶端画着一些男性的画像，画像中强调他们所拥有的种族差异，"黑人"是炭灰色的，"美洲人"是红色的，欧洲人则有着卡通化的希腊式大鼻子。每幅画像下面都画着一个头骨，还有各个种族起源地区的代表动物。

根据孙所写的内容，

人类分为优等种族和劣等种族，每一人种都有特殊的品质。黑人适合在田间劳作，因为他们缺乏智慧和风度，而且对疼痛和体力劳动相对不敏感。"东方人"天性狡诈，不值得信任——痴迷于拜占庭式的阴谋诡计和女性纠纷。我们如今听到种族科学这个词时，通常会认为它在本质上是不好的，因为种族主义是错误的。然而，最深涉其中的种族（白人）却不会受到特别的歧视，或者他们一致认为英国、美国或者白人身上肩负特殊使命。他们自诩为冷静的科学家，试图为这个被偏执和天真所玷污的话题带来光明。在当时，他们只是手足无措的头骨测量者，受尽了挑衅和讽刺，由显而易见的东西作为起点开始倒行逆施。尽管遭受了许多白眼和嘲笑，但这些分歧在后世看来并非小事。在二十世纪六十年代之前，美国社会学实际上仍分为黑人和白人两种传统。与我们所想的恰恰相反，知识传统绝非独立于社会的影响。

殖民时期结束后，许多西方和非西方国家的思想都不约而同地转向了发展。于是问题就变成了，我们，或者他们，怎样才能富起来、更加现代化，就像西方那样？后殖民理论则提出了一个不同的问题：西方如何，以及为什么要让这些国家变穷，又或者说，西方是如何让他们继续变穷的？该理论认为，这种"方式"的很大一部分是在展示西方，即让其他国家认为西方是更好的，也是唯一的出路。后殖民主义者认为，我们所坚持的思维和行动仍然基于本质的、坚实的人性范畴，以及欧洲工业与政治发展的历史独特性。一个黑人，在行动和说话时，强化的仍是白人的范畴；一个女人，强化的是男人的范畴。只要你这样做，就不会推翻最初引你走到这一步的思想体系。后殖民主义批判的最终目的就是达到他们所说的扰乱（destabilisation）。

这就意味着要对现有的二元体系提出质疑。比如，如果你渴望解放，就会质疑欧洲白人如何将黑人定为劣等。但如果你想要破坏二元制，就会质疑另一方，即白人如何被定义从而得到更加优越的身份。

米拉拍下这张图表,接着来到一幅世界地图边上,地图上用不同的颜色标出了那个时代世界上的各个帝国。当时,英国人、法国人、德国人、葡萄牙人和西班牙人瓜分了世界,这就是那个时代的高能粒子物理实验室——象征着科学的胜利,这些机构会派遣训练有素的年轻人去征服世界。

她接着读了有关弗朗茨·法农(Frantz Fanon)的相关内容,法农是一位出生在马提尼克岛(Martinique)的精神病学家,参与过阿尔及利亚反抗法国殖民统治的革命。他的病人不仅包括被法国军队施暴的阿尔及利亚人,也包括施暴者法国军人自己。他后来辞去工作,全身心地加入了阿尔及利亚的独立斗争,他认为殖民主义同时损害了白人领主和下层黑人民众的精神健康,因此,在殖民统治下,精神病学不可能在道德上得到实践。法农希望黑人能获得思想上的独立,以及作为一个殖民地在国家意义上的独立。他常常为新独立国家中的黑人精英感到失望,他认为这些人仍在效仿以往的白人统治者、轻视群众。

孙写道:

在法农看来,欧洲启蒙运动的思想家总是没完没了地探讨人的权利,却愉快地摧毁了真正的男人和女人。赛义德和法农等批评家认为,殖民主义同时影响了殖民者和被殖民者的心理、文化、社会、政治和经济。他们尖锐地指出,当接收方被当作缺乏自我管理能力的不完整的人类时,善意可能同恶意一样有害,而统治者则需要被统治者来彰显自己的优越性。

在社会学中，许多人曾得出这样的结论，即从启蒙运动发展而来的思维方式使得一些人，即那些有权势的人，得以用非常卑鄙的方式对待其他人。尽管他们可能早已经背离了启蒙运动思想家们的思想主旨，但这些看待世界的方式使得我们中的一些人将其他男人和女人当作非人来对待。因此，尽管他们讨论、发声，努力做到让别人听到自己的声音，但他们仍被看作一个东西、一件物品，被利用，然后被摧毁——奴隶制、种族屠杀，这样的例子太多了，也太让人悲伤了。许多社会学家都为消灭这种现象做出了巨大的贡献。

接着米拉看到其中的一个玻璃展柜里陈列着一排头骨，每一个都作为案例被贴上了"天生行为畸形"的标签："罪犯""懒鬼""废物""乞丐"。

她不知道这些头骨都是从哪里搞来的——也许是从贫民窟坟墓里挖出来的，每个人（头骨）被用以代表一种堕落的人类。报告里写道："这种不良繁衍对白人种族产生的后果就会是下一个例子。"同时，正如孙写的，社会问题被归因于社会阶层之间的固有差异。种族科学的工具被应用于社会阶层。穷人之所以穷，是因为他们不擅于致富。这就是本质主义（essentialism）。

"本质主义是后殖民主义的余孽之一。它在其含义中暗示了一个群体或文化不具备某些基本品质。种族科学参与编纂了这方面的工作内容，将智力和生理能力的差异归因于人类的种族和性别。它将代际之间传递的外化表现当作某种永久属性。这绝不仅仅是一个错误那么简单；它将一个群体凭借其历史、社会地位、权力和资源

279

而获得的一个暂时的方面变成了一种根本的本质。我们不可能在实际生活和谈话中不去引用一些属于本质主义范畴的内容，或表现出它们似乎是真实的样子。"

"本质主义在很多进程中都有一个共同点，就是利用对人性的某些真正的洞察，用来对人性进行区分。这正是其危险所在。种族隔离就是一个很好的例子，用于说明人们所属的类别对他们周围的一切所产生的巨大影响。在种族隔离时期的美国南方腹地，'有色人种'和'白人'要去不同的餐厅就餐，去不同的学校和食堂，去不同的电影院，这种差异随处可见。这种划分是由国家强制进行的，即使谁想要和谐共处，也根本做不到。这样的结果就是，人们以各种方式定义彼此，甚至认为它比阶级和性别更加重要。在南方，有许多人都是混血。处于某些位置上的人能够给自己'漂白'，让自己重新被定义为白人，而穷人或者没有人脉的人则要被'黑化'。当新的少数民族来到美国时，也经历了同样的程序。爱尔兰人在很长一段时间里都一贫如洗且常常遭遇歧视，他们在当时就遭遇了'黑化'，而当他们在中西部和东部沿海城市获得了政治和经济权力时，又被再次'漂白'了。这个过程中最有效的部分就是遗忘，令每个种族看似一直都是白人或黑人，从而使得种族似乎超越了历史。"

真是个讨人厌的过程，米拉心想，但这对社会学理论有什么影响呢？这是一个思想问题，还是一个历史问题？

她望着博物馆里的人类肖像。白人们穿着不同时代的服装，有文艺复兴时期的意大利服饰，也有工业革命时期的英国服饰。"土著"则半裸着身子，站在森林里和平原上，身上看不到有任何人类手工产品的痕迹。

这一切为什么会变得重要起来呢，她又读到了一些内容，并在古尔明德·班巴拉（Gurminder Bhambra）的著作中得到了确认，她在书中写道，现代性是人类发展的一个根本性的新阶段，而且其中存在着分裂和差异。分裂指的是前现代的田园生活同之后的生活方式存在历史性的巨变。差异则是指欧洲或西方的观念、生活方式、组织、国际以及这些地方的一切都与其他地方存在不同之处。

每个文化都有自己的迷思（myths）。欧洲文化最令人炫目的成功之一，就是将自己的想象力排除在了迷思的范畴之外。班巴拉总结了这些独特的迷思——文艺复兴、启蒙运动、法国革命和工业革命——这些都是强有力的迷思，每个欧洲和美国白人都会含蓄地表示，这些成就只属于白人。

它们之所以成为迷思，是因为人们将它们描述为仅由自己所创造的奇异时刻，说得就好像中国和印度不曾发展出过许多在工业革命里发挥作用的科技和组织技术一样。对此，他们一共做了两件事：一是将欧洲描绘成一个其基础完全是由自身构成的国家；二是在构建世界体系时总是将欧洲帝国塑造为支持者形象。比如，英国在工业革命时期得到了印度在原棉生产上的贸易倾斜和支持，但英国将更有利可图的纺织制造业严格限制在了本国。这没什么奇怪的，地球上的每个国家都希望他们所取得的成就是自身才智的直接体现。

"在糟糕的时代，糟糕的主意总是屡见不鲜。"米拉在自己的本子上写道。

米拉把她拍好的照片同笔记一起交给了编辑，然后给出了自己的建议。

"我看看啊。"编辑回答道。

米拉开始准备自己的文章，她打算给这篇文章起名叫《几个错误观念下的全世界》。

"误解他人是正常的现象。了解你为什么会误解，是开悟的第一步，当然，这不是佛陀说的。历史争论的内容很少直接关乎过去。它们通常显示的是那些人在当下自我感觉过于良好。远离人类博物馆或许会让人感到舒心，这是因为我们认为这样做就表明了我们比那些创建它的人更优越。然后我们就可以告诉自己，这种错误永远不会再发生在我们身上。但是，有哪个学生不是通过错误来学习的呢？了解过去的人们为什么会这样看待人类，会大大促进现在的我们对人类的思考。他们利用所谓种族的本质来处理人性。他们自命不凡，以为自己是世界的中心。如今，我们根据人性的相似之处来处理人性，并相信我们与生俱来的内在价值可以抹去过往的人性历史。推倒这个博物馆就等于抹去了这段历史。它应该被更新为一个关于误读人性的博物馆，然后由我们保留好曾经的展品，以鉴后人。"

她把文章打印好，交给了编辑，而后慢慢悠悠地走回了家。

***

米拉回到家，发现图妮收到了一个包裹，正在撕开包裹外的包装纸。米拉看到里面的鞋盒时，忍不住笑了——一看就不是便宜货，设计无处不体现出金钱的气息。图妮把里面的舞鞋拎了出来。这一看就不是一双用来走路的鞋。她把鞋子拿到米拉的眼前晃了晃，说："这双宝贝会把我从豪华轿车送到夜店门口。"

在图妮打开盒子的时候，一张纸条从里面掉了出来。米拉把这张小纸条捡起来。"我听说过这个。工厂里的工人们在商品中留下这种纸条表示抗议，或者让你知道他们从中挣到多少钱。"

"只要不是别人穿着它的照片就行。我可是为此付了钱的。别嘘我喔。"

"我可没有。"

"我还不知道你怎么想的——你心里不赞成的时候我都能看出来。"

米拉看了看纸条，想起了以前读过的历史，想起了工业革命，想起了欧洲国家为了保住宝贵的制造业而安排的贸易活动。而现在，他们把这些大型手工业安排得远远的。

她所期待的是一份关于制鞋者被奴役和束缚在工厂机器上的声明。然而最后得到的只是一串数字：－0.180653；－78.467838。她把这张纸条拿给贾丝明看了看。"这是 GPS 坐标吧。他们应该也做那种小东西，就是那些亮闪闪的生活小件。让我们看看它在哪儿。"

她打开手机地图软件，输入坐标，只见在密密麻麻的高楼大厦边上有一排平顶建筑。这应该就是工人的房子和工厂了，米拉想。

"再给你表演一个小花招。"贾丝明说。她在浏览器中输入了代码和日期。"这样它就会回放过去的卫星图像了。"只见高楼大厦很快就消失了，一片由小巷和街道组成的水泄不通的网络立刻呈现了出来。"应该是当地政府清空了这片土地，然后给工人们盖了工厂和房子。你的鞋子可是改变了地貌呢。"她转身对图妮说。

米拉把这张小纸条塞进包里，然后把它完全抛到脑后，直到第二天参加达莉娜的研讨课时才想起来，这节研讨课的内容为"世界体系与全球价值链"。

达莉娜为课程讨论做一些基本的铺垫："全球价值链是所有关于产品或服务的活动总和——营销商品、设计商品、制造商品、将商品运输给你，或将你运送给商品。这些链条纵贯全球，遍及家庭、工厂、街道和市场，穿越了国界和时区。当我们在工作、购物、吃饭、看电视以及进行其他一切活动时，它都将我们联系在了一起。

"就连家庭也会受到影响。所谓的全球护理链就是指一些家庭将家务劳动和护理工作外包给贫穷女性的一种方式，这些女性通常是来自发展中国家的移民。打扫房间、照看孩子成了来自菲律宾、加勒比海、非洲等地区妇女的工作。甚至连子宫也可以全球化，印度和泰国的女性被雇用为富人生育。

"我们经常听到有人说我们现在生活在一个全球化的世界里，这就是它的意涵。全球化就是将全球的经济、政治和国家活动整合进了一个独立于国家行为的系统中。它涉及许许多多不同的活动。公司分离于任何一个国家，它们将活动从一个地方一瞬间转移到了另一个地方。国家政府征税和监管的能力被削弱。相反地，它们必须要让自己变得有吸引力。"

米拉想起了人类博物馆旁的那座 VIP 建筑。

"所以大学努力吸引有钱人捐款，也是这么一回事吗？把自己打扮得漂漂亮亮的，让别人觉得你很好？"

达莉娜咧嘴一笑。"嗯……尴尬！"达莉娜决定把米拉的问题引到另一个方向去。"这确实是学术界必须回应的一个事实，虽然不太情愿。全球化这一现状是对世界系统进行分析的核心所在，它同时也挑战了关注国家社会的区域社会学以及人类学、社会学、经济学和政治学的现有分析框架。

社会学及其他学科在欧洲和北美作为一种单一国家或单一文化的学科发展起来。这就意味着它们会将每个文化或社会当作单一的实体来研究。它们寻求的是社会和经济发展的普遍理论。一些发展中国家能够利用这些理论作为自己向现代化发展的学习模式。对于英国、法国以及德国来说，某种程度上也是一样，这些学科证明了这些帝国的存在。这些国家很快便从白人的法律和教育体系收获了不少利益。"

米拉想起了自己读过的一首诗，是英国诗人鲁德亚德·吉普林（Joseph Rudyard Kipling）① 写的。她脱口而出：

挑起白种人的担子，把你们最优秀的品种送出去
捆绑起你的孩子们将他们放逐出去，
去替你们的枪来服务
让他们背负着沉重马缰，去伺候那些刚被抓到
怠惰野蛮又愠怒，
一半像邪魔一半像小孩一样的人们

达莉娜明白了她想表达的意思。"吉普林认为大英帝国的统治

---

① 英国小说家、诗人。这首诗的原文是：Take up the White Man's burden, Send forth the best ye breed; Go bind your sons to exile, to serve your captives'need; To wait in heavy harness, On fluttered folk and wild ; Your new-caught, sullen peoples, Half-devil and half-child。

对人民来说是有益的——但他也不是白痴，他看透了这种观点里的浮夸和傲慢。

"他在十九世纪末写了这首诗。即便是在那个时候，就已经有许多人认为帝国主义的重担是由被殖民的人民而非白人来背负的。

"二十世纪下半叶，帝国解体。如果帝国是殖民国家不发达的原因，那么其终结将是解放人民去自由地追求经济和社会的发展。

"但事实上在任何情况下都存在不平等，所以显然，我们无法通过模仿别的国家来得到一条普遍的发展道路。

"联合国拉丁美洲经济委员会等其他批评的干涉表明，殖民国家的根本问题并不是不发达，而是不平等的交换。西方国家的'核心'创建了一种吸收第三世界国家盈余的体系。这种'中心—边缘'的关系需要一个视角上的转变。传统的分析认为，国际关系和贸易是一组平等的关系，每个国家都是一个整体，能够在很大程度上按照自己的意愿行事。而世界分析体系则把它们之间的关系理解为内部及各部分之间所发生的事情，并将这一点作为理解世界格局的关键。举个例子：文莱之所以作为一个国家存在，是因为它能够适应英国将石油财富集中在几个小国的需要，而这些小国无法独立地动用这笔财富。"

帕洛早就准备好了一份挑战导师的说辞，说道："我们是不是太沉溺于过去了？现在有许多国家——新加坡、日本、韩国和中国——都更擅于从全球资本主义中获益。它们中的大多数正在变得比曾经的欧洲殖民国家更富有。完全用剥削和帝国主义世界体系能够很好地描述西班牙帝国，描述1857—1930年的英属印度也不错，而如今，美国的优势正在被逐步瓦解。中国正在和非洲、俄罗斯建立新的资源网络，这是一种不属于后殖民时代的资源开采模式。"

达莉娜回应道："有一种观点认为，像韩国这样发展迅速的国家，在一定程度上是将自身从世界体系中抽离出来了。它们利用贸易壁垒和国家资助的公司来保护本国的工业发展。日本也有自己的帝国，所以这个理论不应该只用来解释白人长期以来的罪过。"

米拉插话："这是一个世界体系，还是几个不同的体系呢？像俄罗斯这种幅员辽阔、资源丰富的国家，完全有能力以自己的方式对抗西方的利益。"

达莉娜点了点头，说："你完全可以说，它有自己的中心，有自己的周边国家。同样地，任何系统都是由子系统构成的。它们不一定完全调和，但确实彼此响应。

"这也就意味着，我们要么放弃完全以西方为中心的现代化发展模式，承认存在许多种不同的现代性，要么干脆放弃承认有所谓'进步'模式的存在。我们知道，这个世界确实发生了许多变化，而且变化带来的不一定是进步。所谓的线性进步论是欧洲特有的，而非全人类发展的基本法则。"

我们如今所拥有的是跨越国家、包罗万象的经济体系，我们或许认为像是护理或生育一类的行为不属于经济行为。

帕洛说："在资本主义工厂里干活总归比整天在田里劳作强，当然，如果你是马的话就另当别论了。"他简直要被自己的妙语连珠逗笑了。

米拉觉得，是时候让那张纸条华丽登场了。她从包里掏出了纸条。"或许我们应该谈一谈真正的人？我今天早上在一个装……呃……不重要，反正就是一个很贵但没什么用的东西的包裹里发现了这个。"

她向同学展示了这一串数字，说："这是一个坐标，一个工厂的坐标。"

达莉娜说："现在让我们想象一下这个人是谁。"

"可能是因为这是一双鞋子的缘故（啊哦，说漏嘴了），我总觉得她是一个女人。"

"是啊，为什么不呢？很多工厂里的工人都是（女人）。"达莉娜回复说。

"我们假设这位制鞋工人是一名外来务工者。她背井离乡，抛家弃子来到这里。甚至将孩子交给母亲照顾。其结果就是，资本主义经济深入到了农村社会和农民家庭中。有偿劳动只是被卷入并支持着全球资本主义制度的一种工作。世界体系似乎还受益于一种传统的父权制，即老年妇女要照顾她们的孙辈。但这也是无可奈何——送自己女儿到城市上班的需要使这一切必然地成为默认的情况。"

"这是件好事呀。"帕洛说，"这个女人本可能要生十个孩子，在三十岁以前就死翘翘了。多亏了你的鞋——"

"不是我的鞋，"米拉坚称，"这双鞋的主人相信穿上这对宝贝，她就可以驰骋于我们这儿奢靡的夜店了。"

"要是没有人穿，就没人愿意生产它们了。商品生产确实可以让他们赚钱。这是她自己的选择吗？"米拉说着，心想：要是能直接听这个人聊聊自己的想法就好了。

"对于任何有关剥削的理论来说，解释被剥削者的选择都是一种挑战，"达莉娜开口说道，"这就是我们所说的能动性——尽管选择十分有限，但人们会充分利用所有可行的选择。我们完全可以从另一个角度来看这种安排——这也是对'他者'理论的批判之一。西方理论家一直痴迷于描述'我们'对'他们'做了什么，以及他们如何受到以他们名义行事的政权所施加的影响、规训、标签化以及再生产。"

米拉问："难道人们不会抵抗吗？"

"这套理论确实认为被剥削者会抵抗这一切。他们会成立工会，从工作地迁移出去，但他们只是将这些抵抗行为定义为对西方资本剥削的反应。如果我们认为被剥削者拥有某些能动性，我们就能看到他们在利用货币经济的优势，并且知道在未来的什么时候，情况会比他们做农民工时的生活更好。

"无论哪种情况都告诉我们，政治经济意味着无论是你的鞋子、他的香烟、她的车子，都不能简单地说是由一个自由交换的体系催生出来的。理想的自由市场——劳动力按成本分配，买卖双方签订自由合同——都只存在于贸易部服务器上某个嗡嗡作响的计算机模型中。现实生活中的经济交流同样涉及关系与义务——家庭、国家、邻国、民族、道德债和信用。

"特权的影响之一就是让你认为自己没有这些义务，让你觉得自己生活在一个可以自由行动和自由交换的'光明'世界里。诸如国家一类的机构对此有着十足的影响力。比方说，如果国家想让人们出售商品或劳动来换取现金，原因是国家需要现金来资助战争，就会要求人们用现金缴税。这就是货币经济的起源。欧洲国家建立了信贷市场来为战争提供资金。"

帕洛问："难道所有的经济发展都被剥削和帝国主义玷污了

吗?"

米拉插话回答:"我们不能在不了解工人想法的情况下对那家工厂进行价值判断。我们只能判断解释这一体系的观点。"

她想起了班巴拉以及总是倾向于以这种方式思考万事万物的欧洲写作方式。

"我们是从什么角度进行论述的呢?"她向大家抛出了这个问题,"我们是不是总是假设所有人都有着同样的选择,有着同样的需求?"

达莉娜说:"你现在批判的是普遍主义(universalism)——将某些从小范围的、通常是特权群体中推演出来的特性和经验应用到整个人类身上的一种做法。有人会问,在全球劳动分工和价值链条下,女性主义如何存在?在何种基础上,阐明上海女性 CEO 和里约热内卢的女性非法移民之间具有普遍特征并遭受着普遍的压迫才是有意义的?"

米拉又想起了那座博物馆以及它所承载的对于人类的普遍视角。"比起说某些观点在过去适用,或者说现在持有这些想法的人脑子坏掉了,我更愿意想现如今,有哪些东西已经不复存在?哪一部分是错的,又有哪一部分错误我们一犯再犯——尽管我们总是谴责别人做了同样的事。人类身上仍然具有一组奇妙的特性,这些特性改变了我们周遭的世界,以便我们能够理解自身的所作所为。生产这双鞋,让那个工厂的工人的生活完全不同以往。我朋友也认为这双鞋会让她的生活变得不同,实则不然。这双鞋不会让她比夜店里的其他人更加出众——或者这一点不会持续很久,却永远改变了那个工人的生活。"

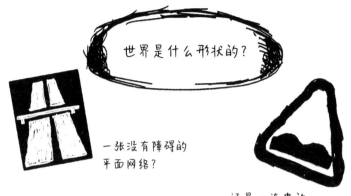

世界是什么形状的？

一张没有障碍的平面网络？

还是一连串的高峰和低谷？

1. 后殖民主义从世界帝国兴衰的角度来研究全球关系。它表明，过往时代的政治、经济、心理和文化遗产看似已经是历史，人类实则仍生活在它们的遗产中。弗朗茨·法农认为，自由国家组成的新世界实则是对旧世界的模仿。

2. 迷思（myths）是英国、法国以及其他一些现代帝国的秘密，有些甚至流传至今。它们认为，欧洲现代性的发展包含了一些其他地方所不具备的独特品质，这一切都可以归结于当地社会和人民的独特品质。

3. 世界系统理论着眼于全球发展如何通过中心及边缘国家的网络重新制造其依存关系。中心国家可以通过对自身有利的发展方式组织全球贸易，这种观点强调了民族国家的力量；另一些观点则着重强调了国家力量的削弱以及网络技术力量的日益增长，认为这些因素逐渐将世界变得"扁平化"。

4. 无论从什么角度来看，发生在地球某个角落的活动能够切实地对许多遥远的地方产生深远影响这一点，确实为人们带来了一些好处。

5. 一直以来，社会学是否能提出具有普适性的主张都是人们争论的焦点。一些批评家，如女性主义者和后殖民主义者，认为社会学的思想有严重缺陷，因为它声称的普适性思想实际上是特殊的。欧洲国家在世界范围的主导地位塑造了其社会思想，尤其是这种思想涉及将其他社会引向西欧或者美国的模式上来。对此，后殖民主义者提出了他们的质疑和挑战。

第 十 四 章

在 支 持 与
反 对 中

假日将近，米拉想知道哥哥回家看望妈妈的安排。但自多尼接通电话的那一瞬，她就立马判断出他生意太忙，根本无暇分身。米拉说，生活里有些东西比钱更重要，但他不以为然。

"米拉，钱可太重要了。没有了钱，你就什么也拥有不了。我想连社会学家应该也知道这一点吧，不是吗？"

米拉清楚，和多尼正面对峙只会让他更不想回家，不管怎么说，她都能松口气了。当她对多尼说社会学主要研究的是生活中其他重要的事情时，多尼不无讽刺地回复了她。

"哦，真的吗？你应该听说过卡尔·马克思（Karl Marx）吧，这都没有吗？"

米拉被逗笑了："我当然听过马克思主义（Marxism）。你该不会是个共产主义者吧？"哥哥笑了。

"当然不是，但我了解马克思主义认为金钱应该如何运作，以及金钱实际如何运作。事实上，与其说是金钱在我们生活中的重要性，不如说是经济在我们生活中的重要性。你又不是非得做一个共产主义者才能弄清楚这一点，况且我觉得你应该自己试着把这些东西捋清楚，小妹妹。"

米拉知道，哥哥有意激怒她，但她还是把话题转移回了假期。她果真猜对了：他有笔生意要谈，不能回家了。她不再浪费力气去说服他，三两句话道了再见之后，她问心无愧地松了一口气。

米拉翻开了"弗兰肯斯坦"。其实，她对马克思的理论一窍不通，也没有同学提出想研究他。马克思是社会学的一部分吗？她有点生气，因为哥哥竟然知道一些连她都不知道的社会学知识。如果"弗兰肯斯坦"中有关于马克思的内容，那么米拉打算潜下心来好好读一读，即使这会坏了她只有在写作业时才翻开这本书的规矩。她告诉自己，这可不是什么兄妹竞争，只是一种明智的防御措施罢了。如果连多尼都听说过马克思，那么其他人也有可能会认为，像她这种社会学学生理应知道关于马克思的一切。

"弗兰肯斯坦"里确实有一章提到了马克思和他的拍档弗里德里希·恩格斯（Friedrich Engels），米拉趁着假期把这本书随身带回了家。旅途漫漫，她在路上就迫不及待地读了起来。她很快就发现，虽然不愿承认，但哥哥在某个方面是对的。马克思的所有重要著作都是在十九世纪下半叶写就的，当时工业资本主义刚刚起步。

马克思自己没什么收入，而恩格斯靠经营家族纺织厂赚的钱不仅仅养活了马克思，还养活了马克思日益人丁兴旺的家庭。可以说，没有这些钱，就没有这些作品（恩格斯自己也写了不少作品）。继续读下去，米拉发现马克思和恩格斯确实说过，经济是一切的基础，是社会的关键——历史的关键——甚至是决定不同人群（他们称之为"社会阶级"）思想的关键。但他们的理论基础是所谓的"剩余价值"，这有些不太好理解。

与同时代的经济学家一样，马克思和恩格斯也认为任何商品所生产的，或任何服务所提供的价值都取决于其中的劳动投入量。马克思和恩格斯与其他大多数经济学家见仁见智之处在于，他们指出，资本主义之所以能以惊人的方式增长，是因为劳动所创造的一些价值被偷走了。工人们的工资只够他们维持简单的生活，并保证他们还会继续来上班，但他们在工作时所创造的价值要远比这多得多。而资本家出售工人生产的产品，兑现了全部的价值。

资本家出售产品所得到的钱，一部分用于支付工人的工资、购买原材料、机器以及支付建筑成本等，还有一部分来自工人劳动所得的剩余。这些"剩余价值"并不是资本家创造的，但资本家还是将它据为己有。事实上，这就是资本主义的真正含义：剥削工人，让他们创造价值，然后确保榨取的剩余利润能够超过应付给工人的工资，确保他们每天早上按时上班。如果资本主义不这样剥削工人，再投资就不能产生利润，资本主义企业也就不能再继续发展了。

理解了这一点，米拉觉得其实没什么大不了的。这不新奇：当然了，资本主义是一种不公平的交换。每个人都知道工人们永远都富不起来，资本家却会。但这其中也是有一点道理的，因为工人们在这些交换里找到了工作，如果没有这些工作，他们就会受冻挨饿。更重要的是，在这些日子里，许多国家的工人在资本主义中过得还算滋润。正像她的姨妈说的，工人的确不算富裕，但他们确实比以前更富裕了，而且未来有可能过得更好。

这有什么可反对的呢？不然人们要怎么找工作呢？如果没有资本家，他们哪儿来的钱呢？国家可能会给他们提供一些工作（像是教师或者公务员），但是这些人的工资必须来源于资本家及其手下的雇员所缴纳的税款。这或许是一个非常不平等的体系，但我们没有办法摆脱它，至少米拉想不出什么办法。然而马克思和恩格斯显然要说服我们，这一切是有出路的。他们欣然承认，剥削在资本主义内部不可避免，但这不意味着我们会被它困死。他们认为我们本可以采取另外一种经济模式，比资本主义更具生产力，而且还不会发生剥削。

如果你回望历史，就会发现资本主义的剥削没有持续很长时间，马克思和恩格斯也不认为它会持续很久。换句话说，你会得出这样的结论：剥削只是一种经济的核心，但还有其他经济。资本主义只是经济发展的一个阶段，马克思和恩格斯认为这个阶段已经接近尾声了。他们写这些东西的时候是十九世纪中期，从现在来看，你会发现资本主义根本没有结束，他们在写这些理论的时候，资本主义才刚刚起步。

那么，是什么让马克思和恩格斯如此坚信他们会笑到最后呢？他们认为当我们接近下一个阶段时会有所知觉，因为资本主义经济正在衰退。米拉知道经济会经历衰退、繁荣和滑坡——这一商业周期意味着每五到七年就会有一些人面临失业的困扰。马克思和恩格斯认为，这些衰退证明了资本主义的另一个决定性特征：不可避免的经济危机。

这是米拉发现自己另一个难以理解的点。剥削是资本主义运作的方式，这些剩余价值被重新用于投资以扩大企业的规模，从而导致了更多的剥削。换句话来说，剥削是资本主义的价值所在，也是资本主义企业成长的方式。但是马克思和恩格斯也说过，剥削作为资本主义的核心就像一个设计上的错误，是注定要失败的。米拉认为这种想法未免有些太一厢情愿：它到底应该怎样运作呢？

资本主义也会带来企业与企业之间的竞争，因此每个资本家都不断追求在价格不断压低的情况下，通过削减成本以保持利益的增长。这种压力促使工作的组织与技术发生变化。机械化和日益增长的劳动分工是资本主义特有的惊人成就，但它们同时带来了诸多问题。比如，机械化意味着用机器取代工人，但剩余价值来源于工人。增加机器就意味着能提供必要的剩余价值的工人会越来越少。马克思和恩格斯认为这将给资本家的利润带来压力，从而导致商业危机，每隔几年就会有许多公司濒临破产，成千上万的工人面临失业。

　　资本主义也需要工人来确保他们自己生产的剩余价值能够转化为利润，因为想要获得利润，就必须要将工人生产的产品销售出去。其中的一些商品最终会卖给工人，如果很多人因为资本家试图削减成本而失业，商品就卖不出去，资本家就不能获得他们所期待的利润。这就意味着经济衰退将加深为萧条，越来越多的人将陷入贫困。事实上，资本家会通过加薪而使工人免于饥饿，也就相当于必须为让穷人生存下去而买单，而不是一味地剥削他们。马克思和恩格斯认为，以上环节说明一个以剥削为基础的经济制度是不可能长久存在的。

　　渐渐地，米拉发现，马克思和恩格斯对资本主义也做出过一些积极的评价。他们认为，鉴于资本主义以剥削为基础，它就不得不让工业以前所未有的方式发展成为可能。有了这些新机器，加之所有的人都投入了生产，资本主义会变得非常高效。但是，与此同时，它又无法保证所有人都能从这种发展的可能性中获利。事实上，越来越多的人会变得越来越穷。

　　资本主义是前行进程中的必经阶段，但这个阶段不会持续很久。

当时有很多哲学家都认为历史是分阶段的，每个阶段通常有着不同的思想。历史是随着思想的演变而前进的：先是有一个宗教占主导地位的时代，然后是启蒙运动，接着可能是科学占主导地位的时代。几百年来，人们提出了越来越好的思想，这就是进步的过程。

只用了一点时间，米拉几乎毫不费力地理解了这个理论的核心。马克思和恩格斯的重要思想就是，推动历史前进的不是思想的变化，而是"物质"事物的变化。（对米拉来说）只有一个问题：这个"物质"是什么意思？显然，物质包括新技术和新形式的工作组织，但似乎又不止于此。提到"物质"对象时，马克思和恩格斯所指的确实是机械化、蒸汽动力和新型交通工具，但事实证明，它们也可以用来指代法律和结构，比如谁拥有什么东西的模式（他们将其称为"社会关系"中的最后一个）。在马克思和恩格斯看来，所有这些物质特征才是每个历史阶段真正的决定性特征。对于几百年前的奴隶制和后来阶段的有偿劳动来说，最重要的变化就是铁路和电报。你不能指望这两个阶段的人们以相同的方式思考，但思想发生变化是最终的结果，而不是原因。

他们对变化所持有的唯物主义观点使得马克思和恩格斯相信资本主义绝不会长久。资本主义确实能带来一些进步，但它给物质环境带来的改变意味着它必然会遭遇困境，事实上，我们最终会意识到，它只是下一阶段的基础。马克思和恩格斯从这些"社会关系"中得出了许多结论：对这一理论来说，最重要的是我们如何对待自然，以及我们为了达到这一目的而彼此建立的关系。主人和奴隶是一种关系，资本家和工人是另一种关系。自由市场中买卖双方的关系同封建领主与臣民的关系并不相同，根据法律，在后者的关系中，臣民必须要把自己的钱和货物交付给领主。

这些由不同法律框架支撑下的关系上的差异，是不同阶段直接差异的关键所在。关系改变，其他一切也随之改变，包括思想。马克思和恩格斯认为，你可以从资本主义中得知这一点。"物质力量"——包括技术变化和"社会关系"的变化——正在推动着历史发生变化。社会关系中最重要的变化就是越来越多的人被迫为了工资而工作，大资本家做大做强，小资本家则被接管或宣告破产。这些变化非常重要，致使后续出现了更多的变化，包括人们对家庭和国家看法的变化。

随着米拉继续阅读，她推断这就说明了人们之间的社会关系进一步发生的变化，最终会导致资本主义向共产主义转变。资本主义内部的"矛盾"终将达到一个顶点，从而导致整个体系发生大规模的崩溃，在这种情况下，通向新型经济的道路将会变得愈发清晰。这就会带来一种新型的社会，因为其他的一切，诸如我们关于如何生活的观念，都是随着物质条件的变化而发生变化的。

资本主义最重要的矛盾是生产的"力"与"关系"之间的矛盾。生产力实际上就是使得资本主义能如此高产的所有元素：工人的劳动、机械化技术和蒸汽动力。生产关系是资本主义所建立和依赖的人与人之间的关系。马克思和恩格斯想表达的是，大多数人把他们的劳动卖给资本家是为了生存，而资本家借此创造他们的劳动力。这就是每个人都能理解的交换，米拉认为由此产生了一种宽泛的公平。

这种相互依赖对米拉来说非常普遍，生产力和生产关系之间的矛盾就变得更容易理解了。这意味着，为全人类带来福祉的力量尽管拥有巨大的潜力，但永远也无法实现；事实上，它看起来会比以往的任何时候都要遥远，因为生产关系意味着大多数人口都必须保持贫困，在实际生活中越来越穷。米拉认为这一定是她之前读到的那种资本主义崩溃的另一种形式，即没有足够的人工作来购买资本主义生产的商品等。经济衰退和失业浪潮，就是证明资本主义核心矛盾的证据。

马克思和恩格斯对人类的各个历史阶段有着自己的看法，他们认为不同阶段之间的关键区别在于社会生产关系和相关技术的不同。他们设想存在着一个"原始共产主义"的阶段，在这个阶段中，没有私有财产，人与人之间平等共存。然后就到了"古代社会"，这个时期的生产都依赖于奴隶，而关键的社会关系就在于奴隶与奴隶主之间。在"封建社会"中，生产则要依靠"农奴"来完成，农奴一生都不能离开他们出生的那片土地。他们不是奴隶，但依然要为封建地主干活，所以他们与地主之间的关系就是那个社会最关键的社会关系。当然了，在资本主义社会，关键的社会关系就是资本家同工人之间的社会关系，工人为了生存而不得不为微薄的薪酬工作。米拉认为，在从每一个阶段过渡到下一个阶段的过程中，生产力和生产关系之间的矛盾总是会持续增长。

资本主义之后，人们进入共产主义，在那个时候，生产资料——工厂和机器——由所有人共同所有，每个人都将从生产力的发展中受益。马克思和恩格斯说，这将标志着人类真正故事的开始。过去，人们对所发生的事情几乎没有真正的选择。马克思说："他们创造了历史，但不是在他们自己选择的环境中创造的。"在资本主义被推翻后，人们将获得真正的自由。马克思和恩格斯认为，人类真正的故事开始后，我们便有能力回归到真正的自我中，回归到人与人真正的关系中。

不知怎的，这次回家的旅程似乎比米拉平日里回家时还要长一些。她已经读了几个小时，现在明白了，马克思和恩格斯是在说经济具有社会效用。这就是他们的重要思想——唯物主义理论所涵盖的内容了。在新兴资本主义的安排下，工人出售自己的劳动力，在工厂里工作，这影响了他们生活的方方面面。但是，马克思和恩格斯没有下结论说经济始终重要。

他们确实肯定经济在资本主义中起着特殊的作用，但未必总是这样，将来也不必然是这样。更重要的是，他们认为在资本主义之后，经济将不再那么重要。人们到时候所具备的高产性会让他们有能力专注于其他的事情。

马克思和恩格斯认为，我们到时候就会拥有那种能够实现人的全部潜能的经济，到时候在越来越少的富人和越来越多的穷人之间不会出现巨大且不断扩大的鸿沟。每个人都会工作，但不会有人长时间地工作，而且每一份工作都会为人们带来成就感。这就是马克思和恩格斯所设想的，如果生产资料、工厂和机器归所有人共同所有，世界将会是什么样子。这种乌托邦式的世界将是这种所有制的产物：这种生产方式所带来的社会和政治无一例外都会很幸福。

米拉将视线从书中移开，她已经精疲力竭，不能再读下去了。那么，这段话是什么意思呢？这么说，哥哥的理解是错的，不是吗？马克思和恩格斯想表达的意思是，经济只是在目前主导了一切，我们可以畅想一个不再由经济主导一切的时代，在那个阶段，经济会被其他的东西所取代。她合上了眼睛，开始回想几个月前她回家时发生的事。米拉模糊地回忆起某个启示，即事情不必总是保持着你现在看到的样子。难道她不应该得出这样的一个结论：现代性可能也只是一个阶段而已，这不就是马克思一直在强调的吗？

＊＊＊

回家后，米拉给她妈妈讲起了马克思和恩格斯是如何试着找出事情在过去实际上发生的变化，以及未来社会可能会发生的变化：每个人的工作都值得、有价值、令人享受，每个人的生活都舒适而富足。她母亲回应，这可能就是为什么人们提起马克思的思想时总会称其"理想得不可救药"。

听完这话米拉彻底不明白了。"但我觉得马克思和恩格斯的意思不是说如果人们不为之奋斗，变革就不会发生，至少……好吧，我现在也不知道自己在想什么了。我可能还是得再读一读他们写的东西。"

米拉接着读了下去。她意识到，自己需要了解人们如何接受唯物主义这个重要理念。读下来的结果比她设想得要复杂得多。米拉基本上已经习惯了这样的阅读节奏，但是她还是需要时间来掌握这些思想。在之后一段时间，妈妈似乎全神贯注，有事在忙。米拉感觉自己见到妈妈的时间比她之前在家住的时候还要少。也不知道是什么事情要占用妈妈这么多时间，这让米拉很好奇，但又不至于询问。米拉觉得这样做未免有点过于角色互换了，成年女性绝不会因为被唠唠叨叨的妈妈缠住就愿意花更多的时间陪妈妈。于是她埋头于马克思和恩格斯的作品中，不知不觉，开学的日子又快到了。

米拉对妈妈说，她已经解决了刚回来的那天遇到的问题。"我可能理解得有点慢，但这不是我的问题。马克思和恩格斯兼顾了两端。他们一方面说我们创造了自己的历史，但另一方面又指出，我们不能选择我们所处的环境。我们能做的就是打好历史交付到我们手中的这副牌。"

"啊，你这么说我就明白了。就像有人在乡下停下来问路，回答的人会说，如果他们想要去某某地方，压根就不应该从这里出发。"

"有意思，不过大致就是这样。你必须要从自己的所在地动身前往你的目的地，这就意味着有些人将比其他人更能够影响历史。我认为这也意味着人们必须要做些什么来创造历史。你看，马克思和恩格斯就是在想一条两全其美的路子。他们坚信他们的唯物主义，但同时也将其改造得更加贴近于真实的生活、真实的历史，也就是人们必须为之斗争的思想。这有点复杂，但我认为很有道理。比如说，它解释了资本主义本身的降临，以及为什么有些人会主张一些自由的新思想，等等。但这些思想若是想打动人们，就必须要等待合适的时机，也就是必须要等待物质条件的成熟。一旦所有条件都合适了，封建主义也就走向灭亡了。"

马克思和恩格斯坚信，资本主义必将崩溃，但米拉发现，他们同时认为，若是想实现所需的变革，其条件可不仅仅是经济上的崩溃。你不能简简单单地对人们说："听着，资本主义这个想法实在不怎么样，让我们换一个新的吧！"唯物主义理论还必须要解释如何过渡到下一个社会，来到历史的下一个阶段。这就是阶级概念介入的地方了：他们是唯物主义者的主宰主体，推动历史前进，是不同的阶级带来了新的社会形态。米拉对妈妈说："马克思和恩格斯曾经说过，资本主义需要依赖于一些人出售自己的劳动，另一些人购买他们的劳动。这是两种不同的人，阶级就是由他们的经济地位决定的，也包括他们拥有财富的情况以及生活的情况。"

马克思和恩格斯认为资本主义与阶级息息相关，历史上的其他阶段也是这样的。在以前的经济制度或所谓的"生产方式"中，不仅包含不同类型的法律和财产——例如，在古代社会中，奴隶也是一种财产——但也是不同的阶级。事实上，在此之前的每一个阶段都是由阶级之间的关系来界定的：在古代社会，就是主仆关系；在封建社会，就是地主—农奴关系；而在资本主义中，则是"布尔乔亚"，即资产阶级——资本家——和"普罗列塔利亚"，即无产阶级——工人的关系。米拉说，马克思和恩格斯让阶级成了历史的主体。

有时他们会说，阶级会以不同的方式思考，仿佛它们是人一样。但无论如何，马克思和恩格斯把阶级看作推动者，他们将一种生产方式推向另一种生产方式："看看封建主义后期，城市里的布尔乔亚们是怎么成长起来的，他们变得越来越强大，终于，他们以暴力的方式起义，从土地所有者和君主的手中夺取了更多的权力。他们看似试图建立一种民主制度，但他们真正想要的是掌控经济和法律体系的权力。他们需要的最重要的自由是开发的自由，他们的主要目标之一是让工人从土地中解放出来，这些工人一文不名，只能依靠出卖自己的劳动力维持生计。土地所有者却不一定希望如此，所以这就是进一步冲突的来源。"

米拉讲着讲着，也相信唯物主义理论是相当了不起的成就——它具备如此多相互交叉的联系和分支。例如，资产阶级随着物质资料的变化，不断地成长和壮大，他们与土地所有者之间不可避免的冲突实际上是权力和资源的物质冲突。自由这样的思想就在这场冲突中有所体现，但是马克思和恩格斯不希望我们将它们误认为原因。资产阶级渴望自由，但正是他们的物质条件使他们愿为自由而斗争。米拉继续说了下去。

"是的，资产阶级和封建地主之间有阶级斗争，资产阶级是革命者，正是他们将历史带入了新的阶段。但是马克思和恩格斯继续推断，在未来，无产阶级将成为从资本主义到共产主义变革的推动者。主要原因是，资本主义会渐渐把每个人都变成工人。所有的农民和店主，甚至小老板也一样，会变成工人。"

艰苦的劳动和无尽的贫困使得工人的家庭生活同资产阶级家庭的生活完全不同。国籍对于无产阶级来说毫无意义，因为他们知道，资本主义的剥削在任何地方都是一样的。他们与其他国家的工人之间的共同点比他们与本国资本家之间的共同点还要多。那些资产阶级所认为最重要的价值观——爱国主义、尊重法律、道德、家庭价值观，甚至宗教信仰——将不仅被视为是一种异化，还将被视为一种烟幕，资产阶级会在这烟幕后继续攫取他们想要的东西。渐渐地，会有越来越多的无产阶级不再接受被愚弄的命运，他们会奋起反抗。

马克思和恩格斯认为，资产阶级知道无产阶级将是社会变革的推动者，而且他们注定要受到诸多反对。阶级斗争和阶级冲突是注定存在的，正如革命也总是会发生。而且，就像以往的情况一样，将会爆发一场天翻地覆的革命，不仅仅发生在经济领域。必须要有这样的一场革命，才能使财产的形式发生必要的变化。例如，必须重新制定法律来规定个人拥有工厂和其他生产资料是违法的，并使这些东西成为所有人的共同财产。这就意味着法律、政治、一切都必须改变，这些改变就意味着一定要发生一场斗争，但这没什么好惊讶的。资产阶级自己就曾经为实行资本主义而斗争，推翻封建制度。事实上，当他们这样做时，他们是少数，而无产阶级到时候会占绝大多数，他们的胜利是不可抵挡的，也是迟早的事。

马克思和恩格斯曾经说道，整个历史——不仅仅是革命的部分——都是一部阶级斗争的历史。只要资本主义还继续存在，这年复一年发生的事情就可以用阶级斗争来解释。阶级斗争比你想象中要复杂得多。比方说，资产阶级出现在封建制度的末期，但实际上，封建制度所包含的阶级不仅限于地主和农奴。其中也有城镇居民，包括独立的工匠和商人。同样，在资本主义中，也存在介于无产阶级和资产阶级之间的阶级——工匠、店主和小老板——别忘了还有其他阶级，像是流氓无产阶级、知识分子以及各种资产阶级。米拉的妈妈问："怎么会有这么多阶级？"米拉很惊讶自己竟然还记得住答案："因为存在着许许多多不同的谋生方式和不同的财产关系呀！"

米拉解释，马克思和恩格斯认为，随着时间的流逝，这些其他阶级的多数成员都将逐步沦为无产阶级，他们除了劳动之外再没有别的财产，如果不贩卖自己的劳动，就无法生存。但与此同时，也就产生了无数不同范围的阶级利益分歧、阶级联盟和复杂的阶级斗争模式。马克思写到1848年法国的政治革命时，就描述了各种不同的阶级。资产阶级有几个不同的派别：在城里拥有工厂的人、在城里拥有财产的人、在乡间拥有财产的人，还有银行家和金融家。除此之外还有小资产阶级、无产阶级、流氓无产阶级以及小农。这些农民是路易·波拿巴最终权力的基础。路易是拿破仑的侄子，米拉补充道。他于 1848 年成为共和国的总统，1852 年称帝。根据马克思的观点，正是农民对拿破仑时代的怀念之情使得他们愿意支持他。拿破仑将自己的土地分给了农民，而农民最喜欢的就是土地。他们还渴望回到过去的好时光，那个法国军队曾与欧洲君主国一较高下的时代。马克思认为路易和他叔叔之间的相似之处都是农民凭空想象出来的。他们被一种不符合他们最大利益的"意识形态"所说服了。

米拉觉得，应让妈妈从这堆社会学中解脱出来，但是妈妈对意识形态的概念很感兴趣，让米拉多讲一讲。米拉接着说道，在唯物主义理论中，思想总是衍生于经济体系，这也是构成阶级意识形态理念的原因。米拉说，马克思教导我们，意识形态源于经济地位：阶级的思维方式取决于他们的经济地位；在他们的意识形态中，他们在思考他们的立场（和利益），尽管这可能不那么明显。1848年的法国农民是武装民族主义的狂热拥趸，因此也支持路易，但他们的经济地位取决于路易的叔叔分给他们的土地。

马克思则认为这很正常。阶级经常会提出对他们来说非常实用而便利的理念，这些理念也有助于粉饰他们的目的。拥有土地的贵族非常重视"荣誉"，因为他们常常是荣誉等身，荣誉佐证了他们所拥有的全部权力和财富是合理的。同样地，资产阶级也非常热爱"自由"，因为他们处于利用自由的最佳位置。

"所以米拉，你的意思是，这些说到底都是阴谋？阶级意识形态是一种有意识愚弄人心的不良企图吗？"

"我也说不准，但我不认为每个阶级都能意识到他们必须要想出合适的理念来证明自己对资源的控制是合理的。或许是阶级里的人，或者一部分人，完全相信这些理念，但是他们的想法是有缺陷的。他们很难理解，这些对他们来说很有益处的想法，未必对每个人都有好处。因此，布尔乔亚渴望自由，而工人每天都得靠劳动谋生，实际上他们并不能从所谓的自由中得到什么好处。"

马克思不认为所有的意识形态在保护和促进阶级利益方面都是同等有效的，它们的有效性取决于阶级的物质条件。农民不同于那些每天在城镇和新兴工厂里肩并肩生活和工作的无产阶级。他们在法国各地的小块土地上，彼此不相往来，所以他们信奉的意识形态，尤其是武装民族主义，对他们来说好处甚微。米拉觉得自己现在可以非常清晰地将所有这些阶级意识形态的东西同历史唯物主义的重要思想联系在一起了。正如阶级是历史的主体一样，思想（法律、政治形式、家庭类型、艺术形式等）也是通过阶级并从物质因素中产生的。

上层阶级会提出对他们来说更有用的思想，米拉说道。事实上，这些上层阶级总是占据那些能够将自己的思想强加于人的物质条件。马克思认为，统治阶级的思想在每个时代都是统治思想。拥有一切——工厂、仓库、矿山和码头——的人，最有可能拥有他们所需要的东西，他们也需确保自己的思想占领了主导地位。他把这些东西统称为"精神生产资料"，意思是让人们以某种特定方式思考的工厂。在马克思的时代，报纸是最明显的例子，但如今，电台和电视台也在做同样的事情。

"米拉，那大学呢？他们是不是也在传授统治阶级的思想？"

"我不知道，"米拉不安地回答，只好硬着头皮继续说了下去，"马克思说，没有任何财产的人根本无法表达他们的思想，没办法同资产阶级竞争。因此，最终的结果就是，那些资产阶级以外的人也开始以资产阶级的方式看待世界了。他们最终会认为资本主义对他们也有好处，却丝毫意识不到自己正在被剥削。"

话音刚落，米拉和她的母亲意识到有人正站在敞开着通往花园的门口。一瞬间，光线直直照射进花园，让人很难分辨来者是谁，但随后米拉认出来了是林，他是家里人的老朋友了。林慢悠悠地坐到米拉和母亲之间，米拉心里纳闷，他到底在那站了多久了。

"是谁在学马克思呀？该不会是我以为对书不感兴趣的小米拉吧？"

米拉已经有八九年没见过林了，但他似乎没有一丝衰老的痕迹。米拉确定，他要比母亲还大上个几岁，但如今在别人看起来他们就像同龄人一样。乍看之下，说他们是姐弟也会有人相信。从他们俩的谈话中米拉可以感觉到，他们对彼此的陪伴感觉非常舒心。米拉感觉自己的胃一阵抽搐，她突然明白了为什么自打她回家以后，母亲总是匀不出时间来陪她。米拉能感觉到一股嫉妒的情绪在不断上涌，也顾不上什么成不成熟了。

林对米拉在大学里的学习体验很感兴趣，但母亲决意要让他们远离任何严肃的谈话。她对林说，米拉明天就要回学校了，林则表示他很羡慕米拉现在处于的这段徘徊在人生边缘的光阴，在这段时间里你可以自由自在地认真思考想成为一个什么样的人，以及你未来会产生什么样的影响。在米拉听来，这些话听起来不那么中肯，林和她的母亲继续陪着自己聊天可能只是出于礼貌。她想他们可能还有要事相谈，于是就略显尴尬地匆匆告辞，说自己必须要去检查一下打包的衣服是否干净，也要准备收拾行李了。当天晚一些的时候，当米拉再次去找她的母亲时，林已经离开了，事情发生了一点微妙的变化。这并不是米拉造成的，但她与母亲的关系似乎迎来了另一种转变，刚刚重新建立起来的关系又变得有点紧张了。米拉一度感觉自己仿佛又变回了小女孩，或许成年女儿和母亲之间不应该有这种感觉？这是否也意味着她们不能分享彼此的一切，包括所有的秘密？然后不知怎的，米拉想起了阿伦。

那天晚上，米拉躺在床上辗转反侧，想从母亲言行中的蛛丝马迹里找到她与林的关系的线索。她静不下心，脑袋里反复思量着今天聊的马克思主义，以及在林来家里之前，她母亲表现出极大兴趣的意识形态概念。米拉对她妈妈说，穷人，或者那些至少不是资本家的人，最终会认为资本主义对他们有好处，这也是为什么他们意识不到自己正在被剥削。资本家也绝不明白，为什么那些把资本主义说得相当美好的理念对他们来说是好事，对其他人来说或许不然。难道这就是在她父亲身上发生的事情吗？难道被他所欺骗的穷人实则是被一种意识形态愚弄了吗？

米拉现在彻底清醒了。母亲曾表示，已经不再去想审判和审判的后果了，但会去思考为什么米拉的父亲会对那些人做出他所做的那些事，以及他为什么不认为那些事是错的。米拉知道她父亲一直强调每个人都知道这个原则——一旦参与投资，就意味着知晓可能会发生任何风险的可能，在这个过程中没有人会强迫投资者。但是，他根本不需要强迫投资者，他只需要给投资者展示一种对他自己有好处，而并非对其他投资者也有好处的世界观，然后告诉别人这是正确的，也是唯一的真理。

但是，他究竟真的是如此相信着，还是存心欺骗别人呢？即使你断定是他愚弄了穷人，诱使他们相信了他的意识形态，你还是不能理解他为什么要这样去做，除非你去了解他的信念到底是什么。这些会表明，父亲为何坚信愚弄别人是正确的，以及为何坚信自己能选中最符合投资者利益的投资。米拉必须搞清楚父亲真正的想法。如果不这样做，这些问题就会像折磨她母亲一样折磨她。而且她坚信，如果找到这些问题的答案，就能够向母亲证明，她没法说服父亲放弃他所坚信的那些想法，尽管她已经尽全力劝导，也许这样就能帮助母亲消除心中的一些内疚。

1. 资本主义意味着依据市场价值、资本积累过程和货币本身的价值来判断活动。卡尔·马克思让资本主义的骨架变得有血有肉。他从这个自圆其说的故事背后切入，试图挖掘那些看似自由平等但实则建立在剥削基础上的真实的关系。

2. 劳动人民，即普罗列塔利亚，为那些所有者，即资本家，创造了经济价值。这也被称作剩余价值，这些财富资本的盈余完全是因为先前的资本，而非持有人的聪明才智。工人们创造价值，但不能获得所有的价值。"剩余价值"增加了资本家雇主的财富，同时加强了他们对工人的控制，因此是工人自己创造了奴役他们的东西。这就是"劳动价值论"。

3. 他同时发展出了一套社会变迁的理论。阶级冲突导致了社会变迁。每个经济体系，每种生产关系，都创造出了可能会带来新的社会的阶级。封建主义创造出了很快就发现不需要贵族存在的资产阶级。同样，资本主义也创造出了最终会发现不需要资本家的工人阶级。

4. 人们认为马克思是一个经济决定论者，一个将社会关系简化为经济关系的人。但实际上他的理论内容要更加丰富，比如，他认为经济虽然是社会阶级的基础，但阶级斗争所涉及的内容远远超过了经济关系。马克思将知识生活同经济生活联系在了一起。资本主义或许是通过所有权来保证自己的权力，但它在表面上似乎没有运用权力来进行统治。当权力的统治关系表现得仿佛是唯一的存在方式时，在其影响下所产生的统治便是最强大的。

第 十 五 章 ———————————————— **在 两 者
之 间**

　　第二天早上，妈妈告诉米拉，林会在她中午离开之前再来一
趟。"昨天，你离开之后，林跟我说他年轻的时候也读过一些社会
学的东西。他是公务员，你知道的（米拉不知道），算是个当官
的。"显然，在他刚刚迈入这份事业时，有人告诉他，如果你真的
想深入了解你即将从事的这份为国家和政客服务的工作，就应该去
读一读有个叫韦伯（她用一种别具德国风情的口音将他的名字念
作"Veber"）的社会学家写的书。

　　米拉一点也不记得关于韦伯的内容了，但是妈妈这番小小的讲
话让她感觉有些奇怪。林与母亲之间的关系让她感到一丝不安，母
亲似乎是在强迫她同林建立联系。更让她感到不安的是，她害怕
跟林讨论社会学。她觉得这位理论家很可能是能够让林产生某些
共鸣的怪人——这样就可以解释为什么她从来都没有听过韦伯的
名字了——或许林会像阿伦的父亲给阿伦讲哲学家那样喋喋不休
地说教。

　　林到的时候，米拉正拎着行李下楼。三个人来到花园并肩坐下，
天气暖和让人心情愉悦。米拉坐在林和母亲之间，只感觉他们俩的
全部注意力都集中在她一个人身上。在她妈妈开口提到前一天她们

314

在聊的马克思之前，他们几乎没怎么说话。

"你昨天对我说，人们对资本主义满意，是因为他们被一种意识形态说服了，但你的爱玛姨妈听到这话就会告诉你，资本主义的确没有让每个人都富起来，但它给了数以百万人相当舒适的生活。资本主义或许充满了竞争性，但也并不意味着其中一个人赢了，其他人就什么都得不到。"

妈妈这种严肃的态度让米拉感到焦虑。就好比你是一个会拉小提琴的孩子，被爸妈要求在外人面前表演自己刚学会的曲子。她回答说："我想马克思会说，是的，资本主义给人们的生活带来了巨大的改变，但它无法兑现自己的承诺。我认为，如果他今天还活着，仍会说出一样的话：我们确实见证了更大的繁荣，而且泽被深远，但你还是不能否认资本主义是一个有缺陷的体系，而我们可以建立一个更好的体系。"

现在，米拉突然回想起，每当父母要发布重要的决定，或者让人不愉快的消息，往往会以这种严肃骇人的语气和孩子谈话。相比之下，林在说话的时候就显得平和多了。

"但是米拉，如果你去问问其他理论家，那些在马克思之后所有思考过这些问题的人，那些离我们的时代更近的人，他们会怎么想呢？事实上还有一个德国人，在马克思过世的三十年后开始了自己的写作——他熟悉马克思的理论，希望能够超越马克思。正如你所说的，马克思说资本主义可能在某些方面是好的，但在另一些方面是坏的。正因为我们能看到它的缺点，我们就更不应该满足，而是应该努力地去改变它。而另一位理论家告诉我们，即便你不是共产主义者，也可以去批判资本主义，同时，他也很清楚，除了资本主义，我们别无他法。他认为我们应该提出的问题是……”

米拉的妈妈也忍不住面带微笑着插话道："林，你说的是马克斯·韦伯（Max Weber）吧？"

妈妈的声音听起来简直像是在念剧本一样，但林说的东西似乎还挺有意思的，尽管像是在讲课。米拉耐着性子请林继续说下去。

"当然，你妈说的是对的——韦伯是我的强项，实际也是我了解的唯一一个社会学家，我就像一个只会指挥一首交响乐的业余指挥家。韦伯说资本主义无可替代，是因为资本主义最有存在的道理。社会变得越理性，资本主义就越有可能运作下去。"

米拉没听明白林的意思，但她应该说些什么好让他继续。"你的意思是说就像启蒙运动那个时候，每个人都开始质疑一切，并在各个领域运用起自己的理性。他们不再说是'上帝创造了贫穷和疾病，所以没关系；我们可以这样活下去'，相反地，他们会寻找缘由，然后试图采取行动。"

林笑了，米拉很喜欢他的笑——在他身上找不到一丝像阿伦的父亲那样屈尊俯就的感觉。是的，启蒙运动开启了越来越多的理性运动，这些运动最终导致了越来越多的人愿意认可并接受资本主义。

米拉不得不硬着头皮问出这个显而易见的问题。"马克思也认为人们除了资本主义外别无选择——这是一个必经的阶段——但为什么启蒙运动就意味着资本主义是实现这一目标的唯一途径呢？难道没有别的选择了吗？"

林说，这正是关键问题所在，但想回答这个问题需要花一点工夫。他一开始就提到韦伯的很多思想都是在他同"马克思的幽灵"的辩论中产生的。韦伯的著作中包含着许多对马克思的主张的含蓄批判，也吸收了很多马克思的研究。韦伯对工人们被从生产资料的所有权中分离出来的观点毫无异议，并且，同马克思的其他观点一样，我们读他的作品时就能感觉到这一点也被简化处理了。韦伯知道工人被强占豪夺，生产资料的所有权都集中在资产阶级手中，但他也知道，这种解释是片面的。他希望对资本主义的起源提出更加完整的解释，并让这种解释从历史的角度上看是正确的，因此，解释人们为什么会对资本主义着迷就成了其中最重要的一个问题。

"资本主义的要素已经存在几百年了，但是韦伯想要知道，我们中的一部分人是如何抵达日常生活的需要全由资本主义企业来满足的状态的。是的，你必须拥有土地、机器等，并将其作为由企业控制的私有财产，此外，你还必须要拥有自由的劳动力，也需要对机器和劳动力进行合理的组织。"

这我就明白了，米拉开始思考他说的话。正是因为资本主义基于一种理性的思考方式，所以它能够与理性时代携手同行。当你仍然倾向于以非理性或迷信的方式来思考时，你就不能理解资本主义。米拉绞尽脑汁地想，一会儿自己该说点什么，但林根本停不下来，不会给她见缝插针的机会。林接着解释说，所谓的"理性组织"，就是一种以完全抽象的方式来思考处理事情的最佳模式，即"我需要用什么方式来达到自己的目的？"在当时，资本主义企业完全是以盈利为目的而行动的，因为诸如传统之类的东西已经不能阻挡它了。林在这里停顿，米拉赶紧把话头抢了过来。

"他不会相信答案这么简单，对吧？"

"是这样的。他总是在自己的理论中寻求一种复杂性来匹配他观察到的真实世界。"为了强调这一点，林接着描述了韦伯对自由市场的论述，尤其是自由的劳动力市场，对理性组织所产生的重要性。只有在所谓自愿的情况下——但实际上是受到"饥饿的鞭子"的驱赶——劳动力成本才能提前被计算出来。除了"饥饿的鞭子"，你还需要其他的动力。理性组织需要能够计算出每个决定对其收入的影响。一个企业要能够计算出它是否盈利，所以必须要设置会计岗位，换句话来说，它必须要能在账面上计算出收支上的平衡。企业必须要依赖于其他可计算的东西，比如法律。它所依靠的就是法律的一致性和连贯性。

"林是学会计的。"米拉的母亲假装若无其事地插话。林笑着接道，正因为这样，他一直都很喜欢韦伯指出的那些无聊的工作的重要性——像是官吏、簿记员、会计——尽管他没有在政府做过这类工作。"但你不是最终在慈善行业里用到了自己所学的知识吗，对吧？"

"这样呀，"米拉很感兴趣，"你在做慈善方面的工作？"

"是的，"她母亲煞有介事，"林是你爸爸所在的主要慈善机构的财务主管。"直到林再次离开之前，米拉都没腾出空细细琢磨其中的关系。

林解释说，如果没有簿记系统和法律框架来管理与供应商和客户的关系，企业就不可能正常运作。他接着说，举例来说，所有上述提到的内容都有助于企业凭借着一定的可靠性来预测未来时期的成本和利润。韦伯说，可计算性还意味着拥有一套理性的技术——计算已经融入资本主义的每一个细节的设计当中——这就意味着一种机制化。到了十九世纪中期，刚才提到的这些都在西方得到了很好的发展，甚至可以说资本主义适用于其中的大部分情况；虽然并非所有情况，但它也已经变得如此重要了，缺少它，经济就会崩溃。

"米拉，现在我们回到你刚才所说的，韦伯是不是不相信事物的单一解释的问题上来。他不能把事情简单化，因为他知道现实从来就不是简单的。"林说，每当韦伯从抽象的讨论转向具体的历史事件时，他总是会将事情变得更加复杂。比如说，他知道西方通过创造大众市场，在我们历史课程上公认的时间之前，就已经进入了资本主义。这些都是通过降低价格实现的，降低价格可以让更多人负担得起工业制品。若想使得价格下降，制造商就必须要采取各种措施来降低成本，这样就增加了对劳动力的理性组织和理性技术的需求。韦伯指出，这种创新依靠合适的专利法得到长足发展——他似乎很擅长将法律纳入他的解释体系——因为若是没有专利法，人们就不会为技术创新而烦恼。米拉的母亲用勉强的僵硬笑声打断了他（她为什么会这么紧张？）。

"所以这些无聊的专利律师才变得这么重要。林，关于法律，韦伯还说了别的什么吗？"

"嗯嗯，有的，韦伯认为我们可以通过比较西欧和东方，尤其是东亚，来获取更多关于资本主义起源的信息。西方已经发展出了资本主义的关键特征：理性的法律，理性国家，公民的概念，科学，以及他所称的'生活方式的理性伦理'（rational ethic for the conduct of life）。"

在对林的慈善工作表达过惊讶之后，米拉很好奇林和她父亲之间到底是什么交情。林和父亲之间的关系到底怎么样？这或许可以解释她母亲之前的一系列怪异行为？林说的这些和她不断的提醒有什么关系吗？就像现在，她一直要求林再多讲一些关于法律的事情，仿佛是在提醒林曾经答应她要告诉米拉什么具体的事情一样。

林解释说，在韦伯看来，不理性的法律与魔法的存在阻碍了资本主义在其他地方的发展。举例来说，基督教（及犹太教）就对魔法怀有敌意。基督教同时也在法律的理性化中扮演了重要角色，因为旧时的法律（比如通过折磨或殴打来裁量审判）被认为是"异教做法"。林说，这就与韦伯对于公民可以自由交换商品和服务而不用担心被骗的想法联系起来了。而魔法所带来的一部分障碍就是设立了人与人之间的差异，这样你就不能同 A 类人一起工作，或不能把这些东西卖给 B 类人，也不能从 C 类人那里采购，或者不能把真货卖给 D 类人，因为魔法会告诉你，你必须要把东西卖给另一些人。然而在人人都是公民的城市里，这种差异在人人拥有理性的城市会被克服掉。

林接着说，比如韦伯认为在东方，人们所在的群体（部落、兄弟会、社区、宗教社区）和其他群体之间总是存在着一种特殊的差异。人们可以在别的群体那里偷东西，但必须要对自己的群体做到非常慷慨。而这种区别在西方被明令禁止了，这就让不同人群之间的平等商业交易成为可能。

米拉想到，多尼听了这种说法一定会非常开心。他似乎一直觉得商人们就像处在一个共同的部落里，他们有自己的准则，知道彼此的期望，却可以欺瞒和诱骗别人。如果说多尼是典型的商人，那么米拉认为韦伯对于资本主义的看法则不甚正确，但她不会直接这么说，相反，她说道："但是为什么每个人自身也会产生理性的态度呢？你刚才不是说，在人们承认资本主义是正确的道路之前，就已经针对各种生活的行为产生一种理性的道德生活方式了吗？"

"是的，你也许会认为这和启蒙运动有关，人们希望通过理性的方式理解事物，而不是一直将上帝代入其中。但韦伯会告诉你，事情并没有那么简单。"

"我开始有点觉得，他有意把事情复杂化，只是为了让事情更加难以理解。"米拉说。

林忍不住大笑，说"韦伯的理论确实难以理解。我刚刚说过他，基督教帮助我们把魔法推到了一边，从而使法律变得更加理性了。这只是韦伯认为基督教为我们提供了一条更加理性的道路的其中一例，除此之外你还可以观察一下禁欲主义宗教的僧侣，他们剥夺了自己所有属于世俗的快乐，有时甚至拒绝与尘世发生任何接触，因为他们认为这是保持虔诚的最好方式，这最终会拯救他们的灵魂。他们开始理性地组织一种方式以确保自己能够以最好的方式服务于上帝，因此他们精心安排和组织生活中的每一个细节。他们甚至在几乎没人使用钟表的时候用时钟来标记一天中的每个阶段。"

这就对了，米拉想。这就是林看起来的样子：他看起来不像是个会计，倒像是个僧侣。当林给他讲十六世纪新教改革让很多基督教徒脱离天主教，并将僧侣的宗教从修道院中带了出来时，米拉极力憋笑，严肃对待林所讲的内容。普通的新教徒当时认为，他们应该将精确地组织自己的生活看作一种手段，借此达到自己最终的目的——得到救赎。在其他方面，也意味着人们不会因为赚够了食物就开始停止工作且享受生活。

在众多教派中，有一个叫加尔文宗的特殊教派。林接着说道，在韦伯的第一本重要著作《新教伦理与资本主义精神》中，他描述了由加尔文宗的先定论所导致的"救赎焦虑"。加尔文宗的信徒相信，出生之时，有些人就已经被选中会得到救赎，但你不可能知道具体是哪些人，你也不知道自己会去天堂还是地狱，这让人们很焦虑。为了帮助应对这种焦虑，人们就会尽可能地去寻找所有会给他们的未来提供暗示的迹象。

林小心谨慎地盯着米拉，应该是在观察她的反应。

"在慈善行业，就像我现在工作的这个地方，总是有很多商人参与其中。你知道，他们赚了钱之后就想回馈社会。一些特别富有的人出手相当阔绰。"米拉想的是：反正你说的不是我爸爸，他只进不出。林可能知道她在想些什么，米拉还是担心他会将这场谈话引向何处。

林只是继续说了下去：加尔文宗的信徒逐渐认为，那些通过捐钱建医院或者救济院等行"善事"的人一定是好人，因此他们必定会得到救赎。但若想做这些好事，首先你就必须要积累一些财富。他们认为唯一神圣的赚钱方式就是通过努力工作和积极进取，因为偷窃或继承一笔遗产而得到的钱不能作为一个人能够上天堂的标志。因此，行善是得救的标志，工作就是履行对上帝的责任。米拉意识到这种说法里存在一些问题。

"这么说来，变得富有就可以被救赎？但是我在《圣经》里读到，富人是上不了天堂的。"

"加尔文宗的信徒认为他们必须要以一种理性而自律的方式同他人合作。他们就像苦行的僧侣一般，只是不同于僧侣的是，他们不认为逃离尘世是获得救赎的捷径。他们相信，上帝不希望他们拒绝尘世的事物。他们相信，自己变得富有，只是在管理这些财富，而非享受财富。正如我刚才所说的，他们认为这是他们的职责所在，或者说是天职（calling）。这个词只出现于新教《圣经》中，它指的是上帝召唤你去做某事：积累财富变成了上帝提出的宗教任务。"

米拉努力回忆起他之前说过的话。"这个'新教伦理'和你说的'工作伦理'是一个东西吗？"

"这么说吧，你提到的这一点也是韦伯理论的一个部分：工人努力工作，是因为他们认为这是他们对上帝的责任，也是得到救赎的唯一途径。这也是为什么当他们赚够足够的钱来维持生活后，还是会拒绝休假。但是韦伯说，新教伦理对于资本主义的价值和它促进资本家思考所产生的价值是同等重要的。他提到，这种天职的想法让他们能够'问心无愧'。资本家剥削工人本可能是无耻的，但工人正是因为为他劳动，最终才获得了拯救他们自己灵魂的机会。"

林想确认米拉是否明白上面说的这些在更宽泛层面上的意义所在。起初，资本主义并没有得到很好的推动。尽管宗教作为启蒙运动的结果而日趋衰落，但宗教对于人们来说仍然非常重要。所以说最关键的历史事件不是启蒙运动，而是改变了数百万人基督教信仰的宗教改革。在新教的禁欲主义共同体中，人们只有在保持身体健康和有价值的情况下才能免下地狱，而生意上的成功就是对其产生适应性的标志。但是，资本主义一旦发展起来，就不再需要宗教的加持了。韦伯认为，旧的新教伦理在十九世纪早期就已经变成一纸空文了。

米拉回想起，父亲和父亲的密友都利用宗教来达到自身目的：共同的宗教可以帮助他们解释为什么被他们利用的人们会选择信任他们。但说起来，这更像是涂尔干的观点，而非韦伯的，只是她再一次怀疑这场谈话是不是别有用心。林仿佛是在给她讲一个曲折迂回的寓言故事，而她本应该意识到这是一个关于她父亲的深刻而又别具意义的寓言故事。"哦得了，别说了，"她对自己说，"记住，不是什么事都是与你有关的！"林说，你能在一名成功的企业家身上看到古老信仰的痕迹，但是现如今，韦伯所称的"资本主义精神"已经有了自己的生命力。尽管它最终仍会导向同种行为，但它已经不再是具有宗教意味的观念了，取而代之的是个人欲望会对社会产生益处的观念。当然，最终新教伦理也在工人阶层中消亡了。工人不再满足于等待上天的馈赠，而是组织起来与老板一较高下。所有这一切都意味着资本主义能够灵敏地应对启蒙运动之后宗教信仰力量衰落的局面。米拉的思绪又慢慢落回了地面。"好的，那么现在我们回到这个观点，思考下人们之所以认为资本主义是唯一的行事方式，是因为他们已经习惯了随时随地运用理性生活。"

"我觉得是这样的。我们知道，韦伯认为理性的传播对于消除资本主义的诸多障碍以及为资本主义发展创造条件来说都是必要的。韦伯将这一过程称为'理性化'（rationalisation），在这一过程中，越来越多的生活内容是在对实施既定目标所需手段进行抽象计算的基础上进行的。"随后林解释道，理性化不仅对于韦伯解释资本主义起到至关重要的作用，而且对他理解现代国家也起到了相当关键的作用。这也是韦伯对科层制发展产生兴趣的潜在主题。

"这也是我对韦伯感兴趣的原因。"他说道。韦伯能够感觉到他身边的科层制在成长——这也是一种在理性社会中组织事情的方式。因此，资本主义企业需要有它自己的科层制，就像包括国家在内的其他组织一样。这不是在说科层制一定是好的——就因为它伴随着理性化而来，但不代表它身上没有缺点。

"我刚开始工作的时候，当时政府想要消除科层制所带来的冗余，从而将难以控制的地方政府重新置于中央的管控之下。我们使用了韦伯的理论来分析这个问题。从韦伯那里我们了解到，正如资本主义有弊端（如剥削）一样，官僚主义也有弊端。特别是，一旦你建立了一个科层体系，你所制定的规则往往会成为其最终的目标。官僚们会一直实施这些规则，即使实施这些规则的最终结果与最初制定规则时的预期相反。事实上，在现代社会中，整个理性化的过程增加了正式理性程序的使用风险，而实则削弱了人们获得他们真正想要的结果的能力。"

米拉灵光一闪："就像资本主义精神一样，你不会把所有时间都花在工作上。你一开始是为了赚钱，这样你就可以在生活中做那些了不起的事，但随后你陷入了为了赚钱而工作的状态，根本无暇分身。人们总说他们计划减少工作量，多给自己留一点时间，但是他们从来都没有这样去做。所以这是不是就意味着我们应该认为理性化并不总是好的呢？"

"肯定有一些情况让韦伯对理性化感到担忧。他觉得这一切在开始是很好的，直到我们为了理性抛弃了其他一切之后，才发现我们已经彻底失去了所有的选择。韦伯认为，一个理性的世界是无比沉闷的世界，就像牢笼，他认为，我们一定会怀念那些曾经被我们抛弃的东西，以及所有现在已经被解释掉的神秘之事。或许什么都不知道会更有意思，因为这样就能让事情保持它的魔力。韦伯认为，日益增长的理性化行为只会不断地'祛魅'（disenchantment），也就意味着我们再也感受不到那种魔力了。"

米拉脑海里的一些零散想法开始整合在一起。"那么说来，韦伯一直在解释为什么社会似乎找不到比资本主义(或科层制、国家)更好的行为方式了，但他并没有说这些就是唯一的可能，也没有说这些都无可非议。"

林的声音听起来很愉悦："是的。我们不需要去假装事情同它表现出来的样子有所不同——仿佛资本主义明天就要崩溃了一样——就为了去批评它们并没有为事情向更好的方向发展提出建议。这一点在韦伯对资本主义社会不平等的看法中体现得最为明显。韦伯想知道资本主义所生产的所有好东西是如何进行分配的。"

林开始谈论起了阶级。对于韦伯来说，阶级是建立在经济关系之上的，这一点同马克思一样。韦伯也认为，布尔乔亚是一个阶级，普罗列塔利亚是一个阶级。韦伯同时承认存在许多其他阶级，但与马克思不同之处在于，他没有将他对阶级的经济基础的讨论局限在生产活动上。马克思将所有的阶级都定义为他们与生产之间的关系，但韦伯认为阶级与市场的关系更为重要。韦伯认为，其他阶级也在做资产阶级所做的事。资产阶级垄断了生产资料的所有权，并从中获取利益，那么除此之外的人们还能去垄断什么呢？答案就是人们还可以试着垄断一种货物或服务的市场：信贷市场、住宅建筑用地、钻石或铀，抑或是某种特定类型的劳动，比如做工程或是擦窗户。

米拉想到了她父亲和他的那些密友们。他们又在市场中垄断了什么呢——关于投资的信息？不，他们并没有什么专业知识，只是假装有罢了。他们装作自己是专家，去说服那些可怜的投资者相信并把钱交给他们。她父亲用这笔钱成功地将自己的收益翻了一番，却毁了其他投资者。鉴于她父亲只是假装拥有专业的投资信息，因此他的企业运作的关键要素是让人们相信他那些根本不存在的专业知识，而米拉认为，这就是他所做的慈善工作应当发挥作用的地方。"韦伯认为人们是否真的垄断了别人想要的东西这件事很重要吗？"她问道。

林看起来很是困惑。"韦伯曾经指出，在建立或维护这种垄断时，有些人会更成功，有些人则不那么成功。比如说，在那些专业人士中的一些群体，比如律师，擅长于建立和维护这种垄断，他们通常会得到最高的工资。你想说的是这个意思吗？"林接着解释，人们在垄断市场方面的能力真的很重要，因为它会影响到整个资源的分配。正因为它是如此重要，人们为了打破或捍卫垄断会准备互相攻击，有时甚至真的会打起来。好吧，米拉想，如果有打斗，就会有谎言和欺骗。另一边，林说这也意味着韦伯认为存在着许多不同种类可争夺的资源，这些资源比马克思所设想的要多，但是，同马克思一样，韦伯说我们并非作为个人，而是以整个阶级的形式去夺取这些资源。

韦伯认为，社会阶层由那些控制了某些市场或者其他——某些特定类型工作、产品、原材料或买卖其他东西的市场的人组成。大多数时间里，获得对市场的控制，就意味着一种排他性——这也是阶级斗争的实质内容——通常情况下，能够控制最有价值的市场的阶级也是最能成功将他人拒之门外的阶级，这类阶级的人数通常不多。这也是富人往往比穷人少的原因。社会分层——社会被划分为不同阶层的方式——就反映了人们与不同市场之间可能存在的不同关系。上层阶级在市场上处于垄断地位，这为他们提供了很多资源，而下层阶级在市场上只能部分垄断，或只能垄断那些不能为他们提供更多资源的市场。

"这么说来，能垄断什么样的市场会产生很大的区别咯？"

"是的，垄断租车业务与垄断投行业务之间当然存在巨大差异。但你要记住，人们还是会为了进入租车行业发生冲突。"

"这是为什么呢？"

"因为这很重要：那些非垄断阶层的成员别无选择，只能在没有保护措施的情况下互相竞争，但结果就是他们得到的资源仍然是最少的。这个例子就是每天都会发生在非技术工人身上的事情——他们是穷人中的穷人。但是，韦伯在解释不平等和阶层分化时不仅用到了阶级这个概念，还用到了地位（status）和政党（party）。"

米拉知道地位的意思。"地位就是根据人们能负担得起的开支对他们进行排名，比如他们买的衣服和车。"

林则摇了摇头。"社会地位当然与文化因素有关，但它不是根据人们的经济承受能力进行排名那么简单。"对于韦伯来说，地位不只意味着你的车比同事的更贵。如果你只考虑个人或家庭的排名，可就大错特错了。"

林说道，身份地位更多与人们的身份认同有关，而不是彼此之间的竞争。它是关于你对那些你认为和你一样的人（或者可能是和你想成为的那个"你"一样的人）的认同。所以，地位群体是一群认为彼此处于同一水平的人。他们有着同样的生活方式，这也意味着他们有着同样的想法，做着同样的事情，甚至包括以同样的方式度过他们的闲暇时间。

"那他们也应该把钱花在同样的事情上吗？"

"是的，相同地位群体的人会珍视某些商品而不是其他的商品。地位群体所产生的效果就是，你不会因为某辆车更贵或者比邻居家的车更好才去买它。你最终会购买的是你认同的那个地位群体所认定的车。"

米拉突然想起了多尼之前总说"我们这些人"，他所指的是俱乐部里瘫在皮沙发上的人。她之前觉得他们长得都有点像：那些年长的男人和年轻的女人。米拉回应："所以……你可能会觉得自己的新车很棒，但在来自不同社会阶层的邻居看来，这辆车可能很糟糕。"

"没错！不同的地位群体间有着文化上的差异，这种差异就会反映在成员们的好恶中。"

林接着解释说，韦伯还试图改进马克思关于阶级是历史的行动者和主体的说法。韦伯认为把阶级看作会思考的人是不正确的。他想说明的是，实际上是个人创造了历史，但是你应该注意到同一个地位群体中的个体会思考相同的事情。为什么这些个体会以同样的方式行事，正是这种行动方式最终导致了同一地位群体看上去就像是一个人在行动。

地位群体的表现就像演员一样，因为他们是一群对彼此有认同的人。而鉴于阶级的观点纯粹以经济为基础，假装阶级是历史的行动主体是不合理的。韦伯说，社会地位群体的内涵在两个方面上不同于社会阶层，即他们有自己的文化，而且他们是一个共同体。地位群体是一个共同体，并非指这些共同体里的所有成员都像住在一个小定居点那样面对面地相互接触。但从另一个方面来说，这也确实意味着，一旦将一个陌生人置于和你相同的地位群体中，你定能在一定程度上识别出与他们的相似之处。

"想想看，我们在平日里是如何仔细观察一个陌生人的，我们会寻找那些隐晦的或稍稍明显一点的线索，这些线索可以帮助我们了解他们的身份。我们其实经常这样做。当我们认为接触的人来自不同的地位群体的时候，尽管我们并不总是以不同的方式去对待他们，但这些地位仍会决定我们表现出来的行为。比如，如果对陌生人的品位和观点有了不同程度的了解，我们对其所采取的态度很可能会大不相同，而这些了解则来源于我们对他们所处的地位群体身份的预判。"

林接着说道，对于韦伯来说，阶级差异和地位差异通常可以重合，事实上，有些时候它们必须重合，因为阶级在垄断资源方面的成功依赖于他们所在的地位群体。这也是韦伯理论的一个关键点。这一点几乎与因为资本主义最有道理所以无可替代的观点同样重要。不同的地位群体眼中重要的事情、有意义的事情不同，影响他们垄断市场的机会的因素也不同。例如，如果医生说由于他们掌握重要的科学知识，所以应该垄断外科手术，那么他们就更有可能取得垄断，从而赚取更多的钱。

"我大概明白了。对于那些熟练的体力劳动者来说，他们若是想垄断某种特定的工作并提出同样令人信服的理由非常困难。那么现如今其他市场的垄断情况又如何呢？"

"其实都是相同的道理。在许多国家的历史上，精英一直都是一群拥有特定社会地位和文化的群体，所以他们的文化价值能够让他们在特定的市场——通常是在土地和其他形式的投资要素方面比常人的优势更多。"

米拉又想起了多尼和他的俱乐部里的人为他们自己制定规则和道德的行为，于是很快就理解了林的意思。"这样说来，地位群体的文化特性真的很重要咯？它们并非夺取资源过程中的助兴节目，而是能带来确切经济回报的因素。"

"是的，文化的重要性远超过了马克思的想象。首先，若是没有韦伯所说的由文化相似性锻造的群体，就没有人能构成垄断。其次，马克思所谓的阶级意识形态，在韦伯看来，都与地位群体的文化有关。这个群体必须相信垄断资源是合理的。各式各样的群体都必须相信，他们应该拥有他们现在拥有的，或者应该在未来得到他们想要的，这一切都合情合理。"

林说，这个群体还必须说服别人去相信它的垄断具有合法性，当然，这一切也取决于地位群体所生产的文化。你只需要想想一群专业的工人，就能明白这一点了。律师和医生总是说，他们拥有知识和专业技能以及独特的价值观和道德，所以他们是唯一有责任和机会赚这些钱的人。总之，他们坚称"阶级意识形态"是创造阶级的必要条件，这样，社会地位就与阶级紧密地联系了起来。事实上，没有一个地位群体是非经济性的，它们脱离了经济便更不可能存在，他们的文化特征（包括他们用来买车和衣服的钱）都依赖于经济资源。

米拉现在脑子里，都是父亲和他的朋友们说自己的内幕行情知识拥有合法垄断地位的样子，她对此也提出了自己的理解：地位群体认为他们有理由攫取他们想要的东西。林平静地问她，他们聊的这些是否让她想起了她的父亲。米拉察觉到，他们一直围绕着这个主题迂回旋转，现在他们即将抵达主题，这场精心设计的暖场舞就要结束了。她能确信的是，她要么会迎来一顿难挨的说教，要么会听到一些令人心痛的消息。

"我做慈善工作，"林说，"知道你父亲和他的朋友们都在按自己的规矩办事。他们需要像我这样的人，一个无趣的专业人士，让人们相信他们是一群坚持按照科层制规矩办事的人，维护他们的形象。"林说自己很蠢，为自己跟他们混在一起深感内疚。

米拉已经做好准备了，决意现在就挑明这一切。"混在一起干什么，偷东西？"

"他们会说这更像是一种公关手段，"她母亲插话说，"但你可能会觉得这是一个骗局。我也这样认为，林也是。"

他们似乎在期待着米拉说些什么——哪怕是跟他们争论一下也好——但米拉实在想不出该说什么。无尽的沉默让她难以忍受，所以她开口了："我这下明白了。在韦伯的阶级、地位群体和政党的理论中，他说部分——还是全部？——的阶级能否在垄断市场地位的方面取得成功，完全取决于它是否成了一个地位群体。"

林看起来像是松了一口气，又回到了刚说到的话题上。"是的，你说得对，这是文化对经济关系起作用的非常重要的一种方式。地位群体的文化赋予了它垄断自己设法垄断那部分市场的理由。"

"那么韦伯的观点就是资本主义无可替代，因为它最理性、最合理？"米拉问。

"没错，就是这样。"

"所以有可能是地位群体，或者说，是地位群体的文化，认为资本主义或科层制是最理性的解决方案，或者说是最好的理性解决方案。但是，这未必对每个人来说都是最好的解决方案——或许我们永远也不会知道对每个人来说最好的解决方案是什么——但几乎毫无争议，决定是由拥有最多资源的人们的文化做出的。他们的文化认定资本主义，尤其是资本主义中对他们来说有利的那些方面，就是最理性的行事方式。"

米拉的妈妈看起来有点不安，因为不知为何他们又开始讨论社会学了。"我觉得是你搞糊涂了，米拉。林并没有说韦伯所写的是关于意识形态的内容。"

"但我认为林刚刚说的与统治阶级的意识形态有很多相似之处，不过韦伯的理论要复杂得多。韦伯的理论中有很多相互竞争的意识形态，他与马克思一样认为有些思想比其他思想更加成功，这也是为什么无论人们如何努力，都无法消灭资本主义社会中的不平等。这甚至有可能是使得不平等变得更严重的原因：它之所以变得这样糟糕，是因为不平等的原因和理由看起来是如此的合理！"

林靠在椅背上，有点惊讶地看着米拉。他转向米拉的妈妈，想对她说些什么，但还没来得及，米拉的妈妈就开口了。

"米拉，林和我有点弄巧成拙了。我想你已经猜到了，我们想跟你说一点事情，我们，或者说，我，想出了这个办法，觉得讨论你感兴趣的主题来缓和一下会好一点。"她妈妈严厉地瞥了林一眼，"但是对不起，我们不能再兜圈子了。"

妈妈希望米拉不要介意，但是她把米拉之前说过的一些话告诉了林。他们已经讨论过了，觉得米拉应该知道更多的真相，因为她看起来已经做好了接受一切的准备。正像林所说的，她父亲和父亲的朋友们所遵守的是另一套游戏规则。

"我们都认为，既然我们意识到了这一点的重要性，就要主动放弃其他干扰线索。我们决定各自对此做力所能及的补偿，但是我们也要试着对此做点什么。"

妈妈对米拉说，她和林为那些被她父亲欺骗而损失钱财的人们提供了补偿金。"我们必须在幕后做这些事，因为我们都和你父亲有着剪不断的关系，没人愿意相信我们。慈善机构一直在帮助我们。现在机构的名誉还没有受损，因为所有同你父亲及其朋友有关联的人都辞职了。林在审判之前就辞去了财务主管的职务，所以他与官方没有任何关系。我们就是通过他来替接替者筹措资金的。"

米拉生气地说："爸爸让我们都变成骗子了，不是吗？就因为他，我们所有人都不能再做自己了，尽管我们要做的是好事，就像你们说的这些。这些钱是哪儿来的？是爸爸认识的富商给的吗？"

"有些是。但是林毫不吝惜地捐了自己的钱，我在你爸爸入狱的时候把所有能找到的钱都还给他了。这就是我想跟你说的。林帮我找了一处落脚的地方，我打算把这栋房子卖了还债。妈妈真对不起你，米拉。"

米拉控制不住，变得愈发愤怒了："为什么法院不去赔付这些投资者呢？凭什么要你们去做？这样做下去：不平等是永远无法解决的。如果人们变好了，那没关系，但现在人们都被骗了，国家还是不打算做些什么来让一切都好起来吗？这么说来就算产生了这么不公平的结果，那些官僚机构也不允许自己染指任何事来破坏这条制造不平等的船吗？"米拉已经意识到，她感到愤怒，可能只是为了自己，她希望自己已经不再是过去的米拉了。自己的愤怒一定来自其他地方。她一边说着一边开始思考，如果林和她的母亲都能够纠正这场错误，那为什么她就不能呢？

林这边已经开始对米拉解释为什么国家不能去做米拉认为理所当然的事情。政党是韦伯用来解释资本主义社会不平等现象的理论工具包的最后一部分，也是夺取资源的第三种方式。政党所指的不仅仅是政治上的党派，也指人们对从地方到全球的各个政治层面施加影响而形成的团体。如今，党派也包括一些特殊利益集团和各种活动组织。

韦伯认为，政治上的冲突有助于决定资源的分配，甚至包括国家本身这个巨大的资源。冲突一直在持续，不仅限于大选期间。冲突一方面发生在政党之间，另一方面有时也发生在政党内部的各个派系之间，因此韦伯确信，这种冲突不只是地位群体之间的冲突。林指出，如果你认为政党和派系只是阶级或者地位群体的代表，那你就永远无法真正参透政治上的任何事情。事实上，他们代表的可能是阶级或地位群体的某种联盟，抑或是某些阶级和地位群体的一部分。更重要的是，政党也有自己的利益。就像韦伯说的，所有的政党和其各个派系都有自己的经济利益。他们既试图影响将资源分配给其他人的决定，也关心党派自身和党内个别党员可能会拥有的资源。

米拉的母亲打断了他："在很多国家，加入政党的人可以直接或间接地发财。"

林和她母亲交换了一个眼神，让米拉很困惑，然后他继续："更重要的是，国家自身也会参与到权力和财富的竞争和使用当中去。"

然而对于韦伯来说，国家有自己独立的存在方式，而不光是政党竞争的对象。首先，国家控制着军队，这就常常需要大量资金维持军需开支。这就意味着可能会损害政党的利益，甚至会损害政党里各阶级和地位群体联盟的利益。国家还需要维护在人民眼中自身的合法性，随时准备通过武力来维持国家权力。林的这番话就说明了国家并非一个单纯由政党所操纵的中立工具。此外，国与国之间为了争夺权力和资源有时要相互竞争，有时要通力合作，还有时则要各自为政。其中，韦伯最感兴趣的是国家之间的冲突与合作。林说，韦伯认为地缘政治更像是一个全球版的地位群体与国家之间的竞争，各方的目标仍然是要努力争夺权力和资源。一瞬间，米拉回想起了几个月前在出租车上的那趟噩梦之旅，随后她立刻恢复了思路。

"你是说，我们永远也不能指望政府对不平等和不公平现象采取任何行动吗？"

"也不尽然，米拉。我只是想说，事情没有你想象得那么简单。如果政党是阶级或地位群体的联盟得以体现自身文化价值的一种方式，那么政党——我想，在某种程度上国家也是——就可能成为一种垄断事物并将穷人拒之门外的方式。但我相信，政治最终会提供一种解决不平等问题的方法。这些文化价值可能会转化为支持或抑制垄断的法律法规。韦伯一方面向我们展示了政党和国家对此可能会做的一切，另一方面也告诉了我们，看到不公平时，我们无须举手投降。"

米拉认为人们要做的第一件事就是展示理性如何呈现出不平等的文化正当性。这就是它能够在现代社会站稳脚跟并变得强大的原因。但是人们必须要想办法去拆解它，超越理性去寻找其他的思维方式。"这么说，国家在判断什么是理性合理的方面扮演着重要的角色，也就是说如果一个阶级—地位群体控制了国家，或许他们就可以进而改变大家对于理性合理所持有的标准和看法。"

"但是其他可能掌控国家大权的政党也同阶级和地位群体有着千丝万缕的复杂关系，所有的政党在资本主义中都有一定的利害关系，因为它们都在某个领域垄断市场。就算你巧妙避开某个政党为不平等缔造的花言巧语，结果可能陷入另一个政党的甜蜜陷阱中。"

米拉觉得这理论原本就有点像马克思的统治阶级的意识形态，但其特别之处在于，任何可行的、相互竞争的意识形态最终都会指向同一件事：资本主义是合理的。你必须想办法摆脱所有的文化，甚至采用那些被排斥和被掠夺的人们的视角，才能证明它并不合理。"但难道有人会相信不平等是合理的吗？那些处在社会最底层、对任何事情都没有垄断权的人呢？那些身无长物，又被迫离开工作岗位并从农村涌入大城市的农民呢？"

林告诉她，韦伯对此会说，那些被排斥和掠夺的人们必须要组成一个地位共同体，然后他们才能结伴同行，并开始发挥自己的作用，重新定义什么是"合理"。米拉相信，一定会出现那么一种新的思维方式，来挑战似乎与每个人都持有的那种不平等——甚至资本主义本身——是合理的观点，尽管它在事实上是多么的不可避免。出于莫名的原因，还有突然萌生的坚定信念，加之她新收获的理想主义，这一切让她比以往任何时候都更想去质问父亲，他为什么会认为自己的行为（现在她确信现实已经向她揭示了，他的所作所为恰恰是理想主义的反面）是正当的。

社会到底是什么？

是等级制度吗？

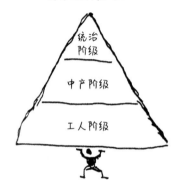

还是多元的竞争群体？

1. 社会从何处开始，又在哪里结束，它到底是什么样子的？很多如马克斯·韦伯一类的社会学家认为社会通常止于国家的边界。卡尔·马克思等批评家强调，社会的本质是社会阶级权力和财富所塑造的等级制度。对他来说，国家就是统治阶级。韦伯认为，国家中很多与社会阶级无涉的组织和关系也是同等重要的。国家是一个并不仅仅代表统治阶级利益的组织。

2. 韦伯对资本主义的起源进行了理论化阐述，认为它既发轫于经济，也发端于宗教。新教加尔文宗将创造财富看作上帝恩典的象征：保持自身的财富，并从中发展出更多的理性和自律。这种"新教伦理"带来了资本和工业的巨大发展，重塑了欧洲乃至整个世界的经济。

3. 马克思认为资本主义的问题在于少数人对多数人的剥削越来越严重。韦伯则提出了一个不同的问题，理性的铁笼。随着社会变得越来越理性、越来越有条理，我们失去了那些让生活可承受的快乐、惊喜和混乱。理性取而代之，支配了人们的每一种需求。因而韦伯更关心的问题就是，这种急剧发展的社会和经济最终会不会掏空生命的价值。

第 十 六 章

在 碎 片 中

一两个星期后的一个晚上，米拉和贾丝明坐在厨房里，就像好几个月前的第一个夜晚那样。她们现在已经是亲密无间的好朋友了，虽然靠笑话、八卦和闲聊来维持友谊并不容易。贾丝明不喜欢闲聊，相反，她愿意和米拉讨论一些严肃的问题，此外，当她开始更加用心和严肃地对待学业时，她能感觉到贾丝明对自己的尊重也上升了几个等级。这也是为什么米拉向贾丝明承认自己正挣扎于一道真正的智力难题时，贾丝明很乐意帮她的忙。

米拉跟贾丝明讲解自己被卡住的地方，因为现在看来，除了正统的观点之外，没有其他选择，而正统的观点认为现有的制度及其生产的不平等是理性、合理的。即使你意识到从这种不平等中获益的人正是那些认为这种不平等合情合理的人，你也难以提出另一种观点来证明这一观点是不理性且不合理的。而且，任何指出这种不平等造成系统效率低下或生产力不足的人都会遭到无情嘲笑。你只能说不平等是一个不幸的副作用，而永远无法提出一个能够彻底动摇这个体系的论点。作为回答，贾丝明运用了她最熟悉的科学知识："在科学领域中有很多这样的例子，一个理论最终没有被证明是错误的，而是被超越了。没人能证明牛顿的理论是错的，但如果你还坚持着他的理论，现代物理学的某些分支对你来说就一点也解释不通。在科学领域中，有时候你不需要通过证明别人是错的来赢得争论，你可能会同意他们在某些程度上是对的，但他们遗漏了一些重要的因素。"

米拉想和她的导师达莉娜继续讨论一下这个问题。达莉娜说，这一切与二十世纪的政治和经济发展有着莫大的关系。历史总是由胜利的一方书写的——无论是在战争还是其他的冲突中——而在社会学中其实也是相同的道理。韦伯对冲突和资源竞争的关注，让人们不再试着将全球发展的结果描绘为一个会让人人受益的世界。

达莉娜接着给米拉讲了艾琳娜·马克思和玛丽安妮·韦伯的故事。卡尔·马克思的小女儿艾琳娜天生聪慧且早熟，继承了她父亲的非凡才智。当然了，她是一个生活在十九世纪的女性，不能追求自己的事业，而是成了马克思的秘书，帮助她父亲把《资本论》的三卷巨著整合在一起，并且在父母生命的最后时刻无微不至地照顾他们。她的一生中曾与两个男人维持过长期的关系，后者是需要她做出非常大的自我牺牲的典型一例，而这种自我牺牲的性格正是艾琳娜在早年的生活经历中塑造出来的。不过，在这之后她通过努力，成了一名著名的女性主义者、革命者、工会鼓动者、记者，并凭借自己的卓越才能写了几本书。在43岁那年，她自杀了。马克思在这个年纪的时候，离出版《资本论》第一卷还有六年——谁又能知道艾琳娜之后会取得怎样的成就呢？

玛丽安妮·韦伯是二十世纪初德国社会民主以及德国早期妇女运动的领军人物。她在童年时期便饱受着精神疾病的折磨，这种疾病困扰了她家上上下下好几代人，最终也影响到了她。马克斯·韦伯本是玛丽安妮的表亲，他们成婚之后，马克斯也不幸罹患上了严重的精神疾病，这是一场不可避免的悲剧。马克斯一病就是七年，玛丽安妮对他悉心照料。没想到，他却爱上了他们一个共同的朋友，并开始了一段恋情。最令人感到讽刺的是，玛丽安妮最著名的一本书的名字叫作《婚姻、母性与法律》。

玛丽安妮忍气吞声地维持这段婚姻，随着马克斯的名气和地位都不断增长，韦伯夫妇成为当时知识界和思想界的一个中心，与他们来往的思想家包括著名的社会学家格奥尔格·齐美尔和女性主义者玛丽·鲍姆。玛丽安妮本人则继续出版女性主义的相关作品，后来她成了德国历史上第一个入选州议会的女议员，还当选了德国妇女组织联合会的主席。但好景不长，马克斯的妹妹莉莉自杀了，马克斯也突然逝世。玛丽安妮经历了长达四年的抑郁期，后来终于又能够活跃在公众面前，并收养了莉莉的四个孩子。她继续在地下刊物上发表文章，直到二十世纪三十年代因为希特勒的崛起而不得不中断。玛丽安妮很长寿，但纳粹主义还是严重影响到了她的精神健康。

"这些故事实在是太让人难过了，"米拉叹息道，"你觉得她们都是女英雄吗，玛丽安妮和艾琳娜——你说她们究竟是高尚而又富有牺牲精神——还是真心疯了才能容忍别人这样对待她们？她们又有多少选择呢？"米拉一边摇头一边说，此时她心里想的不是玛丽安妮·韦伯或者艾琳娜·马克思，而是自己的母亲。她能感觉到妈妈的生活和达莉娜刚提到的这两位女性的生活有着诸多相似之处，而且她认为妈妈的所作所为是高尚的自我牺牲。

自打她接受了林在母亲的生活中非常重要这一事实，米拉感觉她与母亲之间又重新变得亲近了起来。她是作为一个成年人去欣赏母亲坚强的性格才体会到了这份亲密，而不是一个对父母的所作所为毫无见解、缺乏判断力的孩子。米拉觉得自己已经不再是一个跑回家找妈妈主持公道的小女孩了，而是一个真正的女人，这个女人欣赏和强烈认同另一个女人，只不过这"另一个女人"恰好是妈妈。既然她钦佩她的母亲，那她又怎么会不钦佩玛丽安妮和艾琳娜呢？如果自己处在她们的那个处境里还能做到像她们一样，她又怎么会不为此感到自豪呢？于是她对达莉娜说，她无论如何也不会觉得她们是愚蠢的。"不，她们无比高尚，任何不这样想的人都是在妥协，都是在用男人的眼光看待世界。"然后她又悻悻地加了一句，"像我父亲这样的男人。"

"嗯，这确实是看待这些事的一种方式，但你也有可能过分理解她们的自我牺牲了。为了她们自己也好，为了我们后人的利益也好，如果她们能给自己的思想以适当的空间和时间来发展，也许会更好。但当时的社会就是那样，或者更确切地说，问题的关键是她们只能默默忍受。或许我不会再犯她们的错误，你也不会，但那个时候的她们别无选择。不管这些男人对自己代表的叛逆而反传统的波希米亚人身份有何看法，他们都属于那个压制女性声音的世界的一部分。他们不是要求她们闭嘴，而是让她们把自己宝贵的时间用在其他事情上。但现在，世界已经发生了变化——至少在某些地方——或许这就给我们提供了你所提出的那个问题的答案。社会学家们都声称自己在为所有人发声，但现在看来并不是这样的。他们从来就没有替艾琳娜和玛丽安妮发声的权利，他们的继任者也没有。"

达莉娜告诉米拉，世界已经改变了，社会学看待世界的方式也改变了。它不再是一个只具备单一视角的学科，社会学家都提出了他们自己的答案，本该适用于全世界，但他们遗漏了很大一部分人。因为他们接受的启蒙思想，使他们认为欧洲白人男性身上的进步，就能代表全人类的进步。

米拉对达莉娜的这些话深有体会。米拉一直在寻找为那些遭受着最严重的不平等待遇的人们发声的方式，而达莉娜则道明了她至今未能找到这个方法的原因：这些被剔除在外的声音显然是马克思和韦伯的理论基本设计中的一部分缺陷。这恰恰证明了自己的所思所想是正确的，米拉为此相当自豪，但她对达莉娜接下来说的话莫名困惑。

"你还记得我们之前那场关于科学知识的研讨会吗？我们当时讨论了应该如何认识事物。在任何社会情境中，无论是社会学研究，还是一场普通的对话，你得到的答案往往只取决于你提出的问题，包括你的问题本身、你向谁发问以及如何发问。社会学家意识到这一点已经有一段时日了。这与自然科学家试图过滤掉观察者的偏见，确保将观察者对整体实验的影响降到最低并没有什么不同。但社会学与其他社会科学不同的是，你永远无法摆脱掉观察者。"

在社会学中，观察者，也就是社会学家，同样也会受到被观察者行为的影响。"与自然科学不同的是，在社会学中，观察者与被观察者是一样的——我们都是人。社会学家生产的知识会影响他人的行为、谈话方式以及谈论的内容，而下面这一点则很少有人意识到，这些由其他人生产的知识也会影响社会学家的思考、谈话和行为方式。因此，就马克思和韦伯而言，他们的理论在很大程度上也受到了同时代其他人行为的影响。"

"作为社会学家，同时作为一个人，我们要说彼此都能理解的语言，这样我们才能让别人听到我们的声音，才能去询问和倾听别人的答案。事情本该很简单。但实际上，没有什么比这种美好的设想与现实更加背道而驰的了。社会学分类中有太多对象被遗漏的例子，或是认为一些人所做的事不如其他人做的事重要。比如说，妇女的家务劳动在很长一段时间里都被劳动研究所忽略，就像它从来不曾发生过一样。社会科学仅仅在弄清楚人们是谁以及他们到底需要什么的方面就遇到了巨大的困难。人类学、社会学、经济学，它们都很难定义自己所研究的内容到底是什么。几乎每一篇论文发出来都会有人质疑说我们对种族或阶级的定义是错误的，不仅如此，我们一直在追问的问题也是错误的——就算这些问题是正确的，我们也不屑去倾听正确的答案。"

米拉觉得这种质疑有道理。这样就能说明，你一开始对问题的构想以及对建构思想的基本要素的选择就已经决定了有些人的声音从一开始便被拒之门外。这就好比你在一部电梯里，只顾专心地按下正确的楼层按钮，却没有意识到电梯门会自动关上，很多要上电梯的人还留在门廊里。"你的意思是不是社会学倾向于把门关上——抱歉，我的意思是说，遗漏掉——那些在某些方面有别于社会学家的人？就像很多社会学家是男性，他们便会排斥女性；或者很多社会学家是基督徒或犹太人，他们便会排斥穆斯林？"

米拉虽然能够理解达莉娜所表达的每一个观点，但是总是猜不到她接下来要论证的各个层次，因此米拉还是对达莉娜要将这场谈话引向何处感到非常困惑。她相信马克思和韦伯的基本思想是正确的，他们的理论有可能会让社会变得更好，但这些思想似乎又都有着缺陷，阻碍它们的潜力被完全地开发出来。但达莉娜的意思似乎是，马克思和韦伯已经不值得被留存下去了。想到这，米拉有些沮丧。

达莉娜接着说，对旧有的社会学研究项目的反对声音主要来自两个方面：一是说这些古典社会学家（包括涂尔干、马克思和韦伯等人）的观点太过狭隘，他们的理论均忽视了很多人。他们都相信自己是在陈述某种永恒的、普遍的真理，认为自己所面对的就是现实，但其实只是在描述他们在镜子里看到的东西——即他们所认定的真相和现实。根据达莉娜的说法，提出这些反对意见的人并不是拒绝创造普遍真理的可能性，他们只是认为马克思和其他同行者并没有实现他们的目标。将更多的声音和经验囊括进来，特别是那些来自社会底层的声音和经验，可能帮助社会学得出更准确的普遍结论，从而反映出更加真实的现实。

这样说还好，米拉想，就像电梯理论，还是有可能接着把门打开的，说不定继续走下去就能得到正确的答案。好吧，但是达莉娜说的第二种反对会更加尖锐。

"这些批评指出，那些死去的白人男性不仅没有考虑到和倾听某些人的声音，而且他们永远也不可能听到这些声音。他们，或者说我们所有人都无法倾听和理解一个与自己不同的人。"

米拉拼命地在脑海中检索能够用来反对这个批评的证据。

"这么说来，有些声音永远都不会被听到——但如果是我们的提问方式阻止了某些答案或某些声音作答，我们又如何得知到底有哪些声音被忽略了呢？这些批评说到底有没有道理呢？最开始学习社会学时，我了解到正是社会学家开创了那些对于社会边缘群体——精神病患者、罪犯和少数族裔的研究工作。从这些研究工作中，他们不仅了解了这些群体的情况，更加深了我们对于整个社会的认知。"

达莉娜似乎忽略了米拉提到的第一点，直接回应她所说的第二点。

"米拉，我是不会跟你争论这些问题的。在倾听这些被遮蔽的声音时，社会学确实做得很好，但它仍不愿意承认它的实践的的确确排斥了某些声音并助长了另一些声音。我能举出很多例子来说明社会学总是如此忽略一部分人：最明显的就是阶级理论。阶级是社会学研究和社会学理论的重要组成部分，而且在很长的一段时间里，它是观察社会中所发生之事的唯一正统的方式。它的问题就在于，当我们试图将阶级理论应用到社会生活中时，难免会忽视很多与任一阶级的定义都不匹配的人，或是将不同种类的人同与他们根本不像的人强行混在一起。就比如说，女性会被分配到她们丈夫所在的社会阶层中，人们对女性的家务劳动完全置之不埋。"

"我承认，这样做是错的，错得很明显。社会学有一种特殊的责任就是坚决不要这样做。但是古典社会学家们就是这样设计的，他们希望社会学能够向社会指出其工作的某个方面的问题，尽管这些方面或许不是社会成员们希望听到的，而且这样做的部分目的正是为了让那些无法直接表达自己想法的人发声。"

"注意到不要忽视他人的同时不让别人保持缄默，这一点很好，但若是认为自己能够为他人发声，是不是有些太狂妄自大了？我们能为那些与我们截然不同的人描述事物吗？我们能够领会他们的处境吗？我们真的能够理解那些与我们有着完全不同的生活经历的人吗？"

达莉娜接着说，对马克思和韦伯持严厉批评态度的人们认为，以为自己可以用这种方式为别人发声的想法是错误的。在很长的一段时间里，我们都活在这样的一种观念中，认为进步——人与人之间更好地相处，在社会、经济、道德上都得发展——对于每个人来说都具有同样意义。而社会学在其中的角色便是衡量相互竞争的各种进步思想（像是马克思主义、社会民主等）的价值。

总结下来，第一类批评者决定坚持理论前提，只是补充说我们需要在解释框架中纳入更多的人，将更多的声音融入社会研究的项目中来，这样才能让它成功地运作起来。但是，经历了二十世纪六十年代的第二次女权运动浪潮、美国黑人民族主义的分离主义，以及二十一世纪的移民浪潮之后，很多人认为坚持所谓的理论前提是完全错误的。他们指出，那些所谓的自由主义的成就——普选权和禁止歧视的原则——并没有为消除不平等、种族歧视和性别歧视，让世界变得更公平做出很大的贡献。更糟糕的是，这些自由权利掩盖了所有的种族主义、性别歧视和阶级歧视，实际上让情况变得更糟糕了，因为它们给人们留下的印象是，现在一切都已经好起来了。他们特别指出，社会学就在其中为虎作伥，因为就如同所有的社会科学一样，它的运作基于这样一种假设，即社会必须要让每个人都参与进来，并确保所有人都受到了公平的对待。之后，所有人身上的问题就成了他们自己的过错。

"是的，我了解到有些女性主义者认为权利普及、法律平等和反歧视法的力度还远远不够。那有人对种族和民族也持同样看法吗？"米拉问道。

达莉娜回答说种族理论家同一些女性主义者一样，认为不平等被自由、平等和正义的概念掩盖了。他们指出，似乎每一种正义都包含不公正，而每一种"权利"都藏着错误。说着她问了米拉一个问题："当你在读马克思和韦伯的时候，有没有一种古典社会学家好像总是在谈论别人的感觉？"

"我懂你的意思。今天距离他们写作的那个时代已经过去很久了，而我，作为生活在另一个社会、另一个时代的女人，仍然能够理解他们所说的话。在某种程度上，这对我来说是有意义的。他们的研究让我觉得，自己好像能做点什么。"

"也许吧，但那种感觉真实可靠吗？或许你会这样想，是因为你相信黑格尔关于普遍主体（universal subject）的观点。普遍主体既存在于社会内部，也存在于社会外部，它在一定程度上代表即将形成的社会。普遍主体就代表社会未来的状态，它是'历史的发动机'。

对于马克思来说，无产阶级未来会成为资产阶级社会的普遍主体，因为他们和他们的领导人，当然也包括马克思本人，最终必将站在取代资本主义的社会主义社会的角度说话。当无产阶级在政治上足够成熟时，他们就会发动社会革命，推翻资本家。达莉娜说，很多人不相信所谓的普遍主体。在他们看来，这个概念不尽真实：它实在是太抽象了，仿佛只存在于马克思主义者的头脑中，而非现实社会里。

女性主义者批评马克思主义，因为他们认为无产阶级的普遍主体都被含蓄地假定为男性，黑人民族主义者批评马克思主义则是因为在他们看来，它将无产阶级假定为白人。工人阶级女性与工人阶级男性有着截然不同的地位，他们的利益也不尽相同，自然不会有相同的观点。有组织的马克思主义无产阶级只代表了一小部分工人阶级。为了解决这一问题，一些女性主义者试图将女性作为普遍主体，而另一些人则认为这套理论本身就有缺陷，直接放弃了这条路径。整个知识分子的思想结构，无论是社会的还是历史的，都反映了一种非常狭隘的传统，但思想本身应该更广泛、包罗万象。

"这是一个视角的问题，包括从哪儿进行观察，以及你是谁。"达莉娜补充说，"我们需要仔细思考这个'在哪儿'和'谁'的问题。当我们联想到智力传统时，常常将自己置身于欧洲，而看不起其他人——而且我们对自己的这种做法总是浑然不觉——即使不在欧洲也是如此！"

达莉娜说，由于殖民主义以及欧洲国家与其继承者美国在经济和政治上所取得的成功，人们总会觉得进步是从欧洲向外传播的。亚洲人、南美洲人和非洲人则站在起跑线之后。像是马克思和 J. S. 密尔 [1] 这样主张人类皆平等而备感自豪的思想家，同样认为世界上的其他地区并没有达到自治所需的文明水平。

"若是这样思考，我们就必然会忽略——或者压根不会去了解——欧洲以外的知识传统。比如，我们常说社会学起始于苏格兰的启蒙运动或者奥古斯特·孔德的著作。但是早在 14 世纪，北非的博物学家伊本·赫勒敦 (Ibn Khaldun) 就曾写过我们现在常常提到的从世界历史出发的社会历史分析。在写作过程中，他提出了一

---

[1] 英国经济学家、哲学家、历史学家。

门名为'ilm al-umran'的科学，这门科学将会解释社会是如何变成现在这样的——它是一门'有着独特目标的科学——即以人类文明和社会组织为目标'。听着是不是有点耳熟？他提出了关于冲突、整合、城市化、权力、历史变革以及事物如何产生价值等一系列重要的社会学观点——所有这些我们以为起源于法国大革命和工业革命前后的欧洲的事件。马克思主义者对历史的分析常常给人留下这样的一种印象，即历史始于彼时彼地——而像印度和中国这样的国家在开启这样的一段历史前务必要先跟上时代的步伐。"

达莉娜解释说，我们所认为的这个"谁"，这个普遍主体，所代表的看似是一个普遍的立场，实则不然。它其实是非常具体而特殊的——只不过是以一种我们所不知道的方式，因为这种方式总是被深深地隐藏了起来。斯图亚特·霍尔（Stuart Hall）是其中一位开始探索这个领域的社会学家。二十世纪五十年代，他从牙买加来到英国工作，发现自己与身边的环境格格不入——他是中产阶级，受过良好的教育，算是满足了做英国人的条件，但另一方面他是黑人，这又将他排除在英国的身份认同之外。他意识到，"英国人"这一看似包容一切、不论肤色的群体，但实际上还是会因为他的肤色而将他拒绝在外。

霍尔考察的是我们的身份和日常生活中的想法如何被创造并反映在流行文化中。他试图了解意识形态——即一系列隐藏的价值——在文化中被创造和复制的方式。他所提到的"文化"指涉的是一系列生产意义的客体和体验。他的研究内容包括电视、音乐、广播、杂志、电影、书籍、广告和报纸。霍尔的贡献之一就在于他认为学者研究流行文化是必要且可取的，因为我们大多数人在生活中，都对流行文化有所体验。

在此之前，可供社会科学家研究的内容只有高雅艺术、文学和音乐——那些为精英所钟爱的文化。霍尔等人认为，人们会去关注其他人过去生产的并用来理解他们生活的文化客体和体验——而他们在生活中所使用的媒体便为他们了解别人的生活提供了一个窗口。最开始是电视，网站、博客和视频游戏紧随其后。"他应用了安东尼奥·葛兰西（Antonio Gramsci）的理论，即存在这样一种普遍存在的'常识'，在貌似中立的媒体、话语、国家一类的结构里，在诸如社会以及人际关系的基本假设中，甚至在那些看似离经叛道、不愿意被人模仿的人的行动间，都存在着各种已经设定好的意义和偏见。媒体在努力劝服人们相信这些意见和偏见。"

达莉娜接着说，在媒体和社交媒体中，那些大家公认并深信不疑的故事起着主导作用。有些话题永远不会出现在人们的讨论中，或者干脆以一种告诉你所有思维正常的人都会相信的真理的形式出现。所以比如你在考试中遇到题目"什么样的警务方式能够有效地减少犯罪行为？"，它已经假定了人们会在什么是犯罪行为、犯罪行为应该被减少和遏制，以及维持治安是减少犯罪的有效方式等问题上达成一致。

"那么我们是如何参与到这里面的呢？"米拉问道。

"霍尔认为，他们不仅要提出一种正确的存在方式——也必定要树立一种错误的存在方式：即所谓的'另一种'。身份总是根据它不是什么来创造的——所以在那个时候成为英国人就意味着，其他群体和他们相比不是英国人。"

"成为男人就意味着不是女人，"米拉举一反三，"但这难道不是对所有人来说都非常正常的思维方式吗？对我来说，成为女人就意味着不能成为男人——这是显而易见的！"

"霍尔的观点是，这些配对使得其中的第二部分，即白人—黑人，男人—女人中的后者，成了多余的、剩下的东西——而不是它本身。这些'他者'是被标记出来的，而前者则是没有记号的。霍米·巴巴 ① (Homi Bhaba) 曾写道，隐藏所有'我们'和'我'这些主张中核心的不确定性的遗忘过程已经完成了。"

达莉娜接着讲起了民族国家所产生的特有的迷思——即单一文化的历史，占统治地位的社会阶级和种族群体的迷思，在这一过程中通常隐藏着融合、混杂与冲突。"这理论也适用于那些突然重新发现某些古老、肃穆而又纯洁的文化传统是其身份的重要组成部分的少数群体，以及那些深爱祖国的外籍人士。这可能是对异化或对种族主义的一种回应；当然，也有可能是源于一种文化优越感。而且他们常常会为此编造一些他们必须要做的事情。现代性意味着会带来世界范围内高水平的移民和人口流动。因而就会产生大量的'散居者'(diasporas)，即那些实际居所与他们声称自己所属的地方不相同的人。霍尔认为现如今散居感是一种很普遍的感觉，越来越多的人都必须要在自己在哪与自己是谁之间进行斡旋。"

米拉想到了自己和贾丝明——她们俩永远也不可能表现出自己本来的样子，总是要戴着那模糊而充满疑问的身份。她们就是夹缝中的人。

"自二十世纪五十年代开始，一直到二十一世纪，美国、加拿

---

① 哈佛大学英美文学与语言讲座教授，当代著名的后殖民理论家。

大和西欧国家的文化日趋多元。而也有一些国家正朝着相反的方向发展——改变边界线、时常伴随着暴力的人口流动，以使自身变得更加'纯粹'。正像霍尔所预测的那样，这些都涉及创造过去的种族及语言上的纯洁性迷思。克罗地亚与塞尔维亚为此改写了两国的历史。阿富汗的塔利班则抹去了佛教在当地存在过的证据。"

根据达莉娜的观点，霍尔认为启蒙自由主义如果不以"野蛮主义"作为参照，就无法解释上述这些事件。究其根本，"野蛮主义"本身只是另一个使得这些问题成为"他者"的例子。若是想以一种自由主义的方式处理种族及种族关系问题，就需要无知的大多数人接受教育，从而结束歧视。但霍尔认为情况并非如此——民族冲突与种族矛盾实际上是剥削、后殖民主义经济及强权政治等更大问题的投射。普遍主体则掩盖了这些过程，让人们认为种族主义是个人的问题抑或是开明时代存在的一些历史遗留问题。但事实上，种族主义是非常现代的问题。

人们对普遍主体的批判越来越多，直到它在自身矛盾的重压下逐渐崩溃。普遍主体的问题也许不在于概念上的缺陷，尽管情况可能就是如此。"当你得知自己是历史的发动机，且代表着一种独特的道德观时，这必定是一项艰巨的任务。应该很少有人愿意被告知自己担负着社会的未来吧。马克思主义者担心无产阶级永远不会依照他们的理论所说的那样行动，他们或许就会意识到问题出在普遍主体理论上，而不是无产阶级身上。"

达莉娜现在又转回了她先前问米拉是否感觉古典社会学家似乎总是在讨论别人的那个问题。

"放弃普遍主体是否意味着你问出的问题和得到的答案——关

于生活和你自己的那些——总会因为你是谁而变得不同？不同的人之间到底有没有什么相同之处呢？"米拉非常痛苦，如果这个问题的答案是否定的，还不如趁早放弃这一切。

另一边，达莉娜接着说，那些希望能听到被藏匿的声音的社会学家依然坚信，我们只要坚持正确的、价值中立的方法，仍有可能获得普遍的真理。而那些反对普遍主体思想的人认为，强行区分事实和价值的努力是徒劳的。价值中立已经过时了，许多人都认为这样是行不通的。他们说所有的研究都难免带有这样或那样的偏见："持女性主义立场的认识论者则更进一步，认为你所得到的答案完全取决于你是谁。他们说，妇女是真正受到压迫的人，只有妇女从女性主义的角度开展研究，才能真正地说出真相。他们并非唯一持有这种观点的人。后现代主义者嘲讽古典社会学家试图代表所有人，这是绝对不可能的，更存在着诸多风险。"

米拉记得那些"持女性主义立场"的人，尽管总是记不住他们的名字，而且她也记得自己为什么不信服他们的观点。

"他们是不是说过，既然无论如何你都会持有某种偏见，你不如直接选择接受那种偏见，并保持诚实？"

"让我们再仔细探讨一下其中的内容。"达莉娜说，"社会地位和权力改变了所谓的'真实'。社会心理学家在实验中注意到了从众效应。人们对一些基本问题的判断，比如两条直线的长度，会随着周围人的判断而发生改变。而那些位高权重的人对其他人产生的影响力度还要更大一些。"

"没错，我们做学生的都想取悦老师。"米拉评论说。

"哈哈哈，那我还真有点期待。"达莉娜调皮地扬了扬眉毛，

"我们可以把这个问题应用到收集关于世界的知识的所有活动中去。如果我们这些无意识的偏见并非简单的误差，而是由我们周围的特权和不平等的制度所创造的关于这个世界的系统事实呢？"

她深吸了一口气。

"所以如果你发现人们在'什么为真'的问题上意见不一致，或者他们在本该意见不一致的地方却表现出一致，那么你就是在处理一个最基本的知识问题。这就是本体论（ontology）：它是什么，它的本性又是什么？"

"这是一个很难讨论的话题，所以我一般喜欢用发问来思考这个问题。你认为从所有地方，在不同的观察者眼中得到的事实都是一样的吗？量子物理学会告诉我们，一些非常基本的事实只有在观察中才能确定其存在。把这一点带入社会学层面中，你就会得到一些基本的定义上的错误。比如当两个事物是相同的或具有潜在的相似性时，它们被定义为不同的事物。反之同理。"

"听上去都是我们会经常做的事。"米拉说道，"比如我们认为男人和女人的大脑在很大程度上是相同的，他们表现出的不同只是人类本质上的一个基本事实。或者反过来，只询问男性对某个话题的看法，或者只询问男性的经历，并用其代表人类整体的经历。"

"这种事经常发生，"达莉娜说，"社会阶层就是以男性的职业来定义的。老龄化的阶段也是根据对男性生命周期的预期来定义的，在此预期基础上，男性便可以很自然地进入退休状态，然后休养。但许多女性晚年还要承担照顾老人的任务，所以即使到了退休年龄，她们还是要继续工作。事实上，不把护理当成一种工作是另一个认识论上的错误。

"这种情况并不是因为每个人都对这些感到困惑或怀有偏见，又或是价值观有问题，而是科学和社会科学的实践造成了这些问题，是我们创造知识的过程产生了这些问题。我们对此脱不了干系。

"每当不确定性变成确定性时，你都能观察到这种情况——就像在很多诊断中会发生的那样。比如说，那些长期以来存在的有关疾病的社会学概念在很大程度上都要归功于帕森斯。他将病患的角色定义为不能履行社会责任的人，而医生手上有一种特殊的权利，可以让人们合法地放弃他们的义务，将他们划归为病人。这个界定就依赖于一种建立在刻板印象之上的疾病与义务的观念，即我们的大多数社会义务都要在公共场所履行——基本上都发生在公共场所和社交场合。如果你的许多义务都要在家中履行，或涉及照顾你身边的人，就像许多女性所面临的情况一样，你就不可能在生病时轻描淡写地卸下这些义务，因为你的义务并不止于家门口。"

上述理论是否也可以用在有关那些声音被压抑和被边缘化的人的观点上呢？如果人们能很好地听到这些声音，社会学家会对他们发声的内容感到舒心吗？达莉娜认为这是个好问题，左翼社会学家总是愿意忽视或解释那些令人不安的事实——要么是关于那些受欺压群体中的种族歧视或同性恋恐惧症，要么就是关于女性对传统女性角色的接受。

"那么说到底，"米拉不想掩饰恼怒和失望，"我们兜了一大圈，您到底想表达什么？

"您是想说，情境的立场主体同普遍主体一样，是有局限的吗？

"您是这个意思，对吗？那些隐匿的声音所说的'坏事'总会被忽略或解释掉。这样又怎么会帮到任何人呢？那些立场论的理论家和后现代主义者都在说，一群人所说的话只有对那些与他们相似的人说才有意义。如果我希望被理解，我就得去期待别人能够遵守一些共同的标准。如果我希望他们这样做，那么我也应该这样做，否则一切就毫无意义，是这个意思吗？"

"社会学就处于这两种观点的夹缝中，一种认为社会学研究者应该敞开心扉，另一种认为研究只有在公正的态度下开展才有说服力。如果人们意识到你对这些研究主题有自己的安排，他们要么会对你说你想听到的话，要么会直接忽视你。"

"嗯……如果我对您所讲的这些内容理解正确的话，那么针对古典社会学家的'隐藏的声音'的批评主要分为两类。"米拉疲惫地展开论述，"第一种是，他们的进路很狭隘。鉴于他们的文化背景，他们注定无法看到他们期待的普遍真理，只能得到关于某些人的非常具体的真理。如果能够摘掉自己的有色眼镜，我们就可以成为更好的社会学家，也可以成为更好的人，聆听所有的声音。他们的角度和目标没有错，只是在研究的路上被绊倒了。虽然他们的社会学研究做得不好，但是他们的核心还算勉强摆在了一个正确的位置上。第二种观点是，他们连核心都不正确。这不仅仅是填补空缺的问题，而是只有真正同他们思维模式一致的人才能倾听这些声音。只有那些在启蒙运动中处于不利地位的人才能看到真相，并理解正在发生的事情。只有他们自己才能为自己发声。如果第二种批判是对的，那么又怎么会存在什么普遍的真理呢？如果人们只能代表同类人发声，那最终又怎么会有人能够倾听和理解别人呢？

"但批评者们确实提出了很好的问题：由谁决定研究内容，又是谁在为谁发声？我们的本质是由差异还是相似之处来定义？用这些术语来建构自己的论点本身就意味着我们已经输了。只有妇女才会被要求为国家生育，只有男人才被要求为国家捐躯。男人可以为国家而死意味着他们可以成为真正的公民。而妇女生育了这些为国捐躯的男人，却是从属的公民。两者是互相依存的。但现在，这套公民理论已经支离破碎，因为在美国，妇女也可以从军了，也可以和她们的丈夫、兄弟并肩作战，共同牺牲。

"我们常会绕回到母性这个根本区别上来。只有女人才能生育新的公民，这一事实将她们与家庭和产床绑定起来。这两者常常被错当成同一件事。关于母性，一直以来存在着诸多不同的观点和体验方式。如果将女人怀胎九月后都会痛得尖叫作为一种母性的共同点，显然不是什么好的出发点，特别是在如今有些人甚至能够租得起其他女人的子宫、购买她们卵子的情况下。

"社会学家与哲学家——以及其他社会科学家和人文学者——对此有一种特殊的责任。他们花了很多时间讨论别人在做什么，却从未进行亲身体验，也从未思考影响他们做这件事的诸多条件，这就是女性主义认识论和后殖民主义理论家的切入点。那些所谓的其他人没有回嘴的机会，即便回嘴，他们所说的话也往往不会被当真。因此就存在这样一种危险，即社会学的理论听起来很有说服力，它用一个预先设定好的框架来解释它试图解释的目标。除非你跳脱这个框架，不然就没法推翻它们。"

"那我们该怎么办呢？你说的这些究竟只适用于社会学，还是所有人？我们真的不可能理解别人的经历吗？难道只能由黑人中产女性去理解别的黑人中产女性吗？社会学家以外的人也会这么说。你懂的，'你永远不会明白的——这是黑人的事，这是天主教的事'。我觉得这句话的意思就是'别管我的事，你永远也不会明白我的意思'。但在过去，社会学家认为，他们能够帮助人们理解彼此，让大家欣赏彼此不同的经历，从而让一切变得越来越好。如果人们能够意识到还有比自己处境更糟糕的人，或许他们就会采取行动。但你说这一切或许根本就不可能。我一定是反应过度了，但这让我感到十分绝望。"

"实在对不起，米拉，我只是想帮你！咱们不能就这样轻易放弃。有人曾经问过维特根斯坦 ①，我们怎样才能感受到他人的痛苦。他表示，不确定这种要求是否可行。根据他的哲学体系，这是不可能的，但现实往往是另一回事。如果你看到别人受伤了——你和那个人并不相识——你还是会有一种本能的反应，感受到一阵剧烈的疼痛。你能体会到他们的伤痛。也有些男人能够感受到妻子怀孕和分娩的阵痛。至少，有些体验是可以分享的，而且不仅仅是与关系亲近的人分享。"

达莉娜说，人与人之间是有可能存在某种理解、某种实实在在的感情的。我们确实可以这样说，沟通——并对沟通的意义和形式达成一致——既有可能，也有必要。没有这种沟通，社会就不可能存在；没有这种沟通，身为个体的我们最终便会迷失自我。社会确实是存在的，你看，你可以将中国哲学的文本翻译成英语并保留其中的大部分含义，单凭这一事实，就说明你可以与来自不同文化背景的人进行交谈，还可以对其进行理解，甚至可能会被它们改变。

---

① 二十世纪最具影响力的哲学家之一，主要研究领域是数学哲学、精神哲学和语言哲学。

"我们至少拥有跨越那些明显难以逾越的障碍去感受事物的潜力。所谓的跨越可能只意味着我们说一些话、表一些态，但我们表明的态度同样会跨越重重阻碍，对身处德里的男人和纽约的女人都产生自己独一无二的效用。"

达莉娜这场小小的即兴课堂好像已经成功画上令人满意的句号了。米拉很感激达莉娜愿意花时间谆谆教诲。为了让场面不那么尴尬，米拉甚至夸赞达莉娜的自我牺牲精神堪比艾琳娜·马克思，还说整场谈话简直让她醍醐灌顶。然而事实上，米拉的真实感受比她所说出口的要消极很多。

如果她真的被达莉娜提出的观点说服，那到底该怎么做呢？她或许能理解为什么有些人说马克思和韦伯的理论是不完整的，但是那些缺失的碎片又该从哪里获取呢？米拉仍在寻找更多的灵感，变得更悲观了，因为，如果认同批评者，那她就应该意识到，寻找灵感本身就是徒劳。米拉感到虚无，甚至感到一种意料之外的绝望。显然，像她这样的人是不能够为受压迫者发声的。原本在米拉的脑海中已经慢慢形成的、有关她未来的粗略计划的诸多可能，现在都已经渐渐崩坏了。在米拉看来，整个社会学的大厦也是如此。既然它也已经濒临崩塌，那接着学下去又有什么意义呢？

达莉娜看出米拉的表情有点不对劲，赶紧询问情况。米拉只好承认，自己对社会学感到失望。达莉娜问为什么。米拉迟疑片刻，开口解释："把一切都推给藏匿的声音，说到底就是权力和特权金蝉脱壳的方法，不是吗？如果这些声音继续沉默，那我们又能做什么呢？此外，就算他们不这样做，勇敢地为自己发声，也可能会被忽视，或者充其量被敷衍了事？我们难道不应该对产生不平等和压迫的原因持有一些普遍的见解吗？我需要一个社会学家，他能够真正地质疑产生这一切的社会基础，真真切切地帮助我们审视一直以来赖以生存的所有方式，质疑那些我们一直认为理所应当的事物，以一种全新的方式看待一切。我希望能有人将这一切都抛到空中，让我们在散落的过程中看清一切，并相信一切会变得更好。"

"你不妨去读读齐美尔的书吧——他是玛丽安妮·韦伯经常在其沙龙里招待的聪明人之一。我很久都没有读过他的书了，但就我能回忆起来的，他应该能满足你的所有要求。当然不是所有人都愿意把他写的东西当回事：他是个业余爱好者，一个特立独行的人，他没有在大学任教，但是出于爱好写了很多奇奇怪怪的东西。我记得他写过几篇关于打招呼、爱、气味社会学、秘密以及椅子的社会意义的文章。"

米拉笑道："很好，光是听起来，他就已经开始让我着迷了。"

当你说话时，你听到了什么？

你的声音？

还是他者的声音？

1. 社会学的想象力惯用的一个小伎俩就是观察一个特定的现象和问题，将其与一个系统问题联系起来。这样做就是在为说出的话与说话的人建立联系，即将知识与权力联系在一起。

2. 启蒙运动是发生于十八世纪的一场思想革命，主张用理性取代宗教。社会学、其他社会科学以及自然科学的许多研究进路都是以启蒙运动为基础的。启蒙运动试图削弱那些来自权威的声音（来自传统或天赋的权威之声），并以新权威发出的声音取代（那些由科学和客观知识塑造的权威）。

3. 立场认识论是构成对这些问题的讨论的一个重要部分，它道破了"客观的声音"是如何通过使他人沉默来发声的。更客观的标准总是可望而不可即，因为我们必须认识到，中立冷静的观点实际上也可能是片面的。女性主义认识论学者指出，所谓的普遍人类主体的思想——其权利、欲望与需求——实际上都建立在男性的权利、欲望和需求之上。黑人女性主义者和其他一些女性主义者批评那些声称代表所有女性利益的女性主义者实则只代表了少数人的利益。

4. 然而，一些代表他人的能力 —— 站在他们的立场上为他们发声——似乎是公共辩论与民主的必要条件。否则，我们就回到"只能听见最大的声音"的那种情况了。

第 十 七 章

深 入 浅 出

　　米拉决定从"弗兰肯斯坦"中对齐美尔关于"陌生人"的文章的评论开始读起，那段短暂的假身份经历可能会让自己更好地理解齐美尔的理论。结果这篇文章讲述的不是成为陌生人的体验，而是一些她没料到的内容：陌生人的存在会影响到其他的人。如果一个群体中有人和其他人不一样，那么他（她）不必待太久，就能影响这个群体的运作方式。比方说，小组成员可以利用陌生人为他们带来无法自给的东西，也就是说有时陌生人可以成为群体里的交易员。举例来说，就像欧洲犹太人所发现的那样，当群体内部所有经济角色都被占据时，来自外部的人就可以占据交易员的角色。

　　陌生人的作用如此重要，这是因为他们总能保持客观。他们不是局内人，便能以一种非常有效的超然态度来处理事务。有时我们甚至会赋予陌生人以巨大的权利。齐美尔对此说道：

　　　由群体中的陌生人占据支配地位；最典型的例子就是那些意大利城市从外部聘请法官的举动，因为没有哪个当地人不受到家庭和党派利益的影响。

一语道破天机：这正是米拉和室友们如此依赖贾丝明的原因。她是大家永远可以信赖的老实人——尽管有时诚实得让人糟心——但公正、一丝不苟。她们相信，当大家意见相左或是对某事犹豫不决时，贾丝明总能提供最客观公正的建议。直至读到这段文字，米拉都没有想过实际上是贾丝明的异国身份赋予了她这个角色，但大家总以为这是贾丝明本身就具有中立裁判的品质。

注意力转回齐美尔身上，还有更多的惊喜在等着她。齐美尔说，陌生人的"客观性也可以被定义为一种自由"。由于陌生人与现状不存在任何利害关系，因此人们不需要为陌生人所说的想法施加任何的保护措施。这也就意味着陌生人所带来的东西——就像那些经常被指责造成局势动荡的外界煽动者——"包含了许多危险的可能性"。当然，事情出了岔子，将责任推卸给陌生人可能只是一个借口、一种推脱的方式，但如果人们没有因此意识到客观、无涉的观点具有多大的危险，可就遭殃了。

根据齐美尔的说法，我们都与陌生人之间拥有一些共同点，事实上我们或许与许多人甚至可以说大多数人都有共同点，这可以为我们揭示人与人关系中一些深刻的内涵。我们对任何关系的看法在很大程度上取决于我们对其独特程度的衡量，或在很大程度上是由我们与许多其他人的共同点构成的，这其中也包括许多我们了解甚少的人。"弗兰肯斯坦"引用齐美尔的话：

只要我们觉得陌生人与我们之间享有民族的、社会的、职业的或笼统的人性共同特征，他们对我们来说就会变得亲近起来。而如果感觉他们与我们疏远，则是因为这些共同特征超出了他们或我们的范围，我们之所以能被它们联系起来只是因为它们连结了一大堆人。

齐美尔还说，人们在亲密关系中，克服最初的恋爱冲动后，可以感知到这股疏离感的一些"蛛丝马迹"。

在爱火第一次萌发时，情爱关系里容不下半点概化的想法：爱侣们会认为自己拥有的这段感情是世间独一份的；世上没有谁会比自己爱着的那个人更可爱，也没有什么感情能与这份爱相提并论。一种疏离感——很难说这是原因还是结果——通常发生在这种独特感从这段关系中消匿的时候。某种怀疑主义的思考投射进这份情感中，他们会去思考这份感情本身和他们自己的关系，结合对自己身处的这段关系的反思，他们会意识到，自己身上上演的这份感情终究不过是人类普遍的命运罢了。他们体验到的这段经历在历史上已经发生过成千上万次；就算他们没有遇到自己现在的另一半，终归还是会在另一个人身上发现同样的吸引力。

米拉读罢这段话，瞬间恼火了起来。她决定跳过这几页，直接从对他关于时尚的文章的讨论开始读起。她一口气读完，笑得前仰后合，因为齐美尔简直把她们的时尚女王图妮刻画得活灵活现。然后米拉翻下床，追着图妮越过走廊，坚持要给她读齐美尔文章中的部分段落。为了躲避她的轰炸，图妮把自己反锁在浴室里，米拉干脆一屁股坐在浴室外面的地板上，隔着反锁的门锁而不舍地为图妮朗读这段内容，图妮则放声高歌，想掩盖掉米拉的声音。

"那段话在哪儿来着？哦哦，找到了，图妮你听听，简直就是你本人！齐美尔说：'时尚的特别之处在于，它使社会服从成为可能，它既是一种社会服从，也是表现个体差异的一种形式。'"然后她开始对图妮解释齐美尔的这番话，图妮在里面唱得更大声了。"他的意思是说，有了时尚，你就可以真正地表达自我，但同时也是在跟随潮流：它会让你感觉既特别又合群。最时尚的人可以用最入时的方式行动，放大身上的时尚感。他们既是最有个性的人，也是最受到时尚支配的人。"

米拉倚着门站了起来，隔着门冲里面喊话，巴不得直接灌进图妮的耳朵里面去。"所以，你看似在引领时尚，但实际上十分依赖那个群体、希望受到那群潮人的认可。你就像一只温顺合群的小绵羊，而我们其他的人才是真正独立的个体。这就是他所说的时尚受害者！"

安娜提醒米拉小点声。"那我们就是你疯狂举止的受害者。干吗呢，上蹿下跳地给我们施社会学的咒，小疯婆子？"

还不错，米拉想，安娜已经从她的保护壳里走出来了——在过去的几周里，她变得更加坚定和自信。米拉回到自己的房间，重新拿起书读了起来。"弗兰肯斯坦"说，齐美尔在他那些古怪的作品中散播着一套理论。这套理论的第一部分建立在他的一种坚定信念之上，他认为人们在一起做的每一件事，做出的每一项成就，迟早有一天会转而和人们对着干。

这就好比每一次创造的冲动，都让我们陷入了那种如同创作歌手对自己的成名曲深恶痛绝的境地。当歌手写下了一首歌，这首歌就变成了不再受她控制的存在，其他人也可以占有它，而且自那时起它就定义了人们对她的期望。在这之后不可避免的结果就是，歌手未来表达的机会受到了限制。当歌手演出时，人们总是想听那首老歌，那首大家都可以跟唱的歌。他们不想听新歌，尤其是不想听那些同老歌相比显得很奇怪的新歌。

"弗兰肯斯坦"指出，齐美尔认为他的这套理论不仅仅适用于各类形式的自我表达，也适用于其他方面的创造。人们创造宗教信仰，是因为他们为世间的不可思议所惊奇、震撼，他们要为这个世界赋予意义。但当这种创造一旦变成了一种正式的宗教，就会严重限制甚至阻碍个人发挥自己的创造力。如果这套理论可以用来解释宗教，那么解释科层制和经济体系就更加轻而易举。人们努力地付出自己的勤奋和创新，最终创造出了一套运转体系，但最终将它变成了一个客观且让人感到麻木和压抑的体系。然后人们又拼命地为了满足个人需求而进行自我表达，试图活出自己的独特风采。

从这些表达中就能看出，为什么齐美尔一直没能在大学里找到一份合适的教职。米拉觉得他多半会选择做个隐士，因为他相信，只有远离城市，人们才最不可能与他们的创造物产生连结。显然，正是因为人们在城市里有太多的自由与选择，他们才会被客观文化所主宰，不能顺利地进行自我表达。米拉不确定自己是不是完全明白了他对城市的看法，她想知道的是，齐美尔说的这些是否只是结合了韦伯对科层制以及马克思对资本主义下工作本质发生异化的观点。但当她读到讨论齐美尔《货币哲学》的文章时，她发现韦伯的观点很可能是受到了齐美尔的启发，而不是相反。

齐美尔认为，金钱消匿了传统社会中人与人的差距：不仅仅是别人的外在差异——如出身——还包括各种个人的主观品质。从别人那里拿钱或者把钱给别人，金钱会让这种交换更缺乏人情味：就好像你是在跟谁做生意一样。米拉感觉这与齐美尔写一段关系中的那种微弱的疏离感所带来的客观性是一样的——怎么说呢，我们越是去想人们和其他人有什么共同点，我们和他们的关系似乎也就越不特别、越不重要。随着金钱的重要性逐渐攀升，这种无个性就越来越成为我们生活的这个社会的特征：别人对我们的看法（比如别人对我们的父母、我们的性格的看法）都显得不那么重要了。只要你有足够的钱，就算出身卑微也不会失去获得社会尊重的资格。但同时，被认为是一个自私或寡廉鲜耻的人也没什么了不起的。

随着金钱（以及由它变为可能的劳动分工）越来越重要，我们变得越来越依赖别人，但至于依赖的这些人是谁，他们是什么样的人，则变得越来越不重要了。金钱不单改变了我们与他人关系的本质，也越来越深入我们生活中的某些我们曾确信与金钱毫无关系的部分。尽管我们没有刻意计算成本和收益，金钱还是成为一个无处不在的隐喻，它让我们把与他人的所有待处理的事宜都看作一种交换。这从根本上改变了我们对他人的看法。

这部分内容有点像涂尔干的观点，也有点韦伯理性化的意思。齐美尔说，正是因为金钱作为交换媒介的普及，非理性不得不让位于理性：它消除了人与人之间的文化差异，因为每个处于不同社会间与同一社会内部的人都以这种客观的方式联系在一起。米拉不由得联想到，对于有钱人来说，去世界各地旅行是一件多么容易的事。他们拥有的那张小小的塑料卡片能够让那些像他父亲一样的人四海为家，又或者他们并不是真的能够四海为家，因为金钱只是在陌生人之间充当建立联系的完美媒介——这是一种大多数人都能理解的非常普遍的联系。你能感觉到这与韦伯"祛魅"观点之间的联系。或者说,我们再也不会对另一种文化的非理性、神秘感和魔力感到讶异或敬畏了,因为每个人采用的都是这种透明和理性的方法。换句话说,金钱为事物祛魅。

就这一点,"弗兰肯斯坦"提到了"全球化"以及世界各个角落的社会正逐渐趋于相似的观点。在齐美尔看来,不同社会之间所谓的相似之处不过是那些没有人情味的东西——每个角落的人们都吃着同样的快餐品牌的食品,穿着同一类型时尚风格的衣服,听着同一种愚蠢的歌。这些肤浅的东西正一步步地压缩人们表达自我特殊性的空间。毕竟这才是不同文化之间真正的区别所在。当人们想到全球化时,通常会想到社会现在所共有的新事物,但有时他们也会忘记那些正在失去的东西。此外,当人们说现在一切都开始变得一样时,或许他们并没有意识到这一切都是金钱的作用。只有当人们受到其他事物,如自我表达的激励时,它才会令事情变得客观冷漠,并夷平其中的所有差异。

米拉读到这,终于理解了齐美尔所写的有关城市的一些要点。在世界上的某些地方,当你走出城市,你还是会发现一些令人惊讶和奇异之事。也就是说,因为城市里充斥着客观文化,所以在这里一切都以标准化的程序优先,尤其是金钱,它占据着至上的地位。当然,也正是在城市,人们开始只依据金钱来分配权力和地位。生活在一个金钱而非宗教或血缘关系至上的社会里,你会拥有更多的自由,因为金钱是中性的,它不会要求你屈从于特定的价值观,也不会要求你按照既定的方式生活,诸如此类。多数人开始追求一些高于基本需求的东西,这也是齐美尔提到城市为人们提供了自由和选择时想表达的意思。

这有点像他对时尚的看法（就是米拉嘲笑图妮的那一点）。当金钱成为普遍而客观的衡量个人价值的标准，成为每个人衡量自己的标准时，便会产生一些非常有趣的可能性。你可以通过购买一些东西，让别人知道你有多少钱，这样你就可以控制别人对你的反应，以及他们对你的态度。米拉认为这就是人们通常所认为的地位竞争的方式。提出这个观点的竟然不是韦伯，而是齐美尔。米拉惊奇地发现，在齐美尔看来，无论金钱作为一种通用的价值衡量标准有着怎样的缺点，我们都应该庆祝它的存在。

齐美尔认为，金钱能够让我们看到事物的真正价值。价格标签是由人们对某物的渴望程度决定的，或者用二十世纪后期的话说，它是由消费者的选择决定的。这就好像是在说钱是一种奇妙的发明，它可以让我们在黑暗中看见东西，就像一架红外摄像机，为我们揭示一个又一个事物真正的价值。当然，这项发明为我们带来的一个必要的衍生品就是，红外摄像机本身也成了我们渴望的对象，事实上，它之所以让我们如此渴望，是因为它让其他的一切都成了可能。

齐美尔提出，金钱为我们带来的最重要的一个可能性就是，拥有它便可以使你从你出生的那个群体中解脱出来。用韦伯的术语来说，齐美尔所设想的就是你可以通过购买一条路，让自己从一个地位群体进入另一个地位群体。社会习俗和严格的社会地位界线难以经受这种冲击，无论该社会地位群体中的成员如何反对"通过贸易赚到的钱"，或者说得简单点，他们再看不起"暴发户"，也无法将有钱人拒之门外。

齐美尔认为，一旦金钱掌控大权，人们之间所有的关系就会受到理性的控制和调节，这一点也是非常不可思议的。比如，有人违反了合同条约，不按规定提供劳动力或额定的货物，那么就要赔付相应的款项，这么做不仅仅是因为我们的关系变得更加理性了。它的内涵要远比这更丰富：金钱让我们以一种以前做梦都想不到的方式联系在一起，它让我们可以买卖彼此。齐美尔会说，想想吧，如果没有金钱所带来的人际关系，我们的现代生活将会变得多么狭隘而乏味，并且要记住，我们在买卖的是什么。我们在这仙境乐园中漫步，行使个人的选择与最终的自由，追求那些对我们来说意义重大的美好事物。

齐美尔认为，由于金钱的力量，现代文化充满了能够让我们以前所未有的方式来设计自己生活的可能性。比如，"弗兰肯斯坦"里提到，全球化中文化的混合产生了新的文化形式。米拉觉得像图妮这类人就充分地利用了这种可能性，但这些不都没什么意义吗？这就像为一批量产的画上色一样。你并非真的将自己的想法付诸行动，也没有什么真正有创意的事情发生。这样真的会让人们觉得他们的生活有意义吗？

米拉认为，这样想就能明白齐美尔在讨论的是，金钱如何取代或掏空我们内心深处的生命力：我们的渴望、期待和幻想。齐美尔告诉我们，金钱是现代生活中的护身符，可以用来衡量世界和其中的一切。没有什么是用金钱理解不了的，没有什么是金钱无法驯服的，也没有人能凌驾于金钱之上。我们驯服了这个世界并和它一同欢唱，但是在这个过程中，我们摧毁了人类价值的基础：如果每个人身上都有一个价码，那爱情和友谊还有什么价值呢？

"弗兰肯斯坦"上说，当人们试着理解这一点时，可能会去抱怨物质主义或享乐主义，但齐美尔认为，除了将沉溺于自己的欲望视为一种人类的本能，其内在可能还包含着更多值得探索的内容。齐美尔当时还深入研究了哲学家叔本华[①]的思想，他认为诸如同情之类的美德是非理性的。的确，理性让我们追求与众不同、卓尔不群，理性也恰恰是物质主义和享乐主义的诱因：我们并非对已有的东西不满足，而是总想体验更多的感觉、寻找更多的刺激。所以我们必须不断地追求刺激，而且我们也知道，任何人、任何事都有自己的价码。

齐美尔认为，没有金钱就没有选择的自由。米拉想知道，没钱的人怎样才能进行自由选择。她越读越相信，金钱从根本上改变了我们对他人的看法。这种改变是否在某种程度上与人们接受不平等是一种理性体系所带来的不幸结果，而且无法说服自己采取任何行动有关？在齐美尔所描述的世界里，穷人会因贫穷本身而遭受审判：有钱没钱会成为衡量他人价值的标准。你可以不费吹灰之力地发现，人们认为穷人之穷在某种程度上是罪有应得。

人们认为这种不平等虽然不幸，但不可避免。齐美尔或许发现，这种模式是人们对不平等做出判断的基础？人们只是简单地将所有人都要浪费时间，以各种方式挥霍金钱、操控别人这一点归入现状，并加以接受。同样，所有人也被这个金钱塑造的肤浅世界和金钱所能买到的东西束缚。在上述前提下，我们可以得到这样一个结论，即人们无法依靠努力来消除这些不平等，可悲程度不亚于齐

[①] 德国哲学家，开创了非理性主义哲学的先河，唯意志论的创始人和主要代表之一。

美尔所描述的金钱对社会关系的其他影响。

"弗兰肯斯坦"解释说，齐美尔认为，总的来说这一切都是值得的，但是他的观点还有一种警示的意味，即我们有可能会沦为那种完全是为了给他人留下印象而缺乏信仰核心的空洞躯壳。这难道不正是我们需要钱、需要衣服以及需要其他所有能用钱买到的东西的原因吗？因为我们不再相信有比钱更重要的东西，钱给了我们更多的自由，让我们除了购物之外不知道该如何打发时间。我们付得起高价，却不再拥有任何价值，因为，就算知道自己可以对不平等做些什么，我们还真的认为自己应该去做出改变吗？

米拉想，我们与每个人由金钱而产生的那种肤浅的联系，是否意味着我们与他人之间分享的东西，会少到让我们不再真正相信别人会像我们一样受到伤害？我们会不会忘记穷人也应该得到我们的同情？更重要的是，忘记穷人也有尊严？我们已经完全失去了对比我们处境更糟糕的人所应该持有的同理心。金钱作为我们的护身符，与这一事实脱不了干系。

米拉可以理解，这些将不平等合法化的经济体系已经变成我们客观文化的希望、心愿与欲望，接着限制我们的选择、挫败我们的希望。我们的出发点是让人民变得更加富裕，消除贫穷与资源匮乏，但我们创造了一个无法实现终极目标的体系——正如马克思所说的那样——这让人不禁要问，为什么我们曾经以为它可以做到？齐美尔的研究证明，是伴随这一制度而来的文化扼杀了我们所分享的那种不平等可以被削弱甚至根除的希望。

这一切本该让米拉感到绝望，但事实上光是齐美尔的理论存在本身，就让她重新燃起了希望。如果金钱作为一种价值源头，其优越的地位像齐美尔所说的那样确定无疑，那么他根本不需要提出一个理论去解释它。因为如果是那样，金钱就不需要任何解释。它会是那样自然，那样理所当然，以至于我们想象不出别的选择。但你必须要从另一个方面来理解齐美尔。齐美尔所选择的金钱的替代品是僵化的、愚蠢的阶级制度，其中毫无个人自由可言。因而在他看来，让市场通过个人选择来决定什么有价值要比阶级好得多。但显然，对金钱的贪欲肯定不是确定人类价值的唯一来源。

米拉认为，你必须考虑其他的价值来源，比如平等的思想，观察金钱成为万物的尺度后我们失去了什么。也就是说，现在就感到绝望还为时过早。米拉确信，她不是唯一会依据其他价值和其他方式来判断事物的人，我们需要的不是失败主义，而是与那些除了金钱什么都不在乎的人战斗。这场战斗将会是一场智识上的博弈。她希望齐美尔能带她探探对手的底，找到对手的弱点。

根据她的理解，金钱之所以有诱惑力，主要有两个原因。第一，它契合了那些不想浪费时间去理解，却急于行动的人的心理。金钱让事情变得简单，因为他们只需要了解价值的一个来源就够了。你问我这件艺术品怎么样？如果你告诉我多少钱，我就能识别出它有多好。那个人值得我去交流吗？还是那个道理，他值多少钱？我今天做点什么好呢？简单：只需要思考怎么才能赚最多的钱。第二，对于那些不愿被告知他们不能做什么的人来说，钱是一个完美的解决方案：他们不关心传统社会的刻板规则，他们可不愿意被圈在里面，也不允许自己被剥夺选择的权利。

也就是说，金钱对那些不擅长思考的实干家、反叛者、不在乎别人怎么看他们的人很有吸引力。难道他们不会因为自己的傲慢和懒惰而被现实摆一道吗？他们从来就没想到过别人与他们的价值观不同，他们迟早要为自己贫瘠的想象力付出代价。然后她马上意识到：她父亲就为他自己缺乏想象力而付出了代价。正是因为他无法想象可能存在另一种看待他行为的方式，一种更具合法性的方式，最终才导致他拒绝为自己的欺诈行为承担责任。他只是想不出除了钱以外还有什么其他的价值来源，所以当主流大众认为他做错了的时候，他感到既惊讶又怒不可遏。公众如洪水般涌来的意见本应是一种启示，他却当作无礼的羞辱。

米拉还不知道她参悟到的这些事会不会改变她与父亲的关系，但在考虑这些之前，她必须一直顺着自己的思路推进到最后。现在还不能停下来，因为她害怕一旦停下来，这些脑海中好不容易搭建起来的复杂的思想体系就消失了。她要强迫自己得出那个问题的答案：这一切在她理解社会学这件事上，究竟意味着什么？

她飞快地再次翻过刚刚读到的那几页，脸上露出小孩子拆礼物般的神情。她注意到，在她翻过的那几页里，有一段齐美尔对秘密的观察的讨论。这段引用吸引住了她的眼球："秘密在人们之间设置了障碍，但也提供了一种迷人的诱惑，即用流言蜚语或坦白来打破这种障碍。"米拉又埋头读了下去。

***

父亲待的房间有点像大学教室，灯光和家具几乎如出一辙，只不过他们两个人只能分坐在桌子的两端。他们聊了聊多尼和妈妈。米拉小心翼翼的，避而不谈林的事情。然后父亲问她，在大学里用假身份生活的感觉怎么样。她草草地回答:"我放弃了,他们现在都知道我是谁了。"不知为何,她对他所表露出的失望不感到惊讶。她母亲对她隐藏身份的做法从未发表过任何意见,只是偶尔提供一些实质性的帮助,父亲则一直鼓励她隐藏自己的身份。事实上,可能就是她父亲在她的脑海里播下了萌生这个想法的第一颗种子。

米拉同意齐美尔的观点,无论秘密的内容是什么,它总是有其自身神秘的吸引力。他说秘密就像私人财产一样。如果你有一个秘密,你就相当于拥有了一些有价值和独特的东西,一些别人不经你允许甚至不能一瞥的东西。这种占有可能会吸引其他有占有欲的人。也许她父亲并不是那样的人,但他也会欣赏,希望米拉欣赏齐美尔所描绘的秘密的另一重宝贵的品质。无论你是否要从财产的角度来思考秘密,秘密都会让你觉得自己很特别(对她父亲这样的人来说,这可能是最具吸引力的地方),它会让你觉得自己很强大。

齐美尔说,当你选择吐露或继续隐藏秘密时,你的权力感是最大的。知道你有可能在任何时候泄露这个秘密,你就会想象自己可能怎样消除幻想、破坏快乐、毁掉生活——即便,就像齐美尔说的,暴露秘密最终毁掉的只是你自己的生活。父亲可能无法理解米拉为何选择放弃这种权力。

想到自己的经历,米拉毫不犹豫地认同齐美尔的观点,即任何秘密都是一种自我隔离的方式,是一种诡计,可以让你在那些自以为很了解你的人群中做一个陌生人。现在她还认为,这也是一种让自己感到重要和神秘的方式。米拉很高兴,她不仅放弃了自己的秘密,还避免了为泄露秘密而首鼠两端的状况。

齐美尔说,秘密被发现的兴奋一部分是来源于紧张,因而也是秘密所产生的吸引力的一部分，另一部分则是内心深处想要说出一切的欲望。米拉在她的朋友们面前假装成另一个人的时候，确实有过这种强烈的感觉，但是在她决定说出一切的瞬间，她并没有感觉到齐美尔所说的权力感。确实，是贾丝明把她卷进去的，让她别无选择，但她不也是在贾丝明领她走进厨房的时候就毫不犹豫地全都吐露出来了吗？难道她不也感到释然了吗？但是，父亲为她的做法感到遗憾。米拉认为应该试着解释，她为什么把自己真实的身份告诉了朋友们。

"女人会通过交换秘密来与人建立联系和终生的友谊，但我什么也不能对她们说。这样总让我觉得自己是在欺骗、操纵别人。告诉她们真相之后，我感觉好多了，我也不用再戴那副旧眼镜了。"

爸爸听到这里笑了，夸不戴眼镜的女儿很漂亮。在她看来，他应该能够明白为了虚荣心放弃秘密已经是个足够充分的理由，因此其余的解释就不那么重要了。米拉想起过去她每计划告诉父亲一些对她来说很重要的事情，结果都是失望和沮丧。她想从他那里得到的东西似乎总是在那条看不见的线的另一边，他却不准她跨过那条线。父亲忽然提起他的一个"同伴"，说道："他有一千多个秘密，而且其中的每一个秘密都是字面意思上的艺术品。他们让他在这里继续完成他的艺术，所以他的房间简直就像一个荒诞的、库存积压的博物馆。墙上挂满了各种各样的画——莫蒂里安尼[1]的、夏加尔[2]的，等等。他叫让-克里斯托弗，也许你听说过他？他是个有名的艺术品伪造者，虽然他自己从中没捞到过什么好处。但那个傻

---

[1] 意大利表现主义画家、雕塑家。
[2] 法国白俄罗斯裔画家、设计师，众流派集大成者。

瓜就是每天没完没了地画画。"

"也许他喜欢这样呢？也许画画为他树立了自己的目标。他有画过自己的东西吗，原创的作品？"

"也会画，但总是画些奇奇怪怪的东西。他还会把这些画免费送给我们。他甚至要送我一幅。""什么样的画？"

她父亲被她问得一愣："我没要——那幅画又不值多少钱。"

米拉惊觉，这正是齐美尔理论的一个非常极端的例子，齐美尔的理论认为艺术的客观表达会扼杀市面上交易的艺术品的创造力。当然了，在这个例子里这幅画得到的经济报酬正是伪造者欺骗成功的结果。米拉准备问父亲一些问题，但没有十分钟之前那么坚决。她还记得那些看不见的线，以及当她请求父亲让她越过一条时他的模样。于是她目不转睛地盯着他，问道："爸爸，你也有秘密，是不是？你说的让－克里斯托夫在这里，是因为他欺骗了大家。那你有没有骗过别人？"

"你是说那些亏了钱的人吗？我又没有抢他们的，你知道的。没有人强迫他们把钱交给我们。"

"但你清楚，他们什么都不懂，而且他们相信你会打理好他们的钱。"然而，想让父亲以她想象中的方式和她交流的希望已经越来越渺茫了。

"我知道他们不像我一样熟悉这个世界的运作规则，这就是他们愿意花钱雇我的原因啊。但光是假装这个世界与现实中的样子不同，是帮不了他们的。如果他们想要生存下去，哪怕说不上过得富足，他们也需要去了解这个世界。你看看他们有多穷——还不是因为他们不会靠自己赚钱。"

"但现在他们比以前还穷！"这只是她激昂陈词中软弱而可悲的一句。她曾准备了一肚子的正义辞令，就为了告诉他，他的所作所为在道德上是错误的，让他放弃狡辩。到那时，她就会给他讲齐美尔的理论，而他最终将承认自己的错误。

父亲脸上的笑并不能掩盖他对米拉的越线行为产生的愤怒。"听着，我是在帮他们的忙——这是他们必须要学的一课，否则他们会永远这么穷下去。或许他们没有吸取教训，但那又不是我的错。他们只是没有意识到自己必须要认真对待赚钱这件事。而我，教会了他们对待这些事情要认真一些。"

"他们必须变得和你一样，不然就会一直穷下去吗？"米拉说完这话，几乎要怨恨自己了。这句话完全是在迎合他，而自己则畏缩在毕恭毕敬的那一列，她父亲对这个世界的看法仿佛是不容置喙的。

"世界就是这样运作的，否则就太过残忍了。"

"难道他们不应该为自己的遭遇得到补偿吗？"现在轮到爸爸嘲笑她的天真了。"为什么要赔偿他们？因为贫穷本身就是个问题咯？"米拉点了点头。"那它为什么是个问题呢？因为钱很重要，钱是最重要的。穷人根本没法过上真正的生活，他们不能做他们想做的事，他们不能拥有他们想要的东西，原因很简单：他们没有足够的钱。你也同意，钱是解决他们问题唯一的办法。"

她知道，再问下去肯定会落入陷阱，但米拉还是重复了一遍："那为什么他们不能得到补偿呢？"

"你从哪里弄钱来补偿他们呢——或许是从纳税人那里，用那些人辛辛苦苦自己赚到的钱补偿这些人合理吗？你是想以国家认可的合法方式从他们那里偷钱吗？"米拉笨拙地试着组织自己的语言，但父亲摆了摆手，示意她不要再说了。

"我对你说过，对待钱是容不得半点马虎的。它会告诉你什么是重要的；它能穿透一切。你说给他们钱能够弥补他们的损失。没错，是可以这样做，这是金钱的作用。它可以弥补任何事，弥补一切事物。但钱不是大风刮来的。这就是为什么我会帮那些穷人赚钱——我在为他们创造一切可能——除了去偷去抢，再没有什么方法可以帮到他们了。"

米拉又说了些什么，但无论她怎么努力让他去同情那些可怜的投资者，父亲只是重复说钱是唯一实在的东西。米拉无法动摇他的那股坚定和冷漠，只好让步："你对真相的解释未免有些太图方便了，不是吗？你只不过是就你个人立场发言，对他们来说可未必如此。"

"我也改变不了什么。就算我想改变，也不可能了。我本可以在这套制度外玩得很明白，但它应该对所有人开放，而且会允许任何人做同样的事情。"

这本该是米拉接受这场挫败的转折点，但父亲自鸣得意的样子让她从沮丧转为愤怒，因为她不能按自己的计划把准备好的台词都说出来。她几乎控制不住自己声音中的颤抖。"难道制度的运转方式不能被改变吗？每每发现社会上的差距有缩小的迹象，那些从不平等中获益的人就总能找到改变规则的方法。而且正如旧的规则一样，新的规则也总是能为他们的特权辩护。如果这个制度可以改变，他们为不平等找的借口也就能与时俱进，那为什么我们不能去改变它，让人们看到除了金钱之外，还有更重要的东西呢？"

"我不知道你想表达什么。"

或许他粗暴的回答是有意让她发脾气，让她哭。但米拉还是尽力控制住自己的声音。"我知道你不是这样，爸爸，但是在我看来，好像每一个和你一样的人都沉迷于一种特定的思维方式，在他们看来有经济价值的东西会主导其他的一切，甚至连人的感受都要退居次位。我认为事情根本不是这样的。"

＊＊＊

米拉下了电梯朝着出口走，路上一直在想她的父亲。他坚信自己对这个世界了如指掌，但实际上他不过抓住了其中的一条线索而已。人们或许总是倾向于用一种非常狭隘而贫瘠的目光来看待这个世界。即便是现在，她父亲还是认为经济上的成功与否是他需要关心的唯一因素。米拉对这一点仍然没有释怀，但至少明白了他的道德判断被金钱牢牢掩盖。

阿伦正站在门口等她，看起来很焦灼。"他怎么样了？"米拉疲惫地笑了笑，感谢他的关心。"他失望极了！我是有些惊讶，但其实也不难理解。他试图说服那些被他洗劫一空的贫穷投资者相信，他是那个会为他们带来舒适的退休生活的英雄。所以他一定也很喜欢我之前那种虚构的生活。或许我这么做，他会以为我是在支持他的谎言。"

阿伦看上去还是很担心，于是趁她转过身接着向门口走去时，牵住了她的手。"刚才你在里面的时候，有人来跟我说外面有两个摄影师在门口晃来晃去。他们应该是收到了什么小道消息，知道有

383

人要来探访。我们再看看有没有什么别的出口吧。"

"不，"米拉说，"我不想再躲躲藏藏的了。但是你呢？你犯不着跟我蹚这趟浑水的。"

"我可以的，我愿意。"阿伦说着，攥紧了她的手。

当他们牵着手一起走过警卫室时，米拉说话了："你还记得查尔斯·霍顿·库利吗？"

"嗯，记得，就是那个一直说我们彼此只会在心中产生连结的人。"

"不错，我会把你培养成一个优秀的社会学家的。"

"我看你就是想让所有人都成为社会学家。"

"那就对了。不管怎样，库利曾经说过：'如果我们只与有肉体存在的人打交道，并坚持拒绝与没有体重、没有身影的人发生关系，那我们的社会和我们自己会成为什么样子呢？ [①]'"

"你的意思是说，就算是小说中的人物也能教会我们一些东西？"

"是呀，他们什么都能教，连社会学也能教。"

[①] 查尔斯·霍顿·库利著，包凡一、王湲译：《人类本性与社会秩序》，1989 年，北京：华夏出版社，第 79 页。

1. 当人们日渐趋于相似时，就更需要说明每个人的独特与不同。格奥尔格·齐美尔担心这种性格上的差异会逐渐被货币经济所夷平。他也看到了现代社会和货币经济的诸多可能性，它们生成了一系列新型的关系，并摧毁了旧的等级制度及阶级与地位的纽带。

2. 上述内容的危险之处在于它让人缺失了核心——个体变成了基于理性、物质价值的关系网络——除此之外再无其他。从这个意义上来讲，你越是通过货币经济来表达你的个人身份，你就会变得与所有做相同的事的人越来越相似。

3. 齐美尔认为"陌生人"是一个特殊的角色，即陌生人是可以客观看待一个群体的局外人。他们跨越边界的能力对社会来说十分有帮助，也是他们身上的那种疏离感的来源。

4. 现代生活中的乐趣和烦恼往往相伴相生：一个经济体可以在创造巨大财富的同时创造极度的贫困。一种文化既可以促使人们张扬个性，也可以让每个人都坚持他们与众不同的追求。一个国家既赋予其人民自由，又通过这种自由来行使自己的权力。社会学能够帮助我们理解这些令人不安的矛盾之处。

部分参考文献

第一章 —————————— 从艰深入手

⋯ 成为一个社会学家 ⋯

Zygmunt Bauman and Tim May, *Thinking Sociologically*, 2nd edn. (Oxford: Blackwell, 2001)

Peter L. Berger, *Invitation to Sociology: A Humanistic Perspective* (Harmondsworth: Penguin, 1966)

M. de Certeau, *The Practice of Everyday Life* (Berkeley, CA: University of California Press, 2002)

Steve Matthewman, Catherine Lane West-Newman and Bruce Curtis, *Being Sociological,* 2nd edn. (Houndmills: Palgrave Macmillan, 2013)

C. Wright Mills, *The Sociological Imagination* (Oxford: Oxford University Press, 2000)

⋯ 为什么需要理论 ⋯

David Inglis with Christopher Thorpe, *An Invitation to Social Theory* (Cambridge: Polity, 2012)

Steven Miles, *Social Theory in the Real World* (London: Sage, 2001)

Chris Shilling and Philip A Mellor, *The Sociological Ambition: Elementary Forms of Social and Moral Life* (London: Sage, 2001)

⋯ 现代性 ⋯

Bram Gieben and Stuart Hall, *Formations of Modernity* (Cambridge,

UK: Polity Press, 1992)

… 人们所体验到的现代性 …

Dean MacCannell, *The Tourist: A New Theory of The Leisure Class*
(Berkeley, CA: University of California Press, 1999)

Daniel Miller (ed.), *Worlds Apart: Modernity through the Prism of the*
Local (London: Routledge, 1995)

第二章 ——————— 在咖啡馆

… 社会与人类行为 …

Émile Durkheim, *The Rules of Sociological Method,* 8th edn. (Glencoe,
IL: Free Press, 1938)

Émile Durkheim, *The Elementary Forms of Religious Life* (Oxford:
Oxford University Press, 2001)

Émile Durkheim, *Suicide: A Study in Sociology (London: Routledge, 2002)*

… 社会学中的社会观念 …

John Urry, *Sociology beyond Societies: Mobilities for the Twenty-First Century*
(London: Routledge, 1999)

… 劳动分工 …

Émile Durkheim, *The Division of Labour in Society* (Glencoe, IL: Free
Press, 1933)

… 失范行为 …

Robert E. Park, 'Human Migration and the Marginal Man', *American*

Journal of Sociology, 33(6):881–93, May 1928

第三章 ——————— 在画中

··· 情感 ···

Gillian Bendelow and Simon J. Williams (eds), *Emotions in Social Life: Critical Themes and Contemporary Issues* (London: Routledge, 1998)

Deborah Lupton, *The Emotional Self: A Sociocultural Exploration* (London: Sage, 1998)

Simon J. Williams, *Emotion and Social Theory: Corporeal Reflections on the (Ir)rational* (London: Sage, 2001)

··· 情感与理性 ···

Antonio Damasio, *Descartes' Error: Emotion, Reason and the Human Brain* (London: Vintage, 2006)

··· 弗洛伊德与文明化 ···

Sigmund Freud, *Civilization and Its Discontents* (London: Penguin, 2002)

··· 性别与情感 ···

Stephanie A. Shields, *Speaking from the Heart: Gender and the Social Meaning of Emotion* (Cambridge, UK: Cambridge University Press, 2002)

··· 情绪的作用 ···

Arlie Russell Hochschild, *The Managed Heart: Commercialization of Human Feeling* (Berkeley, CA: University of California Press, 2003)

第四章 —————— 在我们的基因里

··· 女性主义 ···
Jennifer Mather Saul, *Feminism: Issues and Arguments* (Oxford: Oxford University Press, 2003)

··· 黑人女性主义 ···
Patricia Hill Collins, *Black Feminist Thought: Knowledge, Consciousness and the Politics of Empowerment* (London: Routledge, 2008)

··· 性别表演 ···
Judith Butler, *Gender Trouble: Feminism and the Subversion of Identity* (New York, NY: Routledge, 2006)

··· 性别秩序 ···
Raewyn Connell, *Gender and Power: Society, the Person and Sexual Politics* (Cambridge, UK: Polity Press in association with Blackwell, 1987)

··· 关系与平等 ···
Lynn Jamieson, *Intimacy: Personal Relationships in Modern Societies* (Cambridge, UK: Polity Press, 1997)

第五章 —————— 在拉帮结伙时

··· 符号 ···
Charles S. Peirce, *Peirce on Signs: Writings on Semiotic* (Chapel Hill, NC: University of North Carolina Press, 1991)

··· 互动 ···

Charles Horton Cooley, *Human Nature and the Social Order, Social Science Classics Series* (New Brunswick, NJ: Transaction Books, 1983)

··· 世界中的符号 ···

Roland Barthes, *Mythologies* (Paris: Éditions du Seuil, 1970)

第六章 —————— 在多尼的俱乐部

··· 意识中的社会 ···

Herbert Blumer, *Symbolic Interactionism: Perspective and Method* (Englewood Cliffs, NJ: Prentice-Hall, 1969)

George Herbert Mead, *Mind, Self and Society: From the Standpoint of a Social Behaviorist,* Works of George Herbert Mead, vol. 1 (Chicago, IL: University of Chicago Press, 1934)

第七章 —————— 在夜里

··· 常人方法论 ···

Aaron V. Cicourel, *Cognitive Sociology* (Harmondsworth: Penguin, 1973)

David Francis and Stephen Hester, *An Invitation to Ethnomethodology: Language, Society and Interaction* (London: Sage, 2004)

Harold Garfinkel, *Studies in Ethnomethodology* (Cambridge, UK: Polity Press, 1984)

Alfred Schutz, *The Structures of the Life-World* (London: Heinemann, 1974)

第八章 —————— 在清晨

Erving Goffman, *Asylums: Essays on the Social Situation of Mental Patients and other Inmates* (Chicago, IL: University of Chicago Press, 1962)

Erving Goffman, *The Presentation of Self in Everyday Life* (Harmondsworth: Penguin, 1971)

Erving Goffman, *Stigma: Notes on the Management of Spoiled Identity* (London: Simon & Schuster, 1986)

··· 污名 ···

R. Parker and P. Aggleton, 'HIV and AIDS-related Stigma and Discrimination: A Conceptual Framework and Implications for Action', *Social Science and Medicine* 15:13–24, 2003

C. J. Pascoe, Dude, *You're a Fag* (Berkeley, CA: University of California Press, 2007)

第九章 —————— 在控制下

··· 性与身体 ···

Michel Foucault, *The History of Sexuality* (London: Penguin, 1979)

Chris Shilling, *The Body and Social Theory* (London: Sage, 2003)

Bryan Turner, *The Body and Society: Explorations in Social Theory* (London: Sage, 2008)

··· 权力 ···

Michel Foucault, *Discipline and Punish: The Birth of the Prison*

(Harmondsworth: Penguin, 1979)

Michel Foucault, *Madness and Civilization: A History of Insanity in the Age of Reason* (London: Routledge, 2001)

Michel Foucault, *The Birth of the Clinic: An Archaeology of Medical Perception* (London: Routledge, 2003)

Erving Goffman, *Asylums* (Chicago, IL: Aldine Publishing, 1961)

··· 性与社会 ···

Jeffrey Weeks, *Sex, Politics and Society: The Regulation of Sexuality since 1800* (London: Longman, 1989)

··· 自我管理 ···

Nikolas Rose, *Governing the Soul: The Shaping of the Private Self* (London: Free Association Books, 1999)

第十章 ——————— 在怀疑中

E. E. Evans-Pritchard, *Witchcraft, Oracles and Magic among the Azande* (Oxford: Oxford University Press, 1976)

Donald Mackenzie and Judy Wajcman (eds), *The Social Shaping of Technology* (Buckingham: Open University Press, 1999)

第十一章 ——————— 在疾病与健康中

Deborah Lupton, *Medicine as Culture* (London: Sage, 2003)

Talcott Parsons, *The Social System* (London: Routledge, 1991)

··· 药丸与身份 ···

Nathan Greenslit, 'Depression and Consumption: Psychopharmaceuticals, Branding and New Identity Practices', *Culture, Medicine and Psychiatry* 29:477–501, 2006

第十二章 ———————— 在两幕之间

··· 惯习 ···

Pierre Bourdieu, *Outline of a Theory of Practice* (Cambridge, UK: Cambridge University Press, 1977)

Pierre Bourdieu, *The Logic of Practice* (Cambridge, UK: Polity Press, 1990)

Pierre Bourdieu, *An Invitation to Reflexive Sociology* (Oxford: Polity Press, 1992)

··· 资本与地位 ···

Pierre Bourdieu, *Distinction: A Social Critique of the Judgement of Taste* (London: Routledge & Kegan Paul, 1984)

第十三章 ———————— 在本质上

Gurminder K Bhambra, *Connected Sociologies* (*Theory for a Global Age*) (London: Bloomsbury Academic 2014)

第十四章 ——————— 在支持与反对中

Karl Marx and Friedrich Engels, *The German Ideology* (New York, NY: Prometheus Books, 1988)

Karl Marx, *The Communist Manifesto*, ed. Friedrich Engels (Boston, MA: Bedford/ St. Martin's Press, 1999)

··· 阶级与自我 ···

Beverley Skeggs, *Class, Self, Culture* (London: Routledge, 2004)

第十五章 ——————— 在两者之间

Max Weber, *The Theory of Social and Economic Organization* (New York, NY: Free Press, [1947] 1964)

Max Weber, *From Max Weber: Essays in Sociology* (London: Routledge & Kegan Paul, 1970)

Max Weber, *The Protestant Ethic and the Spirit of Capitalism* (Harmondsworth, Penguin, [1902] 2002)

··· 地位的运作 ···

Dale Southerton, 'Boundaries of "Us" and "Them": Class, Mobility and Identification in a New Town', *Sociology* 36(1):171–93, 2002

第十六章 ———————— 在碎片中

··· 女性主义认识论 ···

Liz Stanley and Sue Wise, *Breaking Out: Feminist Consciousness and Feminist Research* (London: Routledge & Kegan Paul, 1983, 2nd edn, 1993)

第十七章 ———————— 深入浅出

Georg Simmel, *The Philosophy of Money* (London: Routledge, [1900] 2004)

Georg Simmel, 'Fashion', *American Journal of Sociology* 62(6):541–58, [1904] 1957

Georg Simmel, 'The Sociology of Secrecy and Secret Societies' *American Journal of Sociology* 11(4):441–98, 1906

Georg Simmel, *The Stranger*, in Scott Appelrouth and Laura Desfor Edles, *Classical and Contemporary Sociological Theory: Text and Readings* (Thousand Oaks, CA: Pine Forge, [1908] 2008)

Georg Simmel, *Simmel on Culture: Selected Writings,* edited by David Frisby and Mike Featherstone, with an introduction by Mike Featherstone (London: Sage, 1997)

··· 案例 ···

Stjepan Mestrovic, *Postemotional Society* (London: Sage, 1997)

Vivana Selizer, *Pricing the Priceless Child: The Changing Social Value of Children* (New York, NY: Basic Books, 1985)

Vivana Selizer, *The Social Meaning of Money* (New York, NY: Basic Books, 1994)

译 后 记

交稿早在年初，但在这一年里，我对于译后记完全没有思路。就像着手翻译这本书时一样，想法很多，却迟迟落不下一字。随着这场疫情的阴云逐渐退散，我也终于能静下心来为这次翻译工作总结收官了。

本书不是一本学科专著，它虚构了引人入胜的故事，但理论部分依然瓷实严谨。正如前言提到的，作者的写作灵感来源于挪威作家乔斯坦·贾德的小说《苏菲的世界》，所以，他们选择采用苏格拉底式的对话方法来引出理论。相信读者一定会对其中的某些部分产生共鸣，无论是理论还是故事情节，并在这一过程中有所收获。

对于我个人而言，译书本身就是一个学习的过程。这一学习过程不仅得益于两位作者老师对于社会学重要思想的精彩诠释；为了确保翻译的准确性而翻看相关著作、查看过往作品，也是我最快乐的学习体验。期间，我不止一次重读一篇令我触动深刻的文章——英国社会学家麦克·布洛维（Michael Burawoy）2017年在香港大学发表的有关公共社会学的演讲。他在演讲中提到了将社会学的知识生产带入公共领域的必要性，并指出社会学的知识生产应该能够让更多人从中受益。这与本书的主旨不谋而合。

我相信，接受一些社会学的熏陶对于我们每个人来说都是必要的。更有趣的是，每个人结合各自不同的生活经验来审视这些知识，会让知识焕发出不同的光彩。与此同时，社会学知识能帮助我们在未来的生活实践中保持热情和好奇，让我们以更精确、更开阔的视角去理解社会中的"变与不变"，鼓舞我们探索更广阔的未知。

在这里，感谢编辑与师友的支持，感谢父母的陪伴和督促。最后，欢迎各位读者对本书翻译中不准确或者含混之处批评指正，也希望我们都能从这本书中收获未曾预料的欢欣。

金芳旭

2020 岁末于爱丁堡